LA RUTA INFINITA

JOSÉ CALVO POYATO

LA RUTA INFINITA

Editado por HarperCollins Ibérica, S.A.
Núñez de Balboa, 56
28001 Madrid

La Ruta Infinita
© José Calvo Poyato, 2019
Autor representado por Silvia Bastos, S.L. Agencia literaria
© 2019, para esta edición HarperCollins Ibérica, S.A.

Diseño de cubierta: CalderónStudio
Imagen de cubierta: Getty Images

ISBN: 978-84-9139-517-1
Depósito legal: M-21771-2019

Por cuanto vos, Fernando de Magallanes, caballero natural del Reino de Portugal, y el bachiller Ruy Falero, así mismo natural del dicho Reino, queriéndonos hacer señalado servicio, os obligáis de descubrir en los términos que nos pertenecen y son nuestros en el mar océano, dentro de los límites de nuestra demarcación, islas y tierras firmes, ricas especierías y otras cosas de que seremos muy servidos y estos nuestros Reinos muy aprovechados...

Capitulaciones de Valladolid de 22 de marzo de 1518

La galleta que comemos no es ya pan, sino un polvo mezclado con gusanos que han devorado toda la sustancia y que tiene un hedor insoportable por estar empapada en orines de rata. El agua que bebemos está corrompida y es igualmente hedionda. Para no morirnos de hambre, nos vemos aun obligados a comer pedazos de cuero de vaca con que se forró la gran verga... y hasta las ratas, tan repelentes para el hombre, han llegado a ser un alimento tan delicado que se paga medio ducado por cada una...

Diario de Antonio de Pigafetta

Por tanto, suplico a Vuestra Alta Majestad que provea con el Rey de Portugal la libertad de aquellos hombres, que tanto tiempo le han servido, y más sabrá Vuestra Majestad que aquello que más debemos estimar y temer es que hemos descubierto y dado la vuelta a toda la redondez del mundo, que yendo para el occidente hayamos regresado por el oriente.

Elcano a Carlos I. Sanlúcar de Barrameda, 6 de septiembre de 1522

DRAMATIS PERSONAE

ALBO, Francisco: Contramaestre de la *Trinidad*. Escribió un *Diario*.

ACUNHA, Afonso de: Personaje de ficción. Secretario de Cristóbal de Haro.

ACURIO, Juan de: Contramaestre de la *Concepción*.

ARANDA, Juan de: Factor de la Casa de la Contratación.

ARRUDA, Francisco de: Cantero y escultor en la *Torre de Belém*.

BARBOSA, Beatriz de: Hija de Diego Barbosa y María Caldera. Esposa de Magallanes.

BARBOSA, Diego de: Teniente de alcaide de los Reales Alcázares de Sevilla.

BARBOSA, Duarte de: Hijo de Diego de Barbosa. Acompañó a Magallanes en la expedición.

BOHEMIA, Martín de: Cosmógrafo. Confeccionó una esfera terrestre, al servicio de los reyes de Portugal.

BUSTAMANTE, Hernando de: Barbero de la *Concepción*.

CALDERA, María: Esposa de Diego de Barbosa.

CARTAGENA, Juan de: Veedor de la escuadra y capitán de la *San Antonio*. Mantuvo grandes diferencias con Magallanes.

COCA, Antonio de: Contador de la escuadra. Estuvo al mando de la *San Antonio*.

COVARRUBIAS: Personaje de ficción. Truchimán de Carlos I, que desconoce el castellano.

DA COSTA, Álvaro: Embajador de Portugal en la corte de Carlos I.

DÍAZ DE SOLÍS, Juan: Navegante español. Buscó el paso que comunicara el Atlántico con el mar del Sur.

ELCANO, Juan Sebastián: Maestre de la *Concepción*. Después capitán de la *Victoria,* con la que daría la Primera Vuelta al Mundo.

ELORRIAGA, Juan de: Maestre de la *San Antonio*.

ENRIQUE: Esclavo de Magallanes. Lo acompañó en la expedición como truchimán.

EZPELETA, León de: Escribano de la expedición.

FALEIRO, Ruy: Cosmógrafo portugués. Preparó con Magallanes el proyecto para la expedición.

FILIPA: Personaje de ficción. Ama de llaves de Magallanes.

GÓMEZ, Esteban: Piloto de la *Trinidad* y después de la *San Antonio*.

GÓMEZ DE ESPINOSA, Gonzalo: Alguacil de la escuadra. Asumió más tarde su mando.

GUMIEL, Nuño: Tesorero de la Casa de la Contratación. Ejerce el cargo cuando regresa la *Victoria*.

HARO, Cristóbal de: Hombre de negocios. Financió parte de la expedición.

LOPEZ CARVALHO, Juan: Piloto de la *Concepción*. Mantuvo malas relaciones con Elcano.

LOROSA, Afonso de: Portugués que da valiosa información a los españoles en Tidor.

MAGALLANES, Fernando de: Navegante portugués. Capitán general de la expedición que partió de Sevilla el 10 de agosto de 1519.

MARTÍNEZ DE LEYVA, Sancho: Asistente de la ciudad de Sevilla.

MATIENZO, Sancho: Tesorero de la Casa de la Contratación.

MÉNDEZ, Martín: Escribano de la *Victoria*. Comandó la escuadra junto a Gómez de Espinosa y Elcano.

MENDOZA, Luis de: Capitán de la *Victoria*.

MESQUITA, Álvaro de: Nombrado por Magallanes capitán de la *San Antonio*.

PASTRANA, Fernando de: Personaje de ficción. Alguacil mayor de Sevilla.

PIGAFETTA, Antonio: Embarcó como sobresaliente en la *Trinidad*. Escribió un *Diario*.

QUESADA Gaspar de: Capitán de la *Concepción*.

RABELO, Cristóbal: Embarcó como sobresaliente. Fue capitán de la *Victoria*.

RODRÍGUEZ DE FONSECA, Juan: Obispo y presidente de la Secretaría de Indias, convertida en Consejo en 1523.

SAN MARTÍN, Andrés de: Piloto de la *San Antonio*.

SÁNCHEZ DE REINA, Pedro: Uno de los capellanes de la expedición.

SERRANO, Juan: Capitán de la *Santiago* y después de la *Concepción*.

TÍO BIGOTES: Personaje de ficción. Dueño de un mesón en Sanlúcar de Barrameda. Es un guiño a un reputado establecimiento en dicha localidad.

UTRECHT, Adriano de: Preceptor de Carlos I. Fue papa con el nombre de Adriano VI.

VALDERRAMA, Pedro de: Uno de los capellanes de la expedición.

VASCONCELOS, Antonio de: Personaje de ficción. Prior de la cofradía de los portugueses en Sevilla.

1

Las carabelas entraban en el estuario con las velas desplegadas. Lucían, imponentes, sobre el sucio y amarillento blanco enormes cruces patadas. Eran las que identificaban los barcos de la casa de Avis, la dinastía reinante en Portugal. Aquellas cruces de color rojo, que en otro tiempo ostentaron los templarios, eran las que llevaban en sus velas los barcos portugueses, cuyos marinos estaban escribiendo páginas gloriosas para la historia de su país y de la humanidad. Los marinos lusitanos, a base de empeño y conocimientos náuticos, habían sido capaces de pasar la línea ecuatorial, doblar el extremo sur del continente africano y abrir un camino para llegar a las valiosas especias, hasta entonces controladas por los venecianos que, desde Alejandría, utilizaban la vía del mar Rojo para traerlas hasta los mercados europeos.

Una muchedumbre contemplaba su atraque en la *Ribeira Nova das Naus*. Los lisboetas se concentraron allí desde que, poco antes, un falucho trajera la noticia de que llegaba la flota de las Indias. Podían verse cargadores, asentistas, hombres de negocios, mercaderes, factores, marineros… y un sinfín de curiosos que deseaban contemplar el espectáculo de la llegada de los barcos procedentes de la nueva ruta de las especias abierta, pocos años antes, por Vasco da Gama y que había convertido a Lisboa en uno de los puertos más activos de Europa.

13

Unos se preguntaban si se encontrarían con deudos, familiares y amigos, y si regresarían vivos de aquellas tierras ignotas. Otros acudían porque en los fardos de canela, clavo o pimienta, que llenaban las bodegas de aquellas carabelas, había un valioso tesoro. También aguardaban su llegada los oficiales de la *Casa da Índia* para registrar y controlar las mercancías. Tenían que hacerse cargo de la parte de la Corona y determinar los impuestos que habrían de pagar los propietarios de aquellos fardos de valiosas especias, que suponían elevados ingresos para las arcas del rey. Todavía estaba vivo en el recuerdo de muchos el famoso ajuste de cuentas de las especias que trajo al puerto lisboeta Vasco da Gama, en 1501. Deducidos los elevados gastos originados por la expedición, el beneficio neto fue de más de ochocientos mil cruzados. Una fortuna tan grande que a la mayoría le resultaba difícil hacerse una idea de su dimensión.

La tarde declinaba. El sol tardaría poco en perderse en las aguas del que hasta hacía poco era conocido como el mar Tenebroso. No sería posible iniciar la descarga hasta el día siguiente. Los funcionarios de la *Casa da Índia* se limitarían a inspeccionar las carabelas y precintar las bodegas para evitar descargas fraudulentas. Disimularían con las pequeñas partidas que los marineros ocultaban para venderlas y redondear sus magros salarios. Fue en el momento que subían a la primera de ellas cuando se oyó un rugido procedente de la *Nossa Senhora da Ajuda* que apagó los comentarios de la muchedumbre. El silencio impuesto permitió oír un segundo rugido tan espeluznante como el primero. Sonaba diferente al de las fieras conocidas. Era mucho más potente.

Muchos se miraron con inquietud y no pocos pensaron que aquellos barcos que surcaban mares desconocidos, donde acechaba toda clase de monstruos marinos, ocultaban terribles secretos. El rugido hizo que un hombre, perdido entre la multitud, reviviera recuerdos de otra época, de cuando viajó en la gran armada que, mandada por Francisco de Almeida, había zarpado de Lisboa diez años atrás. Fue entonces cuando se establecieron las bases del dominio portugués en la costa de Mombasa, se ocupó Zanzíbar y otros enclaves en la India que sirvieran de apoyo a los navegantes lusos que se dirigían más al este, en busca de las islas de las Especias, a las que se daba también el nombre de Especiería o Moluco. Aquel hombre había estado a las órdenes del virrey Albuquerque, participado en la conquista de Goa y en la expedición a Malaca, el gran centro del comercio de las especias. Había defendido Azamur del ataque de los moros y recibido una herida que lo había dejado cojo.

Era de mediana estatura, complexión recia y cojeaba ligeramente, aunque trataba de disimularlo. Una poblada barba cubría su rostro, pero dejaba adivinar unos labios gruesos. Tenía las cejas muy pobladas, marcadas varias arrugas en la frente y sus ojos eran grandes, claros, melados. Rondaría los treinta y cinco años y vestía de forma sencilla, pero adecuada para un miembro de la pequeña nobleza, cuyos recursos eran limitados, si bien estaba obligado a mantener un porte de dignidad. Tenía fama de ser hombre autoritario y tenaz, acostumbrado a imponer su criterio.

Su nombre era Fernando de Magallanes.

Hacía tiempo lo atormentaba una duda que lo desvelaba muchas noches. Podía dar un giro a su vida y sacarlo de la penosa situación en que se encontraba, pero podía costarle mucho más que la pérdida del favor de la corte. Quizá le costara la vida. En Lisboa no se andaban con remilgos a la hora de eliminar cualquier obstáculo que entorpeciera la llegada de las especias, convertidas en la mayor riqueza del reino. Eran los fardos de clavo, de canela y de pimienta que llegaban a su puerto los que abastecían los mercados europeos y reportaban tales beneficios que habían convertido al rey de Portugal en uno de los soberanos más poderosos de la Tierra. En muy pocos años, los portugueses habían desplazado a los venecianos, que durante siglos habían sido los dueños de aquel lucrativo negocio.

Eran tiempos peligrosos. Muchas de las grandes novedades que proporcionaban aquellos viajes se mantenían en secreto. El mundo estaba cambiando a pasos agigantados. Al tiempo que se descubrían nuevas tierras, se tenía noticia de nuevas plantas y nuevos animales. Además de las valiosas especias, traían algo más. En las tabernas de los muelles lisboetas viejos marineros contaban historias de extrañas plantas que devoraban hombres, enormes animales que horrorizaban sólo con verlos, gentes cuyo aspecto dejaba boquiabiertos a quienes escuchaban los relatos. Llamaban mucho la atención, y alcanzaban precios exorbitantes, los pájaros de plumas multicolores que llegaban del otro lado del mar Tenebroso. Poseer uno de ellos era el mayor deseo de las esposas de muchos *fidalgos* o de las damas de la corte. También hacía poco tiempo había llegado una moda desde Castilla: se llamaba fumar y consistía en prender fuego a unos canutos confeccionados con hojas secas que ardían lentamente, sin llama. Se trataba de tragar el humo que producían al quemarse para luego expulsarlo por la boca y la nariz. Esa extraña práctica, aprendida de unas tribus del otro lado del océano, había dado lugar a una gran polémica. Había clérigos que la consideraban diabólica. Otros, por el contrario, no veían nada malo en ella; se habían aficionado a fumar e incluso lo hacían en el interior de las iglesias.

Otro rugido, terrible, llenó el atardecer lisboeta. Magallanes comprobó cómo la gente que estaba más cerca de la *Nossa Senhora da Ajuda* había retrocedido instintivamente, sintiéndose amenazada por la fiera que producía aquel rugido, que ponía el vello de punta.

—¿Qué clase de fiera será esa? —oyó que alguien preguntaba a su espalda.

—Barrita como un elefante —respondió Magallanes sin molestarse en mirarlo—, aunque ese rugido suena diferente.

La muchedumbre miraba ahora hacia la cubierta de la *Nossa Senhora da Ajuda*. Habían caído las lonas que cubrían la jaula donde estaba encerrada la bestia. La fiera era un animal enorme, aunque más pequeño que un elefante. Su peso rondaría los cincuenta quintales y tenía la piel grisácea, como un caparazón de cuero. Sus patas eran cortas y estaban rematadas en anchas pezuñas. Lo que más llamaba la atención de la multitud, que no dejaba de proferir exclamaciones de asombro, era un cuerno, curvo y puntiagudo, que nacía de su hocico.

—¡Por todos los demonios! —exclamó Magallanes.

2

Lisboa era una fiesta. El dinero corría a manos llenas por la ciudad y todos participaban de una alegría que llegaba hasta sus más apartados rincones. Los comerciantes veían sus tiendas llenas de clientes con las bolsas repletas; los cargadores, tras unos días de trabajo agotador, tenían *dinheiros* para gastar. Mesones y posadas estaban a rebosar de parroquianos. Vendedores ambulantes atestaban la *Ribeira Nova das Naus* con sus baratijas. El regocijo tenía uno de sus centros en los burdeles lisboetas. Allí los marineros, que habían estado meses a bordo, hacían cola para rendir tributo a Eros. El clero solía disimular ante tanto desenfreno. Los burdeles evitaban que unos centenares de hombres deseosos de tener una mujer entre sus brazos, después de una larga abstinencia, cometieran excesos que alteraran la paz pública. También porque los desembarcados, que habían visto peligrar su vida en más de una ocasión ante los graves peligros que acechaban en tan largas travesías, habían hecho promesa a los santos de su particular devoción y ahora daban cumplimiento de ella, en forma de libras de cera, saquillos de incienso o dinero contante y sonante que afluía a los templos donde se daba culto a las imágenes más milagrosas.

Los humanistas, versados en lenguas clásicas, señalaban que el extraño animal, que tanto había llamado la atención, era conocido en la antigüedad como *rhinoceros* una palabra procedente de los vocablos griegos *rinós*, «nariz», y *kerás*, «cuerno», con los que se hacía alusión al que tenía en su hocico. El *rhinoceros*, por orden del rey, se exhibía, para regocijo público, en la *Praza do Paço*, donde los curiosos aguardaban durante horas para poder verlo de cerca, a través de los recios barrotes de la jaula en que estaba encerrado. Varios pintores habían obtenido licencia real para dibujarlo y hacer grabados, que tenían una excelente acogida en las ciudades de Europa donde había un público ansioso de las novedades exóticas.

En medio de tanta celebración, Magallanes no disimulaba su malhumor. Llevaba demasiado tiempo aguardando respuesta a la petición que había elevado al rey. En ella hacía una detallada exposición de sus servicios a la Corona, incluida la herida que le había dejado cojo de por vida, aunque no le impedía seguir prestando servicio. Solicitaba un aumento de la exigua suma que le había sido concedida, que apenas le permitía malvivir, y que el rey tuviera a bien concederle un hábito de la Orden de Cristo. La larga espera era una mala señal.

Su vida transcurría en medio de la duda. Sus sospechas, que a nadie había confiado, lo despertaban en plena noche empapado en sudor. Las semanas pasaban y cada vez se sentía más inquieto.

Mataba el tiempo paseando por la *Ribeira Nova das Naus*, donde había una actividad extraordinaria. Eso entristecía su ánimo, al verse apartado de todo lo que ello suponía. En esos paseos solía acompañarlo un esclavo, que había adquirido en Malaca y al que había bautizado con el nombre de Enrique. Se entretenía visitando las obras del enorme monasterio que se levantaba junto a la ribera de Belém, a mayor gloria de Dios y de los navegantes lusitanos. El rey había decidido construirlo sobre un pequeño templo, la *Ermida do Restelo*, donde habían pasado toda la noche en oración Vasco da Gama y los marinos que lo acompañaban la víspera de iniciar el viaje que culminó con la apertura de la ruta de las especias. Muchos días caminaba algo más, aspirando la brisa marina, y llegaba hasta donde su amigo, Francisco de Arruda, había preparado el terreno y levantaba los cimientos de una fortaleza que formaría parte del sistema defensivo que protegía el estuario del Tajo.

Una mañana entró en el pequeño taller donde trabajaban los canteros. Allí encontró a Arruda, cincel en mano, labrando un bloque de piedra que llamó su atención.

—La paz de Dios os guarde, maestro.

—Y a vos —respondió Arruda sin alzar la vista ni dejar de trabajar.

—Extraña figura —comentó Magallanes, tras observar en silencio el minucioso trabajo de su amigo.

—Cuando esté concluida, será un rinoceronte. Se convertirá en una buena decoración una vez que esta torre sea una realidad. Recordará algo que ocurrió también en esta época. Será una muestra de las muchas novedades que hemos vivido en estos tiempos. ¿No lo creéis así?

—No lo sé. —Magallanes se encogió de hombros—. ¿Quién puede adivinar lo que se recordará? Vivimos tiempos agitados, amigo mío.

—Eso es cierto, pero también llenos de atractivos. Entre nosotros y los castellanos estamos ensanchando el mundo. Hoy conocemos muchas cosas de las que apenas se tenía noticia o ignorábamos.

—Eso es cierto —confirmó el navegante, dejando escapar un suspiro.

—¿Sabéis que el rey ha organizado, para después de Pentecostés, un espectáculo que acabe con el debate desatado en la corte?

—¿Qué espectáculo y qué debate?

—Una pelea entre el rinoceronte, al que algunos llaman unicornio, y uno de los elefantes que el rey tiene en su *Casa da Fieras*. Unos dicen que el elefante es más poderoso por su mayor envergadura...

—Eso no tiene que suponer una ventaja.

—Así lo creen en la corte muchos otros. Afirman que el rinoceronte, por su menor envergadura, puede hincar su cuerno en la barriga del elefante y desgarrársela.

—He visto a esa bestia y me parece mucho más ágil que el elefante. Su cuerno debe ser un arma temible. No deja de afilarlo con los barrotes de la jaula.

—Se han cruzado importantes apuestas. Alguna… llamativa. ¿No habéis oído lo que se dice que ha apostado el esposo de doña Leonor de Melo?

—No ando pendiente de esas zarandajas. ¿Qué ha apostado?

Arruda carraspeó, arrepentido de haber dicho aquello. Sólo era un rumor que las afiladas lenguas cortesanas habían puesto en circulación.

—Mejor que lo sepáis por otro conducto.

Magallanes frunció el ceño.

—Alabo vuestra discreción y a mí me interesan poco esos rumores.

—¿Tenéis algo en perspectiva? —Arruda cambió de conversación.

—En la corte se han olvidado de mí. No sé si será por culpa de mi cojera o porque no soy *fidalgo* y carezco de padrinos.

—Pero un navegante con vuestra experiencia y conocimientos…

—Eso parece valorarse poco en estos días.

—Os veo pesimista. ¡No os dejéis vencer por el desánimo! Llegará vuestra oportunidad.

Magallanes asintió y se despidió. Lo que para Arruda resultaba tan atractivo era para él un tiempo de añoranza. Cada vez que veía salir por el estuario una nave con las velas henchidas por el viento pensaba que podía ser él quien la mandara. Era un hombre de mar que se encontraba varado en tierra.

Con paso cansino se encaminó a la *Praza do Paço* buscando algo de distracción. Enrique lo seguía unos pasos por detrás, como correspondía a su condición de esclavo. Embelesado, comprobó cómo el animal afilaba su cuerno contra uno de los barrotes de la jaula. Tan distraído estaba que no se percató de que alguien se había acercado hasta él.

—¿Habíais visto algo parecido cuando anduvisteis por Malaca?

Al volverse, se encontró con un sujeto de mediana estatura y de unos treinta años, poco más o menos. Se llamaba Ruy Faleiro. Tenía grandes ojos negros, el mentón pronunciado y una cicatriz en la mejilla izquierda. En su jubón se veía algún remiendo y los botines que calzaba tenían el cuero cuarteado. Cubría su cabeza con un deslustrado bonete negro y el cuello de su camisa estaba desgastado. Tampoco su capa ofrecía mejor aspecto y era demasiado abrigo para un día de primavera.

Magallanes pensó que la llevaba para ocultar remiendos mayores. Era un reputado cartógrafo y cosmógrafo —posiblemente el mejor—, que también ejercía como piloto. Era persona versada en astrología, con fama de extravagante y había protagonizado algunos sonados escándalos. Tenía vetado el acceso a la corte, lo que incluía la documentación que se guardaba en la *Casa da Índia*, considerada secreto de Estado. Muchos pensaban que no andaba bien de la cabeza, pero nadie discutía sus conocimientos. A su pericia se debían varios portulanos y algunas de las mejores cartas de marear con que contaban los marinos portugueses.

La cartografía era poco menos que una ciencia oculta y las cartas se mantenían a buen recaudo. Se contaban numerosas historias de robos porque una buena carta suponía una valiosa información sobre rutas, derrotas o latitudes. Elaborar una que fuera fiable suponía un gran esfuerzo y eran muchos los sacrificios y el dinero necesario para obtener la información que luego se trasladaba al pergamino o al papel. Un trabajo que sólo unos pocos eran capaces de hacer con la precisión necesaria.

—¡Nunca! ¿Acaso vos… en alguno de vuestros viajes?

—¡Jamás! —respondió el cosmógrafo mirándolo a los ojos—. Os veo un tanto abatido —añadió con un punto de malicia.

Magallanes pensó que su imagen debía ser patética. Arruda, con otras palabras, le había dicho lo mismo.

—Supongo que mi ánimo está como el vuestro —replicó sin disimular su malhumor—. Por lo que sé, tampoco a vos os van las cosas demasiado bien. ¿Me equivoco?

—Acertáis de pleno. Esos envidiosos de la corte y quienes controlan la *Casa da Índia* me la juraron. ¡Hatajo de bastardos! Paso los días mano sobre mano. ¡Como vos!

Tenían en común estar apartados de los círculos cortesanos. Aunque Magallanes no era un proscrito como el cosmógrafo, se sentía maltratado y consideraba que el rey no reconocía sus méritos. Había perdido el favor real desde que planteó una querella a los vecinos de Azamur cuando los moros levantaron, a toda prisa, el asedio al que sometían a aquella población. En su huida abandonaron gran cantidad de bienes y pertrechos. Magallanes no estaba de acuerdo con el reparto del botín y acudió a los tribunales. La justicia le dio la razón, pero en la corte sentó mal y se le cerraron las puertas. No obstante, seguía perteneciendo a la *Junta dos Mathemáticos* y podía acceder a los secretos que se guardaban en el archivo de la *Casa da Índia*.

En aquel momento se preguntó cómo era posible que lo que pasaba por su cabeza no se le hubiera ocurrido antes. Se quedó mirando fijamente al cosmógrafo y pensó que tal vez…

—¿Estáis muy interesado en esa fiera?

—La verdad es que no. He venido porque no tengo mejor cosa que hacer.

Magallanes sabía que Faleiro era un punto soberbio. Estaba muy pagado de su saber y era fama en Lisboa su temperamento irascible. Su vida estaba llena de lances y alguno, como sus amoríos con la esposa del capitán de un barco que hacía la ruta de Lisboa a Cabo Verde, había dado mucho que hablar. El cornudo lo sorprendió en la cama con su esposa y el cosmógrafo buscó una salida para salvar el pellejo. Le propuso hacer su carta astral y el marino aceptó, pese al escarnio que suponía para su honra. Faleiro confeccionó la carta y le explicó que una conjunción planetaria de Venus, Marte y la Luna mostraba que su próximo viaje le reportaría grandes beneficios. El marido le juró que si no era así, lo mataría. El viaje fue exitoso y las ganancias extraordinarias. Se convirtió en un cornudo consentido y aceptó compartir su esposa con él. La relación duró hasta que el navegante falleció en un viaje y la viuda fue obligada por la familia del difunto a ingresar en un convento de Elvas. La cicatriz que adornaba su mejilla era el recuerdo que le había dejado uno de los numerosos duelos que había librado.

—¿Os apetece una jarrilla de vino?

—Siempre que vos paguéis… En mi bolsa sólo hay telarañas. Aprovecharé para contaros algo que ha llegado a mis oídos y es de vuestro interés.

—¿A qué os referís?

—Al memorial que hace meses elevasteis al rey.

Magallanes arqueó las cejas. Faleiro estaba excluido de los círculos de poder.

—¿Qué sabéis de eso?

—Mejor buscamos un lugar más discreto. Nunca se sabe qué ojos pueden estar viendo ni qué oídos oyendo.

—¿Tenéis alguna preferencia?

El cosmógrafo se acarició el mentón que, adornado con una perilla, necesitaba con urgencia la afilada navaja de un barbero.

—Hay una posada a la espalda de la iglesia de los carmelitas que es sitio resguardado. Conozco bien al posadero y puedo aseguraros que es persona discreta.

—¿Un posadero persona discreta? —dudó Magallanes.

—Os juro que podremos hablar sin temor. La discreción es… imprescindible para la buena marcha de su negocio.

Magallanes no parecía muy convencido, pero aceptó después de despedir al esclavo, al que indicó que se fuera a casa sin entretenerse, ni perder el tiempo.

3

El sol estaba bien alto cuando abandonaron la *Praza do Paço*. Caminaban despacio. La cojera de Magallanes le impedía andar más deprisa.

—Va a llover pronto —auguró el navegante.

—¿Lo decís por la brisilla que sopla del océano?

—No, por la forma en que me pica la cicatriz que tengo en la rodilla. Nunca falla. Si no llueve mañana, lo hará pasado. Dadlo por seguro.

El paseo fue breve. Los carmelitas estaban cerca. Sobre el dintel de la posada estaba escrito su nombre: *Posada do Carmo*. Al rótulo lo acompañaba un ramo de tomillo seco. Allí podía encontrarse algo más que alojamiento, bebidas y viandas. Las autoridades se mostraban puntillosas con los prostíbulos fuera de la mancebía, pero los toleraban siempre que no alterasen la tranquilidad del vecindario.

La *Posada do Carmo* no era el mejor lugar de Lisboa. El aspecto deslucido de su fachada era reflejo de la suciedad que imperaba en su interior. Casi todas las mesas estaban ocupadas. Las mozas que servían a los clientes se mostraban desenvueltas y sus camisas, generosas de escote, dejaban ver buena parte de sus senos. Alguna mesa quedaba libre entre las cobijadas en una pequeña estancia, separada del resto por un arco apuntado de grandes dimensiones.

A Magallanes no le pareció un lugar a propósito para mantener una conversación lejos de oídos indiscretos. Su mirada hizo ver al cosmógrafo que no le gustaba el lugar. Conociendo sus andanzas empezó a recelar y se preguntó si no lo había llevado hasta allí con algún propósito avieso y la alusión a su memorial sólo había sido una añagaza… Pero aquella prevención tenía poco fundamento: la idea de hablar delante de una jarrilla de vino había sido suya.

—Aguardad un momento. Será sólo un instante.

Faleiro se dirigió a un sujeto barrigudo, con la cabeza monda y cara de pocos amigos, que contaba sobre un mostrador las monedas que le había llevado una de las mozas. La conversación fue breve y a oídos de Magallanes apenas llegó alguna palabra suelta antes de que el cosmógrafo le hiciera una señal para que se acercase.

—Podemos subir a una sala reservada. Allí estaremos tranquilos.

El posadero cogió un candilillo y los condujo por un angosto pasillo de paredes mugrientas hasta una escalera, cuya estrechez la convertía en una trampa, caso de tener que huir. El navegante, que iba el último, palpó la daga que llevaba oculta, una misericordia florentina de afilada hoja.

La sala desdecía del resto de la posada. Era pequeña, pero limpia. Una de sus paredes estaba decorada con motivos florales. Tenía el suelo embaldosado y el mobiliario era decente: un aparador con algunas piezas de vajilla, una mesa de tablero pulido sobre la que había un candelabro y a su alrededor, bien dispuestos, varios sillones. En un rincón había un velón de ocho picos, que el posadero encendió con la lumbre del candil. En otro, un pequeño mueble sobre el que podían verse una jarra de peltre vidriado, un par de cubiletes, una baraja de cartas y varios dados.

—¿Enciendo las velas? —preguntó el posadero mirando el candelabro.

—No, con la luz del velón es suficiente —respondió el cosmógrafo.

—Como deseéis. ¿Qué tomarán?

—¿Vino? —Magallanes miro al cosmógrafo, que asintió con la

cabeza—. Dos jarrillas. —Cuando el posadero abandonó el reservado, echó una ojeada al lugar y dijo—: No es mal sitio. Habría apostado a que no lo encontraría en una posada de esta clase.

—Es un reservado para… ciertos clientes.

—¿Aquello es una puerta? —Magallanes señaló hacia la pared decorada.

—Un trampantojo.

El navegante torció el gesto.

—Un trampa ¿qué?

—Trampantojo, amigo mío. Una… realidad disimulada. Esa puerta está camuflada entre el… follaje. Como os dije, esto, además de posada y prostíbulo, es lugar de citas. Algunos caballeros de mucho renombre, que acceden por una puerta excusada, se citan aquí para… bueno… ya me entendéis.

—¿Qué hay tras esa puerta?

—Una alcoba. —Abrió la disimulada puerta que daba a una estancia en la que había una amplia cama con dosel—. Puede accederse por aquella otra puerta. Pero esa está cerrada con llave.

—Observo que estáis bien informado.

—Aquí he tenido alguna cita de amor.

Magallanes dudó otra vez si no se habría precipitado al invitarle a una jarrilla de vino y si haría bien en hacerle partícipe de sus inquietudes. Se acomodaron y le preguntó:

—¿Qué tenéis que decir sobre mi memorial?

—Que os lo han desestimado —respondió sin andarse con rodeos.

El semblante de Magallanes se ensombreció. Guardó silencio. Necesitaba digerir lo que consideraba una injusticia.

—¿Cómo lo sabéis?

En los labios de Faleiro apuntó una sonrisilla.

—Puedo contaros el milagro, pero no revelaros el santo. Tened por seguro que el aumento de la paga que recibís no vais a conseguirlo.

—¿Sabéis algo de la otra pretensión que he elevado a su majestad?

—¿Otra pretensión?

—Sí, en el mismo memorial iba otra petición.

—No sé nada de eso. Lo que ha llegado a mis oídos es que el rey no accede a aumentaros la renta de que ya gozáis. Es posible que la negativa guarde relación con las obras de la *Torre de Belém* y del monasterio. Se tragan todo el oro que rentan las especias y doble que se sacara de ellas. ¿Qué otra pretensión es esa?

—Un hábito de la Orden de Cristo —respondió Magallanes cuando entraba una moza con las jarrillas de vino.

Al ver el panorama las dejó sobre la mesa y se marchó sin hacer ruido. No era momento para zalemas ni carantoñas buscando unas monedas, si es que no conseguía que la cosa pasase a mayores.

Magallanes dio un largo trago a su vino. Tenía la garganta seca. No creía que se le doblase la asignación como él había solicitado, pero esperaba algún aumento de la exigua renta que se le había concedido por quedar cojo y que sólo le permitía vivir con estrecheces. Si también le negaban su pretensión de un hábito de la Orden de Cristo, además de un maltrato, sería una humillación que no merecía después de los importantes servicios que había prestado a la Corona. Negarle el hábito era herirlo en su orgullo de hidalgo, después de haber sufrido penalidades sin cuento en la expedición a la Especiería y su bravo comportamiento en la defensa de Azamur, donde aquella maldita lanzada lo dejó cojo de por vida.

Si se confirmaba lo que Faleiro acababa de decirle, su tiempo en Lisboa había concluido. Con cara de pocos amigos, dejó escapar un suspiro y, después de dar otro trago y limpiarse la boca con el dorso de la mano, miró al cosmógrafo que, inmóvil, guardaba un prudente silencio.

—¿Qué os parecería participar en una expedición para encontrar un paso que permita llegar al mar del Sur navegando por el Atlántico?

El cosmógrafo clavó sus negras pupilas en los ojos de Magallanes, quien le sostuvo la mirada con los labios apretados.

—Vos sabéis que no podemos navegar por esas aguas. El acuerdo que cerró nuestro rey con los castellanos en Tordesillas nos lo impide. Allí se fijó un meridiano que delimitaba en el Atlántico las tierras que quedaban bajo el dominio de nuestro rey y del monarca castellano. Por lo que sé, no fue fácil. Los castellanos se aferraban a que el papa había publicado una serie de bulas por las que quedaba establecida la línea de separación a cien leguas al oeste de las Cabo Verde o de las Azores, eso era algo que no quedaba claro, y amenazaba con penas de excomunión a todo aquel que se atreviera a cruzar dicha línea sin el consentimiento de Castilla.

—Lo que dictaminó aquel papa, que era español, nos perjudicaba.

—Por eso nuestro rey protestó —apostilló el cosmógrafo—. Se había invertido mucho esfuerzo y dinero en bordear la costa africana para que, tras el viaje de Cristóbal Colón, a quien aquí se le hizo poco caso, Castilla quedara en posición tan ventajosa. Con mucho menos esfuerzo habían encontrado lo que pensaron que era otro camino para llegar a la Especiería. Lo que a nosotros nos había costado décadas ellos lo resolvieron en pocos meses. En Tordesillas se acordó que ese meridiano se trasladase hasta trescientas setenta leguas al oeste de las Cabo Verde. Eso nos ha permitido poner pie en el continente descubierto por Colón.

Magallanes, que tras la disquisición de Faleiro parecía haberse olvidado de la cuestión que le había planteado, comentó:

—Siempre me he preguntado por qué los castellanos accedieron a cambiar esa línea de demarcación que tanto nos ha favorecido, contando ellos con el apoyo del papa.

Ruy Faleiro dio un trago a su vino.

—Porque en las reuniones de Tordesillas nosotros jugábamos con ventaja.

Magallanes frunció el ceño

—¿Qué queréis decir?

—Que los nuestros conocían de antemano las posiciones que iban a defender los castellanos. Nuestro rey contaba con la información de los espías que tenía en la corte de sus rivales. Tenían acceso a todo lo que allí se cocinaba. Juan II no reparó en gastos, consciente de lo mucho que había en juego.

—Siempre me ha costado creer que el papa aceptase que le enmendasen la plana.

—No lo aceptó. Alejandro VI nunca ratificó aquel tratado. Hubo que esperar a que fuera proclamado Julio II para que se promulgase una bula dando por bueno lo acordado. Nos curamos en salud al exigir una cláusula por la cual ninguna de las partes podría alegar la no ratificación del papado para incumplir lo acordado.

—Sin embargo, su interpretación ha dado lugar a varios conflictos. Si las trescientas setenta leguas quedaron claras, no se precisó el punto a partir del cual se medían.

—Es cierto —ratificó el cosmógrafo después de apurar el vino de su jarrilla—. Los castellanos admitieron desplazar el meridiano de separación hasta las trescientas setenta leguas siempre y cuando se contasen a partir de las Cabo Verde. Pero hay varios grados de diferencia de un extremo a otro de ese archipiélago. Calculo que unas cincuenta o sesenta leguas entre la punta más oriental y la más occidental. ¿Desde dónde se miden las trescientas setenta leguas?

A Magallanes no le interesaba seguir hablando de aquello. Al menos, en aquel momento. Trató de reconducir la conversación.

—¿Qué pensáis de lo que os he propuesto acerca de participar en una expedición para encontrar un paso que permita llegar al mar del Sur navegando por al Atlántico?

—Ya os lo he dicho. No podemos navegar por esas aguas. Corresponden al hemisferio de los castellanos.

—¿Y si esa expedición fuera impulsada por Castilla?

Faleiro trató de dar un trago a su vino, pero había apurado su jarrilla.

—¿Estáis proponiéndome entrar al servicio de Castilla para que encuentren una ruta que les permita llegar a la Especiería?

Magallanes asintió con un leve movimiento de cabeza. Le parecía menos comprometido.

El cosmógrafo contuvo la respiración. Por un momento, temió que fuera una trampa. Estuvo tentado de marcharse. Se levantó y, asomándose a la puerta, comprobó que no había nadie. La cerró y volvió a sentarse.

—¡Qué diablos estáis diciendo! ¿Es que habéis perdido la cordura? ¿Acaso os habéis vuelto loco? Si ya supone un grave riesgo meter las narices en un asunto de esta naturaleza, lo que acabáis de decir está considerado alta traición. ¡Olvidaos de eso, si es que en algo estimáis vuestra vida!

Por un momento Magallanes se arrepintió de haber hecho al cosmógrafo partícipe de su planteamiento. Comprobó que estaba muy nervioso. Nunca hubiera creído que Faleiro, un hombre de mundo, fuera a reaccionar de aquella forma. Sabía que el cosmógrafo había participado a lo largo de su vida en proyectos donde se había actuado sin escrúpulos. En Lisboa era conocido que había incumplido la ley en muchas ocasiones. Incluso había cometido graves delitos que podían haber dado con sus huesos en la cárcel.

—Tranquilizaos, amigo mío. Sólo estoy hablando de posibilidades.

—Lo que me estáis proponiendo está castigado con la pena de muerte.

—Lo que he dicho no supone ninguna novedad y vos lo sabéis. Es frecuente entre los hombres de mar ponerse al servicio de un rey que no es el suyo. Algunos compatriotas han estado y siguen estando al servicio de Castilla. Al igual que hay castellanos al servicio de nuestro monarca.

—Es cierto. Pero un camino a la Especiería… Además, ¿qué interés pueden tener los castellanos en financiaros esa expedición? Algunos de sus mejores marinos buscan ya ese paso. No creo que presten mucha atención a vuestra propuesta.

Ahora fue Magallanes quien acabó con el contenido de su jarra.

—Prestad atención porque no repetiré lo que voy a deciros y sabed también que, si decís que yo lo he dicho, lo negaré.

La explicación de Magallanes fue breve. Sin entrar en detalles.

—¿Estáis seguro de eso? —preguntó el cosmógrafo.

—Tengo que completar algunos datos y vuestra colaboración sería importante. Los castellanos no tienen ni idea de las posibilidades que se les abren. Sólo tengo sospechas. Por eso necesito que vos hagáis las mediciones y emitáis un informe. Vuestro prestigio sería un aval importante.

Magallanes invirtió la jarrilla, de la que cayeron unas gotas sobre la mesa.

—Creo que habría que pedir más vino —indicó Faleiro.

El cosmógrafo hizo ademán de levantarse, pero, antes de que lo hiciera, Magallanes le preguntó:

—¿Estaríais dispuesto a trabajar en ese proyecto?

—No sé, amigo mío. ¿Habéis sopesado el peligro que eso supone? Hay quien ha perdido la vida por bastante menos. Nos considerarán traidores y, si nos descubren, terminaríamos colgados de una soga. Lo que acabáis de insinuar es muy grave. Los intereses que hay en juego son… son… bueno, no encuentro la palabra adecuada. Si alguien sospechara, sólo sospechara, que estamos sopesando lo que acabáis de decirme, vuestra vida y la mía no valdrían nada. Nuestros cadáveres aparecerían flotando en el estuario, si es que no los lastraban para que se pudrieran en su fondo.

4

Aquellas dudas inquietaron a Magallanes. Si el cosmógrafo se iba de la lengua, podía darse por muerto. Se arrepentía de haber sido tan directo a la hora de revelarle sus propósitos, pese a que los había planteado sólo como una posibilidad. Debería haberse limitado a tantearlo. Ahora ya no tenía remedio. Lo tranquilizaba algo pensar que su rechazo hacia la corte, por el mal pago dado a sus servicios, era tan grande como el suyo.

—Nadie tiene por qué saber de esto. Simplemente contrastaríamos datos, haríais mediciones y sacaríamos conclusiones.

—Voy a pedir más vino, tengo la garganta seca.

Levantándose, se asomó y lo pidió a gritos desde el rellano de la escalera.

—¡Ya va! ¡Ya va! —le respondieron desde abajo.

Al sentarse, comentó:

—Vos participasteis en la expedición organizada por el virrey Albuquerque, después de ocupar Malaca. Si no recuerdo mal, se os encomendó navegar hasta el Moluco junto a Abreu y Serrao. Pero vos y Abreu no pudisteis llegar.

El semblante de Magallanes se ensombreció.

—¡Aquella maldita tormenta!

—No os torturéis con ese recuerdo. Lo que llegó a mis oídos

fue que Serrao pudo culminarla al no sorprenderles el temporal que a vos os lo impidió. Navegaba algunas millas por delante porque su nave era más nueva y estaba mejor aparejada que la vuestra. ¿Desde entonces tenéis esa sospecha?

—Desde que Serrao me facilitó cierta información.

—¿Cómo es que os la facilitó?

—Era mi amigo. Creo que quería descargar su conciencia.

—¿Descargar su conciencia?

—Serrao me confesó que modificó la distancia que separa Malaca de las islas de las Especias para que apareciera como menor.

—¿Por qué iba a hacer una cosa así?

—No quería tener problemas. Eso me llevó a estudiar el asunto con detenimiento y, efectivamente, no cuadran. Es posible que los cosmógrafos o los pilotos de la *Casa da Índia* sospechen algo, pero como comprenderéis guardan el más absoluto de los secretos.

Ruy Faleiro frunció el ceño.

—¿Podríais acceder a los archivos de la *Casa da Índia*?

—No olvidéis que soy miembro de la *Junta dos Mathemáticos*.

En ese momento apareció la misma moza que les había servido antes. Su intento de buscar algo más que servir el vino fue cortado por Magallanes de forma brusca.

—¡Déjanos en paz! ¡Lárgate!

La moza salió haciéndole un mohín de desprecio.

El navegante y el cosmógrafo dieron un buen tiento a las jarrillas para refrescar sus gargantas.

—Si se confirmasen vuestras sospechas, las consecuencias para nuestro rey serían muy graves —comentó Faleiro después de limpiarse los labios con el dorso de la mano.

—Nuestro rey no se ha mostrado generoso con nosotros. ¿Tenemos que sentirnos obligados hacia él? Lo que os propongo será un secreto entre vos y yo. Luego, si mis sospechas tienen algún fundamento, plantearemos al rey de Castilla la posibilidad de esa expedición.

—Supongo que no ignoráis que nuestro rey tiene espías en la

corte de Castilla y están pendientes de cualquier novedad. También Lisboa está llena de agentes castellanos que informarían a su rey, sin pérdida de tiempo, en caso de tener la más mínima referencia de vuestras sospechas.

—Nadie tiene por qué saberlo, si vos y yo actuamos con la discreción que requiere el caso. Después, si tenemos confirmación, haríamos la propuesta a los castellanos y, si aceptan organizar una expedición, navegaríamos bajo el pabellón de Castilla.

El cosmógrafo dio otro trago al vino y nuevamente se secó la boca con el dorso de la mano. Magallanes leyó en su rostro que el temor a los graves riesgos que suponía aceptar su propuesta lo hacían vacilar.

5

Faleiro meditó un instante.

—Lo que dicta la prudencia es que me olvide de todo esto, si no quiero acabar mis días colgado de una soga o muerto a cuchilladas en cualquier oscuro callejón de Lisboa. Aceptar lo que me estáis proponiendo es una imprudencia muy grande... Pero, ¡qué demonios! ¡Yo nunca he sido un hombre prudente!

Magallanes no pudo ocultar su satisfacción. Su participación en el proyecto lo dotaría de un gran crédito. Por otro lado, el hecho de que el cosmógrafo se sintiera tan rechazado como él en los círculos próximos al rey era una garantía. Sabía por experiencia que esas cosas unen mucho a las personas.

—No niego que la operación tiene sus riesgos, pero los beneficios podrían... podrían ser... —Magallanes eligió bien la palabra— colosales.

Faleiro dio un trago a su vino. Se le había vuelto a secar la garganta.

—¿Os importaría concretarme los detalles?

—¿Tengo garantías de que cuanto diga no saldrá de entre estas paredes?

—Quedad tranquilo. ¡Por la cuenta que me trae, mi boca estará sellada!

Magallanes le explicó detalladamente su proyecto, adornándolo con datos precisos sobre las líneas de separación de los respectivos hemisferios de castellanos y portugueses, y remató su exposición enumerando los beneficios que para ellos se derivarían si se firmaba una capitulación con los castellanos.

La exposición había sido tan detallada que había pasado la hora del almuerzo y decidieron comer. El posadero les sirvió unas escudillas de garbanzos con bacalao y algo de queso, acompañado de más vino. Satisfecha la necesidad, Magallanes comentó:

—Si sale bien, tendríamos tanto dinero como jamás habríamos soñado. ¡Seríamos inmensamente ricos!

—Bajad la voz. En Lisboa las paredes tienen oídos. Mientras estemos dentro de los límites del reino, nuestras vidas penden de un hilo. Hay un asunto, en mi opinión de suma importancia, al que no habéis hecho la menor referencia.

—¿A qué os referís?

—¿Creéis que este es un momento oportuno para proponer vuestro plan a los castellanos?

—¿Por qué decís eso?

—Porque en estos momentos Castilla pasa por una situación muy complicada. Gobierna don Fernando, que es el rey en Aragón, pero en Castilla ejerce el poder en calidad de regente. Se dice que tiene la salud muy quebrantada porque su esposa, que es mucho más joven que él, lo requiere continuamente en el lecho. Doña Germana quiere quedarse preñada y convertirse en reina madre.

—Por lo que sabemos, don Fernando está muy interesado en los asuntos de las Indias —replicó Magallanes—. Las expediciones quedaron paralizadas cuando tuvo que abandonar la regencia de Castilla y marchar a Aragón. Ni su yerno ni Cisneros mostraron mucho interés. El primero porque estaba más pendiente de divertirse y fornicar con las damas de la corte que de los asuntos de gobierno. El segundo porque centró su objetivo en el norte de África para frenar los ataques de los piratas berberiscos. Pero la vuelta de don Fernando a Castilla supuso un nuevo impulso a proyectos relacionados con las tierras que están al otro lado del Atlántico. Según mis noticias, está muy interesado en descubrir un paso que le permita llegar al mar del Sur y a las especias, sin faltar a lo acordado en Tordesillas, lo que le impide utilizar la ruta africana.

—Si supiera lo que vos sospecháis… ¡Bueno es ese viejo aragonés!

—¿Sois consciente de que eso nos viene como anillo al dedo?

—En fin, si las cosas en Castilla pintan tan bien como decís, pongámonos manos a la obra. Antes habéis dicho que todavía formáis parte de la *Junta dos Mathemáticos*. Eso significa que tenéis acceso a portulanos, cartas de navegación, mapas y documentación que se guardan en la *Casa da Índia*.

Efectivamente, como señalaba Faleiro, la documentación referida a los viajes y los detalles de la navegación que se guardaban en la *Casa da Índia* eran de acceso restringido a muy pocas personas. Su sede estaba en la *Praça do Comércio* y era uno de los lugares más vigilados de toda Lisboa. Allí se guardaban algunos de los secretos de Estado más valiosos. Por la ciudad pululaban espías, agentes de otros países y mercenarios a sueldo cuyo objetivo era obtener alguna información de las derrotas de las flotas lusitanas que navegaban por la ruta de las especias. Se sabía que se pagaban sumas muy elevadas por obtener unas migajas, al igual que hacían los agentes de Manuel I que había en Sevilla, en cuya Casa de la Contratación se guardaban secretos parecidos a los de la *Casa da Índia*.

—Tengo acceso a todo eso. Al menos por el momento.

—Tendréis que facilitarme documentación para darle al proyecto la solidez científica que necesitamos. Supongo que sabéis que poner a disposición de otras personas secretos de los que se guardan en la *Casa da Índia* es un delito que se castiga con la pena de muerte.

—Nadie ha de saber que, por mi mano, habéis conseguido el acceso a ellos.

—Las paredes de ciertos sitios no sólo tienen oídos, también tienen ojos.

Ruy Faleiro, que había dado buena cuenta de su escudilla, apuró su vino pensando que, si todo salía bien, podían hacerse de oro y su nombre pasaría a la posteridad. Pero si, por el contrario, las cosas se torcían…

Pidieron más vino para acompañar la conversación.

Cuando salieron de la *Posada do Carmo* las sombras de la noche ya se habían apoderado de Lisboa. En la calle había un silencio sólo roto por el canto melancólico que, en la voz de una mujer, salía de una ventana. La brisa era más recia que cuando entraron. Anunciaba lluvia, como Magallanes había pronosticado. El cosmógrafo se sentía abrumado. Si alguien tuviera la menor referencia sobre la conversación que habían mantenido, su vida no valdría un *dinheiro*.

6

La lucha entre el rinoceronte y el elefante dio poco de sí. Este último huyó apenas vio a Ganda —nombre con que se había bautizado al rinoceronte—, que fue dado como vencedor. El elefante rompió en su huida la empalizada que delimitaba el palenque y, barritando enloquecido, corrió por las calles de Lisboa, causando gran confusión y temor hasta que, después de muchos esfuerzos, lograron reducirlo.

Pocos días después del encuentro en la *Posada do Carmo* la inquietud se apoderó de Magallanes: Faleiro no daba señales de vida, había desaparecido. Empezó a albergar temores y a dudar de haber buscado la colaboración de un personaje tan estrafalario. No descartaba la posibilidad de que el cosmógrafo estuviera sirviendo de alimento a los peces porque alguien hubiera tenido noticia de lo que se traían entre manos. Todo ello le hacía andar precavido. No salía a la calle sin que su esclavo le cubriera las espaldas, sin portar su espada y sin llevar la misericordia. Procuraba estar recogido en su casa antes de que cayera la noche. Pero pasados algunos días descartó la posibilidad de que el cosmógrafo se hubiera ido de la lengua y lo hubieran eliminado; de ser así también le habrían buscado a él para conducirlo al mismo destino y no había notado que lo siguieran o que alguien estuviera al acecho para mandarlo al otro mundo. Cada vez tomaba más cuerpo que alguna de sus trapisondas lo hubiera obligado a quitarse de en medio, al menos de forma temporal.

Pese a su desaparición, Magallanes siguió indagando en los fondos de la *Casa da Índia*. Consultaba portulanos y estudiaba cartas de marear. Leía algún diario de a bordo donde solía quedar consignada valiosa información. Carecía de la solidez científica de Faleiro, pero tenía los conocimientos suficientes para ir dotando a su proyecto de la base documental que necesitaba. No podía formularlo con la precisión del cosmógrafo ni tampoco aportar el prestigio del que aquel gozaba, pero se consideraba capaz de hacerlo con la experiencia que le habían proporcionado sus viajes y los datos que poseía.

Estudió detenidamente la esfera confeccionada por Martín de Bohemia y su método para calcular la latitud en el hemisferio sur, donde no era visible la estrella Polar, que era la referencia que se tenía para medirla en el hemisferio norte. Se empapaba de lo referente a las corrientes marinas imperantes en determinadas zonas y a los vientos dominantes en ciertas latitudes. Anotaba con sumo cuidado las distancias recorridas, las zonas de calma, la posición del sol en relación con latitudes concretas, según las épocas del año… Consultó la carta de Jorge da Aguiar, los escritos de Vasco da Gama y algunos mapas confeccionados por los cartógrafos castellanos que espías destacados en Sevilla habían logrado llevar hasta Lisboa con detalles valiosos de algunas de sus expediciones.

Pasaban las semanas y Faleiro seguía sin dar señales de vida. Era posible que algún marido burlado le hubiera ajustado las cuentas o que en alguna reyerta tabernaria hubiera muerto y después desaparecido su cadáver.

Una tarde, entrado ya el otoño, llegó a sus oídos noticia de que en Sevilla se aparejaban tres carabelas para buscar el ansiado paso que condujera desde las aguas del Atlántico hasta las del mar del Sur. Lo comentaban unos marinos, en una taberna de la *Ribeira Nova das Naus*. Acababan de llegar a Lisboa procedentes de la ciudad andaluza, donde habían trabajado en las barcazas que surcaban el

Guadalquivir entre Sanlúcar de Barrameda y Sevilla, aprovechando las mareas. Magallanes se acercó a la mesa donde conversaban y, de forma comedida, preguntó:

—Disculpad por entrometerme en vuestra conversación, pero os he oído hablar de cierta expedición que se prepara en Sevilla, ¿podríais informarme?

Uno de los sujetos apuró el vino de su jarrilla y la miró de forma significativa. Magallanes no necesitó más.

—¡Moza, vino! ¡Vino para estos amigos!

No fue mucho lo que le dijeron. Pero le confirmaron que en Sevilla se aprestaban tres carabelas y se buscaban tripulaciones con vistas a una expedición cuyo objetivo era encontrar un paso para llegar al mar del Sur. El rey había firmado una capitulación. No sabían más.

Era una mala noticia.

En los días siguientes se confirmó aquel comentario de taberna que suponía un duro golpe para los sueños de Magallanes. Poco a poco, se fueron conociendo en Lisboa más detalles de la expedición. Se supo que al frente de la misma iría un navegante de mucha experiencia: Juan Díaz de Solís, piloto mayor de Castilla. Los rumores que corrían apuntaban a que el objetivo de la expedición era la búsqueda del ansiado paso por debajo de los cuarenta y cinco grados de latitud sur, pero no había circulado comentario alguno de que buscaran abrir una ruta para llegar hasta la Especiería. Si era un objetivo, los castellanos lo mantenían en secreto. Tampoco descartaba la posibilidad de que en Lisboa nadie se atreviera a hablar de un tema que era secreto.

Magallanes supo que no era la primera capitulación que Díaz de Solís firmaba con el rey. Hacía algunos años había acompañado a uno de los marinos que realizó el viaje con Cristóbal Colón, un tal Yáñez Pinzón. Navegó por las costas de las Indias en el hemisferio sur. Se decía que había llegado hasta cerca de los cuarenta grados, sin encontrar el paso, aunque eran muchos los que dudaban que aquella expedición hubiera navegado por aguas tan meridionales.

Dejó de ir por la *Casa da Índia*. Carecía de sentido trabajar hasta la extenuación en un proyecto que tenía escasas posibilidades, después de que se estuviera armando aquella expedición.

Pasaron las Navidades, que en la corte se celebraron con un gran boato. Misas solemnes en la catedral y distribución de grandes limosnas. Visitas a conventos y alumbrados nocturnos con fanales en el *Paço da Ribeira*, la residencia real, y en las casas de los *fidalgos*. Las grandes celebraciones palaciegas eran una muestra más de que el dinero afluía a Lisboa en cantidades cada vez mayores. Las misas de Nochebuena, conocidas popularmente como misas del Gallo, estuvieron muy concurridas, con las iglesias abarrotadas de fieles. Magallanes asistió a la de la iglesia de San Miguel, que estaba a pocos pasos de su casa. Como era costumbre, en numerosas calles y plazas los vecinos quemaron tocones en la creencia de que, cuanto más tiempo tardaba en quedar reducido a cenizas, más abundante sería la cosecha de granos.

Aquellos días uno de los temas de conversación giraba en torno a Ganda. En toda Europa había causado sensación la noticia de su llegada a Lisboa y circulaban numerosas estampas con su imagen tal y como la había imaginado un famoso pintor alemán llamado Alberto Durero. Había hecho un grabado del animal a partir de un boceto y algunos datos que le facilitó un comerciante de Bohemia que lo había visto en la capital lusitana, y que había recalado en Nüremberg, la ciudad donde vivía dicho pintor. El motivo de las conversaciones era que el papa León X había mostrado su deseo de conocer a tan extraordinario animal. El monarca portugués, en un gesto cargado de diplomacia, había decidido regalárselo al sumo pontífice y Ganda había sido embarcado con destino a Roma.

El rey de Portugal era consciente de la importancia de tener al papa a su favor, para el caso de que los españoles volvieran a pedir al vicario de Cristo en la Tierra que emitiera una bula pontificia para determinar ciertos límites en el reparto del mundo. Ahora podría hacerse con mucha más precisión, al poseerse datos que eran desconocidos cuando el acuerdo de Tordesillas. Los descubrimientos geográficos habidos en aquel cuarto de siglo, la perfección de la cartografía y contar con instrumentos de navegación más precisos, permitían afinar mucho más.

El primer día de 1516 Lisboa se despertó sobresaltada. Dos grandes carracas ancladas en los muelles del Tajo, que estaban siendo abastecidas para hacer la ruta de las especias, habían ardido por completo y los tripulantes que montaban guardia en ellas habían perecido. En un primer momento se confundieron los resplandores que se veían por la parte de la *Ribeira Nova das Naus* con los de algunos de los enormes tocones que ardían en aquella zona de la ciudad —también esa noche, como la de la natividad de Nuestro Señor, se quemaban troncos para solicitar ventura y prosperidad al nuevo año—, pero las explosiones de las santabárbaras indicaron que algo grave estaba ocurriendo.

En los ambientes marineros reinaba la consternación y se decía que era la respuesta al sabotaje que había sufrido una de las carabelas cuando estaba siendo aparejada con vistas a la expedición organizada por los castellanos para encontrar el paso del mar del Sur. En Sevilla corrió el rumor de que habían sido agentes a sueldo del rey de Portugal.

Aquellos días la tensión se palpaba en las calles de Lisboa y no eran pocos los que temían un conflicto entre ambos reinos.

7

Poco después de que mediara el mes de enero, llegó a Lisboa la noticia de que había muerto don Fernando, el rey de Aragón, que ejercía como regente de Castilla en nombre de su hija Juana. Se decía que Juana estaba afectada por una demencia que le sobrevino al morir su esposo, de quien estaba locamente enamorada. Pero por Lisboa circulaban rumores de que todo era un invento para apartarla del poder y tenerla encerrada en un palacio de Tordesillas.

El rey don Manuel, pese a las tensiones, ordenó que se celebraran solemnes funerales en la catedral por el eterno descanso del alma del monarca difunto. Allí pudo oír Magallanes algunos comentarios que circulaban acerca de la causa de su muerte. Había quien la achacaba a un atracón de criadillas de toro, aunque otros afirmaban que la causa había sido la continua ingesta de unos polvillos obtenidos de disecar y machacar una especie de mosca verde. En lo que todos coincidían era en que, tanto aquellos potajes con criadillas de toro como los polvos de mosca, los tomaba el difunto para aumentar su vigor sexual y satisfacer los deseos carnales de la joven reina, doña Germana, cuyo mayor deseo era dar a luz un hijo que, según se consignó en las capitulaciones matrimoniales, sería proclamado rey de Aragón. En la puerta de la seo donde se habían formado los habituales corrillos, tras concluir las exequias fúnebres, oyó decir al conde de Abrantes:

—¡Es una pena que haya muerto sin preñar a su joven esposa!

—¿Por qué dice eso su excelencia? —preguntó uno del corrillo.

—Porque si doña Germana hubiera dado a luz un varón, las coronas de Castilla y de Aragón no serían ceñidas por don Carlos. Ese jovencito va a convertirse en un monarca muy poderoso y eso no nos conviene.

Uno que quiso halagar al conde hizo un comentario inadecuado.

—Si al rey le faltaban las fuerzas, la reina pudo haber buscado un sustituto.

El conde lo midió con la mirada.

—Contened vuestra lengua. ¿Cómo osáis referiros así a una reina?

—Disculpad, señor. Yo no pretendía… —balbució y, abochornado, agachó la cabeza.

Las coronas de Castilla y Aragón recaían sobre el hijo mayor de doña Juana y, pese a que en Castilla se la consideraba a ella como la reina, el poder quedaría en manos de don Carlos, que por entonces se encontraba en su Flandes natal y apenas contaba dieciséis años.

Pocos días después llegaba a Lisboa otra noticia que nada tenía que ver con la muerte del rey Fernando. Hacía referencia al viaje de Ganda.

La derrota seguida por la nao que lo transportaba había cruzado el estrecho de Gibraltar y entrado sin novedades en aguas del Mediterráneo. A partir de ese momento la acechaban los piratas berberiscos que infestaban aquel mar y tenían aterrorizadas a las poblaciones ribereñas. El barco en que viajaba Ganda era una presa apetecible porque, junto al rinoceronte, el monarca portugués enviaba al sumo pontífice una importante cantidad de oro para las obras de San Pedro y un cargamento de especias con destino a las cocinas papales. El capitán de la nao, Pereira Coutinho, buscando alejarse de la costa africana, puso proa al norte, hacia la costa meridional francesa y el mar Ligúrico. Cuando navegaban a la altura de Marsella, el monarca galo, que había tenido noticia de la presencia del rinoceronte, manifestó su deseo de ver a tan extraordinario animal. Coutinho decidió desembarcar al animal para satisfacer la curiosidad de Francisco I. Ganda causó sensación. El desembarco significó retrasar el viaje unos días y, una vez reemprendida la travesía, les sorprendió una tormenta a la altura de Génova, muy cerca de la costa. Ganda no pudo salvarse al estar encadenado. Se hundió con la nao.

El Miércoles de Ceniza, primer día de Cuaresma, Magallanes se había puesto un traje de paño oscuro, muy desgastado. Era la indumentaria adecuada para acudir a la ceremonia de imposición de ceniza con que comenzaba aquel tiempo de penitencia. Asistir a esa liturgia era un acto de humildad y, desde que era un niño en su Sabrosa natal, su madre le había enseñado que era la forma adecuada de comenzar la Cuaresma. Estaba a punto de entrar en San Miguel cuando oyó que lo llamaban a gritos.

—¡Don Fernando! ¡Don Fernando!

Se detuvo y lo que vio lo dejó paralizado.

Era Ruy Faleiro que, jadeando, se acercaba por la empinada cuesta que conducía hasta la entrada del viejo templo y que asfixiaba a todo aquel que quisiera subirla demasiado de prisa.

—¡Por la Santa Madre de Dios, estáis vivo! —exclamó un incrédulo Magallanes que no daba crédito a lo que veía—. ¿Puede saberse dónde habéis estado todo este tiempo?

El cosmógrafo trataba de recuperar el resuello.

—Comprendo… comprendo vuestro desasosiego, amigo mío… —Tomó aire y añadió—: Pero… ya sabéis que el hombre propone y Dios dispone.

—¿Esa es toda la explicación que pensáis darme? —Magallanes no disimulaba su irritación.

Ruy Faleiro reparó en la indumentaria de Magallanes.

—¿Vais a tomar la ceniza?

—En efecto. Pero no habéis respondido a mi pregunta y me gustaría oír de vuestros labios una explicación.

—Lo haré con mucho gusto, pero será después de la ceniza.

Entraré con vos y pediré a Nuestra Señora de Ajuda que interceda para que Dios perdone mis muchos y graves pecados.

Magallanes farfulló entre dientes algo ininteligible y entraron en el templo, donde el sacerdote ya había dado comienzo a la liturgia.

Una vez cumplido el ritual con que los cristianos recordaban que eran polvo y en polvo se convertirían y comenzaban el periodo de ayunos, salieron de la iglesia.

—¿Os apetece una jarrilla de vino, aunque estemos ya en tiempo de ayuno? —propuso el cosmógrafo—. Es cuestión de rezar luego algún paternóster.

Magallanes se acodó en la mesa. Era la más apartada de una taberna de la vecindad en la que se encontraba poca clientela. Había comenzado la Cuaresma y, aunque eran numerosas las excepciones para no tener que ayunar y abstenerse, mucha gente hacía una vida recogida durante aquellos cuarenta días que recordaban el ayuno que Jesucristo realizó cuando se retiró al desierto.

—¡Cuánto hipócrita hay en el mundo! —murmuró el posadero mientras dejaba sobre la mesa las jarrillas con el vino.

—¿Por qué lo decís? —preguntó Magallanes

—No vienen a beber, pero en sus casas, cuando no los ve nadie, bien que empinan el codo y follan como conejos. ¡Como en cualquier otra época del año!

Magallanes frunció el ceño

—¿Cómo sabéis que se dedican a eso, si no los ve nadie?

El posadero lo miró con ojos de pícaro.

—Sabed que en estos días muchos mandan a sus hijos a comprar el vino que aquí no se beben. Sé de buena tinta que tampoco aparecen por la mancebía porque a las putas les prohíben trabajar durante la Cuaresma, pero dentro de nueve meses se bautizan tantos niños como en cualquier otra época del año. Podéis preguntárselo al párroco. Fray Vicente dice que si en las cosas del sexto mandamiento, Dios Nuestro Señor no nos da una moratoria, serán pocos quienes entren en la gloria.

A Magallanes le parecieron juiciosas las razones dadas por

el posadero y, cuando este se hubo retirado, no se anduvo por las ramas.

—En estos meses he llegado a pensar que habíais abandonado este mundo.

—¡Ya veis que no! Sigo vivo y… coleando.

—Me debéis una explicación.

A Faleiro aquellas palabras le sonaron a exigencia.

—No tengo por qué dárosla. Pero os diré que mi ausencia tiene varias razones. La primera, unas calenturas que me mantuvieron postrado en la cama durante semanas. El galeno no encontraba el remedio, aunque me cobró sus buenos *dinheiros*. ¿No se os ocurrió, por ventura, hacerme una visita e interesaros por lo que podía haberme ocurrido?

Magallanes encajó el golpe y para disimular su incomodidad dio un trago a su vino y se limitó a comentar.

—Han pasado muchos más meses.

—He estado en Sevilla —soltó el cosmógrafo sin preámbulos.

Magallanes pensó que era una de sus extravagancias.

—¿Queréis repetir eso?

—He estado en Sevilla.

8

Magallanes, sorprendido, habría esperado cualquier otra explicación. Pero nunca que hubiera pasado aquellos meses en Sevilla. Pensó si el cosmógrafo le habría jugado una mala pasada y vendido a los castellanos la información que le había facilitado.

—¿Queréis explicarme eso de que habéis estado en Sevilla?

—Es una larga historia.

—No tengo prisa.

Faleiro dio un largo trago a su jarrilla de vino antes de comenzar su relato.

—Sabed que apenas me había recuperado de las calenturas y las sangrías cuando una mañana, bien temprano, cuatro sujetos se presentaron de improviso en mi casa. No sé cómo dieron conmigo.

—¿Qué querían?

—Que me fuera con ellos. Era gente de pocas palabras. Apenas hablaban y se mostraban expeditivos. Si no los acompañaba mis días acababan allí.

—¿No pedisteis auxilio?

—Vivo solo.

—¿No gritasteis para que alguno de vuestros vecinos…?

—Si gritaba me matarían. Hablaban poco, pero lo que decían sonaba muy serio. Apenas me permitieron coger algo de ropa, además de exigirme que llevara conmigo todos mis papeles. Les dije que no los tenía en casa.

—¿Vuestros papeles? ¿Esa gente quería que llevaseis vuestros papeles? ¿Qué pasó?

—Lo pusieron todo patas arriba hasta que dieron con la arqueta donde guardo mi colección de mapas, algunas cartas de marear y la copia de un cuaderno de a bordo que conservaba de uno de mis viajes. Temí que tomaran alguna represalia por haberles mentido, pero se limitaron a hacerme la advertencia de que si intentaba escapar sería lo último que haría en mi vida. Les pregunté adónde me llevaban y me dijeron que ya lo sabría. Todo ocurrió tan deprisa que apenas habían transcurrido un par de horas desde que aparecieron cuando estaba en las afueras de Lisboa, adonde me habían conducido en un carruaje cerrado, sin dejar de amenazarme con una daga durante todo el trayecto. Como a media legua de Lisboa me obligaron a bajar del carruaje y montar en un caballo. Tomamos el camino de Évora, sin que yo tuviera la menor idea de adónde nos dirigíamos.

—¿Estáis diciéndome que os secuestraron?

Faleiro se encogió de hombros.

—Sólo cuando hubimos cruzado la raya con Castilla me dijeron que Sevilla era nuestro destino y que teníamos que llegar allí cuanto antes. ¡Hicimos el viaje a matacaballo! ¡Sin descanso! Antes de la hora del ángelus del cuarto día desde que entramos en Castilla habíamos llegado a nuestro destino.

—¿Qué querían?

Magallanes había digerido la noticia y asumido que no se trataba de una de las muchas extravagancias del cosmógrafo. Su estado de ánimo había pasado de la incredulidad a una curiosidad que ahora estaba convirtiéndose en un creciente malhumor.

—Necesitaban ciertos detalles que yo podía proporcionarles. Para una expedición que se estaba preparando y que, hace unos meses, puso rumbo a las Indias Occidentales.

—¿La que han encomendado a Juan Díaz de Solís?

—Esa. A los individuos que se presentaron en mi casa les pagaba la Casa de la Contratación. Allí sabían que yo había cartografiado la costa de Brasil y necesitaban cartas de marear lo más exactas posibles de esa zona. También querían que les facilitara toda la información que poseyera sobre arrecifes, corrientes y otros peligros que acechan en esas aguas.

—¿Habéis colaborado con la Casa de la Contratación?

—¡Qué iba a hacer! —protestó el cosmógrafo—. No tenía alternativa. ¡Era mi vida lo que estaba en juego! Si no lo hacía por las buenas, lo haría por las malas. Si colaboraba, estaban dispuestos a pagarme generosamente. En caso contrario… —con el índice trazó una línea en su cuello.

—Podíais haber urdido alguna treta. Vos sois un hombre de recursos.

—¡Qué fácil resulta decir eso cuando no es vuestro cuello el que está en juego! Los castellanos cuentan con buenos pilotos, y excelentes cartógrafos. No se habrían tragado una engañifa. Saben tanto o más que nosotros de lo que son aquellas costas. Lo que en realidad querían era contrastar sus datos con lo que yo podía decirles y, de esa forma, tener mayores seguridades en la búsqueda de un paso que les permita llegar al mar del Sur. ¡Me gustaría haberos visto en mi lugar!

—No necesito deciros que, por revelar esas cosas, son muchos los que han acabado en el fondo del mar con una piedra atada a los pies o desangrados como un cerdo en un oscuro callejón. Supongo que no les habéis dicho nada de lo que os confié en la posada.

—¿Por quién me tomáis? Me limité a ayudarles en aquello que me pedían. En Sevilla no tienen la menor idea de lo que vos sospecháis.

El que ahora estaba enfadado era Faleiro y Magallanes trató de serenarlo con una nueva pregunta.

—¿Encontrar el paso era el único objetivo de esa expedición?

Antes de responder, el cosmógrafo dio otro trago a su vino.

—Si buscan algo más no lo sé. Ya sabéis las reservas que hay con todas estas cosas. Pese al secreto con que organizaron ese viaje, los espías de nuestro rey se enteraron de que el difunto monarca había firmado una capitulación con el piloto mayor de Castilla, a finales del año catorce. Los agentes que están en Sevilla fueron alertados y dedicaron todos sus esfuerzos a descubrir cómo se preparaba la expedición y trataron de impedirla. Puedo deciros que consiguieron retardarla algunos meses. Sabotearon una carabela de sesenta toneladas que estaba aparejándose en el pequeño puerto de una villa llamada Lepe. Pero no lograron abortar la expedición. ¡No os podéis imaginar la indignación que hubo con el sabotaje! Aunque no tenían pruebas, estaban convencidos de que había sido gente a sueldo de nuestro rey.

—¿Sabéis que aquí volaron por los aires dos carracas que estaban listas para hacerse a la mar?

—No.

—Fue el primer día del año. Quienes lo hicieron aprovecharon que las tripulaciones no estaban a bordo y las guardias se habían relajado con la fiesta de los tocones. Aquí están convencidos de que han sido castellanos o gente a sueldo de ellos.

—Lo que han hecho ha sido devolvernos la moneda por lo que hicimos con su carabela.

—¿Qué más sabéis de esa expedición?

—Díaz de Solís quería barcos de escaso calado para poder navegar en aguas poco profundas. Consiguió tres pequeñas carabelas, tan ligeras que las tripulaciones de las tres no pasaban de setenta hombres. Por lo que yo sé agentes de nuestro rey consiguieron introducir dos hombres como tripulantes en una de ellas, la *Santísima Trinidad*, con el propósito de sabotearla. No sé si eran los mismos que ya habían actuado en Lepe o se trataba de otra gente. Pero los castellanos ya estaban sobre aviso. Al parecer, esos dos consiguieron retrasar algunas semanas más la partida. Pero lo que ha llegado a mis oídos es que un día se les perdió la pista y no ha vuelto a saberse de ellos.

—Habrán servido de alimento a los peces del Guadalquivir.

—O están enterrados en alguna de las dunas de las marismas de aquella zona. Al final, esa flotilla, que tenía que haberse hecho a la mar en agosto o lo más tardar a primeros de septiembre, no pudo zarpar de Sanlúcar de Barrameda hasta el 8 de octubre. Están convencidos de encontrar ese paso entre los cincuenta y cincuenta y cinco grados de latitud.

Magallanes dio un largo trago a su jarrilla, mientras echaba sus cuentas sobre el tiempo transcurrido.

—Desde entonces han pasado más de cuatro meses. ¿Puede saberse dónde demonios habéis estado todo este tiempo?

Faleiro se sentía cada vez más incómodo. Aquel rosario de preguntas distaba mucho de ser una conversación entre amigos. Había dado aquellas explicaciones porque había querido, no porque estuviera obligado a hacerlo. Decidió poner fin a aquella situación.

—No me gusta el tono que empleáis. ¡Esto se parece cada vez más a un interrogatorio!

Magallanes sacó a relucir su temperamento.

—¡Me debíais una explicación! ¡Han sido muchos meses esperando! —exclamó dando un fuerte puñetazo sobre la mesa.

Faleiro se puso tenso. No era persona que soportase imposiciones.

—Sabed que si os doy explicaciones es porque me da la gana. Si vos no tenéis eso claro, considerad este encuentro concluido. —Lo miró a los ojos, con gesto desafiante.

Magallanes hizo un gran esfuerzo para contenerse. Ya tendría ocasión de ajustar cuentas. Ahora le interesaba contemporizar. Lo necesitaba para dar consistencia a su propuesta porque, aunque la expedición de Díaz de Solís tuviera éxito, los castellanos, al parecer, no tenían la menor idea de lo que él sospechaba. Disimulando, le ofreció excusas en un tono que aparentaba ser conciliador.

—Disculpadme, nada más lejos de mi ánimo que interrogaros, amigo mío. Sólo deseo saber qué ha sido de vos durante estos meses. ¿Qué habéis hecho, una vez que Díaz de Solís se hizo a la mar?

—He permanecido en Sevilla.

Magallanes le preguntó con aire de complicidad:

—¿Alguna mujer?

—Algo de ello ha habido. Pero he permanecido allí porque esos malditos castellanos, a quienes el diablo confunda, me han retenido. No me han dejado regresar hasta pasados tres meses de la partida de la expedición. Querían asegurarse de que nadie pudiera interferir en su proyecto.

—¿Os han tenido preso?

—No, he estado… he estado… No sé cómo decirlo… He estado alojado en el Alcázar. ¡Eso es! ¡Alojado en el Alcázar! Su teniente de alcaide es compatriota nuestro. Se llama Barbosa, Diego de Barbosa. Quienes me custodiaban me permitían que… ciertas mujeres pudieran llegar hasta mi lecho, al menos una vez a la semana. También podía pasear por los jardines e incluso recibir visitas, aunque estas últimas estaban restringidas. Con frecuencia venían a verme funcionarios de la Casa de la Contratación, que tiene sus dependencias en el mismo Alcázar y, en alguna ocasión, convenientemente vigilado, pude ir hasta el cercano Arenal. ¡Es un espectáculo ver los barcos anclados en los muelles! ¡Nada tiene que envidiar a la *Ribeira Nova das Naus*!

—¿Siempre os tuvieron bajo vigilancia?

—Siempre. ¡Hasta cuando oía misa los domingos y fiestas de guardar en la capilla que hay dentro del Alcázar! A esa misa asistía el alcaide con su familia. Tiene una hija, llamada Beatriz. ¡Una criatura hermosísima! La víspera de Navidad asistí a la misa del Gallo en su espléndida catedral, cuyo crucero se hundió y están reparándolo. Está a pocos pasos del Alcázar y su torre es la que construyeron los moros cuando dominaban Sevilla.

—¿No intentasteis escapar en algún momento?

—Era algo que pasaba continuamente por mi cabeza. Pero intentarlo sin ayuda era una locura. Además, me atendían a cuerpo de rey. Como ya os he dicho, tenía hasta mujeres. El día de Navidad me invitó a almorzar el tesorero de la Casa de la Contratación, que es un canónigo de la catedral llamado don Sancho Matienzo. Me había visitado en varias ocasiones y he establecido con él cierta amistad. A los postres me dijo que, una vez pasada la Epifanía, podría marcharme. Pero no fue así y tuve que aguardar dos semanas más. El 25 de enero me despertó el sonido de las campanas. Estaban doblando todas las de Sevilla. Tenía que haber ocurrido algo grave. Apenas me había aseado y vestido cuando Barbosa apareció en mi aposento y me dijo que había llegado la noticia de que el rey don Fernando había muerto en una aldea de Extremadura, cuando se dirigía al monasterio de Guadalupe. Poco después, aquel mismo día, me condujeron hasta el despacho de Matienzo. Me entregó ciento cincuenta ducados...

—¡Ciento cincuenta ducados!

—Cincuenta más de lo que habíamos ajustado por mis servicios.

—¿Cien ducados por darles la información que necesitaban?

—Cien ducados, sí señor.

—En Sevilla parece que atan los perros con longanizas.

—Lo mejor de todo fue que me dijo que en un par de días podría dejar Sevilla. Me aconsejó discreción y que, si en algo apreciaba mi vida, guardara secreto de lo que había hecho. He regresado tan pronto como he podido. No tengo que deciros cómo están los caminos en esta época del año y lo penoso que resulta viajar. En fin, amigo mío, lamento deciros que si esa expedición tiene éxito vuestro proyecto habrá perdido gran parte de su interés para los castellanos.

—Aún nos queda una baza muy importante. Yo estoy dispuesto a seguir adelante.

Faleiro se acarició el mentón.

—Aunque os neguéis a verlo, la situación es muy diferente a la de hace algunos meses. Si esa expedición tiene éxito y encuentra el paso para llegar al mar del Sur... Las cosas habrán cambiado mucho, aunque os cueste admitirlo. Disculpadme, pero después de todo esto, no voy a continuar con el proyecto. Quedad tranquilo porque guardaré silencio como os prometí.

Su negativa a seguir en el proyecto hizo sospechar a Magallanes que no se lo hubiera contado todo. Se preguntó si no se habría ido de la lengua en Sevilla y le hubieran tapado la boca con una buena bolsa de ducados o le hubieran hecho una seria advertencia. Faleiro era tan imprevisible que podía esperarse cualquier cosa de él. No era un buen compañero de viaje. Pero era el mejor cosmógrafo y su fama alcanzaba a todos los ambientes marineros de Europa. La prueba la tenía en el secuestro que lo había llevado a Sevilla.

—Las islas de las Especias siguen en el mismo sitio —Magallanes había dado aire de solemnidad a sus palabras.

—¿Qué queréis decirme con eso?

—Que no han variado su posición geográfica. Añadiré que durante todo este tiempo he adelantado trabajo.

—¿Habéis encontrado algo que merezca la pena en la *Casa da Índia*?

—Mis sospechas se confirman. Hoy no albergo dudas.

—¿Qué queréis decir? —El cosmógrafo había entrecerrado los ojos, como si de aquella forma mejorase su visión.

—Estoy convencido de que las trescientas setenta leguas, se midan desde levante o desde poniente de las Cabo Verde, dejan a las islas de las Especias en el hemisferio correspondiente a Castilla. Os diré algo más, aquí lo saben.

A Faleiro se le había formado un nudo en la garganta. Se llevó la jarra a los labios y bebió con tal ansiedad que parte del vino se derramó por las comisuras de su boca.

—¿Estáis seguro de que esas islas corresponden a Castilla y de que aquí lo saben?

—Estoy seguro de ambas cosas. Corresponden a Castilla y aquí lo saben —repitió para que no quedase la menor duda—. He utilizado para algunas mediciones las que aparecen en la esfera de Martín de Bohemia y las he comparado con los datos que me facilitó Serrao. No tengo dudas.

—¿Habéis podido acceder a esa esfera?

—No olvidéis que soy miembro de la *Junta dos Mathemáticos*. Os diré algo más. He hecho una copia.

Faleiro contuvo la respiración. Aquel globo terráqueo era legendario. Uno de los secretos mejor guardados en la *Casa da Índia*. Martín de Bohemia fue un cartógrafo excepcional que había estado al servicio de los monarcas portugueses, quienes le habían recompensado de forma generosa.

—¿Tenéis una copia de ese globo? ¡No puedo creerlo! ¿Cómo lo habéis conseguido?

—Poco a poco. Dibujando en pequeños trozos de pergamino que podía ocultar sin problema. Una vez en mi casa, lo iba recomponiendo con mucha paciencia y algo de habilidad.

—¿Cómo… cómo lo habéis hecho?

—Construí una esfera con una docena de aros, mitad de madera y mitad de alambre. Luego la forré de piel de conejo y sobre ese forro he ido pegando los trozos de pergamino. Como os he dicho, es un trabajo que requiere mucha paciencia. ¿Queréis verla?

Faleiro no dudó.

—¡Claro que quiero verla!

—Os la mostraré, pero con una condición.

—¿Cuál?

—La veréis, pero sólo si seguís en el proyecto. Si no es así, ¿qué sentido tendría mostrárosla?

El cosmógrafo torció el gesto. Si Díaz de Solís encontraba el paso le parecía una estupidez seguir adelante con el proyecto de Magallanes, pero contemplar la reproducción del globo terráqueo del que todo el mundo hablaba y eran muy pocos quienes lo habían visto era toda una tentación. Ese mapa era un mito entre los cosmógrafos. Una obra maestra de la cartografía. Faleiro habría dado cualquier cosa por poder verlo. No acababa de creerse, pese a las explicaciones que Magallanes le había dado, que hubiera podido hacer una copia.

—¿Lo de la esfera no se tratará de una broma?

—¿Tengo cara de estar bromeando?

—Disculpadme, pero es tan increíble que hayáis logrado realizar esa copia… Os propongo que me mostréis la esfera. Si no me satisface quedaré liberado de mi compromiso. Si es sólo una parte de lo valiosa que se dice, seguiremos adelante.

Magallanes titubeó. Esa propuesta dejaba en manos de Faleiro la última decisión y no se fiaba de él. El globo terráqueo que tenía en su casa era una copia exacta del que se conservaba en la *Casa da Índia*. A Martín de Bohemia le costaría trabajo distinguirlo del suyo. Se sentía orgulloso de su trabajo. Faleiro no tenía posibilidad de hacer una comparación. No conocía el original y señalaría que tenía muchas incorrecciones porque, desde que se confeccionó, se habían hecho numerosos descubrimientos y la cartografía había progresado de forma extraordinaria. Pero era muy valioso para fijar posiciones geográficas, que era lo que verdaderamente le interesaba. Pese a todos esos inconvenientes, decidió jugárselo todo a una carta y aceptó el envite del cosmógrafo.

Apuró su vino y dejó escapar un suspiro.

—Os la mostraré.

9

Observaba la esfera en silencio, escrutando todos y cada uno de sus detalles. Las tierras desconocidas estaban representadas de forma imaginaria y muchos detalles debían ser modificados con los nuevos descubrimientos. Aquel globo terráqueo había sido confeccionado el mismo año en que Colón había descubierto el nuevo continente que ya empezaba a denominarse como América. Ahora se sabía del mundo mucho más que entonces. Pero era una obra maestra. Para confeccionarlo, el famoso cartógrafo de Nüremberg, al que Faleiro había conocido poco antes de que muriera, había tenido que imaginar muchas de las tierras que recogía. Pero era una representación de todo el mundo conocido y desconocido.

—¿Qué os parece? —le preguntó Magallanes al cabo de un rato.

—¡Es algo extraordinario! —exclamó emocionado—. Esta esfera es una obra singular, pese a que hoy podríamos afinar más y rellenar muchos espacios de los que no se tenía noticia hace un cuarto de siglo. ¡Esto es una maravilla! Ciertamente, vuestra paciencia ha sido infinita.

—Lo iba reproduciendo con mucha fidelidad trozo a trozo y luego los trasladaba a la esfera. Es posible que haya cometido algún pequeño error.

—Es un trabajo muy minucioso.

—Recuerdo que en la primera de las reuniones de la *Junta dos Mathemáticos*, a la que asistí, estaba Martín de Bohemia, que también pertenecía a ella. Se refería a su esfera, de la que se sentía muy orgulloso, como la Manzana de la Tierra.

—En la fecha en que la confeccionó, era un trabajo extraordinario. Hoy sabemos que contiene numerosas inexactitudes. Pero es una auténtica joya.

—¿Significa que seguiréis trabajando en el proyecto?

—Seguiré, pero no iremos a Castilla hasta que se tenga noticia de lo ocurrido con la expedición de Díaz de Solís.

—Eso significará perder muchos meses —protestó Magallanes.

—No será tiempo perdido. Lo emplearemos en preparar a fondo nuestra propuesta.

—¿No teméis que con una espera tan larga otros puedan adelantársenos?

—No, amigo mío. Puedo aseguraros que eso no ocurrirá —aseveró el cosmógrafo.

—¿Por qué estáis tan seguro?

—Tengo dos razones de mucho peso. La primera es que en Castilla, hasta que se tengan noticias de la expedición de Díaz de Solís, no tomarán ninguna iniciativa. La segunda, que Cisneros está mucho más interesado por el norte de África que por lo que se está cociendo al otro lado del Atlántico. Su deseo es controlar las costas de Berbería, pues esos piratas son un verdadero problema para las costas españolas. Esa amenaza es la que, según me dijo Matienzo, llevó a la difunta reina Isabel, de la que guardan un magnífico recuerdo, a establecer en Sevilla la Casa de la Contratación y que sea en los muelles del Guadalquivir, muchas leguas tierra adentro, donde rinden viaje y de donde parten los barcos y las flotas que navegan rumbo a las Indias. Por lo que he podido saber, no se adoptarán decisiones importantes hasta que llegue a España el nuevo rey, que se ha tomado con mucha tranquilidad su partida de Flandes.

Magallanes asintió con ligeros movimientos de cabeza. Estaba claro que Ruy Faleiro era un individuo inestable, capaz de cometer muchas locuras, pero no le faltaba visión de la realidad.

—Sea, pues, en esos términos.

Magallanes ofreció su mano y Faleiro la estrechó con fuerza y preguntó al navegante con un punto de malicia:

—¿Qué ocurrió con la otra pretensión que habíais elevado al rey? ¿Con vuestro deseo de obtener un hábito de la Orden de Cristo?

—¿Acaso veis una venera adornando mi pecho?

Reiniciada la relación entre ambos, a partir de aquel día se vieron con frecuencia. Siempre lo hicieron con mucha discreción. El navegante seguía obteniendo en la *Casa da Índia* la información que Faleiro iba necesitando. Más de una vez lo que pedía el cosmógrafo resultaba imposible de conseguir hasta para un miembro de la *Junta dos Mathemáticos*. Magallanes aparecía por allí una vez cada dos o tres semanas para no despertar las sospechas que habría levantado con visitas más asiduas. El cosmógrafo, con los datos extraídos de los cuadernos y diarios que los pilotos y capitanes tenían obligación de llevar y en los que quedaban reflejados valiosísimos detalles, estaba confeccionando un minucioso juego de cartas náuticas. Trabajó durante la primavera y parte del verano. A veces, se enfrentaba a situaciones cuya solución era muy compleja. Tenía dificultades para determinar, con la exactitud que hubiera deseado, la longitud de determinados puntos. El problema radicaba en que al no conocerse con precisión cuál era el diámetro de la Tierra y, por lo tanto, la longitud de la circunferencia terrestre, no podía establecer exactamente las millas que tenía un grado. Por otro lado, los datos que Serrao había facilitado a Magallanes sólo eran aproximados, aunque señalaban con claridad que la distancia que había entre Malaca y las islas de las Especias era mucho mayor de lo que públicamente se sostenía en Lisboa. También, pese a la seguridad de Magallanes, sus cálculos daban resultados diferentes si, al tomar como referencia las Cabo Verde, se medía desde la más oriental u occidental de las islas. Si Magallanes estaba convencido de que en cualquiera de los dos casos las islas de las Especias quedaban en el hemisferio de Castilla, para Faleiro no estaba tan claro. No era posible, sin navegar hasta dichas islas, tener la precisión necesaria. Lo que resultaba evidente era que Portugal podría tener problemas muy serios si aquella expedición se llevaba a cabo y tenía éxito.

El cosmógrafo era consciente de que el proyecto sería examinado por los castellanos con todo detenimiento. Tenía que estar preparado para responder y despejar tantas incógnitas como surgieran, amén de vencer las reticencias que, sin duda, provocaría el hecho de que ambos eran portugueses.

El final del verano transcurría en Lisboa particularmente lluvioso. Desde comienzos de septiembre los días parecían un calco unos de otros. Amanecía nublado, con el sol pugnando por abrirse paso entre la masa de nubes que traía una suave brisa que soplaba desde el mar. Conforme avanzaba la jornada las nubes se volvían más espesas y oscuras hasta que la lluvia hacía acto de presencia. El día 10 Magallanes, después de oír misa, como casi todas las mañanas, había paseado por la ribera del Tajo, viendo cómo marchaban las obras de la torre que se construía en Belém. Arruda estaba decorando de forma primorosa aquella torre, un verdadero capricho arquitectónico, labrando la piedra. La decoración debía recordar, por expreso deseo del rey, las gestas de los marinos lusitanos. El arquitecto había diseñado su decoración con maromas que representaban la jarcia de los barcos, esferas armilares que simbolizaban los descubrimientos de nuevas rutas y tierras, y por todas partes, incluso en la forma de algunas ventanas, podía verse la cruz de la Orden de Cristo que lucía en el velamen de las armadas reales.

A diferencia de las obras de la torre, que marchaban a buen ritmo y se veían crecer día a día, las del monasterio cercano parecían detenidas. Pero nada más lejos de la realidad. Era tal la grandiosidad de aquel edificio que apenas se percibían los progresos. Sin embargo, no dejaban de llegar cada día docenas de pesadas carretas cargadas de piedra, procedentes de dos grandes canteras próximas a Lisboa. Una había sido abierta expresamente para responder a las necesidades de piedra que tan monumental construcción demandaba.

Después de aquel largo paseo había regresado a su casa y almorzado conejo en salsa que la vieja criada, oriunda de Sabrosa, villa situada al norte del reino y patria chica de don Fernando, había aderezado con esmero. Se llamaba Filipa y se encargaba del cuidado de su casa desde que había regresado herido de la que había sido su última campaña, librada en el norte de África. Enrique, el esclavo, ayudaba a Filipa en las tareas más pesadas de la casa. Magallanes pensaba visitar aquella tarde al cosmógrafo, pero la brisa del Atlántico que había soplado toda la mañana se transformó en un vendaval que trajo un intenso aguacero y un frío impropio de aquella época del año, dejando solitarias las calles lisboetas. En las rúas no se veía un alma y Magallanes decidió no moverse de su casa en el barrio de Alfama, muy cercana a las escaleras de la iglesia de San Miguel. La había heredado de un tío suyo, hermano de su madre y clérigo beneficiado de la Santa Iglesia Catedral.

Tras una cena frugal, subió a su alcoba donde, en un arca, guardaba algunos libros, gran cantidad de cuadernos llenos de anotaciones y cálculos, media docena de mapas y otras tantas cartas de navegar. La esfera terrestre descansaba sobre un pedestal de madera. Después de observarla, dejando volar su imaginación, se acostó. Se durmió oyendo cómo el agua caía a chorros desde los aleros de las viviendas y las gárgolas de la iglesia. Estaba en el primer sueño cuando se despertó sobresaltado al oír unos fuertes golpes en la puerta.

—¡Ya va! ¡Ya va! —oyó a Filipa, que contestaba a los golpes desde la planta baja.

—¡No abras! —le gritó Magallanes, al tiempo que bajaba de la cama.

Malhumorado, se puso unas botargas que sólo utilizaba para estar en casa, se calzó sus botines de tafilete y no olvidó empuñar su misericordia, después de encender el candil con que alumbrarse

—¡Ya va! ¡Ya va! —oyó decir de nuevo a Filipa.

Quien llamaba seguía golpeando la puerta con tal intensidad que parecía irle la vida en ello.

Magallanes alzó el candil para mejorar la iluminación al bajar por la escalera, preguntándose quién podía llamar de tal manera, tan a deshoras y en una noche como aquella. La lluvia había aflojado. Las gárgolas de San Miguel y los aleros de las viviendas ya no vomitaban agua, pero el viento soplaba tan fuerte que su ulular asustaba en medio del silencio que se había apoderado de la noche y que rompían los golpes que, con tanta fuerza, daban en la puerta.

Encontró a la criada sosteniendo una palmatoria en una mano y con la otra ciñendo alrededor de su cuello la manta que se había echado sobre los hombros. El esclavo, holgazán por naturaleza, no había dado señales de vida.

—¡Échate a un lado! —le ordenó en voz baja, al tiempo que sacaba la misericordia de su vaina—. No se sabe qué puede haber a estas horas detrás de la puerta. —Antes de abrir, preguntó—: ¿Quién va?

Los golpes cesaron y una voz, que le resultó familiar, respondió:

—Soy Faleiro. ¡Abrid… de una vez! ¡Estoy mojado y aterido de frío!

Magallanes quitó la tranca que aseguraba la puerta. El cosmógrafo estaba empapado por la lluvia, que ahora caía mansamente.

—¿Puede saberse a qué viene tanto escándalo? ¡Supongo que tendréis una buena razón para venir con estos modos y a estas horas! ¡Habréis despertado a toda la vecindad! ¡Mañana todo serán quejas y reproches!

—Es… es de noche. Pero no tan… tan tarde —se excusó el cosmógrafo, quien, jadeando y con la respiración entrecortada, tenía dificultades para hablar—. ¡Yo no tengo la culpa de que os acostéis a la hora de las gallinas!

—¡A estas horas la gente decente está recogida en sus casas! —replicó Magallanes sin disimular su mal genio.

El cosmógrafo dejó escapar un profundo suspiro y preguntó:

—¿Puedo pasar?

Magallanes enfundó su misericordia y se hizo a un lado franqueándole la entrada y preguntándose cuál sería la razón por la que se había presentado en su casa en una noche como aquella. Faleiro entró sacudiéndose el agua de la capa, mientras el dueño de la casa echaba una mirada a la desierta calleja.

—¡Tenéis mala cara y peor aspecto! ¡Esa capa necesita un buen lavado! —le espetó Filipa mirando las manchas de barro que la ensuciaban. A la vieja criada no le había gustado que le mojasen el suelo.

Efectivamente, el cosmógrafo no ofrecía el mejor aspecto. Se le veía cansado, las arrugas que surcaban su rostro parecían más pronunciadas y sus ojos más hundidos.

10

—¿Queréis que Filipa os prepare una taza de caldo caliente? Os aseguro que resucitaría a un muerto.

—No me vendría mal. Estas empinadas cuestas de Alfama acaban con cualquiera y si además está lloviendo… He dado un traspié y rodado por el suelo.

Bastó una mirada de Magallanes para que la criada se hiciera cargo de la capa y el bonete del cosmógrafo.

—Veré qué puedo hacer con estas manchas…

—Primero calienta el caldo y despierta a ese holgazán de Enrique para que te ayude.

Filipa se dirigió a la cocina, mascullando algo entre dientes, y avivó los rescoldos de la hornilla. En un pucherillo vertió parte del caldo que guardaba en una alacena. Mientras se calentaba dedicó su atención a la capa.

—Venid conmigo —indicó Magallanes al cosmógrafo.

Entraron en una salita y, con el candil que llevaba en la mano, encendió las velas de un candelabro de plata maciza. Era la pieza de más valor que había en el aposento, de cuyas paredes colgaban dos cuadros de santos. Faleiro se acomodó en un sillón tapizado en terciopelo morado, algo desgastado. Su respiración aún no se había serenado.

—¡Vaya cuestecitas! —exclamó, todavía jadeando.

—Decidme, ¿qué os ha traído que no podía esperar a mañana?

—¿Os importa aguardar… a que recupere el resuello?

Resopló varias veces antes de decirle:

—Esta tarde ha llegado un correo a la corte. Trae noticias de la expedición de Díaz de Solís.

Aquello explicaba la presencia del cosmógrafo a horas tan intempestivas.

—¿Qué noticias ha traído?

En lugar de responder se miró la punta de los dedos y observó con detenimiento sus uñas manchadas de tinta. Era una pequeña venganza por la forma de recibirlo.

—¡Por la Santísima Virgen, Ruy! ¡Hablad de una maldita vez!

—La expedición ha sido un desastre.

Magallanes frunció el ceño.

—¿Qué significa «ha sido un desastre»?

—Que no han encontrado el paso que buscaban. Al parecer, los supervivientes llegaron a Sevilla hace muy pocos días, el 4 de este mes. A estas horas en el *Paço da Ribeira* están celebrándolo por todo lo alto.

Magallanes se preguntó cuáles serían las fuentes que suministraban a Faleiro aquella información. Pero no era momento de preguntas menores cuando la noticia que traía era fundamental para el destino de la expedición con que soñaba y que durante meses había pendido de un hilo.

—¿Sabéis qué ha ocurrido?

—Han regresado dos de las tres carabelas y sólo la mitad de sus tripulantes. Los justos para poder gobernarlas, y gracias a que eran pequeñas. Han muerto muchos hombres. Al parecer, a los treinta y cuatro o treinta y cinco grados encontraron una inmensa bahía. Posiblemente la misma a la que llegaron Juan de Lisboa y Esteban Frois, aunque no es seguro. Se trata de una entrada enorme. Lo que se dice en Sevilla es que, en un primer momento, Díaz de Solís pensó que había encontrado el ansiado paso al mar del Sur. Pero muy pronto se dio cuenta de que había una cosa que no encajaba.

—¿Cuál? —se interesó Magallanes.

—El agua que llegaba a aquella ensenada era dulce. Procedía de un curso fluvial.

—¿No prosiguió hacia el sur, siguiendo la línea de la costa? ¿No estaban dispuestos a llegar hasta los cincuenta o cincuenta y cinco grados?

—Muchos de sus hombres pensaban que se trataba de un mar de agua dulce.

—¿Un mar de agua dulce? ¡Eso es una estupidez!

—Bueno… bueno… estamos conociendo cosas muy extrañas que hasta hace pocos años se consideraban imposibles.

—¡Pero un mar de agua dulce…!

—Díaz de Solís decidió explorarlo y penetró en él. Quería comprobar hasta dónde conducía. Se lo permitía el poco calado de las carabelas. Sin embargo, conforme se adentraban, comprobaron cómo se reducía la distancia entre las costas que quedaban a ambos lados. Al parecer, todo esto ocurría cuando yo regresaba de Sevilla, allá por el mes de enero, y culminó en un verdadero desastre.

—¿Qué sucedió?

—Los castellanos vieron indígenas en las riberas y Díaz de Solís decidió desembarcar. Acompañado por una docena de sus hombres puso pie en tierra, buscando obtener alguna información. Pero los indios los sorprendieron y los mataron, sin que sus compañeros, que seguían a bordo de las carabelas, pudieran hacer nada por impedirlo. Luego, según la historia que ha llegado a la corte, ocurrió algo terrible.

—¿Qué?

—A la vista de sus compañeros, los indios descuartizaron los cadáveres, los asaron a fuego lento, como si se tratara de bueyes, y se los comieron.

Magallanes se santiguó al oír aquello.

—¡Santa Madre de Dios! ¿En la corte tienen noticia de este horror? ¿Celebran una fiesta, sabiendo lo que han hecho con los cuerpos de esos cristianos?

Filipa apareció en ese momento con dos tazas de humeante caldo en una bandejilla.

—La otra es para vos. Entonará vuestro cuerpo después del mal despertar que habéis tenido. ¡Mucho cuidado con quemarse! Está muy caliente. Si no deseáis algo más —dijo dirigiéndose a su amo—, me retiro a mi alcoba. Mañana quiero poner algo de orden en el desván, que cada vez se parece más a una leonera. Si quieren más caldo, queda algo en el pucherillo que hay sobre las ascuas de la lumbre. El esclavo lo vigila.

—Puedes retirarte, Filipa.

La criada ya se marchaba cuando indicó al cosmógrafo:

—He adecentado algo vuestra capa quitándole el barro, pero no he podido sacar algunas manchas. Está, junto a vuestro bonete, colgada en la percha de la entrada.

—Agradecido.

Filipa no había exagerado, el caldo reconfortaba y el calorcillo de la taza quitaba el frío de las manos.

—¡Esto, verdaderamente, resucita a un muerto! —exclamó el cosmógrafo después de darle un sorbo.

—¡Por el amor de Dios y su Santa Madre! No entiendo cómo es posible que en palacio puedan estar de celebraciones habiendo ocurrido una cosa tan horrible como la que acabáis de decirme. —Magallanes estaba escandalizado—. ¡Por mucho daño que hubiera causado el éxito de esa expedición!

—Supongo que festejan su fracaso. Aunque vos sabéis tan bien como yo que en la corte hay gentes con pocos escrúpulos, capaces de cometer los mayores desafueros. ¿Sabéis lo que se jugó el marido de doña Leonor de Melo, cuando se cruzaron apuestas con motivo de la lucha entre el rinoceronte y el elefante?

—Algo oí acerca de las apuestas que algunos cortesanos hicieron.

—Ofreció el coño de su esposa contra doscientos cruzados. Eso os da la medida de alguna clase de gente que hay en la corte.

—¡Menudo bellaco!

—Os diré que apostaba por el elefante.

—¿Quién fue el bribón que cubrió una apuesta tan infame?

—Al final no hubo apuesta. Cuando llegó a sus oídos, el rey la prohibió. Pero puedo aseguraros que había más de uno dispuesto a cubrirla.

—Eso señala la catadura de algunos sujetos que rodean a nuestro monarca —reiteró Magallanes.

—Con gente así no es extraño que celebren cosas como la ocurrida al piloto mayor de Castilla. Pero yo no he cruzado media ciudad, con esta nochecita, para cotillear con vos sobre los chismes de la corte, sino para deciros que el fracaso de esa expedición abre de par en par las puertas a nuestras posibilidades.

Una sonrisa apuntó en los labios de Magallanes.

—¡Vuestro pesimismo ha desaparecido! No veíais mucho futuro a mi proyecto.

Faleiro torció el gesto.

—¿Habéis dicho «mi proyecto»? Ese es un proyecto compartido. No olvidéis que le he dedicado muchas horas de arduo trabajo. Sin mi ayuda…

Magallanes se había precipitado. Tenía que ser más paciente. Necesitaba los conocimientos y el prestigio del cosmógrafo. Pero sabía que, antes o después, se convertiría en un problema. Recelaba de él. Era muy raro que, estando apartado de la corte, dispusiera de la información que poseía.

—Vuestra colaboración es muy importante. Vuestros beneficios serán iguales a los míos.

Faleiro, con el semblante muy serio, dio otro sorbo a su caldo, mientras Magallanes daba un giro a la conversación.

—Deberíamos concluir los trabajos que quedan pendientes y que habíais pospuesto hasta que se tuvieran noticias de la expedición de Díaz de Solís.

—Tenemos tiempo —señaló el cosmógrafo—, el nuevo rey se ha tomado con calma su viaje a Castilla. Es posible que con su poca edad tenga reparos para enfrentarse a los graves problemas que hay en el reino. Doña Juana, aunque encerrada en Tordesillas, es la verdadera reina de España. Don Carlos tendrá que gobernar en su nombre, al menos mientras ella viva. Según me dijo el doctor Matienzo, no sabe español y apenas conoce las costumbres del reino. Nació en Gante y ha sido educado a la borgoñona. También me dijo que su abuelo Fernando prefería como heredero a su hermano menor, que había sido educado a su lado. Añadid a todo eso que, como ya os he dicho, quien en estos momentos rige los destinos del reino es el arzobispo de Toledo y está obsesionado con el norte de África. Es cierto que el fracaso de Díaz de Solís da alas a nuestro proyecto, pero hay que resolver otro problema. No podemos ir tan deprisa como deseáis.

—¿Otro problema?

Magallanes dio un sorbo a su caldo. Con tanta conversación se había enfriado. Faleiro dejó la taza sobre la bandeja y se recostó en el sillón.

—Lo habitual, vos lo sabéis, es que estas expediciones se organicen mediante unas capitulaciones. Lo hicieron los difuntos reyes con Colón y después se ha repetido la misma fórmula. También la expedición de Díaz de Solís se organizó mediante una capitulación que firmó con don Fernando. En ella se estipulaba lo que había de aportar cada una de las partes. Ese es el problema. ¿Qué recursos materiales tenéis vos para aportar en la capitulación? Por mi parte debéis saber que mis bolsillos…

—Nosotros aportamos los datos, el conocimiento. ¿Adónde irían sin la información que poseemos? ¿Os parece poca cosa?

—No es poca cosa, pero no será suficiente. Tendremos que aportar una parte de los gastos de la empresa. Algún navío, una suma de dinero… cosas tangibles.

Magallanes, meditabundo, se acarició la barba. No acababa de ver clara la postura del cosmógrafo. ¿Estaba valiéndose de una argucia para retrasarlo todo?

—En ese caso, como habéis dicho, tenemos un problema.

—Habrá que buscarle remedio. Pero las cuestiones de dineros no se solucionan de un día para otro.

Un espeso silencio se impuso en la pequeña estancia. Podía oírse el silbido del viento y el crujido de algunas vigas castigadas por el vendaval.

—Creo que conozco a la persona que puede ayudarnos —comentó Magallanes al cabo de un rato—. Además, puede hacerlo por partida doble.

—¿Por partida doble? ¿Qué significa eso? ¿De quién estáis hablando?

—¿Conocéis a Cristóbal de Haro?

—¡Quién no lo conoce! Fue el que aportó la suma más importante para financiar la expedición de Juan de Lisboa y Esteban Frois cuando buscaban el paso tras el que vamos nosotros. Creo que llegaron al mismo lugar donde se ha producido la tragedia de Díaz de Solís y sus hombres.

—Puede ser nuestro hombre. Tiene una inmensa fortuna y ha puesto mucho dinero en otras expediciones.

—¡Pero Haro es un hombre próximo al rey! ¡Podría irle con el cuento!

Magallanes miró al cosmógrafo.

—¿Vos sois quien presume de contactos en la corte? —preguntó burlón.

—¡Jamás he presumido de eso! —replicó irritado—. Es cierto que los tengo y que me mantienen al corriente de muchas cosas. La prueba la tenéis en que sabéis algo de lo que nadie, fuera de la corte, tiene noticia en Lisboa. Decidme, ¿a qué os referís?

—A que en la corte se ha decidido poner toda clase de trabas a los comerciantes extranjeros afincados en nuestra ciudad.

Faleiro frunció el ceño. No tenía idea de algo tan importante.

—Eso es muy extraño. ¿Estáis seguro? —inquirió el cosmógrafo con aire dubitativo—. Vivimos un tiempo en el que se da crédito a muchos bulos. Se ponen en circulación mentiras con intereses bastardos. Esas mentiras cuentan en nuestro tiempo con nuevas formas de difusión, apoyadas en habilidades desconocidas hasta hace poco.

—¿Os referís a la imprenta?

—Es un invento extraordinario que permite difundir el conocimiento como nunca antes había sido posible. Pero en las manos inadecuadas da lugar a verdaderos problemas.

—Por eso la Iglesia y muchos reyes buscan la forma de poder controlarla.

—Es un empeño inútil —matizó el cosmógrafo—. Podrán ejercer ciertos controles, pero siempre habrá prensas clandestinas al servicio de ciertos intereses. Mas... no nos perdamos en disquisiciones. Me extraña lo que acabáis de decir. Nuestros reyes han dado facilidades para los negocios...

—Es algo que se mantiene muy en secreto, pero algunos mercaderes ya tienen problemas para desempeñar ciertas actividades.

—Las consecuencias pueden ser muy graves.

—Por eso no quieren que cunda la alarma. Pero os aseguro que están teniendo dificultades. ¡Conozco a alguno que está indignado!

Faleiro se acarició su perilla en la que, después de su regreso de Sevilla, habían aparecido algunas canas.

—¿Cómo os habéis enterado?

—En la *Casa da Índia*, hace ya algún tiempo, oí a dos comerciantes flamencos que salían bufando. Se les negaba la renovación de sus licencias.

—Tal vez sus papeles no estaban en regla.

—Eso pensé yo. Pero poco después me encontré con don Cristóbal de Haro, que tenía cara de pocos amigos. Me destoqué saludándolo...

—¿Lo conocéis?

—Cuando regresé de las Indias, fui a su casa para llevarle varias cartas que me habían encomendado sus factores en aquellas latitudes. Se mostró afable y me dijo que, si alguna vez necesitaba algo que estuviera en su mano, no dudara en acudir a él. Han pasado algunos años, pero cuando nos hemos cruzado en la calle siempre ha respondido, con mucha gentileza, a mi saludo. Me contó que tenía problemas con las licencias para descargar una carabela que había llegado con trescientos quintales de palo de Brasil.

—Me resulta difícil de creer.

—¿Dudáis de mi palabra?

—En absoluto. Lo que me resulta difícil de creer es que estén ocurriendo estas cosas. Puede tratarse de casos aislados.

—La semana pasada supe que los asentadores y comerciantes extranjeros en Lisboa habían tenido una reunión. Todos están teniendo problemas con sus negocios, algo que no ocurre con los naturales.

—¿Creéis que Haro financiaría parte de la expedición?

—No lo sé. Pero es un hombre de negocios y, si aquí las cosas se están poniendo mal, puede que le interese tomar posiciones en Castilla. Mañana trataré de hablar con él.

—Tenéis que ser muy prudente —dijo Faleiro poniéndose en pie—. No vayáis a dar un paso en falso.

—Perded cuidado. Sé bien lo que nos estamos jugando.

El cosmógrafo no comprendía cómo era posible que no tuviera noticia de aquello. Había una explicación, pero no acaba de convencerle: al no ser algo oficial su contacto en la corte no le había puesto al tanto de aquella importante novedad.

Tomó su capa y su bonete. Filipa había hecho un buen trabajo. No había rastro del barro y el bonete parecía menos deslucido. Magallanes mantuvo la puerta abierta, sosteniendo el pesado candelabro en su mano, hasta que vio cómo se perdía en la oscuridad de la noche. Echó la tranca, ordenó al esclavo, que dormitaba junto a la lumbre, que se acostara y se retiró a su alcoba. Le costó conciliar el sueño. Pensaba en cómo podía plantearle a Cristóbal de Haro la posibilidad de convertirse en inversor de su expedición. Tardó más de una hora en dormirse y lo hizo pensando que, si el poderoso mercader le daba una respuesta positiva, no había motivos para retrasar su viaje a Sevilla. Tal y como se estaban poniendo las cosas, lo mejor era abandonar Lisboa lo antes posible. No acababa de confiar en Faleiro y lo turbaba el miedo a que estuviera preparándole alguna jugarreta.

11

Magallanes no pudo concretar su cita con Cristóbal de Haro. La semana anterior el mercader había partido hacia Amberes, donde su firma tenía importantes intereses. Tardaría en volver varios meses, según le dijo su secretario, quien le prometió avisarle cuando regresara a Lisboa. No quedaba más remedio que esperar. Esos meses habría que aprovecharlos para concluir los trabajos que aún quedaban pendientes.

A lo largo del invierno y la primavera de 1517 menudearon sus visitas a la *Casa da Índia* donde seguía buscando información que pasaba a Faleiro, que fundamentaba cada vez mejor el proyecto. Durante aquellos meses la situación de los hombres de negocios extranjeros afincados en Lisboa no hizo sino empeorar. Las dificultades con las que se encontraban para obtener licencias comerciales eran cada vez mayores y aumentaban los problemas en las aduanas.

Un día de finales de verano, con el proyecto ya sólidamente fundamentado, un desconocido estuvo preguntando por el barrio de Alfama hasta dar con la casa de Magallanes. Fue el esclavo quien acudió a la puerta.

—¿Qué deseáis?

—¿Vive aquí don Fernão de Magalhães?

—Esta es su casa.

—Necesito verlo.

—¿Para qué? —preguntó el esclavo con cierta insolencia.

—Eso no es de tu incumbencia. Si está, avísale.

Enrique iba a cerrarle la puerta cuando acudió Filipa.

—¿Qué ocurre?

—Pregunta por don Fernando.

—¿Qué queréis? —le preguntó Filipa.

—Hablar con don Fernão de Magalhães.

La criada calibró al sujeto. No parecía persona de calidad, pero decidió avisar a su amo.

Magallanes estuvo tentado de no recibirlo. Se encontraba atareado con unos papeles, pero decidió acudir a la puerta.

—¿Qué deseáis?

—¿Sois don Fernão de Magalhães?

—Ese es mi nombre.

El desconocido le entregó una carta y se marchó.

La carta estaba lacrada y sólo se leía el nombre del navegante. Magallanes la abrió rápidamente. Era de Afonso de Acunha, secretario de Cristóbal de Haro. Le decía que su amo llevaba días en Lisboa y que podía recibirlo cuando gustase.

Al día siguiente acudió a casa del poderoso hombre de negocios. El secretario lo recibió al punto. Era enjuto de cuerpo y rostro, tenía el pelo canoso, y vestía un jubón granate y calzas negras.

—¿Seguís interesado en hablar con mi amo?

—Desde luego.

—En ese caso, venid mañana a primera hora. Os atenderá. Sabed que cuando le he dicho que hace meses me dijisteis que deseabais hablar con él, ha accedido a recibiros sin preguntar. No es lo normal. Por eso os mandé recado.

Magallanes salió impresionado. El mercader había hecho honor a la palabra dada cuando le dijo que si necesitaba alguna cosa se dirigiera a él.

Acudió a la cita vestido con sus mejores galas para causar la mejor impresión posible. Cuando llegó a la mansión de Haro, un criado lo acompañó hasta una salita y le pidió que aguardase allí.

—Tendréis que esperar. Tengo dudas de que mi amo os reciba. Ha ocurrido un suceso muy grave. Está que se lo llevan los demonios. Sed paciente, señor.

Pudo oír algunos denuestos y gritos. Efectivamente, pasaba algo muy grave. Por un momento, dudó si marcharse. El ambiente no era el más propicio para plantearle su petición, pero aguardó pacientemente. Pasó un buen rato hasta que la casa quedó en silencio. Sólo se oía alguna palabra suelta y el ruido de los pasos de quienes cruzaban por el patio que podía verse desde la sala donde estaba. Alguna criada pasaba procurando no hacer ruido. Poco después apareció Acunha.

—Disculpad la tardanza, pero mi amo está alterado —se excusó—. Ha recibido noticia de que de las autoridades portuguesas no han dado cobijo a una flota de su propiedad que operaba en aguas del golfo de Guinea con autorización real. Al parecer, eso ha permitido que un tal Esteban Lusarte, un proscrito de la justicia, las haya podido atacar a placer. Ha asaltado una flota de dieciséis barcos. Ha hundido varios, después de apoderarse de su carga, y dejado tan maltratados otros que, a duras penas, han podido llegar a una playa del sur de Gran Canaria donde han encallado. Los castellanos les han prestado el auxilio que los portugueses les han negado. Otra afrenta que se suma a las que ha recibido en estos días. Las cosas están poniéndose muy complicadas en Lisboa. Estamos recibiendo un trato poco… poco adecuado.

—No puedo creerlo… ¡A Cristóbal de Haro!

—No es sólo a mi amo. Está pasando con todos los hombres de negocios extranjeros que están en la ciudad.

—Temo que he llegado en mal momento. Quizá sea mejor que me marche y vuelva otro día.

—En absoluto, don Fernão, en absoluto. Mi amo os recibirá al punto. Os tiene en gran estima. Acompañadme…

Cristóbal de Haro frisaría los sesenta años. Era corpulento y su cara, mofletuda, tenía una encarnadura rosácea. Se trataba de uno de los mercaderes más ricos de Lisboa. Había hecho una inmensa fortuna comerciando con el índigo, que los pañeros flamencos demandaban en grandes cantidades; con el azúcar procedente de sus plantaciones de caña dulce en las islas Azores; con el oro procedente de La Mina en el golfo de Guinea, donde también comerciaba con esclavos; y con toda clase de especias, particularmente con la guindilla, que se había convertido en elemento importante para las cocinas europeas.

Recibió a Magallanes con afabilidad.

—Tomad asiento. ¿Fumáis?

—No, gracias.

El mercader abrió una caja de madera, primorosamente labrada, y sacó un pequeño huso formado por unas hojas secas que crujieron entre sus dedos. Fumar era toda una novedad y algunos lo hacían como muestra de distinción porque el tabaco era muy caro. Lo encendió con una candelilla por una de sus puntas y, tras expulsar el humo por la boca con fruición, le preguntó:

—Veamos esa propuesta que deseáis hacerme.

Magallanes expuso a grandes rasgos su proyecto, sin desvelarle detalles fundamentales. No lo haría, si Haro no aceptaba formar parte de la empresa y asumir una parte de su financiación. El mercader no lo interrumpió una sola vez. Se limitaba a escuchar, dar chupadas al tabaco y expulsar el humo por la boca y la nariz. Cuando terminó, le preguntó:

—¿Si esa expedición logra encontrar un paso para llegar al mar del Sur, proseguiría rumbo al Moluco?

—Sí, buscaríamos abrir otra ruta para llegar a las islas de las Especias

—Eso no gustará aquí. ¿Habéis calibrado los peligros que supone?

—Por eso se ha llevado todo con un gran sigilo.

—¿El sigilo incluye a Ruy Faleiro?

Magallanes dejó escapar un suspiro.

—Hasta ahora ha mostrado prudencia. Es consciente de lo que hay en juego.

—¿Habéis calculado la posición del Moluco? ¿Alguna referencia a su longitud?

Magallanes carraspeó. Era cierta la fama que señalaba a Cristóbal de Haro como un hombre que no se andaba con rodeos ni medias tintas. Aquel era el momento más delicado de la reunión. No podía negarle lo que pedía, pero tampoco desvelarle, sin más, la principal baza con que contaba.

—¿Significa que participaríais en la empresa?

El mercader dio una última chupada a aquellas hojas de tabaco y aplastó lo que quedaba chamuscándolo en un platillo que, por lo renegrido, debía utilizar para aquel menester. Se acarició el mentón mostrando un anillo en el que lucía un grueso rubí.

—Si la expedición se hace bajo el pabellón de Castilla, si no se violan los acuerdos de Tordesillas y esos datos me convencen, contad con mi colaboración. Aportaré los recursos que sean necesarios.

Aquellas palabras sonaron en los oídos de Magallanes como música celestial. Desabrochó su jubón, sacó unos pliegos y los puso sobre la mesa. Eran dos mapas confeccionados por Faleiro. Uno de las costas al sur del ecuador correspondientes a las Indias Occidentales; otro, con la costa oriental del continente africano y las Indias Orientales hasta donde se suponía que estaban las islas de las Especias. En ambos estaba señalada la línea que marcaba la separación del hemisferio portugués y el castellano.

—Sospecho que esas islas quedan en el hemisferio que corresponde a Castilla. Como veis —Magallanes señaló con el dedo el desplazamiento de la línea del meridiano en cumplimiento del tratado de Tordesillas—, el otro meridiano también se desplaza hacia el este ampliando la zona castellana. Es una sospecha fundada.

—¿Tenéis cálculos que corroboren esas sospechas con un fundamento razonable?

—Desde luego.

—Quiero verlos.

Magallanes sacó otro papel lleno de cifras y Haro necesitó una explicación muy somera para entenderlo. Comprendió que, si aquella expedición tenía éxito, asestaría un golpe terrible al monarca portugués. Magallanes no había podido escoger mejor momento para pedir su participación.

—¡Esto es extraordinario! —exclamó el mercader sin apartar la vista de los mapas. Comentó algunas de las magnitudes que aparecían reflejadas. Hizo varias preguntas que revelaban sus conocimientos sobre el arte de navegar—. ¿Esa expedición cumpliría las condiciones que os he comentado?

—Nuestro deseo es firmar una capitulación con el rey de Castilla y, como podéis ver en esos mapas, si encontramos un paso que nos permita llegar al mar del Sur y a las islas de las Especias, no violaremos lo que se acordó en Tordesillas.

—Contad con mi participación. —El mercader se puso en pie y estrechó su mano con la de Magallanes—. Los dineros no serán problema.

Recogió los papeles y los guardó. Aquella reunión había ido mucho mejor de lo imaginado. Mientras abotonaba su jubón, el mercader formuló una pregunta.

—¿Me permitís un consejo?

—Por supuesto, decidme.

—Tened cuidado con Faleiro. Es un gran cosmógrafo y, por lo que acabo de ver, un magnífico cartógrafo. Pero es persona poco… poco juiciosa. Enreda bastante y puede crear problemas en un asunto en que el secreto es cuestión… es cuestión de vida o muerte. No es el mejor compañero de viaje. Os supongo al tanto de su última tropelía.

Magallanes hacía un par de semanas que no lo había visto.

—No sé de qué me habláis. Hace días que no nos vemos.

—Sabéis que las mujeres son su perdición y que no le importa que estén casadas. Si puede encamarse con ellas…

—Sé que por eso se ha visto envuelto en más de un escándalo.

—Según he sabido, la justicia anda siguiéndole los pasos.

La noticia no era tan mala como podía parecer, pensó Magallanes.

—Teniendo asuntos pendientes con la justicia no podrá abandonar Lisboa. Si lo hace lo declararán prófugo.

—¿Lo decís como un inconveniente o como una posibilidad de quitárselo de encima?

El derrotero que había tomado la conversación le había dado la clave para formular una petición que no sabía cómo plantear al mercader.

—Para quitárselo de encima habría que salir ya camino de Sevilla y no dispongo en este momento de los recursos necesarios para hacerlo. Tengo que esperar a cobrar unos créditos...

—¿Tendríais que retrasar la salida por cuestión de dineros?

—Necesito dinero para emprender ese viaje e instalarme en Sevilla, sin saber cuánto tiempo tendré que aguardar.

—¡Ese no es problema! ¿Qué cantidad necesitaríais?

—Al menos cien ducados.

—¡Doblemos esa cifra! Me firmaréis un pagaré a cuenta de... de los beneficios de la expedición. Mañana a primera hora tendréis el pagaré redactado y el dinero a vuestra disposición.

—No sé... no sé cómo agradeceros vuestra generosidad.

—No se trata de generosidad, sino de negocios. No olvidéis que ya formo parte de la empresa.

Cristóbal de Haro agitó una campanilla y al punto acudió el secretario.

—Acompaña a don Fernando. Mañana, a primera hora, vendrá a firmar un pagaré y recoger doscientos ducados. Tenedlo todo preparado y atendedle como a un amigo. —Ofreció otra vez su mano a Magallanes y le comentó—: Disponedlo todo para partir sin demora hacia Sevilla. Un proyecto como el que me habéis mostrado encontrará muy buena acogida, aunque las circunstancias por las que atraviesa Castilla en estos momentos no son las mejores.

—¿Por qué lo decís?

—Porque en la corte y en la Casa de la Contratación habrá

gente interesada en poneros trabas de toda clase. Es conveniente ir dando pasos y tener anudadas algunas alianzas para cuando llegue el nuevo rey. Os daré unas cartas de presentación que os serán de gran ayuda. Tengo algunos amigos en Sevilla.

—No sé cómo agradeceros…

Magallanes abandonaba el despacho cuando la voz de Haro lo detuvo.

—Sed muy cauto. Cuando estéis en Sevilla, no os olvidéis de que sois portugués. Cuidad vuestra lengua y, antes de hablar, sabed con quién lo hacéis. Tened siempre presente que hay muchos ambiciosos y oportunistas que se mueven por los alrededores del poder. Ofreced el mejor aspecto posible. En Castilla las apariencias son incluso más importantes que aquí.

12

Afonso de Acunha lo acompañó hasta la puerta, donde se despidieron y quedaron en verse al día siguiente, a primera hora.

—Mañana preguntad por mí. Os tendré preparado el documento y el dinero.

—Muchas gracias.

Magallanes estrechó su mano, echó a andar y respiró hondo. La reunión había sido tensa. La personalidad de Cristóbal de Haro impresionaba. Todavía le costaba trabajo creer que todo hubiera discurrido tan felizmente para sus propósitos. Le había ofrecido el apoyo económico que la empresa necesitaba, facilitado recursos para ponerse en camino de forma inmediata y proporcionado el apoyo de algunas amistades. Si Faleiro tenía que permanecer en Lisboa para dejar ajustadas sus cuentas con la justicia era su problema y además convenía a sus intereses. Eso le proporcionaba un tiempo, antes de que el cosmógrafo apareciera por Sevilla, si es que aparecía, para ir anudando alianzas. Decidió visitarlo para comunicarle lo que había deparado su encuentro con Cristóbal de Haro y que, en cuestión de días, partían para Sevilla.

La casa de Faleiro se encontraba en la parte baja del Chiado. Ofrecía un aspecto descuidado. La puerta estaba cerrada y Magallanes golpeó con el llamador varias veces, sin obtener respuesta.

Iba a marcharse cuando una vecina, que había estado observándolo todo el rato, le gritó:

—¡Está dentro! ¡Estará durmiendo la mona!

Otra mujer, asomada a una ventana de la casa de enfrente, añadió:

—¡Agotado de tanto metérsela a las que le calientan la cama!

Los improperios no cogieron de improviso a Magallanes. Volvió a llamar, pegó el oído a la puerta y pudo oír algunos ruidos en el interior de la vivienda. Insistió varias veces hasta que una voz malhumorada preguntó desde el otro lado de la puerta:

—¿Quién va?

—Soy Magallanes. Es urgente que hablemos. ¡Abrid de una vez!

—¡Aguardad! ¡Será sólo un instante!

El instante estuvo a punto de acabar con la paciencia del navegante. Por fin, la puerta se abrió y Faleiro apareció con el pelo mojado, el semblante cansino, aspecto desaseado y actitud desafiante.

—¡Decidme que es eso tan urgente!

Magallanes le espetó sin vacilar.

—¡Pasado mañana salimos para Sevilla!

El cosmógrafo sacudió la cabeza y roció de agua todo lo que había a su alrededor.

—¿De qué demonios estáis hablando? —Miró hacia donde estaban las vecinas, que trataban de no perder detalle, y les hizo un gesto obsceno—. ¡Serán hijas de la gran puta! —farfulló entre dientes e invitó a entrar a Magallanes—. Pasad, lo último que quiero es que esas furcias se enteren de lo que hablamos. ¡Las muy putas están todo el día mano sobre mano, sacando las tiras de pellejo a todo lo que sale de su cochina boca!

—Observo que no las tenéis en mucha estima.

—Ni ellas a mí —replicó cerrando la puerta—. Ahora, explicadme, ¿qué es eso de que pasado mañana salimos para Sevilla?

—Tenemos que hacerlo porque es necesario.

Faleiro cogió un búcaro y bebió agua a morro derramando sobre su pechera más de la que entraba por su boca.

—¿Cristóbal de Haro?

Magallanes asintió y comentó con toda intención:

—Así que resolved lo asuntillos que tangáis pendientes y disponedlo todo para poneros en camino pasado mañana.

El cosmógrafo, desconcertado, carraspeó varias veces.

—No podré partir tan pronto. Me han surgido algunos… problemas.

Magallanes, disimulando, arqueó las cejas como si le sorprendiera lo que acababa de oír.

—¿Problemas? ¿Qué clase de problemas?

—Tengo que comparecer ante la justicia.

—¿Qué ha pasado?

—He tenido problemas con un canónigo.

—¿Con un canónigo?

El cosmógrafo cogió otra vez el búcaro y, con más mesura, dio un par de tragos.

—Me sorprendió en la cama con su barragana.

—¿Por ese asunto os requiere la justicia?

—¡No! A la justicia los asuntos de cuernos y coños le importan un bledo, siempre que la hembra no cometa adulterio. No era este el caso. Además, al canónigo no le interesaba darle tres cuartos al pregonero.

—¿Entonces?

—Intentó agredirme y le di una cuchillada. Eso es lo que ha denunciado. Me acusa de haber allanado su morada y de haberlo herido.

—Me temo que tenéis un serio problema.

—Lo resolveré. Llegaremos a un acuerdo, antes de que el asunto acabe en los tribunales. Lo que ese bribón busca es un puñado de ducados. Retirará la denuncia.

—¿Estáis seguro de que resolveréis este asunto con dinero?

—Dadlo por hecho. Retrasad el viaje tan solo unos días, a lo sumo una semana.

—Si es cuestión de dineros, resolvedlo entre hoy y mañana.

El compromiso con Haro es ponernos en camino inmediatamente. No correré el riesgo de perder su apoyo —mintió con descaro—. Si no podéis poneros en camino, nos veremos en Sevilla.

Magallanes se dirigió directamente a su casa y durante el almuerzo anunció a Filipa que se marchaba de Lisboa por una larga temporada. El esclavo se iría con él. Ella respondió con un rosario de lamentos y una llantina incontrolada.

Al día siguiente acudió puntual a casa de Cristóbal de Haro y Acunha le entregó el dinero que tenía preparado, junto a dos cartas de recomendación que le serían de gran utilidad en Sevilla. También puso a su disposición uno de los carruajes de viaje propiedad del mercader y un par de hombres que lo acompañarían a Sevilla. Magallanes no encontraba palabras para agradecer tanta deferencia. Un apretón de manos selló su despedida.

Aquella misma tarde Filipa, a la que seguía costándole trabajo contener las lágrimas, colocaba en un baulillo los tres jubones que poseía su amo con sus calzas correspondientes, un capotillo y una capa, y varios pares de medias. El propio Magallanes se encargó del arca donde guardaba sus libros, papeles y cartas de navegación, muchos de ellos elaborados por Faleiro, incluso un astrolabio y una ballestilla. Luego desarmó la esfera y la guardó con mucho cuidado. También guardó la bolsa repleta de ducados y las dos cartas de recomendación. Una era para Antonio de Vasconcelos, prior de la cofradía de los portugueses asentados en Sevilla, donde había una importante e influyente colonia lusitana, y otra para Diego de Barbosa, el lugarteniente de don Jorge de Portugal, alcaide de los Reales Alcázares sevillanos.

Antes de que anocheciera acudió a la casa de Faleiro.

—Acepta un arreglo monetario. Pero se ha subido a la parra.

—¿Cuánto os pide?

—¡Una fortuna! ¡Quiere cincuenta ducados por un rasguño que sólo necesitó media docena de puntos! No tengo esa suma.

Magallanes lo miró sorprendido. En sólo unos meses el cosmógrafo había dilapidado los dineros que le habían dado en Sevilla.

—¿Habéis gastado ya los ciento cincuenta ducados?

Faleiro dejó escapar un suspiro.

—Mis gastos son elevados. ¿Acaso creéis que he vivido todo este tiempo del aire?

—¿Os habéis gastado todo ese dinero en estos meses?

—Me gusta la buena vida. Tendré que negociar mucho con el canónigo y eso me llevará algún tiempo.

—Si al amanecer no estáis en la puerta de la iglesia de San Miguel…

Por la cabeza del cosmógrafo pasó la posibilidad de largarse, pero resistió la tentación de abandonar Lisboa y dejar pendientes sus cuentas con la justicia. Viajaría a Sevilla en cuanto le fuera posible. Esperaba que muy pronto.

Apenas había despuntado el sol cuando el esclavo, ayudado por los dos hombres enviados por Acunha, llevaba el equipaje de Magallanes al carruaje que aguardaba al pie de las callejas de Alfama, adonde el vehículo no podía subir por la estrechez de algunas rúas, por sus pronunciadas pendientes y porque algunas estaban salpicadas de escalones.

Magallanes había dado a Filipa dinero para que regresara a Sabrosa, después de recogerlo todo y cerrar la casa. No sabía cuánto tardaría en volver, ni siquiera si volvería alguna vez. La empresa que emprendía, cuyo resultado era incierto y dependía de muchos factores, era una arriesgada aventura. Además, Lisboa no sería un sitio recomendable para él. Le dolía marcharse y, más aún, no poder navegar en barcos cuyas velas lucieran la cruz patada que recordaba a la Orden de Cristo y a la que por una cicatería del monarca se le había denegado el ingreso. Amaba a su país y ahora, si todo salía bien, iba a entrar al servicio de un monarca extranjero. Muchos lo considerarían un traidor, no tanto por ponerse al servicio de Castilla cuanto porque, si su objetivo se hacía realidad, el daño para Portugal sería inmenso.

Se acercó a San Miguel, cuya puerta estaba abierta para la primera misa, y entró en el templo. Sus naves estaban solitarias. Permaneció unos minutos arrodillado, encomendándose a Dios.

Una vez acomodado en el carruaje uno de los cocheros, le preguntó:

—¿Qué camino tomamos, señor?

—El real de Elvas. Allí cruzaremos la raya de Castilla.

13

Las algo más de noventa leguas que separaban Lisboa de Sevilla fueron cubiertas en siete jornadas, que resultaron agotadoras. A media tarde del séptimo día, en pleno otoño de 1517, dejaron atrás los altos del Aljarafe, la cornisa que configuraba una comarca de olivares, viñedos y huertas. Poco más adelante, desde un altozano, podía contemplarse una excelente vista de Sevilla, que quedaba a menos de una legua. Era una ciudad grandiosa. El cochero aminoró la marcha.

—¡Señor, tenemos Sevilla a la vista! —le advirtió el esclavo desde el pescante.

Magallanes, que iba embebido en los detalles de un mapa en el que estaban reflejados los arrecifes de una parte de la costa africana a la altura de las islas Cabo Verde, se asomó a la ventanilla.

—¡Parad un momento!

Echó pie a tierra y contempló el paisaje. Sevilla se ofrecía ante sus ojos, dividida en dos por el Guadalquivir, que discurría caudaloso pese a que no era la mejor época del año, tras los secos meses del estío. Le pareció más grande que Lisboa. Calculó que tendría no menos de sesenta mil almas. El caserío se extendía por ambas márgenes del río; a su izquierda, encerrados en sus murallas podían verse algunos edificios singulares que sobresalían por su volumen y altura. Las torres que los acompañaban, campanarios, indicaban que se trataba de iglesias y monasterios. El mayor de todos le pareció gigantesco. Era la catedral, cuya torre destacaba por su esbeltez y gran altura. Los rayos del sol, que declinaba a su espalda, daban una tonalidad dorada a las piedras de aquella monumental iglesia. Le pareció divisar, aunque no podía asegurarlo, que había algunos andamios, como si estuvieran terminándola o reparando algún desperfecto. Vino a su memoria lo que le había comentado Faleiro de que se había desplomado el crucero. A su derecha, cerca de la catedral, se alzaba otro gran edificio. Paseó su vista por toda la ciudad, sin prisa, con cierto detenimiento. Llamaron su atención unos grandes almacenes adosados a las murallas y separados del cauce del río por una especie de lengua arenosa. Permaneció un buen rato observándolo todo hasta que subió de nuevo al carruaje.

—¡Nos vamos!

Bajar por las serpenteantes cuestas que conducían hasta la ciudad les llevó poco tiempo. Entraron en Sevilla por el arrabal que quedaba en la margen derecha del río y extendía la ciudad hacia poniente. Lo llamaban Triana. En sus numerosos alfares había una gran actividad. Destacaba una hermosa iglesia, puesta bajo la advocación de santa Ana, y una enorme fortaleza que estaba junto a un puente formado por una tablazón que se sustentaba sobre barcas y conectaba aquel arrabal con el núcleo principal de la ciudad. El castillo estaba dedicado a san Jorge, como en Lisboa, y, desde hacía algunos años, era la sede del tribunal de la Inquisición.

A Magallanes le llamó la atención que las murallas de la ciudad se alzaban a cierta distancia del cauce del río. Entre ellas y el Guadalquivir se extendía una amplia franja arenosa donde se alzaban dos pequeños arrabales, pegados a las murallas, en los que también se veía mucha actividad. A su derecha quedaba un muelle donde podían verse algunas naos, varias carabelas y un par de panzudas carracas. Al fondo, se veía una torre poligonal coronada por una especie de linterna a la que los rayos del sol hacían relucir como si fuera de oro. Por encima de las almenas asomaba un campanario que parecía alcanzar el cielo. Tenía que ser el de la catedral que había visto desde el altozano. Antes de entrar en el puente, uno de los cocheros, siguiendo sus instrucciones, preguntó a unos pillastres que haraganeaban correteando:

—¿Cuál es la mejor puerta para llegar a los Reales Alcázares?

El pilluelo lo miró con descaro.

—¿Una blanca por la información?

Magallanes, que no perdía detalle desde la ventanilla, le lanzó una moneda que el niño agarró por el aire.

—¡Aquella! ¡La que está junto a la Torre del Oro!

No había confusión posible.

Entraron en Sevilla por una calle donde estaba la ceca en la que se amonedaba el oro y la plata, junto a otras fundiciones y herrerías que se adivinaban por las humaredas que salían de las chimeneas de las fraguas. Tuvieron que cruzar otra puerta que se abría en un lienzo de muralla interior y desembocaron en una plaza delimitada por uno de los muros de la catedral y la puerta de entrada al Alcázar. Justo en aquel momento sonó un potente cuerno. Era el aviso para quienes trabajaban en las obras de la seo. Indicaba que la jornada había concluido.

El cochero dirigió el carruaje a la entrada de la fortaleza, donde uno de los guardias le dio el alto.

—¿Quién va? —preguntó acercándose a la ventanilla.

—Soy don Fernando de Magallanes.

El guardia comprobó que era persona de calidad. Magallanes, siguiendo el consejo de Cristóbal de Haro, vestía una indumentaria que no dejaba lugar a dudas sobre su condición de caballero.

—¿Qué desea vuesa merced?

—Ver al teniente de alcaide, a don Diego de Barbosa.

—¡Un momento, señor!

El guardia volvió sobre sus pasos y comentó algo con otro centinela antes de perderse en el interior. Regresó al cabo de unos minutos acompañando a un oficial que vestía con mucho colorido y se tocaba con una gorra de terciopelo negro donde podían verse bordadas las armas de Castilla. Se acercó y, atusándose uno de sus mostachos, preguntó:

—¿Vuestro nombre, señor?

—Don Fernando de Magallanes.

—¿Alguna credencial que lo acredite?

Magallanes le mostró una cedulilla, al tiempo que le decía:

—Traigo cartas para don Diego de Barbosa.

El oficial examinó la cedulilla y, después de atusarse otra vez el mostacho, se la devolvió invitándolo a acompañarle.

Barbosa, uno de los muchos portugueses que estaban al servicio de Castilla, desempeñaba en la práctica el cargo de alcaide porque don Jorge de Portugal, sólo en contadas ocasiones, ejercía sus funciones. Era comendador de la Orden de Santiago, dignidad que consiguió por sus méritos en la guerra contra los moros de Granada. Era hombre entrado en años y en carnes. Tenía la tez cetrina, y el pelo muy corto y canoso.

Era la primera vez que se veían, pero cuando Magallanes le entregó la carta de presentación que le había dado Cristóbal de Haro, que leyó con mucho detenimiento, lo recibió como si le conociera de toda la vida.

—Viene vuesa merced —Barbosa usó el tratamiento de los castellanos— bien recomendado. ¿Tenéis alojamiento?

—No, señor. Acabamos de llegar. ¿Hay algún lugar cercano?

Barbosa se acarició el mentón y le ofreció aposentarse en el Alcázar, hasta que encontrase un sitio decente.

—Aceptad mi hospitalidad. Os acomodaréis por unos días en mi casa.

Magallanes se negó, pero la insistencia de Barbosa se impuso.

—No se debe andar con prisas para ese menester.

Aquella noche cenó con la familia del teniente de alcaide. La conversación con su hija Beatriz, una doncella de tez blanquísima, labios carnosos, larga y sedosa melena, tan negra que cobraba tonos azulados, al igual que sus grandes ojos de mirada sensual, fue para Magallanes mayor deleite que el proporcionado por la primera comida decente que había tenido desde que partió de Lisboa. Las posadas y las ventas camineras no eran los mejores lugares para dormir y menos aún para comer.

Barbosa, en los días siguientes, lo introdujo en algunos ambientes de la ciudad que eran de gran interés para los proyectos de Magallanes. Conoció a Juan de Aranda, factor de la Casa de la Contratación, y a su tesorero, el doctor Sancho Matienzo, de quien ya le había hablado Faleiro. Quedaron en verse cuando el tesorero, que también era canónigo de la catedral, regresase de Écija, a donde tenía que marchar para resolver unos asuntos eclesiásticos de su competencia.

Le enseñó los lugares más emblemáticos de una ciudad donde eran cada vez menos patentes los restos de la presencia de los musulmanes que la habían dominado hasta hacía algo más de dos siglos y medio, si bien las estancias de los Reales Alcázares y la torre de la catedral, que era el viejo alminar de la antigua mezquita aljama, mostraban su abolengo islámico. Gracias al cada vez más intenso comercio con las Indias, Sevilla estaba creciendo rápidamente. Algunos de los más importantes linajes de su nobleza y varios hombres de negocios asentados en ella habían comenzado a labrar palacios y hermosas mansiones que señalaban la opulencia en que se desenvolvía su vida.

A Magallanes le impresionaron las dimensiones de la catedral y de su retablo mayor, y algún convento le pareció enorme, como el de los franciscanos, frontero a la principal plaza de la ciudad, a la que daba nombre. También algunas casas de la aristocracia, como la que llamaban de Pilatos, todavía en construcción sobre unos solares comprados a la Inquisición, que los había incautado a varios reos por practicar ocultamente la religión de Moisés. Llamaron su atención las inmensas naves que había visto, desde lejos, cuando llegaba a Sevilla.

—Son las atarazanas reales —comentó Barbosa—. Fueron mandadas construir por el rey Fernando III, cuando arrebató la ciudad a los moros. Aquí se han construido muchas de las galeras de Castilla.

—¡Son enormes! —exclamó Magallanes—. ¡Jamás había visto una cosa parecida!

—Su gran tamaño ha permitido utilizarlas para otros menesteres. Cuando el rey don Pedro murió alguna de estas naves sirvió de prisión para sus partidarios, que en Sevilla eran muchos. Hoy, alguna se utiliza como almacén de velamen, jarcia, pólvora… todo lo necesario para aprestar los buques.

—¡Son grandiosas!

Salieron por una de las arcadas al arrabal que quedaba extramuros y cercano a las atarazanas. Había una multitud. Unos arreaban bestias de carga y otros portaban ellos mismos cestos, fardos, sacos, maderas y los objetos más diversos.

—Todo este espacio hasta la ribera del Guadalquivir se conoce como el Arenal, no necesito explicar a vuesa merced por qué. —Barbosa dio un pequeño puntapié a la arena—. Ese arrabal es la Carretería. Ahí se concentran quienes se dedican a ese oficio. Aquel es la Cestería. —Barbosa señaló el otro arrabal, pegado a la muralla y separado de la Carretería por una zona de arenas más pantanosas porque allí desaguaba la laguna que quedaba intramuros de la ciudad, junto a la mancebía.

—¿Qué es aquel edificio? —Magallanes señalaba una construcción aislada, que se alzaba en una isla en medio del río.

—Es el monasterio de los cartujos.

—Con ese tamaño, albergará una comunidad muy grande.

—No sabría deciros su número. Pero, desde luego, no menos de un par de cientos. Ahí estuvo alojado Cristóbal Colón.

Referirse al alojamiento hizo que Magallanes recordara algo que no deseaba.

—¿Os han contestado los dueños de la casa que podría alquilar?

—Todavía no han respondido.

—¿Dónde dijisteis que estaba?

—En la Borceguinería, en la parte que queda cerca de la plaza de San Francisco. ¿Tenéis prisa por dejar mi casa?

Magallanes meditó la respuesta y descartó la idea que le pasó por la cabeza.

—Ninguna, don Diego. Vuestra hospitalidad va mucho más allá de lo que yo podría desear y la forma en que he sido acogido por vuestra familia colmaría los deseos de la persona más exigente. Os estoy sumamente agradecido, pero no es conveniente romper la intimidad de vuestro hogar con una presencia tan prolongada.

—¡Vamos, don Fernando! Estamos encantados de acogeros.

En aquel momento comenzó un repique de campanas que llegaban desde diferentes lugares. La gente se detuvo, y quienes trabajaban cesaron en sus labores. Algunos se hincaron de rodillas. Las campanas decían que era mediodía, la hora del ángelus. Barbosa y Magallanes también se detuvieron y bisbisearon una plegaria. Cuando los bronces enmudecieron, la actividad cobró vida de nuevo.

—Si no queremos llegar tarde a nuestra cita, no debemos detenernos. En la Casa de la Contratación nos aguarda Juan de Aranda —indicó Barbosa.

14

La reunión con Juan de Aranda había ido a pedir de boca. Magallanes estaba admirado de cómo discurrían las cosas. Sin duda, en la marcha de todo aquello estaban siendo decisivas dos cosas. Por un lado, las gestiones de Barbosa. Por otro, el nombre de Cristóbal de Haro que, con sólo nombrarlo, abría muchas puertas.

Después de cenar la noche del día de Todos los Santos, Barbosa, su familia y Magallanes, se dirigieron a la catedral —era un corto paseo— para asistir al oficio que a media noche se celebraba por las almas de los fieles difuntos. Los acompañaban media docena de criados con antorchas y dos pequeños fanales. Era la última noche que el navegante dormiría acogido a la hospitalidad del teniente de alcaide. Al día siguiente se instalaría en la casa de la Borceguinería, que había arrendado por un año gracias a la iniciativa de Barbosa y las buenas gestiones de Vasconcelos, el prior de la cofradía de los portugueses para quien también había llevado una carta de las que le entregó Cristóbal de Haro. Ya habían entrado en el templo María Caldera, la esposa de Barbosa, y el resto de su familia cuando Magallanes le comentó:

—Don Diego, sé que este no es el momento más adecuado para solicitaros lo que voy a pediros, pero quiero hacerlo antes de abandonar mañana vuestra casa, donde me he sentido como en la

97

mía propia. Gracias a vuestra gentileza he estado en ella durante estas semanas como si fuera mi hogar.

—Si vais a soltarme una perorata de agradecimientos, ahorráoslos, don Fernando, y entremos en la catedral si queremos asistir al oficio de difuntos en un lugar adecuado. ¡Fijaos la cantidad de gente que está entrando en la iglesia!

—Seré breve, pues. Lo que quiero es solicitar vuestro permiso para visitar a vuestra hija Beatriz.

Barbosa se quedó mirándolo fijamente.

—¿Cuáles son vuestras intenciones?

—Desposarla. Si vos lo tenéis a bien.

El teniente de alcaide se acarició el mentón y se ajustó el cuello de su capa.

—Antes de daros una respuesta, he de consultarlo con mi esposa.

—¿Cuento con vuestra ayuda?

Barbosa asintió con un movimiento de cabeza y entró en la catedral.

Unas semanas más tarde, en la capilla de los Reales Alcázares, contraían matrimonio don Fernando de Magallanes y doña Beatriz de Barbosa. El canónigo y tesorero de la Casa de la Contratación, don Sancho Matienzo, celebró los esponsales, siendo los padrinos los padres de la novia, don diego de Barbosa y doña María Caldera. Fueron testigos el alcaide de los Reales Alcázares, don Jorge de Portugal, el prior de la cofradía de los portugueses, Antonio de Vasconcelos, y el cosmógrafo, Ruy Faleiro, que había llegado a Sevilla pocos días antes. Había logrado rebajar la pretensión del canónigo a la mitad y solventado el problema.

Finalizaba el mes de noviembre cuando llegaron a Sevilla dos noticias, con diferencia de pocos días. La primera, la muerte del arzobispo de Toledo. El cardenal Cisneros había fallecido el día 8 en un pueblecito de Burgos, cuando iba al encuentro del joven rey que, por fin, llegaba a España. En la ciudad se vivió la noticia con un sentimiento de pesar y en la catedral se celebraron unas solemnes honras fúnebres. La segunda, llegó la víspera del día de San Andrés. Carlos de Habsburgo había desembarcado en un lugar de la costa cantábrica llamado Tazones. La noticia fue recibida con manifestaciones de júbilo. La presencia del joven monarca desatascaría muchas cosas que habían quedado empantanadas tras la muerte del rey Fernando.

Las jornadas posteriores a su casamiento Magallanes estuvo tan embelesado con Beatriz que los asuntos de la expedición pasaron a un segundo plano. Faleiro y él se veían con Matienzo y Juan de Aranda, con quienes comentaban detalles de la expedición sin desvelarles el meollo de la cuestión, que estaba en la posibilidad de que la Especiería se encontrara en los dominios de Castilla, que era algo de lo que no se tenía la menor sospecha en Sevilla. Conocieron a cartógrafos, cosmógrafos y pilotos de la Casa de la Contratación. Mantuvieron largas conversaciones con viejos marinos, auténticos lobos de mar, que pasaban el día en las tabernas próximas al Arenal, contando historias de sus viajes que adornaban de notables exageraciones a las que incorporaban muchas y grandes mentiras. Pero en aquellas historias había mucha experiencia y de ellas se podían extraer, analizándolas con cuidado, algunos datos importantes.

Magallanes dedicaba sus atenciones a Beatriz, cuya belleza lo tenía cautivado. Daban largos paseos, visitaban iglesias y monasterios, acudían a la plaza de San Francisco los días de mercado y compartían veladas con las familias de algunos amigos de su padre o de portugueses miembros de la cofradía presidida por Antonio de Vasconcelos. Beatriz era una belleza meridional. Una criatura delicada y hermosa. Los enamorados vivían tórridas noches de pasión que llevaban a ella a confesarse casi a diario, pensando que el desenfreno que vivía entre las sábanas era pecaminoso e iba en contra de los mandamientos de la Santa Madre Iglesia. Pero su propósito de enmienda duraba lo que tardaba su marido en tomarla entre sus brazos, en la intimidad de su alcoba. Beatriz se embobaba cuando su esposo le hablaba de sus proyectos. Se ilusionaba cuando le decía que podía abrir una ruta desconocida cuyos beneficios para Castilla y para ellos podían ser incalculables.

—¿Significa que formaremos parte de la corte?

—Sin duda, Beatriz, sin duda —respondía el navegante tratando de dar credibilidad a sus palabras porque no estaba muy convencido de ello. Su experiencia en la corte de Lisboa apuntaba justo en la dirección contraria.

El cosmógrafo se hizo asiduo de la mancebía sevillana hasta que estableció una relación regular con una viuda a la que calentaba la cama, al tiempo que solventaba su problema de alojamiento porque, como era habitual, andaba corto de dineros, pese a que hacía trabajos de cartografía, copiando cartas de navegación, por los que cobraba sus buenos ducados.

En la Casa de la Contratación habían ido anudando importantes alianzas. El más enfervorizado con el proyecto era Juan de Aranda y contaban con la anuencia del doctor Matienzo. Se celebraban los encuentros a puerta cerrada en reuniones de guante blanco. Eran exposiciones del plan y los datos que poseían abrumaban a quienes habían sido invitados, clérigos de gran predicamento en la ciudad, pero por lo general más preocupados por asuntos de moral y evangelización que por cuestiones técnicas. También asistían algunos caballeros del cabildo municipal y otros responsables públicos cuya influencia en Sevilla era notable, acompañados de damas de la buena sociedad sevillana. Después de las reuniones los invitados eran agasajados con un ágape en el que participaban la esposa de Barbosa, María Caldera, y la de Magallanes. En la sociedad sevillana, muy puntillosa en materia de preeminencias, se consideró una distinción social el ser invitado a alguna de aquellas reuniones en las que Faleiro defendía el proyecto con brillantez. Los planes eran expuestos con reservas. Sólo ante el rey revelarían la parte más importante: sus sospechas sobre la posición geográfica de la Especiería.

Matienzo decidió elaborar un informe para el obispo Fonseca, persona de gran influencia en la corte y presidente del Consejo de

Indias, para conseguir una audiencia con el rey. Para ello quiso que se celebrara una reunión a la que asistirían dos pilotos y un cosmógrafo. Ya no sería de guante blanco. El tesorero quería que se sometieran a debate los planteamientos de los portugueses, que se señalasen sus puntos débiles y se pusieran en cuestión sus afirmaciones.

La reunión, que se celebró el 14 de diciembre, fue larga y no estuvo exenta de momentos de fuerte tensión.

—El problema principal es la longitud del radio de la Tierra —señalaba uno de los pilotos sevillanos—. Es mucho mayor de lo que Colón creyó en un primer momento. Pero la pregunta es ¿cuánto mayor? Sin ese dato, no es posible establecer con precisión, al menos de una forma aproximada, las necesidades del viaje.

—Colón no disponía de la información que nosotros tenemos —replicó Faleiro.

—Por eso su viaje estuvo a punto de convertirse en un fracaso estrepitoso.

—Pero no ocurrió. —El portugués dio un fuerte puñetazo en la mesa.

—¿Me está diciendo vuesa merced que hemos de confiar en el azar? —planteó el piloto.

—En absoluto, señor mío. Pero en todo viaje hay algo de azar.

—Si los portugueses colaborasen, parte del problema quedaría resuelto —indicó el cosmógrafo sevillano.

—¿Qué insinuáis con eso de «si los portugueses»? —Faleiro puso cara de pocos amigos.

—No es mi intención ofenderos…

—¡Decid lo que ha pasado por vuestra cabeza! —le gritó.

A Faleiro se le tenía en los ambientes náuticos un gran respeto. Estaba considerado el mejor cosmógrafo, no había otro como él, pero lo perdían su temperamento y sus accesos de cólera.

—Quiero decir que, mientras vuestros barcos surcan las aguas del Atlántico y conocen las distancias desde nuestras costas a las de las Indias Occidentales, nosotros no podemos surcar las aguas que llevan a las Indias Orientales, que recorren sus naos. Tienen mejores datos que nosotros. Esos son los datos que nosotros creíamos que vuesas mercedes iban a poner sobre la mesa.

Magallanes iba a responder, pero se le adelanto el cosmógrafo.

—Si navegamos por esas aguas es porque nos lo permite el tratado de Tordesillas.

—¿También permite la presencia portuguesa en tierras más al oeste de las trescientas setenta leguas contadas desde las Cabo Verde? —replicó el piloto con voz destemplada.

—¡No me alcéis la voz!

—Sosegaos. Estamos entre amigos —señaló Magallanes, buscando tranquilizar a Faleiro.

No era conveniente entrar en aquella clase de debate. Era muy perjudicial para sus intereses establecer diferencias. Aunque estaban dispuestos a ponerse al servicio de Castilla, ofreciendo un proyecto que perjudicaba a su país natal, no dejaban de ser portugueses. El navegante había comprobado, durante los meses que llevaba en Sevilla, cómo los recelos estaban a flor de piel, pese a que numerosos de sus compatriotas, su suegro era un ejemplo, prestaban importantes servicios a Castilla.

Pero la recomendación de Magallanes no sirvió de mucho porque el cosmógrafo espetó al castellano:

—¡Muchas de vuestras carabelas llegan hasta La Mina, en el golfo de Guinea!

—¡Sosegaos, por el amor de Dios! —quien ahora pedía calma era Matienzo—. Todos estamos en el mismo barco. La expedición que nos plantean nuestros amigos portugueses se hará bajo el pabellón de Castilla.

El tesorero de la Casa de la Contratación era hombre entrado en años y en carnes. Había cumplido los sesenta y no pesaba menos de diez arrobas. Tenía un carácter apacible, lo que no era excusa para que desplegase una energía que, a quienes no le conocían, les resultaba extraña. Parecía impropia de su aspecto bonancible. Pese a la tonsura, tenía un frondoso cabello completamente blanco que le daba un aire de respetabilidad que se unía a su condición de canónigo del cabildo de la Santa Iglesia Catedral. Su rostro redondeado se prolongaba en una generosa papada. Desde unos años atrás la pérdida de vista le obligaba a usar unas antiparras que hacían recordar a una lechuza. Era hombre muy respetado y tenía una extraordinaria oratoria que convertía sus sermones en actos multitudinarios.

Sus palabras impusieron el silencio, pero las diferencias estaban marcadas.

—Lo que nos ofrecéis no pasa de ser una simple especulación. Es posible que haya un paso para llegar al mar del Sur. Nos decís que ese estrecho ha de estar a partir de los cuarenta y cinco grados de latitud. ¡Vaya una novedad! —exclamó en tono despreciativo el piloto castellano—. Sabemos que la expedición de Díaz de Solís, a quien Dios haya acogido en su santo seno, llegó a los treinta y cuatro grados. Como se dice en Castilla, para ese viaje no necesitamos alforjas.

Faleiro iba a decir algo, pero esta vez Magallanes se adelantó. Temía que el cosmógrafo, que estaba muy excitado, dijera más de lo que debía.

—Nosotros sabemos la distancia que hay hasta Malaca, podemos ofrecer datos muy valiosos.

El piloto arrugó la frente.

—Aunque eso no soluciona la cuestión del paso al mar del Sur, ¿por qué vuesas mercedes no nos han dicho antes que conocen la distancia a Malaca?

—Porque no es cuestión de andar revelando datos tan importantes como ese. Podría confeccionar, si me dan ustedes tiempo, una esfera.

La propuesta de Magallanes sorprendió a todos. Confeccionar un mapa esférico era algo sumamente complicado. Un auténtico reto. El doctor Matienzo decidió aceptarla de inmediato. Era una forma de poner fin a aquella reunión que había estado a punto de írsele de las manos. Las tensiones no eran buenas y lo mejor era darla por terminada.

—Es una excelente propuesta. Decidme, ¿cuánto tiempo necesitaríais para confeccionarla?

—Necesito encontrar los materiales, medir distancias, elaborar los mapas y corregir las deformaciones que se producen al trasladar un plano a una superficie esférica. No sabría deciros, don Sancho. Al menos una semana.

Antes de abandonar la reunión, Faleiro hizo un aparte con Magallanes.

—¿Habéis traído con vos la esfera?

—Sí, sólo tengo que armarla.

—Entonces, ¿por qué tanto tiempo?

—Para darle la importancia que tiene.

15

La nueva reunión se celebró en vísperas de la Navidad. Sobre una mesa estaba la esfera cubierta por un paño carmesí. Entre los reunidos se había hecho un silencio expectante, cuando Magallanes, tras unas breves palabras, invitó al doctor Matienzo a descubrirla; el canónigo quitó el paño con sumo cuidado. Lo hizo lentamente, dando al hecho la solemnidad que el momento requería. El diámetro de la esfera era como de codo y medio. El meridiano que separaba los hemisferios castellano y portugués, que había situado a trescientas setenta leguas al oeste de las islas Cabo Verde, y también el antimeridiano al este de Malaca estaban señalados con tinta roja. Aquellas aguas eran conocidas por los portugueses, pero para los castellanos suponían un mundo desconocido. Las únicas referencias que se tenían eran las que poseían los navegantes lusitanos, pero ignoraban la distancia que había desde las costas de las Indias que bañaban las aguas del mar del Sur. No estaba representada la Especiería para no dar la menor pista de su secreto. La esfera estaba más perfeccionada que la de Martín de Bohemia, pues Magallanes había introducido algunas precisiones, gracias a los conocimientos geográficos de que disponía y que nada tenían que ver con los que pudo utilizar el cosmógrafo alemán más de dos décadas antes. En aquellos años el conocimiento del mundo se había ensanchado de forma considerable. En la esfera estaban representados cuatro continentes, de los cuales las costas occidentales de Europa eran las que mejor dibujadas estaban. Asia era una prolongación hacia levante. Salvo en las zonas próximas a la parte oriental del Mediterráneo y el borde sur del continente, donde aparecían algunas precisiones, era un enorme territorio que terminaba de forma poco definida. África, excepto las costas del norte bañadas por el Mediterráneo, cuyo conocimiento era equiparable a las de Europa, aparecía como una masa de tierras ignotas cuya costa occidental, con el golfo de Guinea como principal accidente, estaba mejor perfilada que la oriental. También estaba reflejada, con cierto detalle, la costa atlántica de las Indias entre los veinticinco grados de latitud norte y los treinta y cinco de latitud sur. Más allá de estas latitudes los perfiles estaban mucho menos definidos, pero a cincuenta y cinco grados de latitud sur había dibujado un estrecho que comunicaba las aguas del Atlántico con las del mar del Sur, que Núñez de Balboa había descubierto hacía cuatro años. El globo terráqueo estaba primorosamente adornado con pequeños detalles referidos a animales, tanto terrestres como marinos —algunos fruto de una imaginación desbordada o resultado de historias de marinos excitados por la bebida—, plantas exóticas y escudos y estandartes representativos de territorios concretos.

Los reunidos se habían apiñado alrededor de la mesa y se inclinaban sobre la esfera para poder escrutarla minuciosamente. El trabajo realizado, que incorporaba hasta las últimas novedades geográficas conocidas, era extraordinario. Sólo alguien con grandes conocimientos de geografía, cartografía y cosmografía estaba en condiciones de realizarlo.

—¡Es magnífica! —exclamó un Matienzo emocionado.

—¡Extraordinaria! —corroboró el factor, Juan de Aranda.

—¿Qué os parece? —preguntó Matienzo a los pilotos y cartógrafos.

Ellos se mostraron menos entusiasmados. Su rivalidad con los portugueses venía de antiguo. No iban a alabar aquel trabajo, aunque se tratase de una obra verdaderamente espléndida.

—Es una buena representación —concedió de mala gana uno de los pilotos.

—Pero tiene mucho de fantasía —añadió el otro.

—Es cierto que algunas partes son imaginarias —replicó Magallanes—. Sabemos muy poco sobre el mar del Sur o qué hay al este de Malaca ¿Lo decís por algo en concreto?

El piloto señaló el estrecho que aparecía en el extremo sur de las Indias.

—¿Por qué ese estrecho y por qué a esa latitud? Nadie, que nosotros sepamos, ha surcado esas aguas. ¿Vuesa merced ha navegado por ellas?

—No, claro que no.

—Tampoco me convencen las imprecisiones al este de Malaca. Por lo que tengo entendido vos —miró a Magallanes— habéis surcado esas aguas.

—Es cierto, pero la suerte me fue adversa. Apenas pude avanzar al sorprenderme una terrible tormenta que…

En aquel momento unos golpecitos en la puerta interrumpieron la conversación. Sonaron muy suaves, como si temieran molestar.

—¡Adelante! —gritó Matienzo contrariado por la interrupción, pero con cierto alivio por ver frenada la tensión que empezaba a generarse.

Era uno de los escribanos. Se acercó al tesorero y le susurró algo al oído.

—¿Está confirmado?

—Sí, señor. Requieren a vuestra paternidad. Se van a reunir los dos cabildos para tomar algunas decisiones.

—¿Ocurre algo? —preguntó Aranda.

—El rey ha convocado las Cortes del Reino. Lo lamento, pero he de marcharme. Requieren mi presencia. Hemos de posponer esta reunión. Se os llamará… se os llamará para proseguir el estudio de este asunto.

Matienzo cogió el bonete y se echó sobre los hombros la capa ribeteada con cordoncillo carmesí propia de su dignidad de canónigo.

La reunión de los cabildos eclesiástico y municipal se celebró en el salón alto del Corral de los Olmos que, cercano a la catedral, compartían como sede ambas instituciones, mientras se construía el nuevo ayuntamiento. El acuerdo fue nombrar dos representantes, uno por cada cabildo, para que acudieran a Valladolid, donde se había instalado don Carlos. Ellos cumplimentarían al rey en nombre de la ciudad. También actuarían como diputados en las Cortes que se abrirían en Valladolid el 24 de enero del nuevo año y en las que se nombraría a don Carlos heredero del trono.

Al día siguiente Matienzo convocó con carácter inmediato la pospuesta reunión, que se celebró sin mayores incidencias. Con la información recogida elaboró el informe para el presidente de Indias, el obispo Fonseca que, antes de finalizar aquel año de 1517, salía con destino a Valladolid. En él, apoyaba decididamente la empresa e indicaba al obispo que buscase la forma de que el monarca concediera una audiencia a Magallanes y Faleiro para que le expusieran su plan.

Enero transcurría esperando nuevas de Valladolid en medio de una creciente ansiedad. Matienzo recomendaba calma a los portugueses.

—El tiempo no es el mejor para ponerse en marcha. Las lluvias hacen impracticables muchos caminos. Por otro lado, piensen vuesas mercedes en la cantidad de asuntos pendientes con que ha debido encontrarse el rey, nuestro señor. En la corte deben estar desbordados. Hay que tener paciencia.

Las razones esgrimidas por el tesorero de la Casa de la Contratación estaban cargadas de lógica, pero no rebajaban el desasosiego de Magallanes. Era entrado febrero cuando se tuvo noticia en Sevilla de que las Cortes habían jurado como heredero a don Carlos y le habían concedido un importante subsidio. No obstante, otras noticias procedentes de Valladolid les producían una inquietud creciente, aunque sólo eran rumores. Se decía que en la corte se estaban produciendo fuertes enfrentamientos entre los consejeros que, en gran número, habían acompañado al monarca desde su Flandes natal y la nobleza castellana. Los flamencos habían establecido una especie de muralla a su alrededor, lo que había convertido al rey en inaccesible para sus súbditos. Eso era algo que no tenía precedentes en Castilla. También se comentaba que los extranjeros —ese era el nombre que se empleaba para referirse a los flamencos— estaban copando los cargos más importantes y se estaban haciendo con las sinecuras más apetecibles. Se decía que mostraban una avaricia insaciable. Las quejas eran cada vez mayores porque, pese a que lo prohibían las leyes del reino, esos consejeros estaban sacando gruesas sumas de oro y plata. La contrariedad también era grande porque no había manera de entenderse directamente con don Carlos al no saber castellano.

El rechazo a lo que no fuera propio se percibía cada vez más en Sevilla. Una de las noticias que llegó hasta las riberas del Guadalquivir inquietó de forma particular a Magallanes. La tensión despertada por los flamencos que controlaban al rey era tal que las Cortes iban a plantear que ningún extranjero pudiera naturalizarse castellano.

—Esa es una mala noticia —señaló Barbosa durante un almuerzo familiar al que también asistía Matienzo—. Al parecer la causa está en el nombramiento del arzobispo de Toledo.

—No os comprendo, don Diego —dijo el canónigo—. ¿Qué tiene que ver una cosa con otra?

—Ayer tuve correo del alcaide que, como sabe su paternidad, es uno de los diputados a Cortes por Sevilla. Según don Jorge, el rey ha presionado al papa para que nombre arzobispo de Toledo a un flamenco. No sabría deciros su nombre. Eso va contra las leyes dictadas por la reina Isabel.

—¿Qué dicen esas leyes? —preguntó Magallanes.

—Que no se den cargos eclesiásticos a extranjeros —respondió Matienzo.

—¿El rey ha incumplido esa ley?

—No, su majestad ha salvado ese obstáculo naturalizando castellano al flamenco —aclaró Barbosa—. Eso ha provocado tal malestar que las Cortes van a plantear que no se concedan cartas de naturaleza a extranjeros.

Magallanes se limpió las manos con las que había desmenuzado el pollo de su plato antes de coger la copa de vino. Tras darle un buen sorbo, preguntó al canónigo:

—¿Cuál es vuestra opinión? ¿Su majestad accedería a poner bajo mi mando una expedición, sin ser castellano ni siquiera de adopción?

Matienzo se llevó a la boca el trozo de pan empapado en salsa que sostenía entre sus dedos, y una vez que lo hubo degustado respondió:

—En otras circunstancias, eso no sería problema. Doña Isabel y don Fernando no lo tuvieron para encomendar a Cristóbal Colón el viaje que llevó al descubrimiento de las nuevas tierras. Cierto que hubo alguna protesta de los envidiosos de siempre, de los que se consideran con mejores títulos, sin tenerlos, o de quienes buscan medrar sin correr riesgo alguno y suelen merodear en los alrededores del poder. Pero las circunstancias actuales son diferentes. La presencia de esos flamencos ha enturbiado el ambiente. Sólo si es verdad la mitad de las cosas que se cuentan sobre lo que rapiñan, justificaría el rechazo que en el reino hay hacia los extranjeros, y el vulgo no hace distinciones. Me temo que, si a esto no se le pone remedio, esa animadversión no parará de crecer. Pero hay una fórmula para salvar el problema caso de que no se os permita naturalizaros en Castilla.

—¡Dígala vuestra paternidad! —exclamó Beatriz de Barbosa.

—Un juramento. Un solemne juramento de lealtad al rey.

—¿Creéis que con eso será suficiente para disipar recelos?

Matienzo se quedó mirando fijamente a Magallanes.

—¿Os parece poco? En un juramento ponéis a Dios por testigo

de vuestro compromiso. Es vuestra alma la que responde de vuestras acciones de forma directa. ¿Habéis asistido alguna vez a uno de esos juramentos?

—No, nunca.

—Os aseguro que es una ceremonia que impresiona.

—Si esa es la vía…

—No se me ocurre otra que resuelva la situación. —El canónigo dio un trago a su vino ante el silencio de los presentes, impresionados con sus palabras—. Creo que tal y como están las cosas no deberíais retrasar mucho vuestro viaje. Mi consejo ahora es que os dirijáis a la corte, incluso antes de que tengamos noticias de que el rey os vaya a conceder audiencia.

—¿En pleno invierno? —Beatriz no ocultaba su inquietud.

—Imagino que vuestra inquietud está dictada por las delicias propias del himeneo. —La joven esposa de Magallanes clavó los ojos en su plato y notó cómo el rubor se apoderaba de su rostro—. Es cierto que no es el mejor tiempo para viajar, pero no creo que a vuestro esposo le arredren la lluvia o el barro de los caminos. Deberíais ganar las horas. Por Sevilla corren rumores que, digamos, no son favorables.

—¿Qué rumores son esos? —preguntó Barbosa.

—No es nada concreto, don Diego. Pero por la ciudad se dice que un portugués va a ponerse al frente de una expedición para buscar el paso que no pudo encontrar Díaz de Solís. Por otro lado, sé de buena fuente que los agentes portugueses que hay en la ciudad indagan sobre este asunto y están sembrando cizaña. Creo que en Lisboa andan muy molestos con este proyecto.

—En las reuniones en que hemos expuesto el proyecto nada se dijo de quién estaría al frente de la expedición. ¿Ha podido ser alguien de la Casa de la Contratación?

—Puedo aseguraros que no, don Fernando. El mismo día que llegó a mis oídos la noticia de que circulaban esos comentarios, hablé con Aranda, el cosmógrafo y los dos pilotos. Nada ha salido de su boca.

—¿Entonces? —preguntó Barbosa.

—¡Faleiro! —exclamó Magallanes.

—Me temo que por ahí va la cosa —corroboró el canónigo—. Según tengo entendido, aunque anda amancebado con una viuda, no ha abandonado su afición a visitar la mancebía y son muchos los hombres que en los brazos de una mujer no son capaces de mantener la boca cerrada.

—Mañana mismo hablaré con él.

—No lo demoréis, don Fernando. Sus conocimientos como cosmógrafo son extraordinarios. En mis años, que son muchos, no he conocido a nadie tan capaz como él. Pero es un tanto... un tanto díscolo.

—¿Por eso cuando lo obligasteis a venir a Sevilla, lo tuvisteis secuestrado?

El canónigo no pudo ocultar su sorpresa. Dejó sobre la mesa la copa de vino que se llevaba a la boca.

—¿Obligarlo a venir? ¿Secuestrado? ¡De qué estáis hablando!

—Faleiro me contó que, cuando Díaz de Solís preparaba su expedición, unos hombres se presentaron en Lisboa obligándole a viajar a Sevilla para que asesorase como cosmógrafo aquella expedición y que, una vez zarpados los barcos, lo tuvisteis retenido varias semanas con el propósito de que no revelase lo que sabía.

—¡Eso es mentira! ¡Una infamia!

Ahora el sorprendido era Magallanes.

—¿No estuvo aquí por aquellas fechas?

—Por entonces estuvo en Sevilla y nos prestó un importante servicio que fue adecuadamente remunerado. Pero ni fue forzado a venir, ni estuvo secuestrado. ¡Fue él quien nos ofreció sus servicios!

—¡Menudo bribón!

Una vez que hubo concluido el almuerzo, Matienzo, que se había aficionado al tabaco, fumó uno de aquellos cigarros mientras degustaba un cordial para ayudar a la digestión de la copiosa comida que María Caldera había preparado. Aprovechó que las damas se habían retirado para comentar:

—Ruy Faleiro vino a Sevilla por una cuestión de faldas.

—¡Qué me está diciendo vuestra paternidad!

—Vino siguiéndole los pasos a la esposa de un acaudalado hombre de negocios flamenco, que en Lisboa se dedicaba al comercio de las especias. He de admitir que era una mujer bellísima. Llamaba la atención cuando, siempre acompañada de una dueña, iba al mercado de la plaza de San Francisco, acudía a la iglesia o paseaba por alguno de los lugares más regalados de Sevilla. Tuve conocimiento de la presencia de Faleiro en la ciudad porque me lo dijo un piloto portugués que trabajaba para nosotros. Fue entonces cuando lo conocí y me ofreció su colaboración. Ajustamos unos generosos emolumentos.

—¿Permaneció en Sevilla hasta bastante después de que Díaz de Solís se hiciera a la mar?

—Así es. Pero su presencia en la ciudad no estaba determinada por esa expedición, sino por la relación que mantenía con esa mujer. Se marchó al tener que poner tierra de por medio cuando el marido descubrió el enredo.

—Cuando regresó a Lisboa me contó una historia muy diferente.

El canónigo dio un sorbo a su copita de cordial.

—Os aseguro que los hechos son como se los he contado a vuesa merced.

—No tengo la menor duda, don Sancho.

—Debéis tener cuidado. Para ciertas cosas no es la compañía más adecuada.

<h1 style="text-align:center">16</h1>

Al día siguiente, su encuentro con el cosmógrafo fue tormentoso, pese a que Magallanes guardó silencio sobre lo que el canónigo le había contado acerca de su anterior estancia en Sevilla. Faleiro explotó cuando aludió a sus indiscreciones en la mancebía.

—¡Voto a Dios! ¿Desde cuándo mi vida privada es asunto vuestro? ¡Decidme, desde cuándo!

—Adonde vayáis no es asunto mío. Pero sí lo es que vuestra lengua se desate y digáis cosas que conviene mantener reservadas.

—Sé muy bien cuánto nos jugamos con esta apuesta. ¿Acaso no sabéis que en Sevilla hay más compatriotas que espían por cuenta de nuestro rey que piedras en las calles? ¡Me menospreciáis!

—Entonces, decidme, ¿cuál es la razón por la que Sevilla se hace lenguas sobre nuestros planes?

El cosmógrafo se quedó unos instantes en suspenso.

—¿Se ha difundido que la Especiería podría estar en el hemisferio de Castilla?

—No, pero es público que buscamos un paso para llegar al mar del Sur.

—¡Bah! ¿Eso os inquieta? —Faleiro dio un manotazo al aire—. ¡No sé a qué demonios viene tanta inquietud! Nuestra presencia aquí no podía pasar desapercibida mucho tiempo. Y, si alguien no se había percatado, vuestra boda con la hija del teniente de alcaide de los Reales Alcázares…

—¡Eso es mi vida privada!

—¡Como lo es que yo visite la mancebía!

Magallanes consideró que lo mejor era no ir más allá. Sabía que necesitaba al cosmógrafo para sacar adelante su proyecto. Había impresionado a todos con las explicaciones que dio sobre la esfera y sólo alguien con sus sólidos conocimientos era capaz de hacerlo. En la corte causaría sensación y el viaje a Valladolid, después de lo que el doctor Matienzo le había comentado, era en aquel momento su mayor prioridad.

Era el último día de enero cuando habló con Beatriz acerca de la conveniencia de que se trasladara de la casa de la Borceguinería, que era su hogar, a los Reales Alcázares para estar junto a sus padres el tiempo que él estuviese fuera. No sabía cuánto tardaría en volver y las noticias que llegaban de Valladolid señalaban que en la corte se vivían momentos muy complicados. Estaban en su alcoba y Beatriz, zalamera, se acercó a su esposo. Lo besó en los labios y se desabrochó el brial. Él le pasó su brazo por la cintura, la atrajo hacia sí y besó su pecho, percibiendo el calor y las formas de su cuerpo. Notó cómo se excitaba. Se desnudaron a toda prisa, se echaron en la cama e hicieron el amor, primero con una vehemencia desbocada, después con serenidad. Beatriz era mucho más pasional de lo que hacía pensar su imagen de mujer recatada.

Magallanes, tendido en el lecho, con el torso desnudo y la respiración agitada, no pudo evitar, en aquel instante de placentero sosiego, pensar en la arriesgada aventura en que estaba embarcado y cuyos peligros podía imaginar. Le preocupaban, más que las dificultades de navegar por aguas desconocidas, los problemas que se derivaban de hacerlo en barcos de un país que no era el suyo. Más incluso que la reacción que se produciría en Lisboa cuando se supiera cuál era el objetivo final de la expedición, algo que hasta el momento habían logrado mantener en secreto, pero que antes o después se conocería. Los agentes portugueses de la corte de Carlos I tendrían cumplida información cuando se lo explicaran al monarca. Miró a su joven esposa que, pudorosamente, se había cubierto el pecho con una sábana de lino. Era tan fina que no ocultaba las redondeadas formas de sus senos. Ella le dedicó una mirada lánguida y le susurró al oído:

—Creo que vais a ser padre.

Magallanes se incorporó, como movido por un resorte, y la miró a los ojos. Tenía suelta su cabellera, cuyo negro azulado resaltaba sobre el blanco de las almohadas. Le pareció hermosísima. Se inclinó sobre ella y la besó suavemente en los labios.

—¿Estáis segura?

—Creo que sí —respondió sin poder contener la emoción, con las lágrimas agolpándosele en los ojos, que brillaban de una forma especial, y con un nudo en la garganta que le dificultaba hablar. A Magallanes, por un momento, lo asaltó una duda y se preguntó si embarcarse en aquella aventura era lo más adecuado, dejando atrás a su esposa estando embarazada. Apartó a un lado la sábana y la abrazó.

—Os quiero más que a mi propia vida. Yo... yo no sé si...

Beatriz, adivinándole el pensamiento, selló sus labios con un beso.

—Mi madre cuidará de mí en vuestra ausencia.

—¿Cuándo nacerá nuestro hijo? —le preguntó con ternura.

—Si no he echado mal las cuentas, será en las últimas semanas de agosto. No lo sé con certeza, pero he tenido dos faltas. Creo que me preñasteis en los primeros días de nuestro matrimonio.

Cerró los ojos y acarició el vientre de su esposa. Ahora, advertido del embarazo, le pareció que tenía una forma más abultada. El anuncio de que iba a ser padre, cuando estaba a punto de partir para Valladolid, no llegaba en el mejor momento, pero pensó que, si en la corte todo marchaba como esperaba, su hijo tendría por delante un futuro prometedor.

Se despertó cuando la claridad del amanecer se coló por las rendijas de la ventana. Miró a Beatriz, que continuaba plácidamente dormida. Pensó que los meses vividos en Sevilla habían sido un tiempo maravilloso. No porque hubiera anudado importantes alianzas con hombres influyentes, sino porque la había conocido y convertido en su esposa y ahora ella iba a hacerlo padre. Por un momento, sólo por un momento, pensó en que su vida sería muy diferente si permanecía en Sevilla y renunciaba a sus proyectos. Desechó aquellos pensamientos y se levantó procurando no hacer ruido. No pudo evitar despertarla cuando, al hacer las abluciones de la mañana, se llevaba unos puñados del agua de la jofaina a la cara.

Cuando bajaron a desayunar —pan recién horneado, chicharrones y manteca, acompañado de leche endulzada con miel—, la criada, que había traído el pan de la tahona que se encontraba junto al Postigo del Aceite, le entregó una carta.

—Me la han dado en la calle.

—¿Quién?

—El portero de donde controlan los barcos y la gente que quiere irse a las Indias.

Era de Juan de Aranda. Le pedía reunirse lo antes posible porque «había novedades importantes». Debía avisar a Faleiro.

El despacho de Aranda era una pequeña habitación de techo muy alto, llena de estantes donde se acumulaban los cartapacios, legajos y rimeros de papeles. La mesa también estaba atestada de documentos. Apenas quedaba espacio para las sillas donde se sentaron el navegante y el cosmógrafo.

—Las noticias son excelentes —enfatizó Aranda.

—¿De qué se trata? —preguntó el cosmógrafo.

—Tenemos concedida audiencia de su majestad.

Magallanes frunció el ceño. No sabía que Aranda hubiera escrito al rey.

—¿Vos habéis solicitado una audiencia?

—Tengo importantes contactos en la corte que han allanado las dificultades. Debemos ponernos en camino para estar en Valladolid lo antes posible. Aunque primero deberíamos considerar cuál será mi participación en la empresa.

—¿Qué es eso de vuestra participación? —Faleiro miraba a Magallanes, temiendo que hubiera establecido algún acuerdo con Aranda.

—Bueno… todos los hilos que he movido… Esta clase de expediciones reportan beneficios.

—¡A veces no es así! ¡Hay quien incluso pierde la vida! —Magallanes trataba de contener su ira—. ¿Acaso vos estaríais dispuesto a embarcar?

—¡Cómo se os ocurre plantear una cosa así! ¡No soy hombre de mar!

—¡Pero queréis una tajada, sin correr riesgos!

—Bueno… —Aranda se había puesto nervioso— en empresas tan complejas como la que vuesas mercedes plantean no todo es navegar. Hay que tener en cuenta muchos otros factores.

—¿Estáis dispuesto a aportar alguna suma para el aparejo de los barcos?

—¡Vamos, don Fernando, vamos! ¡Eso queda para los hombres de negocios!

—No sois hombre de negocios y tampoco de mar, pero queréis participar en los beneficios de la empresa —le espetó el cosmógrafo.

—Supongo que vuesas mercedes serán conscientes de que no habrá expedición sin que el rey lo decida y, si va a recibiros, es gracias a mis buenos oficios. Eso tiene un precio. ¿Creéis que conseguir una audiencia con su majestad es fácil? Si no lo es en circunstancias propicias, menos aún en la situación presente. No serán vuesas mercedes tan ingenuos de pensar que dos extranjeros tienen alguna posibilidad de ser escuchados por el rey. Ajustemos mi participación y pongámonos en camino lo antes posible. Estas oportunidades no deben dejarse escapar. Son muchos los que pretenden ser oídos por don Carlos y no lo consiguen.

Aranda estaba actuando como un truhan, pero tenía razón. Conseguir una audiencia real era complicado.

—Vuestro apoyo tendrá su recompensa —dijo Magallanes.

El cosmógrafo lo miró sorprendido, mientras que Aranda negaba con la cabeza.

—Quiero una participación y hemos de concretarla antes de partir.

—¿En cuánto pensáis? —preguntó Magallanes.

—¿No iréis a ceder a sus pretensiones? —intervino Faleiro.

—Quiero un quinto de los beneficios.

Lo que Aranda pedía era una desmesura. El veinte por ciento era la participación del rey. Magallanes enmudeció y Faleiro explotó:

—¡Estáis completamente loco!

—Mi trabajo y mis desvelos han de tener una recompensa.

—¡Perdemos el tiempo!

—Tranquilizaos, Ruy. Estoy dispuesto a admitiros como socio. Haced una aportación para cubrir el montante necesario para aparejar una nave.

—¡Ni hablar!

—Si lo preferís podríamos tasarlo en una suma concreta. Dos mil ducados. ¿Estaríais dispuesto a aportarlos?

—Ya os he dicho que no soy hombre de negocios.

—¡No lo seréis, pero queréis hacer negocio a nuestra costa! —El cosmógrafo, irritado, se había puesto en pie y, calándose hasta las cejas su bonete, se marchó dando un portazo.

Magallanes, menos colérico, pero no menos indignado, se puso en pie lentamente y, después de mirarlo fijamente a los ojos, le dijo:

—Me temo que aquí se separan nuestros caminos. No vamos a entendernos con vos. Iremos solos a Valladolid.

—El rey no os recibirá —respondió Aranda con mucha seguridad.

—Lo veremos.

—¡Dadlo por seguro! ¡Yo me encargo de ello!

17

Magallanes no pudo hablar con el tesorero de la Casa de la Contratación hasta bien avanzada la tarde. El canónigo había estado en una solemne función religiosa que el cabildo dedicaba a la vigilia consagrada a la Purificación de la Virgen y que se celebraba al día siguiente con una procesión nocturna con candelas. El vulgo la conocía popularmente como la fiesta de la Candelaria.

—Quiere participar en la empresa y exige un quinto de los beneficios.

—¿Habéis dicho un quinto?

—Un quinto, don Sancho. ¡Un quinto!

—¡Qué barbaridad! ¡Como si fuera el rey!

Matienzo se quedó un momento en suspenso y después, sin decir palabra, agitó una campañilla, a cuya llamada apareció el portero.

—¿Ha llamado vuestra paternidad?

—Quiero que te enteres, sin pérdida de tiempo, por dónde anda el factor Aranda y, con discreción, indaga si va a ponerse en camino. —Miró al portero por encima de las antiparras y añadió—: Es muy urgente.

Una vez solos Magallanes preguntó:

—Perdonadme la indiscreción, pero ¿por qué quiere saber vuestra paternidad si Aranda va a viajar?

El canónigo resopló con fuerza.

—Si, después de lo que me habéis contado, el factor se pone en camino hacia la corte, es para intentar, por todos los medios a su alcance, crearos las mayores dificultades. En mi opinión deberíais partir hacia la corte mañana mismo sin pérdida de tiempo. Vuestra mejor arma es adelantaros a su estrategia, que pasa por donde os he dicho. Son muchos años y lo conozco bien.

—Aranda ha sido uno de nuestros principales apoyos. ¿Cómo va a actuar entorpeciendo el proyecto?

—Su apoyo tiene un precio y, por lo que vos me habéis contado, un precio muy alto. Hacedme caso, marchad cuanto antes a Valladolid.

—Pero si no hemos tenido respuesta a la petición de audiencia a su majestad.

—Es posible que cuando lleguéis a Valladolid el presidente de Indias, con quien debéis veros, la haya concertado. Hacedme caso, no perdáis tiempo. Las noticias que llegan de Valladolid son… son, cómo diría…, poco halagüeñas. En la corte los enfrentamientos, que son moneda habitual, parecen haber rebasado los límites que dicta la cordura. Los ánimos están muy alterados y la tensión aumenta cada día. Veremos cómo acaba todo esto. Os daré una carta para Fonseca. Si no ha perdido influencia, ante ese aluvión de flamencos que ha venido acompañando a don Carlos, es persona de gran predicamento en la corte.

—Os lo agradezco mucho, don Sancho.

El tesorero tomó papel y, mojando el cálamo en el tintero, se puso a redactar la carta. Acababa de terminar y espolvoreaba el papel con arena fina para que la tinta se secase, cuando, tras dar unos golpecitos en la puerta, el portero apareció de nuevo.

—¿Qué has averiguado?

—Don Juan de Aranda no está en la casa. Se marchó esta mañana. Al parecer, tenía que atender una urgencia.

—¿Tienes noticia de que vaya a emprender un viaje?

—Sí, paternidad. Mañana sale con destino a la corte.

—Gracias, puedes retirarte.

Una vez solos, una sonrisilla se dibujó en los labios del canónigo.

—No me he equivocado. Tomad esta carta y no perdáis un instante. Que Faleiro os acompañe, aunque es sujeto con el que hay que andarse con mucho cuidado, os será de gran utilidad a la hora de exponer el proyecto.

Dos días más tarde, apenas despuntado el sol, dos jinetes dejaban atrás la iglesia de San Gil y se dirigían a la puerta de Córdoba, abierta en la vieja muralla de la época musulmana. Magallanes y Faleiro abandonaban Sevilla, camino de la corte. Siguiendo los consejos del tesorero, Magallanes no había perdido tiempo. Después de decirle a Beatriz que viajaría a Valladolid y que el esclavo se quedaría en Sevilla para servirla en aquello que necesitase, localizó al cosmógrafo y le dijo que se aprestara para viajar a la corte.

—No disponemos más que de un par de días.

—Puedo ponerme en camino mañana mismo. No olvidéis llevar vuestra esfera. Allí impresionará tanto como aquí.

—Habrá que desmontarla para que no sea un estorbo. En Valladolid habrá que buscar un buen ebanista para volver a armarla.

Al navegante le sorprendió que no pusiera obstáculos. Le pareció que se alegraba de iniciar el viaje. Pensó si no estaría envuelto en algún asunto turbio y le venía como anillo al dedo poner tierra de por medio. Con el cosmógrafo todo era posible.

La víspera de la partida se despidió de Matienzo, que le dio un último consejo.

—Aranda puede ser un enemigo peligroso. Si tenéis oportunidad de limar asperezas, hacedlo.

—Sus pretensiones son inaceptables.

—Soy de la misma opinión. Pero si encontráis un resquicio para llegar a un acuerdo, aprovechadlo.

Después de cenar en los Reales Alcázares, adonde se había trasladado Beatriz para no estar sola en su casa de la Borceguinería, vivieron una apasionada noche de amor en la alcoba que ella había ocupado cuando era soltera. Entre besos, caricias y arrumacos discurrieron las horas.

Beatriz sabía que cualquier viaje, aunque no surgieran complicaciones, estaba lleno de riesgos. Su esposo tendría que superar algunos puertos donde era posible que se encontrase con ventiscas y nevadas. Salvar cursos de agua que bajarían revueltos con las lluvias. Afrontar campos helados y las siempre incómodas posadas. Por no pensar en las ventas camineras, donde podía enfrentarse a cualquier peligro, incluido el propio ventero. Muchos de ellos estaban conchabados con los bandoleros que, según se decía, habían vuelto a enseñorearse de los caminos tras la muerte de la reina Isabel. Aquella reina había impulsado a los cuadrilleros de la Santa Hermandad, que en pocos años devolvieron la seguridad a los caminos y al mundo rural.

—Me preocupa el peligro que suponen los caminos. ¡Se cuentan tantas cosas…! Pero, sabed, esposo mío, que, pese a esos temores, estoy contenta. Sé lo que significa para vos este viaje y conozco de sobra vuestras ansias por ver hecho realidad este proyecto…

—No debéis preocuparos. Sé cuidar de mí mismo.

Eros no les dejó mucho tiempo para dormir. Magallanes se levantó temprano, con las estrellas titilando en la templada noche sevillana. Beatriz ayudó a su esposo a preparar el hatillo que llevaría. Tuvo que contener las lágrimas cuando se abrazó a él, antes de abandonar la alcoba. Estaba profundamente enamorada, pese a la diferencia de edad que los separaba.

Cuando en el patio, junto a sus padres y hermanos, que también habían acudido a despedirlo, lo vio montarse en la cabalgadura, tuvo que hacer un gran esfuerzo para que la última imagen que su esposo se llevara consigo no fuera la de una mujer sollozando. Logró dominar sus sentimientos y sólo rompió a llorar cuando se perdió por la puerta de los Reales Alcázares.

Magallanes y Faleiro habían decidido viajar a caballo y utilizar la posta. Era mucho más rápido, también más cansado, que hacerlo en carruaje. Utilizarían el camino que, siguiendo el curso del Guadalquivir, llevaba a Córdoba y Montoro. En esta última localidad enfilarían los pasos para salvar la sierra de Cardeña y luego, por los puertos de Niefla y Valderrepiso, proseguir por el valle de la Alcudia hasta ganar Toledo. Desde allí se dirigirían a Valladolid por el camino que pasaba por Segovia. Era, en gran medida, una de las rutas que seguían los grandes rebaños de ovejas, cuyos pastores estaban asociados en una poderosa organización, conocida como la Mesta, que gozaba de la protección real y tenía su propio Consejo, al que se daba el título de Honrado.

La primera jornada los llevó hasta Écija, donde pasaron la noche en una posada que había cerca de donde el Genil sumaba sus aguas al Guadalquivir. Emprendieron el camino hacia Córdoba, muy temprano, y llegaran con el sol todavía alto. Entraron en la ciudad por la puerta que estaba junto al puente de piedra que, sobre el Guadalquivir, habían construido los romanos.

Se acomodaron en la posada de la Paja, cercana a la puerta por donde habían entrado y muy próxima a la ribera del río. Después de comer algunas de las viandas que llevaban en sus propias alforjas, acompañadas de un excelente vino traído de Montilla que les sirvió el posadero, se retiraron a una alcoba por la que habían pagado medio ducado. El lugar estaba limpio y su cansancio era tan grande que no les importó que los colchones estuvieran sobre el suelo y su relleno fuera de paja. Faleiro, con harto dolor, no hizo caso a las insinuaciones de una moza de frondosa y rizada melena negra, cuyas generosas formas se adivinaban bajo su tosca saya. Partieron con las primeras luces del día y los caballos descansados, sin girar visita a la cercana catedral que se alzaba sobre la antigua mezquita aljama, levantada en tiempos de moros y que era un enorme edificio de no poco mérito.

Mucho peores fueron los alojamientos de los cuatro días que necesitaron para llegar a Toledo. Se hospedaron en ventas camineras sucias y durmieron en camas llenas de chinches, piojos y pulgas. Los venteros no se mostraron acogedores y, en alguna de ellas, tuvieron la impresión de que su presencia molestaba. Magallanes recordó un comentario del doctor Matienzo sobre el creciente rechazo que en Castilla se estaba generando hacia los extranjeros. No andaba desencaminado el tesorero. Algunos de los comentarios que oyeron en diferentes lugares apuntaban en esa dirección.

Entraron en Toledo a la caída de la tarde. Lo hicieron por la puerta de Bisagra. La ciudad, que había sido conocida como la Urbs Regia, en tiempos de los visigodos, era ahora la cabeza espiritual de Castilla. Su arzobispo era el primado de la iglesia castellana. La sede había sido entregada a un flamenco, Guillermo de Croy, que se había convertido en el sucesor del cardenal Cisneros. La ciudad, ceñida por el Tajo, que les pareció un río muy diferente al que desembocaba en el océano por Lisboa, se alzaba sobre un roquedo que coronaba su alcázar.

Se hospedaron en una posada llamada de la Sangre, cercana a dicha fortaleza. Por primera vez desde que salieron de Sevilla, durmieron en colchones de lana, aunque hubieron de compartir la cama, por la que pagaron siete reales y quince maravedíes. Sus cuerpos se lo agradecieron. Al día siguiente, apenas hubo despuntado el sol y se abrieron las puertas de la ciudad, se pusieron en camino. A primera hora de la tarde dejaron atrás una pequeña villa que se encontraba a unas doce leguas de Toledo, en un paraje donde, todavía entre los espesos bosques de madroños, que los lugareños recogían para elaborar un fuerte pero agradable licor, abundaban los osos. Durmieron en una mala venta al borde del camino. Al día siguiente salvaron una elevada sierra y la noche se les echó encima antes de llegar a Segovia. Se alojaron en otra venta caminera bastante mejor que la de la víspera. Se acomodaron en una mesa donde, acabadas las viandas que llevaban para el camino, dieron cuenta de un lechón asado que el posadero había aderezado con hierbas aromáticas.

—Además, comer lechón acredita que vuesas mercedes no son marranos —indicó el posadero al dejar el manjar sobre la mesa.

—No os comprendo.

—Los marranos no comen carne de cerdo. Es uno de los indicios que utiliza el Santo Oficio para descubrirlos.

En una mesa cercana, un grupo de hombres hablaba en voz baja. Como si celebraran un conciliábulo, pero hasta los oídos de Magallanes y Faleiro llegaba buena parte de lo que se decía.

Se trataba de miembros del gremio de pañeros y protestaban porque el nuevo rey había permitido exportar lana sin restricciones. La noticia llegaba desde Medina del Campo, cuyas ferias marcaban los precios en toda Europa. Aquello favorecía a los pañeros flamencos, con quienes los tejedores segovianos mantenían una fuerte competencia. Uno de los presentes había comentado que las Cortes tenían que pararles los pies a esos extranjeros que estaban arruinando el reino. Otro, alzando la voz, había dicho: «El problema es que el rey es uno de ellos. Nació por aquellas tierras y no se siente castellano».

Los portugueses aguzaron el oído.

—Por si todo eso no fuera suficiente, nos han colocado a ese flamenco de arzobispo en Toledo.

—Según he oído decir, no piensa aparecer por allí.

—Solo le interesan las rentas de la mitra. Miles de ducados que harán compañía a los que sacan del reino desde que han llegado.

—Si la reina Isabel levantara la cabeza… —comentó, resignado, uno de los reunidos.

—La culpa es nuestra. No deberíamos consentirlo.

—Ni tampoco que reine quien ni siquiera sabe hablar nuestra lengua.

—La reina es doña Juana, a la que tienen presa en Tordesillas.

Magallanes también había oído aquello último en Sevilla. Estaba claro que las noticias que señalaban que había un gran malestar no exageraban, y la gente no se recataba en hacerlo patente en público. El joven rey no había causado buena impresión y la camarilla que lo rodeaba tomaba decisiones que lo hacían más impopular. No parecía el mejor momento para plantear su proyecto en la corte.

Mientras iban camino de Valladolid, Juan de Aranda también

se dirigía a la ciudad castellana. Lo hacía por el conocido como Camino de la Plata. Había salido dos días antes que ellos, pero su ritmo era más pausado. En Salamanca abandonó esa ruta y se dirigió hacia Tordesillas para desde allí afrontar el último tramo del viaje. Era una etapa corta, pues de Tordesillas a Simancas apenas había cinco leguas. Al día siguiente haría las dos que le quedaban para llegar a Valladolid. El mismo día que llegó a Simancas, también lo hacían los portugueses. La pequeña villa se alzaba a orillas del Pisuerga y pertenecía al señorío de los Enríquez, los grandes almirantes de Castilla. Coincidieron en el único mesón que había en el pueblo.

El factor se disponía a cenar cuando los vio aparecer por la puerta.

—¡Que me aspen! —exclamó cuando entraban—. ¡Pero si son mis amigos portugueses!

Al verlo, Magallanes frunció el ceño. No creía en las coincidencias y menos todavía en aquellas de las que podían derivarse ciertas consecuencias. Pero era imposible que aquello fuera algo preparado por el factor. No sabía cuándo habían salido ellos de Sevilla, ni cuándo podían llegar allí. De hecho, lo habían alcanzado, pese a que había partido con ventaja. Se preguntó si no los habría esperado, sabiendo que Simancas era la entrada natural a Valladolid, si se viajaba desde el sur.

—Os hacía ya en Valladolid —apuntó el cosmógrafo con cierta sorna.

—Por el contrario, yo no esperaba que vuesas mercedes se hubieran dado tanta prisa. Aunque… lo verdaderamente importante de un viaje es llegar a destino. Pero dejémonos de cháchara, ¿quieren vuesas mercedes acompañarme a la mesa?

Magallanes recordó lo último que Matienzo le había dicho y se adelantó a la negativa de Faleiro. Si los invitaba a compartir mesa, tal vez estuviera dispuesto a negociar.

—Con sumo gusto. Pero debéis aguardar a que nos sacudamos el polvo. —Magallanes abrió los brazos mostrando su suciedad.

—No hay prisa. Id pues, que yo aguardaré.

Una vez en el aposento que el mesonero les había facilitado, Faleiro explotó:

—¡Cómo se os ha ocurrido aceptar esa invitación! ¡Voto a Dios, no os entiendo!

—Aranda tiene importantes contactos en la corte. Su enemistad puede crearnos problemas muy serios. Nada se pierde por compartir la mesa con él. ¿No os parece?

El cosmógrafo masculló una protesta y vertió agua de un cántaro en la jofaina.

18

Entraron juntos en Valladolid. Los portugueses se habían avenido a cerrar un acuerdo con el factor. Participaría con un octavo en los beneficios de la empresa, si es que los había, una vez descontados todos los gastos. Pese a la insistencia de Magallanes, Aranda no aportaría un solo ducado para el aparejo de las naves.

Faleiro consideraba que habían cerrado un mal acuerdo. Por lo bajo protestaba de un sujeto que había obtenido algo que podía ser sumamente valioso a cambio de utilizar sus influencias en la corte. No se explicaba cómo Magallanes había sido tan condescendiente con aquel sujeto, aunque su ayuda pudiera abrirles muchas puertas.

La situación en Valladolid era muy grave. En las Cortes algunos procuradores habían sido muy críticos, sobre todo un burgalés llamado Juan Zumel, tanto que varios de ellos lo acompañaron cuando fue requerido por el consejero real Jean de Sauvage, pues temían por su vida.

Las Cortes habían planteado que, antes de entrar a debatir los asuntos que el rey había propuesto, su majestad debía jurar las leyes y los fueros del reino, y prometer que no vendería bienes del patrimonio real ni otorgaría oficios a los extranjeros. Estas peticiones, en realidad exigencias expresadas suavemente, parecieron escandalosas a la camarilla de flamencos que acompañaba al monarca.

La tensión no había disminuido, pese a que las Cortes otorgaron al rey un servicio de casi seiscientos mil ducados que sólo concedieron una vez que el monarca juró las leyes y se comprometió, entre otras cosas, a aprender castellano, a dar un trato más respetuoso a doña Juana, prohibir la saca de oro y plata de Castilla, obligar al arzobispo de Toledo a residir en su diócesis y a no dar carta de naturaleza a los extranjeros. Esta última petición era la que más preocupaba a Magallanes. Pero era muy poco lo que podía hacer. Sólo esperar que la audiencia fuera un éxito y los contactos de Aranda encontraran una salida.

Se alojaron en el Mirlo Blanco, una posada a la espalda de San Gregorio. No pudieron visitar al presidente de Indias para preguntar por sus gestiones encaminadas a conseguir la ansiada audiencia con don Carlos y entregarle la carta de Matienzo. Les dijeron que, cuando fuera posible, el obispo los recibiría. No iba a resultar fácil llegar al rey. Mataban el tiempo paseando por Valladolid, que era una ciudad muy diferente a Lisboa y Sevilla, en las que sus puertos ejercían gran influencia. Visitaron los dos colegios de su universidad, el de la Santa Cruz y el de San Gregorio. En este último se formaban los teólogos, cuya opinión era muy tenida en cuenta a la hora de autorizar expediciones a las Indias. Daban largos paseos por las riberas del Esgueva, cuyas aguas se unían, cerca de la ciudad, a las del Pisuerga, que atravesaba la urbe. Magallanes empleaba parte de su tiempo en armar la esfera terrestre. Había encargado el armazón a un ebanista que tenía su taller cerca del convento de los jerónimos, donde había trabado amistad con el impresor que se hallaba en este monasterio.

Un día, poco después de haber concluido la esfera, al regresar a la posada, el posadero les dijo que habían preguntado por ellos y les entregó una nota. Era de Juan de Aranda y estaba lacrada. Magallanes la abrió conteniendo la respiración. El cosmógrafo temió una mala noticia cuando vio que el navegante fruncía el ceño.

—¿Qué ocurre?

—No es lo que esperábamos.

—¿No nos comunica la audiencia con el rey?

—No.

—¿Entonces?

Magallanes le entregó la nota.

—¡Maldito bribón!

Aquel 23 de febrero, en lugar de comparecer ante el monarca, acudieron a la oficina de un escribano público. El factor quería dejarlo todo bien atado. No se fiaba y había exigido una escritura en que quedaran recogidos los términos de su participación en los beneficios de la empresa. Faleiro no dejó de murmurar, aunque estampó su firma en el documento que el escribano había preparado. Dejó de hacerlo cuando, una vez en la calle, Aranda les dijo, con cierta socarronería:

—Cesad en vuestros denuestos. Mañana, a las diez, tenemos que comparecer ante el Consejo de Indias.

—¿Antes de exponer nuestro proyecto al rey? —preguntó Magallanes.

—Es el paso previo para la audiencia real. —Antes de irse, añadió—: Hagan gala de su elocuencia. Si resultan convincentes, vuesas mercedes llegarán a las gradas del trono.

Magallanes vio cómo Aranda se alejaba con la escritura en la mano. Soltó una maldición y escupió en el suelo.

—¡Ese Aranda es un mal bicho!

—Me temo que os habéis dado cuenta demasiado tarde.

Caminaron un trecho en silencio hasta que Magallanes comentó:

—No sé cómo deberíamos afrontar esa reunión.

—¿Os referís a desvelar la posición de la Especiería?

—Sí —respondió con un hilo de voz.

—Creo que ha llegado el momento de poner todas las cartas encima de la mesa.

—¿Qué queréis decir?

—Que debemos desvelarlo sólo como una posibilidad. Es nuestra principal baza y ha llegado el momento de jugarla. Si no los convencemos, todos nuestros esfuerzos habrán resultado inútiles.

Esa tarde, cuando Magallanes y Faleiro aprovechaban los últimos minutos de luz para repasar algunos papeles, unos golpecitos sonaron en la puerta de su alcoba.

—¿Quién va?

—Soy Gregorio, el posadero.

Faleiro abrió la puerta.

—¿Qué ocurre?

—Unos caballeros preguntan por vuesas mercedes.

—¿Han dicho quiénes son?

—No, pero tienen buena planta.

—¿Qué quieren?

—Tampoco lo han dicho.

—Decidles que ahora bajamos. —Magallanes se había acercado a la puerta.

Quienes aguardaban decían hablar en nombre del embajador de Portugal.

—¿Os envía don Álvaro da Costa? —preguntó Magallanes.

—Así es. Quiere proponeros un trato.

—¿Qué clase de trato? —Faleiro se acariciaba el mentón.

—Eso no nos lo ha dicho.

—¿Cómo sabemos que no es una trampa?

Uno de ellos sacó una carta. Estaba lacrada con las armas de Portugal y se la entregó a Magallanes.

Antes de abrirla, la miró con cuidado. La leyó e inmediatamente se la entregó a Faleiro.

—¿Quiere reunirse esta misma noche?

—Así es.

—Aguardad un momento.

Magallanes tomó del brazo al cosmógrafo y se apartaron unos pasos. Tras una breve conversación aceptaron acudir a la cita.

El lugar era un mesón cercano a la ribera del Pisuerga, frontero a la puerta de los Carros del convento de los dominicos. Efectivamente, en un reservado los aguardaba don Álvaro da Costa, embajador de Portugal en la corte de Castilla. Lo acompañaba su secretario, de quien se decía que era un consumado espadachín. En la corte corría el rumor de que tenía a su servicio, además de los criados, media docena de hombres de confianza que ejercían la doble función de protegerlo ante cualquier eventualidad y obtener información que al diplomático pudiera serle de utilidad. Dos de ellos eran expertos espías. Tras intercambiar unos fríos saludos, que tenían mucho de protocolarios, Magallanes y Faleiro tomaron asiento y pidieron vino. El secretario del embajador no se anduvo por las ramas.

—Se preguntarán la razón por la que su excelencia los ha citado.

Magallanes y Faleiro estaban expectantes.

—Así es.

—Su excelencia quiere proponer un trato.

—¿Qué clase de trato?

—Ofreceros una suma que habríamos de acordar, si os olvidáis de vuestro proyecto y regresáis a Portugal.

—¿Para que nos arrojen al Tajo con una piedra atada a los pies? —El cosmógrafo tampoco se andaba por las ramas.

—Os doy garantías…

—No me sirven vuestras garantías —lo interrumpió Magallanes.

El embajador dio un trago a su vino y rompió su silencio.

—La garantía la doy yo.

—Perdonad, excelencia. Pero tampoco me sirve.

—¿No os fiais?

—Ni de mi sombra —replicó Faleiro.

—Si sólo os pidiera que retrasarais vuestros planes —planteó el secretario—, ¿qué responderíais?

—¿Retrasarlos? —Magallanes frunció el ceño.

—Sólo un año. Se os entregaría una importante suma.

—No es posible. Hemos acordado una reunión con el presidente de Indias.

—Eso no impediría el retraso. Es cuestión de dar largas al asunto.

—¿De qué suma estáis hablando? —preguntó Faleiro.

El secretario miró al embajador, quien asintió con un leve movimiento de cabeza.

—Mil cruzados.

Faleiro dudó.

—Para cada uno —añadió el embajador.

—No —la negativa de Magallanes sonó contundente.

—Para vos también habría un hábito de la Orden de Cristo.

Faleiro iba a decir algo, pero Magallanes se anticipó.

—Demasiado tarde, excelencia. Demasiado tarde.

—Pensadlo. Es mucho lo que hay en juego. En Lisboa no están muy… contentos con vuestro proyecto.

El cosmógrafo parecía dudar. Mil cruzados era mucho dinero y un año pasaba rápidamente. Pero Magallanes se mostró inflexible.

—La respuesta es no.

Camino del Mirlo Blanco Magallanes y el cosmógrafo sostuvieron una fuerte discusión.

Más que una reunión, el encuentro en el Consejo de Indias estaba siendo un interrogatorio en toda regla. Sus miembros planteaban toda clase de cuestiones, muchas de ellas dictadas por la suspicacia. Faleiro se mostraba a la altura de lo que las circunstancias requerían. Respondía sin vacilar, con gran solvencia. Sus argumentos estaban cargados de razones científicas para convencerlos de que forzosamente tenía que haber un paso que comunicase las aguas del Atlántico con las del mar del Sur. La esfera de Magallanes produjo un gran impacto. Empleó los mismos recursos que cuando la mostró a los de la Casa de la Contratación. Invitó al obispo Fonseca a quitar el paño con que la había cubierto. Todos los presentes se apiñaron alrededor de la mesa donde estaba el globo terráqueo. Guardaban absoluto silencio.

—¿Las medidas son fiables? —preguntó por fin uno de los consejeros después de haber dado tres de vueltas a la mesa para contemplar el globo con todo detenimiento.

—Sólo hasta donde llegan nuestros conocimientos —respondió Faleiro.

—¿Qué quiere decir vuesa merced con eso?

—Que las distancias terrestres hacia oriente nos son conocidas hasta los confines de los desiertos que se extienden más allá del norte de Arabia. Los errores son pequeños, tanto que me atrevería a decir que no deben ser tenidos en cuenta, hasta ciudades como Samarcanda y Basora. Conocemos las distancias que separan nuestras costas de las de Tierra Firme, al otro lado del Atlántico. La latitud del continente africano tampoco presenta problemas. Sabemos que el cabo de las Tormentas está a unos treinta y cinco grados de latitud. Sabemos que las aguas que bañan las costas orientales de África se comunican con las del mar Rojo. Sabemos también que el paso que buscamos ha de estar muy al sur. La latitud sur de las Indias es mucho mayor que la de África. Ese paso tiene que estar más allá de los cuarenta y cinco grados. Posiblemente entre los cincuenta y los cincuenta y cinco. Tenemos pocas dudas de las distancias hasta aquí. —El cosmógrafo señaló con el dedo Malaca—. Más allá nuestros conocimientos no son tan sólidos.

—¿Habéis navegado por esas aguas?

—Yo lo he hecho —respondió Magallanes—. Incluso más allá de Malaca.

Su respuesta atrajo la atención de los presentes y él asumió el protagonismo de la reunión. A Faleiro no le gustó. Estaba brillando y no quería que su fulgor se apagase.

—¿Conocéis la ruta que lleva a las islas de las Especias? —preguntó Fonseca.

—He navegado al este de Malaca, pero no pude llegar hasta

esas islas. Una fuerte tormenta lo impidió, aunque llegaron otros barcos de la flota.

—Sabemos que vuestros compatriotas, después de haber superado el cabo de las Tormentas…

—De Buena Esperanza —lo corrigió Faleiro. A quien no habían gustado aquellas formas.

—No me interrumpáis otra vez —replicó el obispo, enojado.

Magallanes buscó templar la situación.

—Disculpad. Ruy… es un tanto impulsivo.

En los labios de Fonseca apuntó una leve sonrisa y con un ligero asentimiento de cabeza dio por aceptada la disculpa e invitó con un gesto a proseguir al consejero.

—Decía que, una vez salvado ese cabo, las naos de Portugal dominan la ruta del mar que se llama Índico, pero ¿han llegado hasta las islas de las Especias?

Faleiro se adelantó a la respuesta de Magallanes.

—Según los datos que obran en mi poder desde hace ya algunos años, la longitud en la que se encuentran corresponde al hemisferio de Castilla.

Magallanes estuvo a punto de estallar, pero se contuvo y apretó los puños, con tanta fuerza que se clavó las uñas en las palmas de las manos. Faleiro se estaba convirtiendo en un problema mucho mayor del que había imaginado. Era cierto, y lo acababa de demostrar con la exposición que había hecho, que sus conocimientos eran una garantía para avalar el proyecto. Pero no lo era menos que podía originar muchos problemas. Habían quedado en plantear aquello sólo como una posibilidad y, tal y como se estaba desarrollando la reunión, pensaba que no iba a ser necesario desvelarlo. Los consejeros de Indias, que no salían de su estupor, intercambiaban miradas en silencio hasta que Fonseca preguntó:

—¿He oído bien? ¿Quiere vuesa merced repetir eso que acaba de decir?

—Los datos que poseo señalan que las islas de las Especias están en el hemisferio que corresponde a Castilla —repitió el cosmógrafo antes de añadir—: Según lo acordado en el tratado de Tordesillas.

—¿Sois consciente de la gravedad de lo que afirmáis?

—Ese es el gran objetivo de mi proyecto —intervino Magallanes.

—Pero en vuestra petición de audiencia no hacéis mención alguna a ello.

—¡Claro que no, eminencia! —exclamó Faleiro, que no deseaba verse excluido de aquel momento—. ¡Os imagináis si esto se difunde! Respecto a la posición de la Especiería debéis saber que no es una certeza. No tenemos seguridad. Entre otras cosas porque el tratado de Tordesillas es muy poco preciso.

—¡Explíquese vuesa merced!

—En Tordesillas se acordó medir trescientas setenta leguas a poniente para trazar el meridiano que separase los hemisferios castellano y portugués. Pero ¿desde dónde se empieza a medir? ¿Desde la isla más oriental o desde la más occidental de ese archipiélago?

—¿Tan importante es la diferencia?

—Lo es. La posición del meridiano marcará la del contrameridiano ciento ochenta grados más al oeste. Esos cientos ochenta grados a poniente quedan en la zona donde está la Especiería.

—Mi opinión —intervino Magallanes, interrumpiendo a Faleiro— es que ese contrameridiano queda a poniente de las islas de las Especias. Albergo pocas dudas, con los datos que poseo. El mayor problema está en poder llegar hasta ellas navegando desde el Atlántico. Castilla está excluida, en virtud del tratado de Tordesillas, de la ruta abierta por Portugal, que sigue las costas del continente africano.

Ahora los murmullos de los presentes se prolongaron durante un buen rato. El obispo Fonseca se acariciaba el mentón con aire pensativo.

—La propuesta de vuesa merced es… atractiva. En realidad, la búsqueda de un paso para llegar a la mar del Sur desde poniente es sólo un medio para alcanzar las islas de las Especias.

—¡Es mucho más que eso, ilustrísima! —exclamó Magallanes—. Además de abrir esa ruta, albergamos la esperanza de demostrar que las islas de las Especias pertenecen a la corona de Castilla y ese paso permitiría llegar hasta ellas sin incumplir lo acordado en Tordesillas.

—¡Sería verdaderamente extraordinario! —exclamó uno de los consejeros sin disimular su alegría.

—Pensad que, a los tesoros que llegan de las Indias al puerto de Sevilla, se añadiera la riqueza de las especias.

Fonseca volvió a acariciarse el mentón.

—Hay algo que no acabo de ver claro.

—Decid, ilustrísima —lo animó Magallanes.

—No comprendo cómo, siendo portugueses, nos traen esta propuesta. ¿Qué ha movido a vuesas mercedes a actuar de esta manera?

—He pasado una parte de mi vida sirviendo a mi rey. No he visto correspondidos mis trabajos y penalidades.

—¿Esta propuesta es fruto del rechazo sufrido en vuestro país?

—Señor, soy navegante. Cualquier marino daría gustoso una parte de su vida por ver culminados sus sueños. Vos sois eclesiástico, pero, dado el cargo que su ilustrísima desempeña, sabe lo que supondría abrir para Castilla el camino hacia ese mar que hasta ahora tiene vedado.

El obispo dejó escapar un profundo suspiro y los sorprendió a todos diciendo:

—Su majestad recibirá a vuesas mercedes en breve plazo. Os lo haré saber con la debida antelación.

Magallanes iba a recoger la esfera cuando Fonseca le dijo:

—¿Podríais dejarla aquí? Me gustaría mostrársela al rey antes de que os conceda la audiencia.

—Desde luego, ilustrísima.

19

Magallanes salió con un sabor agridulce. El encuentro había ido mejor, incluso, que las previsiones más optimistas. Matienzo le había dicho que el Consejo de Indias era un filtro difícil de superar. En él quedaban atascados muchos proyectos, algunos verdaderamente descabellados. No había sido una reunión fácil pero la habían superado con éxito. Lo confirmaba el hecho de que el presidente hubiera comprometido su palabra para que la audiencia del rey se celebrase lo antes posible. Pero la actuación de Faleiro, hablando más de lo debido y arrogándose un protagonismo que no le correspondía, le había molestado.

Consideraba que el proyecto era cosa suya y que el papel del cosmógrafo debía ser el de un colaborador necesario para culminarlo con éxito. No quería competencia alguna. Estaba dispuesto a romper con él, pero debía aguardar su momento. Sus conocimientos eran demasiado importantes para prescindir de ellos y su presencia en la audiencia con el monarca era una garantía. Él poseía los datos, pero el cosmógrafo tenía una forma de exponerlos que cautivaba a quien lo escuchaba. Tenía que esperar. Una vez pasada la audiencia con el rey la situación sería diferente.

Los días siguientes transcurrieron con una tranquilidad que rayaba en la monotonía. No tenían cosa alguna que hacer, salvo esperar que les anunciasen día y hora para la audiencia. En la ciudad, sin embargo, la tensión podía palparse en la calle. Los grandes títulos de Castilla se sentían postergados ante la camarilla de flamencos y el malestar era creciente. Tampoco el clero se sentía cómodo, después de lo ocurrido con la sede primada del reino. Se decía que algunas intervenciones de los procuradores en Cortes habían estado dictadas por ese malestar que imperaba entre los aristócratas y las altas dignidades eclesiásticas. Las noticias que llegaban de fuera no eran más tranquilizadoras. En algunas ciudades con voto en Cortes se habían producido protestas y alteraciones por la concesión del servicio de seiscientos mil ducados, otorgados a un monarca que hasta aquel momento había actuado al dictado de la camarilla de extranjeros que lo había acompañado desde su Flandes natal.

El día que el presidente de Indias se reunió con Carlos I con el propósito de conseguir una audiencia para que Magallanes y Faleiro le expusieran su plan tuvo una desagradable sorpresa. Fonseca salió alarmado de aquella reunión. Una vez que el monarca se hubo retirado, como entenderse con él era un problema, pidió al secretario Covarrubias, que actuaba de truchimán, que le aclarase lo que le desasosegaba.

—¿Estáis seguro de que su majestad ha dicho que el embajador dice tener pruebas de que el paso para comunicar el Atlántico con el mar del Sur no existe?

—Eso fue lo que ayer le dijo al rey.

—Pero ese embajador que se llama… se llama…

—Álvaro da Costa.

—Eso es, Álvaro da Costa. ¿No había venido a la corte para negociar el matrimonio de la infanta doña Leonor con el rey de Portugal?

—Así es, ilustrísima. Pero todo apunta a que trae otra misión. Ha dicho a su majestad que mañana le mostrará las pruebas. El secretario iba a marcharse cuando Fonseca lo detuvo.

—¿Os importaría tenerme al tanto de esas pruebas que dice tener Da Costa?

—Contad con ello.

Al día siguiente el embajador portugués, acompañado de otros dos hombres —el más joven portaba un enorme cartapacio—, aguardaba en la antecámara. La espera fue breve. El chambelán los introdujo en el salón donde ya se encontraba don Carlos.

El rey era menudo de cuerpo. Tenía los ojos azules, el pelo rubio, como la barba con que trataba, sin conseguirlo, de disimular el acentuado prognatismo que era característico de su familia. Resultaba llamativo que el hombre más poderoso del mundo fuera un jovencito de apenas dieciocho años. Vestía calzas granate y jubón del mismo color bordado en negro y adornado con diminutas perlas. Las mangas, abullonadas según la moda imperante, dejaban ver un forro negro. Su porte era regio, majestuoso.

Tras las protocolarias reverencias, Covarrubias invitó al embajador a tomar la palabra.

—Majestad, tengo el honor de presentaros a Pedro y Jorge Reinel, padre e hijo, dos de nuestros mejores cartógrafos. Van a mostraros un mapa en el que su majestad verá con claridad lo que anteayer le decía.

A una indicación, Pedro Reinel tomó el cartapacio y sacó un planisferio. Era un hermoso mapa donde la Tierra aparecía reproducida. En sus ángulos estaban representados los cuatro vientos: el bóreas, el notus, el céfiro y el eurus. Las Indias se prolongaban hacia el sur uniéndose a las tierras de Asia y una barrera de tierra aislaba el Atlántico del mar del Sur.

—Como podrá comprobar su majestad, el mar del Sur, que nosotros llamamos Índico, no se comunica con el Atlántico. Ese mar es una inmensa laguna. No se puede llegar a él navegando desde poniente.

Carlos I se levantó y escrutó el planisferio de cerca y preguntó a través de Covarrubias:

—¿Qué clase de animal es ese?

Se refería a un extraño ser que tenía un poderoso cuerno en su hocico.

—Es un rinoceronte, majestad. Le pusieron el nombre de Ganda y nuestro rey se lo regaló a su santidad, pero el curioso animal, que había traído una flota mandada por Albuquerque, no llegó a Roma.

—¿Qué pasó?

—El barco que lo llevaba naufragó y Ganda se ahogó.

Carlos I observó que el planisferio estaba profusamente ilustrado. Podían verse en numerosos lugares la enseña de Portugal, mientras que la de Castilla no aparecía por ninguna parte. La mayoría de los barcos que se veían surcando las aguas tenían en sus velas la cruz de la portuguesa Orden de Cristo. Aquel mapa ofrecía un claro mensaje político.

—¿Algún navegante ha sobrepasado los cincuenta y cinco grados de latitud que se señalan en el mapa y se ha encontrado con eso?

—Así es, majestad —respondió el embajador, sin vacilar.

—No tenía noticia de esa expedición.

—Majestad, estas cosas no suelen publicarse.

—Sin embargo, las ponéis en mi conocimiento. ¿Por qué?

—Porque mi rey y señor no desea que su majestad malgaste recursos que podría destinar a otras empresas.

—¿Están seguros de que el mar del Sur es una inmensa laguna?

—No albergan duda alguna.

Carlos I se acarició el mentón. No encontraba explicación para aquella gentileza.

—¿Qué garantías pueden ofrecernos de la veracidad de lo que está recogido en este mapa en lo que se refiere a las regiones ignotas?

—En este, en que hemos colaborado con Lopo Homem —respondió Reinel—, están cartografiados los descubrimientos de nuestros marinos y navegantes. Se ha confeccionado con la máxima precisión. Hemos contado para ello con un miniaturista flamenco que trabaja desde hace algún tiempo en Lisboa.

—Se refiere a Antonius Holandensis —añadió el embajador.

—No me interesa la calidad del dibujo, sino la veracidad de sus datos.

—Refleja el mundo tal y como lo conocemos en este momento —señaló Reinel.

—Majestad, nuestro rey y señor desea que tengáis información adecuada antes de que toméis una decisión sobre la propuesta que han traído a la corte Fernão de Magalhães y Ruy Faleiro, ambos sobradamente conocidos en Lisboa. El primero vive en un mundo de fantasías y ha llegado a esta corte después de estar algún tiempo en Sevilla. El segundo es un excelente cartógrafo, pero está loco de atar.

El rey susurró algo al oído de Covarrubias.

—Como, al parecer, poseéis información sobre ese asunto, su majestad pregunta si lo consideráis una fantasía.

—Sin duda. El dinero destinado a la búsqueda de ese paso será dinero perdido. —Da Costa sabía que el dinero daba quebraderos de cabeza al monarca.

Carlos I indicó algo a Covarrubias.

—Dice su majestad que agradece esa valiosa información y que trasladéis ese agradecimiento a vuestro rey.

Una vez concluida la audiencia, Covarrubias acudió a ver al presidente de Indias y lo puso al tanto de aquello.

—¿Dice vuesa merced que le han mostrado un mapa?

—Un planisferio extraordinario. ¡Una joya!

—¿Qué piensa el rey?

—Su ilustrísima sabe que don Carlos es muy reservado, pero empiezo a conocerle y estoy convencido de que alberga numerosas dudas. He venido a avisaros porque, en mi opinión, esa expedición está ahora mismo en el aire.

Fonseca quedó muy preocupado. Aquello podía suponer el final del proyecto y la liquidación de las ilusiones que había albergado. El descubrimiento de ese paso, después de lo que Magallanes y Faleiro habían revelado sobre la posición de la Especiería, podía suponer el espaldarazo definitivo para que el monarca solicitara para él un capelo cardenalicio.

Aquella tarde, los Reinel, cuando se dirigían a la posada donde se alojaban, se vieron abordados por unos sujetos que cubrían sus cabezas con capuchas.

—¿Qué deseáis? —preguntó el padre al individuo que les impedía el paso.

—Mi amo quiere hablar con vuesas mercedes.

—¿Quién es tu amo?

—Es persona de calidad y mucho poder.

El cartógrafo temió por su vida y la de su hijo.

—¡Apartaos! ¡Dejadnos libre el paso!

—Está dispuesto a compensaros generosamente por... cierta información.

—¡Apartaos! ¡Dejadnos pasar!

—Son trescientos ducados.

—¿Cuánto habéis dicho? —preguntó el hijo.

—Trescientos ducados.

El joven miró a su padre. Trescientos ducados eran una fortuna.

Reinel dudó. Sabía lo importantes que eran los mapas y las cartas de marear. Eran codiciadas porque la información que contenían era más valiosa que el oro. Había visto morir a muchos hombres por poseerlas. Aquellos trescientos ducados podían ser un señuelo mortal. La juventud de su hijo —apenas había cumplido diecisiete años— le hacía no tener la debida discreción que era obligado guardar en estos asuntos.

—¿Que garantía tengo de que no se trata... no se trata...?

—¿Teméis que os esté tendiendo una trampa?

—He visto a demasiados hombres perder la vida en situaciones como esta. Ocultáis vuestro rostro. No iré a ninguna parte si no me decís quién os manda.

—Yo —respondió el que había permanecido más alejado y que se había acercado.

—¿Quién sois vos?

El desconocido deslizó la capucha dejando visible su rostro.

20

—¡Ilustrísima!

—Necesito hablar con vos. Os recompensaré, si respondéis a algunas preguntas.

—¿Qué preguntas?

—Este no es buen lugar para hacerlas. No es aconsejable ni para mí ni para vos. ¿Qué tal si acudís a las ocho al mesón de la Parrilla?

Reinel dudaba. Sabía el peligro que suponía aceptar aquel envite del presidente del Consejo de Indias. Pero trescientos ducados eran una tentación muy grande.

—Está bien, ilustrísima, a las ocho. ¿Cómo habéis dicho que se llama ese mesón?

—La Parrilla, está algo más abajo de las aceñas que hay en la ribera del Pisuerga. No tiene pérdida.

—No os garantizo que respondamos a vuestras preguntas.

Poco después de la hora fijada, los Reinel aparecieron por la Parrilla. En la puerta los aguardaba un hombre quien, tras identificarlos, los acompañó hasta una sala donde estaba Fonseca, acompañado por otro hombre.

—¡Tomad asiento! —les indicó el obispo, tras darles a besar su anillo pastoral.

—¿Quién es él? —preguntó Reinel mirando al acompañante de Fonseca.

—Mi secretario. Es de toda confianza. Sentaos. ¿Un poco de vino?

El cartógrafo asintió y el secretario llenó unas jarrillas.

—¿Qué desea saber su ilustrísima?

—¿Tiene prisa vuesa merced?

—No, pero estos asuntos deben ventilarse sin andarse con melindres.

—Está bien. Esta mañana habéis acompañado al embajador de vuestro país en la audiencia que su majestad le ha concedido. En ella le habéis mostrado un mapa. Me gustaría saber todo lo referente a ese mapa.

Reinel no estaba sorprendido. Sabía cómo se llevaban estas cosas en las cortes, pero entrecerró los ojos, como si mejorara su visión.

—¿Estáis ya al tanto de lo que allí se ha tratado?

—¿Olvidáis que soy el presidente del Consejo de Indias?

—¿Qué quiere saber su ilustrísima?

—Os lo acabo de decir. Todo lo referente a ese mapa. No creo que alguien haya navegado hasta los cincuenta y cinco grados, ni que tengáis la certeza de que el paso para llegar al mar del Sur no existe y tampoco que el mar Índico sea una laguna.

Reinel dio un trago a su jarrilla.

—Esa información vale mucho dinero.

—Trescientos ducados.

El cartógrafo se pasó la mano por el cabello. Dudaba.

—Quinientos y con una condición.

—¿Cuál?

—Nadie fuera de estas paredes sabrá de esta conversación. Son mi vida y la de mi hijo las que están en juego.

Por el derrotero que había tomado la conversación, Fonseca —hombre de gran experiencia— ya sabía que el mapa contenía falsedades. Aquello era una jugarreta de los portugueses. Si temían que una expedición encontrase el paso y llegara a la Especiería por el oeste, significaba que podía quedar en el hemisferio hispano. Por eso habían montado todo aquello. Pero sabía que su palabra no bastaría al rey. No andaba sobrado de ducados y no estaba dispuesto a malgastar uno solo. Covarrubias le había dicho que el embajador había sabido tocar aquella fibra y que ahora el rey dudaba. Necesitaba que los Reinel confesaran al monarca que todo aquello era una farsa.

—Os pagaré quinientos ducados, pero vos y vuestro hijo tendréis que comparecer ante su majestad y declarar que el mapa que le habéis mostrado es falso. Que todo esto ha sido urdido en Lisboa.

Reinel dudaba. Quinientos ducados eran una fortuna, pero el riesgo era muy grande.

—¿Por qué afirma su ilustrísima que ese mapa es falso?

—Porque si fuera verdadero, vuestro rey no se habría molestado en que el mío autorizara una expedición para buscar un paso que no existe. Esa expedición preocupa en Lisboa y preocupa muchísimo.

Reinel seguía dudando.

—¿Quién tendrá conocimiento de nuestra comparecencia ante el rey?

—Sólo yo, además del secretario Covarrubias, a quien ya conocéis. Su presencia es imprescindible para que el rey se entere de lo que habéis de decirle. Garantizo a vuesa merced que se hará con toda discreción.

—Acepto, siempre que nos dispenséis protección. Al menos durante cierto tiempo.

—Sea como decís.

Dos días más tarde, los Reinel comparecían ante Carlos I. Sólo estaba, además de Covarrubias, el obispo. Fonseca había cumplido su palabra. Los cartógrafos indicaron al monarca que el mapa mostrado por el embajador era un fraude. Se había confeccionado expresamente para que desistiera del proyecto que le presentaban Magallanes y Faleiro. Nadie sabía si existía el paso para llegar al mar del Sur y, desde luego, ningún navegante lusitano había llegado a los cincuenta y cinco grados de latitud. Se excusaron por haber actuado de aquel modo y cargaron la responsabilidad al embajador Da Costa, quien tenía instrucciones de Lisboa de hacer todo lo que estuviera al alcance de su mano para abortar aquella expedición.

—Majestad, en Lisboa quieren impedir a toda costa que esta expedición se ponga en marcha —señaló Fonseca.

—¿Cuál es la razón de ello?

—Sus temores, majestad, son nuestras esperanzas. El proyecto de Magallanes y Faleiro, que ha sido expuesto de forma brillante ante el Consejo de Indias, ofrece excelentes perspectivas. Os ruego que no demoréis concederles una audiencia para que os expongan sus planteamientos y, si su majestad lo considera conveniente, cerrar con ellos unas capitulaciones y poner en marcha esa expedición.

—Los recibiré lo antes posible. Pero han de tener algo de paciencia. Los asuntos a que he de hacer frente son… graves y numerosos.

—Como su majestad disponga.

Magallanes y Faleiro fueron informados por Fonseca de lo ocurrido y les dijo que el peligro estaba conjurado, pero que se armasen de paciencia. El rey tenía que atender muchos otros asuntos, pero tenía su promesa de recibirlos lo antes posible.

Lo que creían una espera apacible se vio alterada muy pronto. Dos días después ocurrió algo que los puso sobre aviso. Alguien, en su ausencia, había estado en la alcoba que tenían alquilada en el Mirlo Blanco. No echaron nada en falta, pero habían estado hurgando en sus cosas. Magallanes tuvo unas palabras con el posadero, quien juró que nada tenía que ver con aquello y que nada extraño había notado. Aquella noche cuando Faleiro regresaba a la posada, tuvo la impresión de que alguien seguía sus pasos. Era noche cerrada y la ciudad estaba sumida en sombras. Sólo a la puerta de algunas casas principales ardían hachones cuya luz iluminaba algunas varas alrededor de la entrada. También aportaban alguna luz las lamparillas que ardían en las hornacinas que había en las fachadas de las viviendas que albergaban la imagen de algún cristo, virgen o santo. Venía de hacer una visita a la mancebía y la oscuridad le impidió asegurarse, pero creyó ver alguna sombra que se escabullía sigilosamente cuando se detenía y escudriñaba en la oscuridad con la mano apretando el acero.

Cuando llegó a la posada respiró tranquilo. Posiblemente se trataba de rufianes que buscaban su bolsa y que, por alguna circunstancia, no vieron el momento adecuado para atacarle. En la alcoba, Magallanes apuraba el último aceite del candil escribiendo cartas a su esposa y a Matienzo, contándoles cómo había transcurrido la reunión con los miembros del Consejo de Indias. Se había enterado de que en un par de días saldría un correo para Sevilla. Faleiro esperó a que concluyera para comentárselo.

—Sospecho que unos sujetos me han seguido. Me ha parecido ver sombras a mi espalda, pero no se han decidido a venir a por mi bolsa.

—Debéis tener cuidado. Todas las ciudades se vuelven peligrosas cuando las envuelven las sombras y quizá no buscaran vuestra bolsa. Es posible que estén relacionados con quienes revolvieron nuestras cosas.

—¿Creéis que puede tener relación con gente al servicio del embajador Da Costa?

—Es posible. En cualquier caso no deberíais andar por las calles tan a deshoras.

La preocupación del cosmógrafo aumentó cuando, al día siguiente, no tuvo ya dudas de que alguien le seguía cuando regresaba de noche a la posada, porque la advertencia de Magallanes no había surtido efecto. Avivó el paso, apretó la empuñadura de su espada y, aprovechando que pasaba ante una iglesia, se ocultó en uno de los contrafuertes. Unos instantes después comprobó que dos sombras seguían sus pasos de forma sigilosa. El cosmógrafo, que era hombre arriscado, tiró de su acero y gritó:
—¡Alto! ¿Quién va?
Los sujetos, sorprendidos, huyeron a toda prisa, perdiéndose en

la oscuridad. Cuando llegó al Mirlo Blanco, encontró a Magallanes dando cuenta de una jarrilla de vino.

—Otra vez me han seguido los pasos, confirmando lo que anoche era una sospecha. Me he ocultado y he visto cómo dos sujetos venían tras de mí. Ha bastado con que tirase del acero para ponerlos en fuga —añadió ufano.

—Tal vez, la próxima vez estén sobre aviso y ya no tengáis tanta suerte. Solo y de noche sois una presa fácil…

Al día siguiente, el cosmógrafo no tentó la suerte, pero fue Magallanes quien tuvo la impresión de que le seguían. Fue al regreso de entregar en la posta las cartas. Dos sujetos con los sombreros calados hasta las cejas lo seguían a plena luz del día, haciéndolo con el mayor descaro.

—Creo que quienes os han seguido las noches de atrás me han seguido hasta aquí. Sin disimulos y a plena luz del día.

—Quizá aguarden en la calle. ¡Vamos a verlo!

Salieron a toda prisa, pero los sujetos habían desaparecido. Quien se acercaba en aquel momento al Mirlo Blanco era el portero del Consejo de Indias. A Magallanes se le aceleró el pulso cuando le entregó una carta.

—Es de su ilustrísima.

Magallanes le dio unas monedas, entró en la posada y buscó un lugar discreto para leerla. Lo que había escrito hizo trizas sus ilusiones.

—¿Qué dice? —preguntó Faleiro al comprobar cómo se le había descompuesto el semblante.

—Tomad y leedlo.

El cosmógrafo soltó una maldición. Lo que el obispo les decía era que habían robado la esfera y planteaba confeccionar una nueva en cuatro días. Tras un breve silencio, preguntó a Magallanes:

—¿Podríais hacerlo?

El navegante dudó.

—¿En cuatro días para poder presentarla en la audiencia real? Una chapuza.

—Al menos, tendréis que intentarlo. Si yo os puedo ayudar de algún modo…

—Tengo planos que habrá que pasar a unas finas badanas.

—Puedo conseguíroslas. Hay una curtiduría junto a la mancebía.

—Yo veré al ebanista y le encargaré otro armazón. Si vos os encargáis de las tintas me ahorraréis un tiempo precioso. No podemos perder un instante.

—Entonces, manos a la obra. —Faleiro se acarició la perilla—. ¿Creéis que el robo de la esfera puede estar relacionado con los que han hurgado en la alcoba y los seguimientos?

—Sin duda. Las cosas no ocurren por casualidad.

—¿Quién puede ser?

—Agentes de Lisboa. Ya sabemos que están al tanto del proyecto.

—Después de rechazar su oferta harán todo lo que esté en su mano para abortarlo.

—Han revuelto nuestras cosas buscando conocer hasta dónde sabemos. Nos siguen los pasos y han robado la esfera.

Los cuatro días siguientes fueron la otra cara de la moneda de los anteriores. Ahora, agobiados por el trabajo, las horas pasaban demasiado deprisa. Sobre todo para Magallanes, que trabajaba sin descanso en la confección de la nueva esfera que había de estar concluida antes de la fecha fijada para la audiencia real. Mientras trabajaba, el cosmógrafo se asomaba de vez en cuando a la puerta de la posada. Los sujetos que lo habían seguido no habían vuelto a dar señales de vida.

Apenas concluido el plazo para confeccionar la esfera, dos lacayos aparecieron por el Mirlo Blanco con una silla de manos para llevársela. Magallanes estuvo hasta el último instante dándole algunos retoques. Había quedado mucho mejor de lo que podía imaginar cuando empezó a confeccionarla. Al día siguiente sería la audiencia.

Amaneció plomizo y amenazando lluvia. El rey los recibiría «una vez concluido el rezo del ángelus».

Nerviosos, los portugueses llegaron con mucha antelación a

la hora fijada al palacio de don Bernardino Pimentel, conde de Benavente, donde se aposentaba el monarca. Los condujeron hasta un salón de la planta noble casi sumido en la penumbra. Por las vidrieras emplomadas de sus ventanas entraba una luz mortecina. En las chimeneas de los extremos crepitaban gruesos troncos. En una de las paredes mayores había un rico sillón sobre un estrado con dosel.

Poco después llegaron el obispo Fonseca y Covarrubias, acompañados de varias personas. El obispo se acercó a la esfera que estaba colocada sobre una mesa, próxima a una de las ventanas.

—¡Menos mal! —exclamó satisfecho.

—¿Habéis averiguado algo respecto al robo de la otra? —preguntó Faleiro.

—Nada. ¡No me explico cómo ha podido ocurrir!

—Son objetos muy codiciados. Han de tenerse a buen recaudo.

—Nunca nos había ocurrido —se excusó el obispo—. Seguimos haciendo pesquisas…

—Me temo que no volveremos a verla.

Fonseca iba a decir algo, pero en aquel momento entró Adriano de Utrecht, quien había sido preceptor del rey. Era alto, tenía la cara redonda y los mofletes sonrosados. Vestía atuendo eclesiástico. Saludó a los portugueses con una leve inclinación de cabeza y susurró en latín algo al oído de Fonseca antes de observar atentamente la esfera. Luego, dirigió a Faleiro y a Magallanes unas palabras de felicitación y se puso a conversar, otra vez en latín, con Covarrubias.

Poco después entraron dos monjes jerónimos y saludaron a los presentes, antes de acercarse a Fonseca. Uno de ellos había estado en la reunión del Consejo de Indias. Aguardaron un buen rato, pegados a las chimeneas y con el salón lleno de los murmullos de las conversaciones, hasta que apareció el canciller Sauvage, acompañado de otras dos personas. Saludó con inclinaciones de cabeza y, sin decir palabra —tenía graves problemas con el castellano—, se acercó a una de las chimeneas y extendió las palmas de las manos buscando calentarlas. Era corpulento y vestía de forma ostentosa. El flamenco se quedó mirando la esfera y, tras frotarse las manos, se acercó a ella. Estaba observándola cuando una voz grave anunció la presencia del monarca.

—¡Su majestad real, nuestro señor don Carlos!

En el salón se apagaron los murmullos y se impuso un silencio sólo roto por el crepitar de los troncos que ardían en las chimeneas.

Todos los presentes se inclinaron reverentes mientras el rey se dirigía con paso firme al estrado. Una vez que hubo tomado asiento, ordenó:

—¡Alzaos!

Sauvage se había situado a su derecha y Adriano de Utrecht a su izquierda, según señalaba el rígido protocolo borgoñón que se estaba imponiendo en la corte de Castilla. Covarrubias, al lado del rey, le susurró unas palabras al oído.

—Acercaos —indicó Covarrubias a los portugueses.

Magallanes y Faleiro se aproximaron al estrado e hincaron la rodilla en el suelo con la cabeza inclinada. Permanecieron así hasta que el rey les ordenó alzarse y, utilizando los servicios de Covarrubias, con quien se entendía en flamenco, dijo sin dirigirse a nadie en particular:

—He tenido noticia de vuestra pretensión. ¡Explicadla sin omitir detalle!

—Majestad, —Magallanes se había adelantado en la pugna que mantenía con el cosmógrafo para dejar patente que aquella iniciativa era cosa suya— se trata de la búsqueda de un paso que nos permita llegar al mar del Sur…

Durante cerca de media hora lo expuso, incluido su criterio acerca de la posición geográfica en que se encontraban las islas de las Especias.

El rey lo escuchó en silencio, atento a lo que Covarrubias le susurraba al oído.

Después, con la esfera colocada ante Carlos I, fue el cosmógrafo quien desgranó los detalles técnicos y realizó algunas disquisiciones. El rey lo escuchó con la vista clavada en la esfera. Después, el canciller Sauvage, valiéndose también de Covarrubias, se interesó por los recursos necesarios para el proyecto y los porcentajes de participación en la empresa. Adriano de Utrecht preguntó acerca del número de navíos que se requerirían y cuántos hombres formarían sus tripulaciones. Muchas de las preguntas revelaban su escasez de conocimientos sobre aquellos asuntos. Tras un breve coloquio, el rey se acercó a la esfera y formuló algunas preguntas, que Covarrubias traducía, sobre la cartografía que allí había representada.

—Hay una cuestión que su majestad quiere que quede clara —señaló Covarrubias después de oír lo que el rey le susurraba al oído—. En ningún caso la expedición vulnerará lo acordado en Tordesillas.

—Decid a su majestad que así será.

El rey se retiró y Fonseca se quedó a solas con los portugueses. Fue entonces cuando Magallanes le preguntó:

—¿Qué piensa su ilustrísima sobre la audiencia?

—A pedir de boca. El mejor indicio es que el canciller se haya interesado por detalles materiales: los recursos necesarios, la participación en los beneficios… Es flamenco. —Una sonrisilla maliciosa apuntó en los labios de Fonseca—. Plantear detalles económicos supone haber asumido el proyecto.

—Pero su majestad no se ha pronunciado.

—Nunca lo hace hasta que no ha evacuado consultas. Pese a su juventud tiene madera de gobernante. Le falta experiencia, pero es discreto. Sobre vuestro proyecto tiene mucha más información de la que imagináis.

—¿Cómo lo sabéis?

—Ayer me llamó para que se lo explicara con detalle y le diera mi opinión. La única duda que tiene está relacionada con la posición de las islas de las Especias.

—¿Qué clase de duda?

—Aludí a la vaguedad con que está redactado el tratado de Tordesillas respecto adónde empiezan a medirse las trescientas setenta leguas desde las islas Cabo Verde para situar la línea de separación de los dos hemisferios. Su majestad no quiere problemas con Portugal. En Castilla hay desasosiego y están demasiado recientes los conflictos entre ambas coronas. En fin, lo que os he dicho… No quiere conflictos con Portugal y menos cuando su embajador está tratando el matrimonio de su hermana con el monarca lusitano.

—¿Y ahora qué hacemos nosotros? —preguntó Faleiro con descaro.

Fonseca dejó escapar un suspiro.

—Aguardar. Si las cosas marchan como creo, en pocos días se os llamará para redactar unas capitulaciones donde queden recogidos los pormenores de la expedición. Ahora dispensadme, pero me reclaman otras obligaciones.

—Disculpad, ilustrísima. Sólo será un momento.

Magallanes le contó que alguien les seguía los pasos y que habían entrado en la alcoba del mesón donde se alojaban.

—Puede que sean los mismos que han robado el globo terráqueo o cuando menos estén relacionados con ellos. Protéjanse lo mejor que puedan vuesas mercedes. Estoy seguro de que en Lisboa están ya informados de lo que aquí se está gestando.

El obispo llamó a un criado y le ordenó que acompañase a aquellos caballeros a la salida.

Al salir a la calle, Magallanes no dio crédito a lo que veía.

21

Cristóbal de Haro estaba en Valladolid. El poderoso comerciante se había trasladado a Castilla, abandonando Lisboa como muchos otros hombres de negocios a quienes las cosas en Portugal se les habían puesto muy difíciles.

—¡Don Cristóbal! —exclamó Magallanes sin poder salir de su asombro.

El navegante había mantenido correspondencia con Haro, informándole de los avances del proyecto. En todas sus cartas el mercader le había reiterado su apoyo financiero, pero en ningún momento le había dicho que se disponía a abandonar Lisboa.

—¡Tenía noticias de que vuesa merced ya andaba por Valladolid! ¡Por lo que veo os movéis en las alturas!

Magallanes le presentó a Faleiro. Lo hizo de mala gana, pero se impusieron las mínimas normas de cortesía. Las diferencias entre ellos eran cada vez mayores.

—Es un placer conoceros —señaló el mercader con una leve inclinación de cabeza.

—¿Hace mucho que estáis aquí? —preguntó Magallanes.

—Llegué ayer. He cerrado mis principales asuntos en Lisboa y me he marchado. El ambiente allí está enrarecido.

—Ya lo estaba cuando partí.

—Ahora mucho más. Las cosas no han hecho más que empeorar. Por cierto, la irritación en la corte con vuestro proyecto es grande. Muchos os llaman traidor.

—En Lisboa abominan de que siendo portugués ofrezca mis servicios al rey de Castilla y aquí me miran mal por ser portugués, y lo peor de todo es que las Cortes han aprobado una ley por la que no se puede dar carta de naturaleza a los extranjeros.

El semblante de Haro se ensombreció.

—Esa es una mala noticia, pero hay formas de solucionarlo.

—Trataremos de encontrar una.

—¿Salís de una audiencia con el rey?

—Así es.

—¿Y…?

—Don Carlos no se ha pronunciado. Nos ha escuchado con mucho interés. El presidente de Indias nos ha dicho que nunca se pronuncia sin haber reflexionado detenidamente. Ahora sólo queda esperar.

—Aguardaremos, pues.

—Hay algo que debéis saber. Alguien está al tanto de nuestro proyecto y nos sigue los pasos. Han hurgado en nuestra alcoba, buscando algo. He tenido que confeccionar un nuevo globo terráqueo a toda prisa porque han robado el que traíamos de Sevilla.

Haro frunció el ceño.

—¿Tienen vuesas mercedes mucha prisa?

—Ninguna. Sólo nos queda aguardar para saber qué ha dado de sí la audiencia con el rey.

—Vamos allí. —El mercader señaló una hostería que estaba al otro lado de la plaza—. Contádmelo todo con detenimiento. Puede ser mucho más grave que el problema de vuestra naturaleza.

Se acomodaron en un lugar discreto, pidieron vino y pusieron al mercader al tanto de lo que les había ocurrido y de la propuesta del embajador.

—¿Os ha pedido retrasar la expedición un año?

—A cambio de una fuerte suma —puntualizó Faleiro.

—Trama algo más que un simple retraso. ¿Podríais identificar a quienes os siguen si los encontrarais por la calle?

Faleiro negó con un movimiento de cabeza.

—Me han seguido de noche y no han dado la cara.

—Conmigo lo han hecho a plena luz del día, pero guardando las distancias y con los sombreros bien calados.

—¿Echaron vuesas mercedes algo en falta en la alcoba?

—Nada. Actuaron con cuidado. Nos dimos cuenta por pequeños detalles.

—Son agentes de Lisboa. Saben cómo hacer su trabajo. Están al tanto de la expedición y saben que es mucho lo que hay en juego. Por eso han buscado un acuerdo y, al no conseguirlo, tratarán de abortarla antes de que tome cuerpo. ¿Dónde se alojan vuesas mercedes?

—En el Mirlo Blanco, una posada que se encuentra a la espalda de San Gregorio.

—¿El posadero es de fiar?

—Dijo que no sabía que alguien hubiera estado en nuestra alcoba.

—¿Cómo supieron cuál era la alcoba? ¿Tiene cerradura?

—La tiene y yo tengo la llave. —Magallanes se la mostró. La llevaba colgada en el cinturón.

—Tiene otra. Está conchabado con ellos. Tienen que mudarse.

—¿Adónde? —preguntó Faleiro.

—A la casa donde me alojo. Allí estarán más seguros y puedo dispensarles alguna protección.

Haro hizo un gesto a un hombre que, a una prudente distancia, estaba pendiente de cualquier indicación del mercader. Se acercó solícito.

—¿Señor?

—Que dos criados vayan al Mirlo Blanco y se hagan cargo de las pertenencias de estos caballeros. Hay que llevarlas a la casa.

—No sé cómo agradeceros…

—¡Bah! No tiene importancia. Estamos todos en el mismo

barco. ¿Han hablado vuesas mercedes de la financiación de la empresa?

—El canciller se ha interesado por esa cuestión. Ha preguntado por su costo y el cardenal Adriano por el número de barcos y las tripulaciones.

—¿Cuántos barcos serían necesarios?

Magallanes contestó de inmediato.

—Hemos solicitado a su majestad que la flota tenga al menos cinco. Uno de poco calado para navegar sin problemas en aguas poco profundas.

—Cinco navíos es toda una flota. Se necesitarán más de dos centenares de hombres.

—¿Creéis que eso será un problema?

—Los barcos no, pero las tripulaciones… Aquí no sobran los hombres. En Sevilla, donde he estado unos días antes de venir a la corte, hay pocas ganas, después de lo ocurrido a Díaz de Solís. Que unos caníbales se los comieran…

—Allí tengo contactos. Hay compatriotas, hombres de mar, que no tendrían problema en enrolarse.

Haro se acarició el mentón.

—En Castilla tampoco soplan buenos vientos para los extranjeros. Ha de tenerse mucho cuidado a la hora de formar las tripulaciones.

Aquella misma tarde Magallanes y Faleiro, que tuvieron algunas palabras con el posadero, quedaron instalados en la casa que, frente a la iglesia de los jerónimos, había alquilado Cristóbal de Haro. Allí disponían de mucho más espacio, mayor intimidad y eran atendidos como huéspedes del señor de la casa. Haro les había proporcionado una discreta protección: dos hombres estaban pendientes de sus movimientos y alerta ante cualquier eventualidad. Quienes les habían seguido los pasos desaparecieron. Era probable que anduvieran al acecho, aguardando una oportunidad.

Entrado ya el mes de marzo, recibieron noticia del presidente de Indias. Los requería para que al día siguiente a las diez de la mañana comparecieran en la sede que utilizaba el Consejo para sus reuniones. En el escrito no se especificaba más. Sólo la hora y el lugar del encuentro.

Llegaron puntuales y un portero los acompañó hasta un despacho, en la planta de arriba. Era una estancia bien amueblada donde, junto a Fonseca, aguardaban dos sujetos que vestían a la nueva moda llegada con los flamencos —mucho más colorista y adornada que las adustas formas de los castellanos—, pero sin los excesos que podían verse en algunos aficionados al lujo. Se pusieron en pie al verlos entrar. Su ilustrísima se limitó a ofrecerles su anillo episcopal para que lo besasen.

—Estos señores son Diego Martínez de Oya y Antón de Salamanca. Han redactado unas capitulaciones que, si vuesas mercedes le dan su conformidad, podrán firmarse en unos días. He de decir que su majestad está interesado… No, más que interesado, entusiasmado con el proyecto.

—¡Esa es una excelente noticia, ilustrísima!

Se acomodaron en torno a una mesa en la que había varios cartapacios.

—¿Qué dicen esas capitulaciones? —preguntó Faleiro de inmediato.

Fonseca miró a Martínez de Oya, quien se caló unas antiparras, sacó unos pliegos de un cartapacio y dio lectura a su contenido:

Sus Majestades, mi señora doña Juana y mi señor don Carlos, os conceden un plazo de diez años durante los cuales no darán licencia para que se realice expedición alguna por la ruta que se expone en vuestro proyecto. Ítem más, la derrota que habéis de seguir, en modo alguno entrará en conflicto con la demarcación que corresponde al rey de Portugal, según lo acordado en el tratado de Tordesillas. Ítem más, la derrota de la escuadra se mantendrá en todo momento dentro de los límites otorgados a la corona de Castilla en virtud de dicho tratado. Ítem más, se os concede el quinto de los beneficios que se obtengan, una vez de-

ducidos los gastos, procedentes de las tierras e islas que descubráis en vuestro periplo. Ítem más, se os otorgará el título de Adelantados y Gobernadores de dichas tierras. Ítem más, se os otorga el poder llevar a dichas tierras mercancías por valor de mil ducados para ejercer con ellas el comercio con los nativos. Ítem más, sólo se exigirá a vuesas mercedes el quinto real de los beneficios que se obtengan de dicho comercio. Ítem más, Sus Majestades se comprometen a armar, para la mencionada expedición, cinco navíos de los cuales dos de ellos serán de un porte de ciento treinta toneladas, otros dos de noventa toneladas y uno menor, de sesenta toneladas. Ítem más, los barcos irán abastecidos de armamento, municiones y bastimentos suficientes para dos años. Ítem más, las tripulaciones necesarias para el buen gobierno y manejo de las naves se evalúan en doscientos y cincuenta hombres y para que den fe y razón de todo, formarán parte de dichas tripulaciones un factor, un tesorero, un contador y dos escribanos, que serán designados por Sus Majestades. Por último, señalar que es voluntad de Sus Majestades que si alguno de vosotros muriese en el transcurso de la expedición, el que quedare vivo habrá de cumplir, en nombre de ambos, todo lo contenido en estas capitulaciones.

Se quitó las antiparras y miró al obispo:

—Eso es todo, ilustrísima.

Magallanes estaba tratando de digerir lo que acababa de oír. Habían sido años de espera para ver hecho realidad su sueño. Ahora tenía un sabor agridulce. Estaba contento porque aquellas capitulaciones recogían prácticamente todos sus deseos. Pero en ellas había algo que no le gustaba. El cosmógrafo aparecía con el mismo rango que él. Se aludía a adelantados y gobernadores. Sin distinciones. Tenía que ver cómo solucionarlo, pero no era cuestión de plantearlo en aquel momento.

—En mi opinión —señaló el obispo—, están recogidas las principales peticiones de vuesas mercedes.

—Así es, ¿podría vuestra ilustrísima decirnos cómo se llevará a cabo el aparejo de los navíos? El costo del armamento para esas cinco naves y de los bastimentos suficientes para alimentar a las tripulaciones durante dos años supone una suma muy elevada.

—Su majestad aportará, además de las cinco naves, todo lo relacionado con su armamento: culebrinas, lombardas, balas, falconetes, arcabuces, ballestas, espadas, picas, petos y rodelas corren por su cuenta. Asimismo, participará en la cantidad que se determine de los bastimentos que se embarquen y en la compra de cuentas de vidrio, espejos, adornos de hierro, abalorios y otras mercaderías destinadas al intercambio con los indígenas. Si sois conformes y disponéis de la financiación necesaria, como asegurasteis a su majestad para los gastos de aparejo, estas capitulaciones pueden quedar listas para ser firmadas, selladas y rubricadas por las partes en no más de… —Fonseca miró a los funcionarios.

—No más de un par de semanas, siempre que contemos con el detalle de todo con la suficiente antelación —respondió Antón de Salamanca—. A esas capitulaciones las acompañará un codicilo donde consten los medios necesarios para el aparejo de los buques.

—Eso requerirá algo de tiempo —puntualizó Magallanes.

—Ese codicilo puede redactarse más adelante —indicó el obispo.

—En ese caso, ilustrísima, bastará con una semana para tener redactadas las capitulaciones —señaló Martínez de Oya.

—Bien, bien… —Fonseca unió las puntas de sus dedos—. Si todo es conforme…

—Por nuestra parte la conformidad es total —respondió Magallanes.

—En ese caso, podéis retiraros —indicó Fonseca a los funcionarios, ofreciéndoles su mano para que besasen el anillo.

Una vez solos, les preguntó por la gente que andaba tras sus pasos.

—Estamos acogidos a la hospitalidad de Cristóbal de Haro y tenemos protección cuando salimos a la calle.

—Creo que han dejado de seguirnos —añadió Falerio.

—No deben fiarse. Las noticias que nos llegan de Lisboa son que están al tanto de vuestro proyecto y que tratarán de abortarlo por todos los medios a su alcance. Me temo que eso incluye la vida de vuesas mercedes.

—No bajaremos la guardia, ilustrísima.

—Os trae mucha cuenta no hacerlo.

Fonseca dio por terminada la reunión haciendo sonar una campanilla de plata primorosamente labrada.

—¿Ha llamado su ilustrísima? —Era el mismo criado que ya conocían.

—Acompaña a estos caballeros

La tensión que había surgido la noche que se entrevistaron con el embajador portugués, de la que nada habían dicho a Fonseca, había ido en aumento entre ellos. En un par de ocasiones a punto estuvieron de llegar a las manos. Si no ocurrió, fue porque mediaron los hombres encargados de guardarles las espaldas. Magallanes, que siempre había considerado al cosmógrafo como una pieza valiosa de su plan, pero en modo alguno un igual, había encajado muy mal que en las capitulaciones aparecieran ambos con el mismo rango, sin distinciones. Los dos eran adelantados y gobernadores. Lo consideraba un agravio que se sumaba a la pérdida de confianza que supuso saber que el cosmógrafo lo había engañado con la historia que le contó para justificar su larga ausencia de Lisboa. Aprovechó la disputa para echárselo en cara y llamarlo mentiroso y fullero. Eso hizo saltar al cosmógrafo. Las razones de Haro sobre la importancia de mantenerse unidos antes de la firma de las capitulaciones con el rey sólo sirvieron para que en público guardaran las formas. Lo mejor que podía ocurrir era que la firma, algo a lo que en la corte se revestía de mucha solemnidad, fuera lo antes posible. Podrían regresar a Sevilla y empezar con el arduo trabajo de contratar tripulaciones y preparar el apresto de los navíos.

Faleiro andaba aquellos días irritable y nervioso. Había participado en una reyerta en la mancebía, que acabó con dos heridos y varios detenidos. Se enfrentó con unos arrieros gallegos y no salió malparado gracias a la intervención de los dos hombres que estaban pendientes de él. Creyó que los gallegos eran portugueses. Otro día en la puerta de la iglesia del monasterio de las dominicas se las tuvo tiesas con un irritado caballero calatravo porque el cosmógrafo había estado toda la misa pendiente de su esposa y a la salida le ofreció agua bendita al tiempo que le susurraba al oído, según el calatravo, palabras deshonestas. Estuvieron a punto de tirar de los aceros, pero unos clérigos pusieron paz.

A primera hora del día 21 de marzo, cuando desayunaban, llegó a casa de Haro la ansiada misiva. Las capitulaciones se firmarían al día siguiente, después de la hora del ángelus. Fonseca les enviaba una copia para que leyeran detenidamente lo que iban a firmar al día siguiente. En una nota indicaba que, si el contenido ofrecía alguna duda, se dirigieran a la presidencia del Consejo de Indias. Magallanes pidió a Haro que las leyera. El mercader era hombre acostumbrado a tratos y contratos y podía ser de mucho valor su experiencia.

—Todo parece muy claro. Quizá pedir alguna suma para ayuda de costa y que las mercedes que se os conceden pudieran pasar a vuestros herederos.

22

El cielo estaba encapotado y hacía mucho frío. Al amanecer había descargado una fuerte tromba de agua acompañada de relámpagos y truenos. Mucha gente estaba convencida de que en las negras nubes de las tormentas cabalgaban los demonios y tomaban medidas contra aquel fenómeno que provocaba miedo y temor. Rezaban a santa Bárbara o confeccionaban cruces con sal. Había clérigos que celebraban «misas del trueno». Poco antes de mediodía se abrieron grandes claros en el cielo.

Los portugueses vistieron sus mejores galas. La solemnidad del acontecimiento obligaba a ello. No se comparecía ante su majestad y la nube de cortesanos que lo acompañaría de cualquier forma: podía ser considerado una ofensa. Después de desayunar, unos criados los ayudaron a vestirse y acicalarse y, antes de salir a la calle, su anfitrión les dio algunos consejos acerca de cómo actuar en aquellas circunstancias.

Llegaron al palacio donde se alojaba el rey, cuya puerta vigilaban varios soldados. Vieron cómo entraban algunos cortesanos vestidos con tal elegancia que a los portugueses su propia indumentaria les pareció poca cosa. Efectivamente, como les había anunciado Fonseca y prevenido el mercader, la firma de las capitulaciones iba a estar revestida de una gran solemnidad. Los soldados los retuvieron en la puerta hasta que apareció Martínez de Oya, quien los acompañó a una antecámara llena de personalidades. Allí todo eran comentarios y murmullos. Había varios oidores de la Real Chancillería, dos dominicos que lucían el emblema del tribunal del Santo Oficio, numerosos títulos de Castilla, alguno de ellos acompañado por su esposa, y priores y abades de las órdenes religiosas. También varios embajadores, entre ellos el de Portugal. Pero por encima de todos destacaba un enjambre de flamencos. Los cortesanos formaban corrillos con sus afines. Al aparecer Magallanes y Faleiro se produjo un silencio momentáneo. Fueron el centro de las miradas, pero nadie se acercó a ellos, salvo Álvaro da Costa, que quiso dejar así constancia de su presencia. Los saludó fríamente y se retiró cuando Fonseca llegó poco después. El obispo, tras darles a besar el anillo, los saludó afectuosamente.

—Amigos, hoy es el primero de los grandes días de una expedición que, con ayuda de Dios y protección de su Santa Madre, nos reportará grandes alegrías.

Un cortesano, que oyó sus palabras, miró de soslayo al obispo:

—¿Vuestra ilustrísima tiene datos probados para afirmarlo?

—Es un presentimiento, hijo, un presentimiento.

El cortesano iba a decir algo cuando se abrieron las labradas puertas que daban acceso al salón principal y el maestro de ceremonias, tras golpear tres veces el suelo con su bastón, anunció con voz rotunda:

—¡Pueden pasar quienes tienen lugar reservado!

Magallanes y Faleiro miraron a al obispo.

—Vuesas mercedes han de aguardar. Tienen lugar reservado, pero entrarán los últimos. Antes de que lo haga el rey.

Muchos entraron al salón y, tras ocupar sus sitios, el maestro de ceremonias reclamó la atención golpeando otra vez el suelo con su bastón.

—Pasen los demás.

—Antes de que llegaran estos insufribles flamencos todo era mucho más sencillo. ¡Ay, si doña Isabel levantara la cabeza! —exclamó Fonseca.

Minutos después unos criados, siguiendo instrucciones del maestro de ceremonias, los acompañaron al salón. Era mucho más grande que el que Magallanes y Faleiro conocían. Un verdadero salón del trono. El suelo estaba alfombrado. En las paredes, enteladas con sedas, colgaban guadamecíes y reposteros. Del artesonado pendían estandartes y gallardetes. El estrado del trono, dorado y finamente labrado, estaba cubierto con un dosel donde se veían las armas de los distintos territorios que formaban la monarquía sobre el águila de san Juan.

Los reunidos, cerca de un centenar, hablaban de las novedades que a diario se producían en la corte. Lo que más se comentaba era que el rey mantenía amores con quien había sido la esposa de su abuelo Fernando, Germana de Foix. La francesa, que casi le doblaba la edad, era una experta en las artes amatorias y tenía encandilado al joven rey. Los menos comentaban sobre el asunto que los había convocado aquella fría mañana de marzo.

Unos minutos después de que los portugueses ocuparan su sitio, hicieron acto de presencia el canciller Sauvage y el cardenal Adriano, que se colocaron a ambos lados del estrado. Apenas transcurridos unos segundos, el maestro de ceremonias impuso silencio golpeando el suelo con su bastón, las tres veces de rigor.

—¡Su majestad real, don Carlos, nuestro señor!

El rey entró precedido por dos maceros, lujosamente ataviados. El monarca vestía de forma mucho más sencilla que los cortesanos allí congregados. Jubón de terciopelo carmesí con pocos adornos, calzas negras, medias del mismo color muy ajustadas a sus pantorrillas y escarpines de tafilete rojo. Avanzó, con paso medido, por el largo pasillo que formaban los reunidos. Las damas hacían graciosas genuflexiones y los caballeros cortesanas reverencias. El monarca respondía, sin mirar a nadie, con leves inclinaciones de cabeza. Al llegar al estrado dos pajes colocaron sobre sus hombros una capa de armiño antes de tomar asiento.

Terminado el protocolario ceremonial, una mirada de Sauvage bastó al escribano real, situado tras una mesita cubierta con un paño negro, para solicitar la venia del monarca. Se caló unas antiparras y dio lectura al documento donde estaban recogidos los términos de las capitulaciones. Con voz engolada, fue desgranando, lentamente, su contenido. Para nada se aludía a la posición de las islas de las Especias. Puso especial énfasis en lo referente a que la expedición no alteraría, en modo alguno, los límites acordados en el tratado de Tordesillas y se refería al rey de Portugal como sacratísimo y muy caro y amado tío y hermano.

Concluida la lectura, el escribano real solicitó a don Fernando de Magallanes y a don Ruy Faleiro que signasen con su firma el documento y las copias, todas ellas sacadas a la letra del original. Firmó luego el obispo Fonseca, en su condición de presidente del Consejo de Indias, antes de que lo hiciera el monarca, quien sorprendió a todos al levantarse y acercarse a la mesilla para estampar su firma. Acto seguido el notario rubricó las copias y con lacre rojo fueron selladas. Entregó una al presidente de Indias y otra a los portugueses. Acto seguido don Carlos paseó la mirada por la concurrencia que ahora guardaba silencio, tras los murmullos provocados por el hecho de no haber permanecido sentado y se le acercase un bufetillo portátil con los documentos para que estampase en ellos su firma. Se dirigió a la concurrencia anunciando, a través de Covarrubias, algo que causó aún mayor sorpresa que el haberse levantado.

—Sepan todos los presentes que, en mi condición de maestre de la Orden de Santiago, he tenido a bien, una vez consultado el Consejo de las Órdenes y comprobada su nobleza, otorgar a don Fernando de Magallanes un hábito de dicha orden con todos los privilegios y preeminencias que la posesión de dicho hábito conlleva. Ello le faculta para vestirlo en cuantas ocasiones sea preceptivo y lucir en su indumentaria la venera que acredita su pertenencia a dicha orden.

El maestro de ceremonias indicó a un Magallanes sorprendido que se situase ante el monarca e hincase la rodilla en tierra. Don Carlos, con una espada de ceremonia, golpeó en su hombro derecho e izquierdo y le tomó juramento de fidelidad, antes de que los pajes colocaran sobre sus hombros una capa negra en cuyo hombro resaltaba la roja venera de la orden.

Terminado el solemne acto, al que el monarca había querido dar gran realce y resaltar el cumplimiento de lo acordado con los portugueses en un intento de evitar suspicacias y malos entendidos, se sirvió un refrigerio en el mismo salón donde se había procedido a la firma.

El rey saludó a los portugueses. Faleiro, cariacontecido, a duras penas lograba disimular su estado de ánimo. Se consideraba injustamente postergado. Magallanes, por el contrario, estaba exultante. Su vieja aspiración de ser caballero de la Orden de Cristo se veía ahora compensada con creces. La Orden de Santiago era la más importante de todos los reinos peninsulares.

El monarca saludó a los embajadores, departió brevemente, con ayuda de Covarrubias, con algunos cortesanos y, tras recibir el saludo de buena parte de los presentes, se retiró, acompañado del canciller Sauvage y el cardenal Adriano, que se cuidaban mucho de tener controlado el acceso al joven monarca para no perder el ascendiente que ejercían sobre él.

Fonseca, que consideraba un éxito personal la firma de aquellas capitulaciones, estaba feliz.

—Tienen vuesas mercedes vía libre para la expedición, aunque aún es imprescindible resolver varias cuestiones, antes de poner en marcha los preparativos. Serán necesarias algunas semanas, antes de que vuesas mercedes puedan regresar a Sevilla. Habrá que empezar por buscar esas cinco naves. Pero eso no debe ser obstáculo para que brindemos por el gran paso que hoy se ha dado. —Alzando su copa invitó a los demás a hacerlo—. Sabed que, para ganar tiempo, ya he dado instrucciones a Juan de Aranda, que va camino de Sevilla, para que se os den toda clase de facilidades en la Casa de la Contratación. Mañana mismo escribiré al doctor Matienzo para que facilite en todo lo posible vuestra labor. El trabajo que tienen vuesas mercedes por delante es arduo. No resultará fácil encontrar tripulaciones adecuadas para esos cinco navíos.

—Ilustrísima, ¿responderíais a una pregunta? —solicitó Magallanes.

—Hacedlo, pero no os aseguro que obtengáis una respuesta.

—La concesión del hábito de Santiago…

El obispo no lo dejó concluir.

—Sé de vuestro empeño en pertenecer a una orden militar y que solicitasteis el ingreso en la Orden de Cristo, pero vuestro deseo no se vio coronado por el éxito. Nuestro rey ha querido compensaros de… aquel desaire.

El malhumor de Faleiro aumentó cuando vio al presidente del Consejo de Indias tomar por el brazo a su compatriota y hacer un aparte con él. No pudo oír lo que hablaban.

—La concesión de ese hábito —señaló Fonseca—, además de dar respuesta a una aspiración de vuesa merced, allanará el problema surgido al no poder daros carta de naturaleza. Como miembro de la Orden de Santiago habéis jurado fidelidad a nuestro rey, aunque habréis de prestar juramento formalmente antes de embarcar.

—Pero un hábito de Santiago es algo muy codiciado.

—Lo es. Vuestra pertenencia a esa orden callará muchas bocas. Esa concesión del rey, sin duda alguna, tiene como objetivo disipar recelos. No había más que mirar el semblante del embajador Da Costa. Vos no podíais verlo, pero yo sí.

En aquel momento el cosmógrafo explotó. No pudo soportar aquel cabildeo y con voces descompuestas soltó algunos improperios. No iban dirigidos contra nadie en particular, pero llamaron la atención de los presentes. Con el rostro enrojecido y profiriendo voces inconexas abandonó el salón, antes de que los soldados intervinieran. Quienes lo conocían se referían a él como un gran astrónomo y cosmógrafo, pero también como hombre de carácter irascible que había protagonizado no pocos escándalos.

—¿Qué le ocurre a vuestro amigo? —preguntó Fonseca a Magallanes.

—Es un hombre pasional, ilustrísima. A veces se deja guiar por el primer impulso. —Magallanes estuvo a punto de decirle que esas pasiones desatadas, que formaban parte de la vida del cosmógrafo, le habían llevado en Portugal a tener serios problemas con la justicia, pero consideró que el momento no era el adecuado; sin embargo, no se privó de señalar—: El apasionamiento que determina algunos de sus actos es uno de sus dos puntos flacos.

Fonseca miró fijamente al portugués que había calculado bien el efecto de sus palabras.

—¿Cuál es el otro?

—Las mujeres, ilustrísima, las mujeres.

El obispo dejó escapar un suspiro.

—Lo peor de esa pasión no es el goce desenfrenado de los placeres de la carne, sino que, en la cama de una mujer, a la mayor parte de los hombres les resulta muy difícil guardar un secreto.

La conversación había llegado al punto que el navegante había previsto, maliciosamente.

—¿Piensa su ilustrísima que…?

—No pienso ni dejo de pensar. Simplemente señalo que esa afición supone un grave riesgo. No sería mala cosa mantenerlo bajo vigilancia. No sea que se vaya de la lengua. En esta expedición hay cuestiones que deben mantenerse en secreto. Aunque me temo que en Lisboa ya están al tanto de ello.

23

Como había señalado Fonseca, no pudieron emprender viaje de regreso a Sevilla. Magallanes añoraba a Beatriz. Echaba de menos sus besos y caricias. Deseaba estar a su lado y saber con más precisión de la que ofrecía una carta cómo marchaba su embarazo. Una mañana, cuando se disponía a desayunar en compañía de Cristóbal de Haro —Faleiro, que se había amancebado, pasaba muchas noches fuera—, el mercader le dio una noticia que lo enervó: la corte partía hacia Aragón.

—Ha sido algo inesperado, pero el rey ha decidido marchar a Zaragoza en un par de días. Quiere jurar los fueros de aquel reino y atajar ciertos comentarios que circulan por aquella ciudad, la principal de la corona de Aragón.

—¡Menos mal que las capitulaciones ya están firmadas!

—Pero la marcha de la corte supone un problema para la expedición, con don Carlos van los consejos, los secretarios y todo el aparato administrativo. Me temo que tendréis que ir hasta Zaragoza para rematar lo que queda pendiente.

—¡Santos Dios! —Magallanes vertió algo de vino en su copa. Necesitaba refrescar su garganta—. Eso supone retrasar el regreso a Sevilla varias semanas más.

—Es posible que sean varios meses.

Magallanes y Faleiro se vieron obligados a seguir a la corte en su camino hacia Zaragoza. También viajaba el embajador de Portugal. El día que la comitiva llegaba a Aranda de Duero, un hombre se acercó a la mesa donde estaban el embajador y sus hombres. Tenía aspecto cansino y sus trazas señalaban que había hecho un largo camino. Su presencia puso en guardia a los reunidos.

—¿Don Álvaro da Costa?

Dos de los hombres del embajador se situaron a la espalda del recién llegado y un tercero se puso en pie con la mano en el puño de su cinquedea.

—¿Qué queréis? —respondió el embajador.

—Si sois don Álvaro da Costa, entregaros un mensaje.

—Lo soy.

El desconocido echó mano a un canuto metálico que colgaba de su cintura y, antes de entregárselo, le indicó:

—Viene de Lisboa.

Da Costa comprobó el sello de lacre. Era de la cancillería real y venía cifrado. Antes de retirarse para utilizar la clave y poder leerlo, ordenó a uno de los suyos:

—Atiéndelo, ha cabalgado muchas leguas. Tendrá hambre y estará sediento.

Lo que se decía en aquella carta era tan grave que quiso asegurarse de que no había error. Volvió a utilizar la clave y el resultado fue el mismo. Pese a todo, dudaba si poner en marcha lo que se le ordenaba y empleó un método al que sólo recurría excepcionalmente: dos palomas mensajeras —siempre utilizaba una pareja como forma de aumentar las posibilidades de que su mensaje llegaba a destino— que en veinticuatro horas estarían en Lisboa. El embajador pedía confirmación.

Una semana más tarde don Carlos entraba en Zaragoza y se instalaba en el palacio de la Aljafería. Ese mismo día el embajador lusitano recibía un correo especial de Lisboa. El mensajero había salvado, reventando caballos, las cerca de ciento noventa leguas que separaban la capital portuguesa de Zaragoza en seis jornadas. En la carta se le confirmaban las instrucciones: acabar con la vida de Magallanes y Faleiro. Para Portugal resultaba vital que no se encontrase el paso para llegar a las islas de las Especias por el mar del Sur y, sobre todo, determinar su posición geográfica.

Don Álvaro dio órdenes a sus hombres.

—Se ha acabado el tiempo de buscar un acuerdo o de amedrentarlos. Hay que ser más contundentes. Esa expedición es un grave peligro para nuestro reino. Si tuviera éxito, sus consecuencias serían desastrosas.

A la misma hora que el embajador portugués daba instrucciones a sus hombres, en la Aljafería se celebraba una tensa reunión en presencia del rey.

—Señor, esa insolencia no puede ser admitida. Vuestra majestad debe dar un escarmiento ejemplar a esos pilotos —señalaba Chièvres, principal consejero del rey.

El rey miró al canciller Sauvage, que asintió con un leve movimiento de cabeza.

—Majestad, creo que sería echar leña al fuego —indicó Fonseca.

—No entiendo qué es eso de la leña y el fuego. —El joven monarca hacía progresos, pero estaba lejos de dominar el castellano.

—Disculpad, majestad, quiero decir que sería mejor meditar una respuesta más sosegada.

—¡Esa insolencia merece un escarmiento! —protestó Chièvres, irritado.

—No soy de vuestra opinión. Los pilotos de la Casa de la Contratación exponen respetuosamente su malestar. Son sinceros al ponerlo en conocimiento de su majestad.

—¡El rey no debe admitir manifestaciones de esa clase! —reiteró el flamenco.

—Insisto en que su majestad debe meditar su respuesta.

Don Carlos sorprendió a todos los presentes diciendo en un defectuoso castellano:

—Redactad esa carta, Fonseca. Si me convence, la firmaré.

24

Era noche cerrada cuando Magallanes abandonó la Seo, acompañado por los mismos hombres que lo protegían en Valladolid y que Haro había dispuesto que los acompañasen a Zaragoza. Había tenido una reunión con el obispo Fonseca, quien lo había citado allí para comunicarle que volverían a verse con el rey, pero en privado. Iban a concretar detalles sobre la financiación. No había problema con los barcos. Serían cuatro naos y una carabela procedentes de puertos vizcaínos, según le había dicho Juan de Aranda, a quien había encargado hacer las gestiones. Las dificultades se encontraban en que hacía falta mucho dinero para aparejarlas y acopiar los bastimentos necesarios para la manutención durante muchos meses de los dos centenares y medio de hombres que se iban a necesitar para dotarlos de las correspondientes tripulaciones. El rey deseaba hablar de aquel asunto.

Cruzaba el gigantesco puente de piedra de casi trescientas varas, construido sobre el Ebro, alumbrándose con la lucecilla del fanal que llevaba uno de los criados. Iluminaba unos pocos pasos y, por ello, no vieron a los embozados que los aguardaban, agazapados tras el pretil, hasta que se les echaron encima.

—¡Es el que cojea! —En el silencio de la noche se oyeron nítidas aquellas palabras, acompañadas del ruido de los aceros al salir de sus vainas.

El que llevaba el fanal se lo arrojó y ganó unos segundos, dando tiempo a Magallanes y al otro criado para desenvainar sus armas. El choque de los aceros hizo que saltaran chispas. En medio de la oscuridad se oía el ruido de las armas, amén de los votos y amenazas que proferían unos y otros. El escándalo rompió la tranquilidad de la noche, llamando la atención del vecindario. Desde unas casas próximas se pedía a gritos la presencia de alguna de las rondas nocturnas que velaban por el descanso de los zaragozanos. La reyerta se prolongaba porque quienes buscaban acabar con la vida de Magallanes habían perdido la ventaja de la sorpresa. Pese a que los atacantes eran cuatro, la lucha estaba equilibrada y los minutos transcurrían en su contra. Si aparecía una de las rondas…

Uno de los atacantes, al ser alcanzado en el hombro, gritó con voz descompuesta:

—¡Me han herido! ¡Me han herido!

Sus gritos fueron un aviso para que se perdieran a toda prisa por la ribera del Ebro, aguas abajo. Uno de los criados que acompañaban al navegante propuso seguirlos, pero Magallanes no lo consideró oportuno.

—Sería muy peligroso. Podrían emboscarse en algún ribazo y conseguir lo que no han logrado. Además… nos hemos quedado sin luz.

Uno de los criados estaba descalabrado. No era gran cosa y apenas perdía sangre, pero tendrían que restañarle la herida. Algunos de los vecinos, que acudieron al puente una vez asegurados de que la pelea había concluido, les indicaron la casa de un barbero que vivía cerca. Allí acudieron y, a regañadientes por haberlo hecho salir de la cama tan a deshoras, le suturó la herida, cobrándole unos buenos dineros de cuyo pago se hizo cargo Magallanes.

El suceso fue muy comentado y se hicieron toda clase de cábalas acerca de quiénes eran y qué pretendían los atacantes. Sabían que se trataba de portugueses. En la reyerta juraban en esa lengua, que era también en la que se quejaba el herido. El presidente de Indias no albergaba dudas de que detrás del asalto se encontraba el embajador Da Costa. Pero las pesquisas sobre aquel asunto no dieron resultado.

Uno de los rumores que circuló, esparcido por el propio Magallanes, dejaba caer que detrás de aquellos sicarios estaba Faleiro, con quien sus diferencias iban en aumento a causa del comportamiento extraño del cosmógrafo, que no admitía que el rey lo hubiera postergado al dar un hábito de Santiago a Magallanes. No lo convenció el argumento de que, al no ser noble, no podía formar parte de aquella elitista orden militar. Al salir de Valladolid las distancias entre ellos se habían acentuado hasta el punto de que se alojaban en alcobas diferentes.

Desde que había llegado a Zaragoza el cosmógrafo pasaba buena parte del tiempo en un lupanar donde ejercía la vieja profesión una tal Rosalinda, por la que tenía perdido el seso. Había provocado un par de ruidosos escándalos. Algunos comentarios hábilmente dichos en los lugares adecuados por el navegante dieron pábulo al rumor en los medios cortesanos de que el cosmógrafo portugués no andaba bien de la mollera.

Todo aquello había hecho que Fonseca decidiera que Faleiro no acudiría a la reunión con el rey con vistas a resolver la financiación. Magallanes y el obispo aguardaban en una dependencia de la planta alta del palacio de la Aljafería que, reformado en la época de los Reyes Católicos, conservaba las trazas de la época musulmana y se le habían añadido elementos propios de las modas arquitectónicas imperantes en la época. En una de sus alas se había instalado, hacía algunos años, el tribunal de la Inquisición, pero su parte principal era el palacio real donde se habían alojado el monarca y su séquito, del que doña Germana formaba parte. En la corte se decía que, desde que mantenía con su abuelastra aquella tórrida relación amorosa, el joven monarca no prestaba la atención debida a las cuestiones del reino. La espera se prolongaba y el presidente de Indias no dejaba de dar chupadas a uno de aquellos husos formados con hojas de tabaco.

—Me calma los nervios cuando estoy alterado —comentó a Magallanes desde una ventana que daba al patio de San Martín.

—Su majestad se está haciendo esperar —se limitó a comentar Magallanes, a quien la tardanza del rey también estaba poniendo nervioso.

Fonseca se acercó a la puerta y comprobó que por allí no había oídos indiscretos, aunque eso era algo que en la corte nunca se podía asegurar.

—Supongo que andará entre las sábanas de su abuela —comentó en voz baja expulsando el humo por nariz y boca—. Esos amores no le benefician. Es un escándalo, no tanto porque un joven tenga que satisfacer sus necesidades, sino porque lo hace con la esposa de su abuelo. ¡No podía haberse fijado en otra! ¡Con la cantidad de damas que estarían dispuestas a calentarle la cama! Además, para empeorar las cosas, parece ser que la ha preñado. ¡Con el empeño que puso su abuelo y no pudo lograrlo!

—He oído decir que doña Germana va a contraer matrimonio.

Fonseca expulsó el humo con delectación.

—Andan buscando un cornudo complaciente que salve las apariencias.

Un ruido en la galería les advirtió que alguien se acercaba. Fonseca se aproximó a la ventana y, tras una última calada, arrojó el tabaco al patio.

A don Carlos lo acompañaba Covarrubias. Magallanes hizo una reverencia, hincando una rodilla en el suelo, y el obispo, después de inclinarse, le dio a besar su anillo. Carlos I se sentó en una jamuga y preguntó por Faleiro:

—¿No ha venido el cosmógrafo?

Fonseca le explicó algunas de sus andanzas. El rey lo escuchó en silencio, sin dejar de acariciarse la barba. Covarrubias no dejaba de susurrarle al oído.

—Con sólo la mitad de lo que su ilustrísima ha dicho sería suficiente para relevarlo del mando que le hemos otorgado.

—Soy del mismo parecer, majestad. Considero que creará problemas en una expedición que estará llena de dificultades.

—¿Qué proponéis?

Fonseca no vaciló al hablar.

—Que se le compense con una suma de dinero y sea apartado de la expedición, si vuestra majestad tiene a bien ordenarlo.

Don Carlos meditó un momento y se dirigió a Magallanes:

—¿Qué pensáis vos?

—Soy del mismo parecer, majestad.

Si el rey apartaba a Faleiro de la expedición, quedaría como único jefe. Era lo que había soñado desde que expuso al cosmógrafo por primera vez, en aquella posada lisboeta, su proyecto. El cosmógrafo había sido un magnífico instrumento para convertir en realidad sus sueños, pero ya no lo necesitaba a su lado y mucho menos compartiendo el mando de la escuadra. Si el rey lo eliminaba de la expedición…

—Sea, pues, como propone su ilustrísima. Ajustad la suma que ha de entregarse como compensación. Habrá que nombrar a la persona que asuma sus funciones. En los próximos días extenderé ese nombramiento.

Magallanes no pudo contenerse. Había conseguido apartar a Faleiro, pero, al parecer, no lograba el mando exclusivo de la expedición.

—¿Cree vuestra majestad necesario ese nombramiento? Compartir el mando suele ser fuente de problemas.

Covarrubias susurró unas palabras al oído del rey, que midió con la mirada a Magallanes. El portugués agachó la cabeza y temió, por un momento, haberse excedido. Los segundos pasaban y don Carlos guardaba silencio. Bastaría una palabra del monarca para apartarlo también a él de la expedición. Respiró cuando le oyó decir:

—Tendréis el mando de la expedición, pero nombraré a quien desempeñe las funciones del cosmógrafo.

Las palabras del rey no quedaban claras. ¿Cómo se entendía que le entregase el mando de la escuadra, pero nombrase a alguien con las mismas funciones de Faleiro? No acababa de comprenderlo, pero guardó silencio. No era prudente tentar de nuevo a la suerte. Pensó que, tal vez, era consecuencia de las dificultades que el rey tenía con la lengua. El obispo puso punto final a sus dudas al plantear la cuestión de la financiación.

—Majestad, el principal motivo de esta audiencia es cerrar ciertos aspectos pendientes de la financiación. —El rey escuchó al presidente de Indias desgranar detalles de las cuestiones financieras—. Don Fernando dice que, en caso necesario, puede disponer de los recursos que hagan falta para el apresto de los buques.

—¿Tenéis esas… gruesas sumas disponibles?

—Majestad, cuento con el apoyo de Cristóbal de Haro, un hombre de negocios que se ha afincado hace poco en Valladolid. Ha trabajado muchos años en Lisboa y conoce al detalle lo relativo al comercio de las especias.

El rey, con el codo apoyado en el brazo de la jamuga y la mano en su pronunciado mentón, lo miró fijamente. La falta de recursos económicos era el mayor problema al que se enfrentaba y continuamente sus secretarios le advertían de la falta de numerario —los casi seiscientos mil ducados otorgados por las Cortes de Castilla serían pagaderos en varios años—, por lo que se veía obligado a negociar créditos con algunas de las familias más poderosas de sus dominios y con las casas de banca genovesas, dedicadas desde hacía décadas al préstamo. Pese a su juventud, sabía ya que ese era un terreno complicado. Los hombres de negocios y los banqueros estaban dispuestos a conceder préstamos, pero siempre que las garantías fueran acordes con sus deseos. Estaban negociando con Jacob Fugger, un banquero de Augsburgo, un préstamo de medio millón de florines. Era un hueso duro de roer, le pedía como garantía del préstamo las rentas del maestrazgo de Santiago, la explotación de unas minas de plata cercanas a Sevilla y las de mercurio que había en Almadén. Tampoco hacía ascos a participar en empresas, siempre que el riesgo estuviese altamente recompensado. Había comprobado que ese era un terreno difícil.

—¿A cambio de qué estaría dispuesto a aportar esos recursos?

—A la parte de los beneficios que corresponda a su aportación, majestad.

—El quinto real es intocable —señaló Covarrubias, quien, una vez más, ejercía de trujimán.

—Eso no se discute —respondió Fonseca—. Sus beneficios se contarán, como los de cualquier otro, después de descontado el quinto real.

Magallanes miró al obispo. Eso no lo había hablado con el mercader, pero parecía lo lógico.

Carlos I guardó silencio sin dejar de acariciar su rubia barba. El tiempo a Magallanes se le hizo interminable.

—Bien, en ese caso. Redáctense los pormenores y póngase en marcha el proyecto. Pero antes de que partáis para Sevilla —miró a Magallanes—, que es donde ha de aparejarse la escuadra, deberíais indicar a ese Cristóbal… Cristóbal…

—De Haro, majestad, Cristóbal de Haro.

—A ese Cristóbal de Haro que se acerque a Zaragoza. Permaneceré aquí algún tiempo antes de partir para Barcelona. Me gustaría conocerlo.

—Así se hará, majestad.

Dos semanas más tarde Cristóbal de Haro aguardaba en la antecámara de las dependencias reales en el palacio de la Aljafería a que el rey lo recibiera. El poderoso hombre de negocios, apenas recibió noticia del deseo del monarca, se puso en camino sin perder un solo día. Don Carlos tampoco había tardado en darle audiencia. Acompañado por Magallanes, estaban en un rincón de la antecámara y eran objeto de algunas miradas curiosas. Los comentarios entre los cortesanos, que cuchicheaban en varios corrillos, giraban en torno a los serios problemas con que don Carlos estaba tropezando en las Cortes. Había una fuerte resistencia a nombrarlo rey, pese a su disposición a jurar los fueros. Su reunión se demoraba una semana tras otra.

Conforme transcurrían los minutos de la prolongada espera, el nerviosismo de Magallanes aumentaba. Pasaba ya media hora de la que se les había asignado para comparecer ante el monarca y Fonseca, que había anunciado que los acompañaría, no había aparecido por allí. Al verlo llegar respiró aliviado. El obispo saludó a derecha e izquierda y se acercó a ellos. Magallanes le presentó a Haro quien, besando el anillo del obispo, le hizo media reverencia.

—¡Menos mal que habéis llegado!

—Sabía que su majestad no habría recibido todavía a vuesas mercedes. Puede que aún tarde un rato. —Magallanes pensó en doña Germana—. Está reunido con el virrey. Buscan la forma de salvar las dificultades a las que se enfrenta en las Cortes. Aquí muchos prefieren a su hermano menor, don Fernando, que fue criado por su abuelo, el rey Católico. Lo tenía en su testamento como heredero de la Corona de Aragón hasta poco antes de morir. Fue Cisneros quien lo convenció de que eso echaba por tierra la arquitectura política que él y la reina Isabel habían construido con los matrimonios de sus hijos.

—Tengo entendido que el virrey es tío suyo —indicó Haro.

—Así es. Don Alonso de Aragón, además de virrey y arzobispo, es uno de los muchos bastardos que tuvo el rey Católico. A este lo reconoció. Es persona de mucho peso en el reino.

Fonseca dio unos breves consejos a Haro acerca de cómo debía tratar el asunto de su participación en la expedición y respondió al saludo de algunos cortesanos que se acercaron a cumplimentar al cada vez más influyente presidente del Consejo de Indias.

Con un retraso de más de una hora, el chambelán requirió su presencia. Don Carlos los recibió en una recogida dependencia, aneja al suntuoso salón del trono. También estaba el inseparable Covarrubias. El monarca aparentaba sosiego, pero estaba tenso. Sorprendió al obispo al espetarle una pregunta inesperada.

—¿Debo aceptar que el heredero de Aragón sea mi hermano Fernando, en tanto en cuanto yo no tenga descendencia?

—No... no os comprendo, majestad.

—Es la condición que he de asumir para la buena marcha de las Cortes.

Pese a la sorpresa, la experiencia de Fonseca le dictó la respuesta:

—Aceptad, majestad.

—¿Por qué?

—Más allá de las consideraciones que vuestra majestad haga acerca de lo conveniente o inconveniente que supone para vuestra dignidad como soberano asumir ciertas… cláusulas, esa sugerencia en nada altera la sucesión. Si vuestra majestad no tuviera descendencia, Dios Nuestro Señor no lo permita, el heredero natural de vuestros dominios es vuestro hermano. Una vez que vuestra majestad tenga descendencia, esa cláusula perderá todo su valor. Si con ello vuestra majestad salva una situación que se complica más cada día que pasa…

Don Carlos, que escuchaba atentamente a Covarrubias, asintió con leves gestos de cabeza, pero no abrió la boca, y el obispo, haciendo una inclinación con la suya y extendiendo el brazo, aprovechó para presentar a Cristóbal de Haro. El mercader dio un paso al frente —se había mantenido en un segundo plano, como correspondía— e hizo una cortesana reverencia.

—Majestad…

—Alzaos.

El rey miró a Magallanes, que también se inclinó, respetuoso.

Don Carlos departió con Haro y, poco después, se retiró con la impresión de que era hombre en quien se podía confiar y pensando que, si aquel navegante portugués, al que había concedido un hábito de Santiago para tenerlo atado, llevaba razón en cuanto a la posición de las islas de las Especias, muchos de sus problemas financieros podían quedar resueltos.

Aquel mismo día se celebró una reunión con dos funcionarios de la Real Hacienda y un escribano. Haro no puso trabas a los deseos del monarca de que los beneficios se tomasen una vez que se hubiera descontado el quinto real y aceptó la tasación que se hizo de las cinco naves que formarían la armada. Los beneficios se repartirían en proporción de las aportaciones, salvo en el caso de Magallanes, que recibiría un sueldo del rey y tendría un ocho por ciento de los beneficios, como reconocimiento a ser suyo el proyecto.

Magallanes pensó que era el momento de aclarar que el factor Juan de Aranda tendría una participación en los posibles beneficios de la expedición. Fonseca le dio una sorpresa.

—La escritura que firmaron vuesa merced, Faleiro y don Juan de Aranda no existe —señaló Fonseca.

Magallanes se quedó sin habla y los demás miraron al obispo un tanto confusos.

—Prosigan, prosigan vuesas mercedes. Ese asunto en nada afecta a este negocio.

—Si su ilustrísima lo dice…

—Proseguid, proseguid.

—Si vuesas mercedes son conformes, lo que ha quedado recogido en membrete estará elevado a escritura pública para… —dijo uno de los funcionarios mirando al escribano que soplaba sobre los pliegos que había emborronado, después de haberles echado un poco de arenilla.

—En tres días, tendrán vuesas mercedes las copias certificadas para signarlas y sellarlas —aseveró el escribano.

Una vez fuera de los muros de la Aljafería, Fonseca explicó a Magallanes lo ocurrido con las pretensiones de Aranda.

—El escribano que redactó la escritura me informó de ello. Hice llamar al factor y lo amonesté por su proceder. Le exigí que me entregase la escritura si no quería verse envuelto en serios problemas. No tuvo otra opción.

—¿Su ilustrísima tiene la escritura?

—No, la quemé en cuanto estuvo en mi poder.

—¿Por qué no me lo habéis dicho en todo este tiempo?

—Supongo que por la misma razón por la que vuesa merced tampoco me informó de ello.

25

Era la caída de la tarde cuando Magallanes llegaba a Sevilla. Pasó bajo el arco de la puerta de la Macarena, la misma que utilizaban los reyes cuando entraban en la ciudad. El sol se alzaba todavía un par de palmos sobre el horizonte. Sus rayos doraban las piedras de las portadas y paramentos de los edificios más nobles, y reverberaban en las enjalbegadas fachadas de las viviendas más humildes. La luz del atardecer daba a Sevilla una tonalidad especial.

Tendría que atravesar casi toda la ciudad para llegar hasta los Reales Alcázares y encontrarse con su mujer, que estaría con la preñez muy avanzada, cercana ya a dar a luz. En los últimos dos meses no había tenido noticias de ella. Eligió ir por las calles del centro en lugar de dar un rodeo por la muralla y, bordeando el Arenal, entrar por la puerta de la Plata. Aunque sucio y polvoriento, quería mostrar con orgullo la venera de Santiago que lucía en su pecho. Regresaba a Sevilla con unas magníficas capitulaciones que iban a permitirle hacer realidad sus sueños.

Había tenido que mostrar una gran paciencia, pero había encontrado su recompensa, con el añadido de haberse desprendido del cosmógrafo, cuya ira se había desatado al conocer que quedaba apartado. Después había desaparecido, sin que hubiera vuelto a tener noticia alguna de él. Sólo una nube aparecía en su despejado horizonte en aquellos momentos. El presidente de Indias le había comunicado que, aunque ostentaría el mando supremo de la armada, el hombre que sustituiría a Faleiro compartiría con él parte importante de los poderes. De nada habían servido sus protestas. Era la voluntad del rey. No conocía su nombre, pero aparecería por Sevilla portando sus credenciales. Aquello era algo que lo había reconcomido a lo largo del viaje.

Cuando entró en el primer patio de los Reales Alcázares, donde se le esperaba de un día para otro, apareció Beatriz. Se echó a sus brazos deshecha en lágrimas, apenas hubo desmontado. Su esposa estaba hermosísima. La preñez, muy avanzada, había acentuado su belleza. También acudieron sus suegros. Los Barbosa se sentían orgullosos de su yerno: estaba al mando de una armada de su majestad, todo un honor, y eso significaba un espaldarazo social, reforzado por la cruz que lucía en su pecho, una distinción que muchos ansiaban y pocos conseguían. Algo de suma importancia entre las élites de la sociedad sevillana.

Después de asearse, lo que incluyó recortarse la barba y los cabellos, permaneció un largo rato en la alcoba con Beatriz, Tras holgar con mucha dificultad, fue respondiendo a las preguntas de su esposa. Quería saber cómo había vivido aquellos meses, viajando de un lugar a otro. Se alarmó cuando le contó que sufrió un ataque en Zaragoza del que salió bien parado.

—¿Por qué no lo mencionasteis en vuestras cartas?

—No quería alarmaros.

También le explicó cómo Faleiro y él se habían distanciado, pero se cuidó de decirle que había maniobrado para postergarlo de la expedición.

La cena se convirtió en una celebración donde el recién llegado fue el centro de atención. María Caldera había dispuesto sabrosos entrantes a base de embutidos curados al aire de la sierra, acompañados de berenjenas adobadas y caldo enriquecido con tropezones de jamón, y dos platos principales, pechugas de perdiz escabechadas y jugosos lomos de esturión, que había comprado la víspera a unos pescadores que echaban sus redes en el Guadalquivir, con salsa de almendras.

Magallanes apenas podía llevarse la comida a la boca respondiendo a las preguntas que le hacían. Se interesaban, además de por los pormenores de la expedición, por aspectos de la vida en la corte. Querían saber cómo era físicamente el joven rey, qué estaba ocurriendo con la presencia de los flamencos, si era verdad que desconocía el castellano y le costaba trabajo adaptarse a las costumbres del reino. También hablaron acerca del creciente rechazo que se percibía hacia los que no eran naturales de Castilla.

—¿Cómo va a solucionarse el que no podáis naturalizaros castellano?

—Juré lealtad al rey en su condición de maestre de Santiago, pero tendré que hacerlo como capitán general de la escuadra en un acto. Así lo ha dictaminado el Consejo de Indias. ¿Os inquieta algo, don Diego?

—El rechazo a los extranjeros es preocupante. Esos malditos flamencos, que rapiñan todo lo que está a su alcance, hacen un flaco favor a don Carlos. Según se oye decir, el oro y la plata están saliendo en grandes cantidades hacia Bruselas, Gante y Amberes. Los de la Mesta están que trinan con las decisiones sobre lanas y paños, que benefician a los talleres de aquellas tierras y perjudican mucho a Castilla. Añadid a todo ello la envidia que despertáis.

—¿Envidia? —preguntó Magallanes, que no se llevó el trozo de perdiz a la boca.

—Mucha, don Fernando, mucha. No todos obtienen licencia real para mandar una expedición. Hace semanas que vuestro nombramiento es motivo de mucha conversación en Sevilla. No son pocos quienes se consideran con méritos mayores que vos para ponerse al frente de ella. Sumad —miró la roja venera que lucía sobre el negro de su jubón— ese hábito que el rey ha tenido a bien concederos. La envidia alimenta las más bajas pasiones. No olvidéis que la rivalidad con Portugal alienta suspicacias. En Sevilla ya hemos tenido más de un altercado por esa circunstancia.

Magallanes dio un trago a la copa de fino cristal. Su suegra y su esposa habían dispuesto el mejor servicio para celebrar como se merecía aquella cena.

—Hay otro elemento que enturbia mucho más la expedición.

Diego de Barbosa alzó las cejas esperando las palabras de su yerno.

—En Lisboa tratan desde hace algún tiempo de impedirla. El embajador portugués, que conoce sus detalles y apostaría a que cuenta con una copia de las capitulaciones, está enredando todo lo posible. Tengo fundadas sospechas de que era él quien estaba detrás de un atentado que sufrí en Zaragoza.

—¿Intentaron mataros? —preguntó su cuñado, Duarte de Barbosa.

—Sí.

—¡Santo Dios! —exclamó su suegra, santiguándose.

—Contadme —le pidió su suegro.

Magallanes explicó los pormenores de la reyerta y añadió, maliciosamente, que detrás de todo aquello podía ser que estuviera Faleiro.

—Lleva en Sevilla algún tiempo —comentó el cuñado—. Ha protagonizado un par de escándalos. Por lo que he oído decir se ha dado a la bebida y para encontrarlo hay que ir al Compás de la Laguna.

Magallanes hizo un gesto de falsa conmiseración y echó más leña al fuego.

—Está como enloquecido con las mujeres. Eso, que ya le había creado problemas en Lisboa, lo está perdiendo. Es por lo que su majestad lo ha apartado de la expedición.

—Tened mucho cuidado —le rogó su suegra—. No olvidéis que vais a ser padre muy pronto… si Dios Nuestro Señor no dispone otra cosa.

—No sé si sabéis que en la Casa de la Contratación hay malestar por no habérseles tenido en cuenta a la hora de organizar la expedición.

—Estoy al tanto, don Diego, sus quejas llegaron hasta la corte. El rey ha actuado con gran tacto. Alguno de sus pilotos vendrá en la expedición.

—¿Cómo pensáis enrolar las tripulaciones? —preguntó Duarte—. Encontrar gente para cinco barcos no es tarea fácil y menos después de lo ocurrido a Díaz de Solís. No he de deciros lo supersticiosos que son los marineros.

—Sé que no será fácil. Pero, con la ayuda de Dios, espero superar las dificultades.

—Me gustaría acompañaros, si cuento con vuestra bendición. —Duarte miró a su padre.

—¿Embarcarías?

—Sí, padre… si cuento con vuestra bendición.

—Hablaremos de ese asunto.

Durante la cena se decidió que el matrimonio permanecería en los Reales Alcázares. Beatriz, en su estado, contaba con la ayuda de su madre y toda su servidumbre. También porque don Diego, tras conocer lo del atentado, consideraba que era lo más conveniente para su seguridad. Tras una breve sobremesa, Magallanes y Beatriz se retiraron pronto a sus aposentos.

Tras los largos meses de separación, necesitaban la intimidad de su alcoba. El embarazo no fue obstáculo para que vivieran una noche de pasión.

26

El rey no quería que la expedición se demorase. Su deseo era que la escuadra zarpara a principios del próximo verano. Magallanes tenía un año por delante. Parecía una fecha lejana, pero era mucho el trabajo que había de ejecutarse. Aprestar los navíos, por muy pronto que llegaran a Sevilla, requería tiempo. También se necesitaba para enrolar las tripulaciones y eso era algo que había de hacerse con todo cuidado. No podía admitirse a cualquiera, aunque a veces las circunstancias hacían que se enrolase gente poco fiable y que sólo podía controlarse a bordo con una disciplina férrea. Lo mejor era conseguir marinos con experiencia y lo suficientemente capacitados para afrontar la dureza de un viaje como el que iba a emprenderse. Tampoco era una cuestión menor prevenir bastimentos suficientes para alimentar a tantos hombres durante muchos meses. El viaje se presumía largo.

La primera visita de Magallanes, saciados sus deseos de estar con Beatriz, fue al canónigo Matienzo. Tenía dos razones para hacerlo. La primera, cumplimentar al hombre que desde su llegada a Sevilla le prestó una valiosa ayuda. La segunda que, en su condición de tesorero de la Casa de la Contratación, era clave para los trabajos que habían de acometerse.

Matienzo lo recibió con los brazos abiertos. Magallanes le ex-

190

plicó los pormenores de las capitulaciones, le informó de la actitud de los portugueses y le contó el atentado sufrido. También que el cosmógrafo había sido apartado de la expedición.

—Os supongo al tanto de que lleva semanas en Sevilla. Ha protagonizado varios altercados y tiene juntas poco recomendables.

—Lo mismo le ocurrió en la corte.

—¡Es una pena! No he conocido un cosmógrafo como él. Pero me preocupa mucho más lo que me habéis contado del embajador de Portugal. Si en Lisboa buscan que la expedición se vaya al traste, no dejarán de intentarlo. Es mucho lo que hay en juego y no cejarán en su empeño. Creo que debéis guardaros. Sevilla no es una ciudad segura y en cualquier esquina os pueden dar un disgusto. Decid a vuestro suegro que os proporcione una escolta y no andéis a deshoras fuera de casa.

—Agradezco vuestro consejo, pero estoy sobre aviso.

El tesorero le puso al tanto del mal ambiente que en la Casa se produjo al no haberse contado con ellos para concretar las capitulaciones.

—Su majestad ha mostrado mucha sagacidad en este asunto. ¡Lástima que esa caterva de flamencos esté haciéndole tanto daño!

—El rey es persona muy capaz.

—Contadme, don Fernando, contadme sobre él y sobre la corte.

Magallanes ilustró al canónigo sobre cómo andaban las cosas en la corte y se refirió a don Carlos en términos elogiosos. Luego se centraron en los pormenores de la expedición.

—Sabemos que los barcos zarparon de puertos del señorío de Vizcaya. Si han tenido buen viento no tardarán en estar anclados en la ribera del Guadalquivir. Se trata de cuatro naos y una carabela, de porte más pequeño y menor calado. Os será de mucha utilidad para navegar por aguas poco profundas cuando sea necesario aproximarse a las costas o entrar en bahías y ensenadas.

—Me lo dijo el presidente de Indias. La capacidad de los barcos es algo más pequeña de lo que hubiera deseado.

—Me han asegurado que se trata de barcos muy marineros y lo más importante: resistentes para afrontar los duros temporales del viaje. Hablemos del trabajo que tenemos por delante. Aparejar esa armada no será cosa fácil. Según tengo entendido, no hay problema con los dineros.

—Así es. Cristóbal de Haro facilitará los fondos necesarios, más allá de los recursos que su majestad ha aportado.

—Esa, amigo mío, es una excelente noticia. Significa ponernos manos a la obra porque los barcos, como os he dicho, llegarán un día de estos, aunque todavía no han debido arribar a Sanlúcar. Sin embargo, ya tengo sus nombres. —Matienzo sacó un papel de un cartapacio—. La *San Antonio*, de ciento veinte toneles; la *Trinidad*, de ciento diez toneles; la *Concepción*, de noventa toneles; la *Victoria*, de ochenta y cinco toneles y la *Santiago*, de setenta y cinco toneles. Harán falta unos doscientos cincuenta hombres para manejarlos. También hace algunas semanas se me comunicó que tres pilotos de la Casa os acompañarán en vuestro viaje. Es gente muy valiosa y experimentada.

—¿Cómo sabéis que los barcos no han arribado todavía a Sanlúcar?

Matienzo esbozó una sonrisa.

—Tengo mi propio sistema. Palomas mensajeras. Todos los meses envío un par de jaulas al agente que allí tenemos. Así me informa puntualmente de los acontecimientos que sabe son de mi interés.

Unos golpecitos interrumpieron la conversación. El secretario de Matienzo, un clérigo de menores, asomó su monda cabeza por la puerta entreabierta.

—Disculpad, reverencia, pero la noticia que esperabais acaba de llegar.

—¡Dame, dame! ¡No te quedes ahí como un pasmarote!

El secretario le entregó un papelillo enrollado, sellado con una gota de lacre que había estado atado a la pata de una paloma. Matienzo le hizo un gesto con la mano para que se retirase y, con mucho cuidado, desenrolló el papelillo, lo estiró y valiéndose de una lupa lo leyó. Parecía la obra de un miniaturista.

—Los barcos han llegado a Sanlúcar. Entraron en el puerto esta mañana poco después del amanecer. En el mensaje me dicen que han llegado los cinco, tienen un magnífico porte y que pasado mañana iniciarán la remontada del Guadalquivir aprovechando que la marea les favorece. Si el viento les es propicio, estarán aquí tras pasado mañana.

—¡Es una magnífica noticia!

No se equivocó el tesorero. Tres días después, a la caída de la tarde, cuando apenas quedaba una hora para que el sol se ocultara en el horizonte, la flota atracaba en el muelle de las Mulas. Las naves tenían un porte majestuoso. Sobre todo la *Trinidad.* No era la más grande, pero sí la más vistosa. Sus dos castillos, a proa y popa, resaltaban mucho más que los de la *San Antonio*, que era de mayor porte.

Cuando en Sevilla se supo de su arribada, un gentío se concentró en el Arenal. El calor hizo que los alojeros, que pregonaban a voz en grito su refrescante bebida, estuvieran haciendo mucho negocio. Había comentarios para todos los gustos. Algunos protestaban porque aquellos buques se pusieran bajo el mando de un portugués. Otros auguraban un destino parecido al que había tenido la expedición mandada por Díaz de Solís. Había quienes señalaban que el rey les había encomendado una misión secreta. Pero, en general, el ambiente era de jolgorio y alegría porque aquellos buques representaban el poder del reino y eso era algo que a la mayoría los llenaba de orgullo. Magallanes, acompañado de su suegro, su cuñado y su esposa —Beatriz no había querido perderse ese momento, sabedora de lo que significaba para su esposo, y había acudido en una silla de manos—, contemplaba el espectáculo henchido de satisfacción. Junto a él también estaba al doctor Matienzo y un par de pilotos de la Casa de la Contratación, amén del factor Juan de Aranda, a quien se había encomendado el negocio de adquirir, por cuenta del rey, las naves en diferentes puertos de la costa cantábrica.

Entre el gentío un individuo de rostro atezado, propio de los hombres de la mar, que se cubría con un bonete con forma de boina, no perdía detalle. Observaba atentamente los barcos. Pensó que allí podría estar la solución al grave problema al que había tenido que enfrentarse y que podía llevarle a la cárcel. Una pena que podía serle impuesta, pese a que era víctima de una serie de circunstancias ajenas a su voluntad.

27

Los cinco barcos de la escuadra eran navíos de buena factura. Ahora se necesitaba revisar su jarcia, limpiarlos a fondo, carenarlos y embrearlos de nuevo. No podían afrontar una travesía oceánica sin estar en perfectas condiciones. Los maestros de jarcia, los calafates y los carpinteros de ribera tenían por delante una dura tarea. Una vez carenados, calafateados y embreados quedarían como si estuvieran recién salidos de los astilleros. Aquella operación necesitaría dos docenas de carpinteros de ribera y otros tantos calafates. Al haber también arribado los barcos de una flota de las que ya se denominaban de «Indias» que necesitaban repararse, hubo que traerlos de algunas localidades de la costa atlántica. El trabajo se prolongaría durante meses.

Mientras en los diques secos y en las atarazanas se disponía todo lo necesario para llevar a cabo aquellos trabajos, el tesorero Matienzo echaba cuentas. Magallanes quería que se renovase todo el velamen. Eso suponía un importante gasto y además podía retrasar alguna semana la partida de la escuadra, contra los deseos del rey quien, una vez convencido de los grandes beneficios económicos que podía obtener con aquella expedición, deseaba que todo se hiciera con la mayor celeridad. El tesorero no lo tuvo claro hasta que varios pilotos de la Casa de la Contratación se mostraron de la misma opinión. Una vez asegurados los fondos necesarios, después de que Matienzo hablara con el responsable de la oficina que Cristóbal de Haro había abierto en Sevilla, autorizó que se dotara a los barcos de un nuevo velamen. Para ello, fue necesario traer tejedores de vela de la costa del reino de Granada.

Magallanes dedicaba gran parte del tiempo a su esposa. Se le veía tan embelesado que Matienzo llegó a pensar si su deseo de un nuevo velamen no estaría relacionado con retrasar la partida para no alejarse tan pronto de los placeres del matrimonio. Acompañaba a su esposa diariamente cuando se acercaba, en silla de manos al estar su preñez en los días finales, a la vecina catedral. Juntos pasaban largas horas en la intimidad de la alcoba. Era cierto que también supervisaba los trabajos de apresto de las naos y casi todos los días aparecía por las atarazanas, dando órdenes, corrigiendo algunos detalles y alentando al trabajo, pero buscaba estar la mayor parte del tiempo con Beatriz. Acudía con frecuencia al monasterio de los mínimos de San Francisco, en Triana, puesto bajo la advocación de Nuestra Señora de la Victoria. La víspera de la festividad de la Asunción de la Virgen, que en Sevilla se celebraba con mucha solemnidad, estaba con el prior del monasterio cuando un fraile acudió a avisarlo.

—Don Fernando, traen un recado para vuesa merced. Creo que es urgente.

Magallanes acudió a toda prisa. Era Enrique, el esclavo, que conversaba con los dos hombres que siempre acompañaban al navegante.

—¿Qué ocurre? ¿Qué ha pasado?

—Don Diego me ha ordenado venir a buscaros, amo. Quiere que acudáis al Alcázar.

—¿Qué ha pasado? —insistió.

—No lo sé, amo. He venido a toda prisa.

Magallanes se despidió del prior y, sin pérdida de tiempo, cruzó el puente de barcas y, por el Arenal, llegó el arco de la Plata y los Reales Alcázares. Cuando entró en las dependencias que ocupaban los Barbosa supo que su esposa estaba de parto. Fue un alumbramiento difícil y los gritos de la primeriza resonaron en las estancias del Alcázar. Magallanes, acompañado de su suegro y su cuñado, aguardaba impaciente y cada vez más nervioso. Fue una espera larga hasta que salió su suegra, con un mandil manchado de sangre, los brazos remangados y despeinada, pero con la satisfacción en su rostro. Fue ella quien le dio la noticia:

—¡Yerno, tenéis un hijo hermosísimo!

Una lágrima resbaló por la mejilla del navegante.

—¿Cuándo podré verlos?

—Las comadronas estás adecentándolos.

Cuando le permitieron entrar en la estancia, Beatriz, lavada y aseada, ofrecía la imagen de una persona agotada, tenía la mirada fatigada, el pelo apelmazado por el sudor y un rictus de cansancio en el rostro apenas aligerado por la satisfacción que rebosaba por cada uno de los poros de su cuerpo. La besó en la frente y le susurró unas palabras al oído que la hicieron sonreír. Luego, le cogió la mano y la apretó con delicadeza mientras contemplaba con ternura a la criatura que, fajada, reposaba junto al costado de la madre. Apenas hablaron, pero con la mirada estaban diciéndoselo todo. Permanecieron arrobados durante unos minutos hasta que el médico, que había acudido, una vez que las comadronas concluyeron su tarea, le indicó que el mejor remedio para su esposa era el reposo y, si le era posible, conciliar el sueño y dormir tanto como su castigado cuerpo se lo pidiera.

En los mesones y tabernas cercanos al Arenal, donde se reunían gentes de mar, la mayoría de las conversaciones giraban en torno a la expedición. Se multiplicaban los rumores sobre el terrible fin de Díaz de Solís y sus hombres y crecía el malestar porque el mando de la flota recayera en un portugués. Circulaban comentarios que aludían a la amenaza que suponía la existencia de comedores de hombres o a los peligros de acercarse a tierras donde el frío era tal que los barcos quedaban atrapados entre los hielos. Se hablaba de que había seres monstruosos y se daba pábulo a todo aquello que excitase los temores de unas gentes que todavía consideraban realidad muchas supersticiones que durante siglos habían acompañado al mar Tenebroso, pese a saberse que se trataba de fantasías inventadas por mentes calenturientas.

En uno de aquellos mesones junto al Postigo del Aceite, a la espalda del Compás de la Laguna, donde se abría la mancebía sevillana que había crecido al mismo ritmo que la ciudad en los últimos años, tres sujetos conversaban en voz baja en torno a una mesa. El que estaba con la espalda pegada a la pared tenía trazas de caballero y por su acento era portugués. Los otros dos eran unos jayanes. Uno, con la tez muy oscura, tenía un parche negro sobre su ojo izquierdo, y el que se cubría la cabeza con un pañuelo azul anudado en el cogote tenía una larga barba pelirroja.

—Pese a todo eso, estamos lejos de nuestro propósito —señaló el portugués.

—Algunos que estaban dispuestos a embarcar se lo están pensando. Aunque, la verdad… hay muchos dispuestos a enrolarse —admitió el que se cubría un ojo con un parche.

—Quizá haga falta más gente —comentó el otro.

—Lo que hace falta es actuar con más decisión. —En aquel momento sonaron los toques del ángelus—. No creo que tarde quien estoy esperando.

Los otros dos intercambiaron una mirada de preocupación.

—¿Aguardamos a alguien? —preguntó el tuerto.

—Soy yo quien aguarda a alguien. Quedamos después del ángelus.

—¿No pensaréis darnos boleta?

—Sigo necesitando vuestros servicios, pero los días pasan y el tiempo corre en contra nuestra. Es posible que os encargue otro trabajillo y necesitaréis ayuda de algún compinche.

El del parche en el ojo iba a decir algo cuando apareció un sujeto que vestía calzas y jubón de terciopelo oscuro y adornaba su bonete con una pluma blanca. Llevaba al brazo un capotillo negro de buen paño. Nada tenía que ver con los dos sujetos que acompañaban al portugués.

—Compruebo que sois persona puntual.

—Acaban de dar el ángelus —respondió el recién llegado mirando de soslayo a los dos jayanes.

—¿Vino? —le preguntó el portugués, cuando tomó asiento.

—Si os cumple, una jarrilla.

El tabernero rellenó las jarras de los dos esbirros y sirvió al recién llegado. El portugués bebía brebaje de cebada fermentada, que llamaban cerveza. En Sevilla sólo lo bebían los extranjeros.

—¿Tenéis lo que os había pedido?

Miró a un lado y otro antes de poner unos pliegos sobre la mesa.

—¿Esas marcas rojas? —preguntó el portugués.

—Los sitios exactos de lo que quería saber vuesa merced.

—Bien, bien… ¿Qué hay de la vigilancia?

El desconocido se aseguró de que nadie más lo oía.

—Después del toque de oración, quedan dos hombres que son relevados al amanecer. Lo mejor es actuar a partir de medianoche.

—¿Por alguna razón?

—Porque uno echa una cabezada y sólo queda otro despierto. Ahora pagadme.

—No tengáis prisa. ¿Habéis resuelto la forma de acceder?

El desconocido dio un trago a su vino y se acarició el mentón antes de hablar. Lo hizo bajando tanto la voz que sus palabras apenas fueron un susurro.

—No hay puerta que no abra una buena bolsa.

El portugués lo miró fijamente.

—¿Podríais conseguir que la puerta estuviera abierta?

—No, pero con una llave…

—¿Podríais facilitármela?

—Depende de lo que estéis dispuesto a pagar.

—¿Cuánto queréis?

—Cuarenta ducados —respondió sin titubear—. Lo mismo que por los planos y la información.

—Es mucho dinero.

—Es mucho lo que os doy.

—¿Cuándo tendría la llave?

Volvió a acariciarse el mentón.

—¿Tenéis los cuarenta ducados a mano?

—Es posible.

—¿Sí o no?

—Sí.

—Mostrádmelos.

—¿Desconfiáis?

—Hasta de mi propia madre.

—Decidme, ¿cuándo tendría esa llave?

—Ahora.

El portugués frunció el ceño.

—¿La habéis traído?

—Soy hombre prevenido. Si os interesa por ese precio…

El portugués se llevó la mano a su ancho cinturón y sacó una bolsilla de tafilete. Contó las monedas y formó dos montoncitos sobre la mesa.

—Cuarenta ducados. Ahora os toca a vos.

El desconocido puso sobre la mesa una llave.

—Es la de la primera nave.

—¿No la echarán de menos?

—Es una copia sacada con un molde de cera. Abre sin problema.

El desconocido recogió el dinero, apuró el vino, se puso en pie, se echó el capotillo sobre los hombros y se despidió con un lacónico:

—Hasta más ver.

Cuando se hubo alejado unos pasos, el del parche preguntó:

—¿Quién es ese tipo?

—Eso no te importa. Quiero que lo quitéis de en medio lo antes posible. Así que… andando.

—¿Cuánto?

El portugués se encogió de hombros.

—Los cuarenta ducados que lleva en su bolsa.

Dos días más tarde unos pescadores encontraban un cadáver entre los cañaverales de la ribera del Guadalquivir, aguas abajo del muelle de las Mulas. Le habían rebanado el cuello. El muerto vestía jubón y calzas de terciopelo oscuro. Muy cerca del cuerpo se encontró también un bonete adornado con una pluma blanca. Fue identificado como Sebastián de Cáceres y trabajaba de escribiente en las atarazanas. Las pesquisas para descubrir quién le había dado muerte no dieron resultado. Se averiguó que era aficionado a lanzar los dados y darle al naipe, y que en los últimos tiempos había contraído grandes deudas. El alguacil concluyó que había sido un ajuste de cuentas. No pudo demostrarse que a quienes debía el dinero tuvieran que ver con aquella muerte: se quejaban de que el difunto se había ido al infierno sin pagarles.

28

En vísperas de la festividad que la Iglesia dedicaba a Todos los Santos se produjo un grave incidente que no era sino una muestra más del enrarecido ambiente que se respiraba en Sevilla. Tuvo lugar en la iglesia del monasterio de los mínimos, donde Magallanes había querido que se celebrara la solemne ceremonia de entrega de las banderas y pendones que se izarían en las naves de la armada, cuyo aparejo avanzaba a buen ritmo.

Las banderas habían sido confeccionadas sobre lienzo con llamativos colores por un maestro de pintura sevillano. Las que indicaban que se trataba de buques de la corona de Castilla habían sido pintadas sobre seda.

La iglesia estaba atestada de gente. La multitud de curiosos llenaba incluso el coro, que era lugar reservado para los frailes. En un sitio destacado se encontraba el asistente, don Sancho Martínez de Leyva, que acudía al acto como representante del rey en la ciudad. Lo acompañaban varios miembros del cabildo municipal. También estaban Sancho Matienzo y Juan de Aranda, así como varios pilotos y cartógrafos.

Repentinamente, en medio de la ceremonia y sin guardar el respeto debido a lo sagrado del lugar, entraron en la iglesia media docena de hombres, con los aceros desnudos. Al frente iba un individuo que vestía jubón y calzas, propias de un caballero.

—¿Dónde está ese malnacido? —gritaba, paseando la mirada por la concurrencia que abarrotaba el templo— ¿Dónde está ese portugués?

Las miradas se dirigieron hacia Magallanes, que ocupaba un lugar preferente delante del presbiterio, donde el prior, que ya iba a proceder a la bendición de las banderas, invocaba la ayuda celestial.

En medio del silencio —se habían apagado los murmullos que solían acompañar las ceremonias—, aquel sujeto insistía:

—¿Dónde está ese maldito portugués?

Algún caballero apretó la empuñadura de su espada. Temiendo que pudiera ocurrir una desgracia, Magallanes dio un paso al frente.

—¿Quién pregunta por mí de forma inapropiada y sin el menor respeto al sitio en que nos encontramos?

—¡Soy Sebastián Rosero! ¡Teniente de alcaide del Almirantazgo de Castilla! —respondió en tono desafiante el que gritaba—. ¡Sois un malnacido! Un portugués… —añadió arrastrando las sílabas con tono despectivo—. ¡Os acuso de ofender al rey nuestro señor!

Magallanes frunció el ceño y, mirándolo fijamente, le recriminó:

—¿Ofensa, decís? ¡El malnacido sois vos, que mentís como un bellaco! Decidme, ¿cuándo he ofendido yo a su majestad? Debo obediencia a don Carlos, pese a no ser mi señor natural.

—¡Voto a bríos! ¿Por qué entonces habéis izado en la capitana el pendón con vuestras armas, antes de que se haya colocado el pabellón real?

Magallanes contuvo la respiración. Antes de ir al monasterio para la bendición de las banderas había ordenado izar en la *Trinidad* su insignia como jefe de la flota, en la creencia de que el pabellón real estaría ya enarbolado. Aquello podía considerarse un ultraje al rey. Tendría que dar explicaciones e incluso pedir disculpas. Pero no podía consentir que se le llamase malnacido. Instintivamente se llevó la mano a la empuñadura de su espada y Rosero se abalanzó sobre él. Se produjo un gran revuelo.

—¡Teneos, teneos, señores! —gritaba al asistente con el semblante descompuesto.

Sus llamadas a la calma no surtieron efecto. Varios de los hombres que acompañaban a Rosero habían rodeado a Magallanes, en cuyo auxilio acudieron Matienzo y los de la Casa de la Contratación.

El tesorero, a riesgo de su vida, se interpuso entre Magallanes y Rosero, que ya habían cruzado sus aceros, al tiempo que gritaba con su potente voz de hombre acostumbrado a subir al púlpito:

—¡Por el amor de Dios! ¡Un respeto para el lugar donde nos encontramos!

Rosero lo golpeó en la cabeza con el plano de la espada, una cinquedea de ancha hoja, y se desplomó pesadamente sobre las losas del templo. Se hizo un silencio sepulcral, sólo roto por las pisadas de los que retrocedían, abriendo un amplio círculo en torno al canónigo que yacía inerte en el suelo. Fue el asistente quien se agachó en medio de la expectación. Cuando comprobó que respiraba, pidió agua a gritos.

El templo se llenó de murmullos y comentarios, aunque eran pocos los que, en medio del monumental escándalo, habían sido testigos de lo ocurrido. Eso no era obstáculo para que todos opinasen. Unos afirmaban que Matienzo estaba muerto, otros que malherido y que se desangraba por la herida de la cabeza, que algunos situaban en el costado.

La verdad de lo ocurrido era que la ancha hoja de la espada de Rosero le había hecho perder el conocimiento. Peor era que la dignidad del canónigo rodara por los suelos. Muchos respiraron aliviados cuando el corpulento clérigo, con alguna ayuda, pudo incorporarse. El acto perdió su solemnidad.

En los días siguientes por Sevilla circulaban toda clase de rumores. Había aumentado la inquina contra los portugueses y muchos afirmaban que Magallanes ocultaba el verdadero objetivo de aquella expedición. Decían que estaba a sueldo del rey de Portugal y su verdadera misión era dilapidar recursos de la Corona, ganar tiempo y confundir sobre la búsqueda del paso que permitiera llegar a las aguas del mar del Sur.

—Después de lo ocurrido con la bendición de las banderas, las aguas andan muy revueltas —señaló Magallanes, quien había acudido muy temprano a la llamada del tesorero.

—Hay quienes no dejan de agitarlas —dijo Matienzo con los dedos entrelazados sobre su voluminosa barriga—. Por eso, he dado cuenta a su majestad de lo ocurrido en Triana.

—¿Habéis escrito al rey?

—A Fonseca para que le dé cuenta. Sería bueno que su majestad emitiera alguna cédula dejando claro su apoyo a la expedición. Aunque el horno no está para bollos.

—No os entiendo. ¿Qué queréis decir?

—Que el ambiente que se ha generado contra el rey no anuncia nada bueno. Aquí, en Sevilla, sólo se percibe cierto malestar. Pero las noticias que me llegan de Castilla son malas, muy malas. Hay mucho descontento y, en las ciudades grandes, protestas. Los tejedores de Segovia andan revueltos porque la lana que se negocia en la feria de Medina del Campo se marcha casi toda para Flandes y por aquí empieza a escasear el trabajo. En Toledo se han vivido momentos de gran tensión con el nombramiento del nuevo arzobispo. En Salamanca los ánimos están alterados. He tenido noticia de que circulan pasquines donde se cuestiona la autoridad del rey si sus actos no benefician los intereses de la comunidad. Aunque no está confirmado, se rumorea que, detrás de esos pasquines, están profesores de su Universidad y miembros de las órdenes religiosas más importantes. En fin, amigo mío, que la presencia de esos flamencos está enervando mucho los ánimos. Aquí nos llegan chispazos.

—Malos tiempos.

—Por eso, cuanto antes se haga la escuadra a la mar… Lo ocurrido el otro día es una muestra del rechazo a todo lo que huele a extranjero.

—¿Creéis que lo del otro día se debió a que soy portugués?

—Sin duda. No habría ocurrido si vuesa merced fuera castellano.

El canónigo llevaba razón. El ambiente en Sevilla se había enrarecido mucho en los últimos meses. Magallanes, si no quería tener problemas, tendría que controlar quiénes se enrolaban en las tripulaciones y quiénes serían los responsables de cada barco. Iba a decir algo cuando un repicar de campanas los alarmó. Instantes después sonaron unos golpecitos en la puerta.

—¡Adelante! —gritó Matienzo, que hablaba más alto de lo normal porque a su condición de predicador se añadía una creciente sordera.

Le bastó ver la cara de su secretario para saber que pasaba algo grave.

—¡Creo que vuestra paternidad debe saber que están ardiendo las atarazanas!

—¿Cómo has dicho?

—Que arden las atarazanas, señor.

—¡Santo Dios! —exclamó, llevándose las manos a la cabeza.

A toda prisa, salieron al patio y contemplaron la densa columna de humo negro que se alzaba hacia el cielo de Sevilla. Las campanas de la ciudad tocaban ya a rebato. Las que habían oído en el despacho de Matienzo, las primeras en hacerlo, habían sido las de la catedral y, poco a poco, conforme la noticia del incendio se difundía por la ciudad, se sumaban las de las parroquias e iglesias de los monasterios.

Sevilla estaba en ebullición y ya habían empezado a circular bulos y mentiras. Algunos afirmaban que ardían las naos y carabelas atracadas en los muelles y que se combatía en las riberas del río contra unos piratas berberiscos que habían remontado sigilosamente el Guadalquivir. Otros afirmaban que lo que ardía era la catedral; el fuego se había originado en la sacristía, donde una vela había prendido unos cortinajes. También eran muchos quienes se hacían eco de lo que verdaderamente estaba pasando y corrían hacia el Arenal para ser espectadores o ayudar a apagar el fuego. Los oficiales y aprendices, y también algún maestro, de la Carretería y la Cestería, habían sido los primeros en acudir a apagar el incendio. Luego se había sumado mucha más gente que formaba largas filas, desde la ribera del río hasta los almacenes que ardían. Hombres, mujeres y rapaces pasaban de mano en mano cubos, odres, vasijas y cualquier recipiente que permitiera contener agua. Varios carruajes transportaban grandes tinas llenas.

En medio de la gravedad, suponía un alivio que el incendio hubiera comenzado por un extremo, lo que había permitido que los albañiles y canteros que trabajaban en la catedral estuvieran derribando una nave para crear un cortafuego. Muchos miraban al cielo encapotado y rezaban pidiendo una lluvia que acabara rápidamente con el fuego.

—¡Santo Dios! —exclamó el canónigo cuando llegaron al Arenal y vieron las llamas alzándose por encima de la muralla, a la que estaban adosadas las atarazanas—. ¿Cómo ha podido ocurrir esto?

En aquel momento se produjeron dos pequeñas explosiones, seguidas de una tercera mucho mayor, que hicieron volar por los aires parte de la techumbre y que se desmoronara un lienzo de pared entero. La gente se quedó paralizada y algunos salieron corriendo, descomponiendo las filas. Los corchetes que, a las órdenes del alguacil mayor, don Fernando de Pastrana, dirigían la operación tuvieron que emplearse a fondo para recomponerlas.

Matienzo preguntó al alguacil cómo se había originado el fuego.

—No se sabe. Lo que puedo deciros es que, al amanecer, unos aprendices de la Carretería, que viven en los altillos de los talleres, vieron que algo estaba ardiendo en el interior de la primera nave. Trataron de apagarlo, pero no pudieron sofocarlo porque lo que hay dentro ha ayudado a avivar las llamas. Cuando vieron la dimensión que tomaba el fuego, dieron aviso para que tocasen a rebato.

Matienzo miró a Magallanes quien, con el ceño fruncido, no apartaba la vista del fuego, como si pudiera leer en las llamas.

—¿Qué pensáis?

—¿Las atarazanas no cuentan con vigilancia nocturna?

—Claro, lo que se almacena en su interior vale mucho.

—¿Cómo es que no se ha dado aviso de que se había iniciado un fuego?

En ese momento llegó el asistente, acompañado de varios caballeros. Saludó al canónigo y también a Magallanes. El portugués se destocó, en señal de respeto. El alguacil mayor, que no paraba de gritar órdenes, se acercó hasta donde estaba el representante del rey en Sevilla.

—Excelencia —lo saludó descubriéndose—, aunque hasta que esté apagado no se puede cantar victoria, parece que lo tenemos controlado.

Señaló hacia los canteros y albañiles que derribaban los últimos restos de muro para dejar un espacio entre el fuego y los restantes almacenes.

—¿Qué ha sido esa explosión?

—No lo sabemos, excelencia. Quizá, un barrilillo de pólvora. Algún tonel de brea o alquitrán… Tampoco sabemos qué ha provocado el incendio ni cuándo comenzó. Puedo decir a su excelencia que el aviso nos llegó con el fuego muy grande y que lo que hay dentro es combustible.

—¿Ha podido ser provocado?

—No sabría deciros. Lo que he podido averiguar es que comenzó en el interior de la última nave.

El asistente y quienes lo acompañaban se acercaron a la ribera del río y Magallanes aprovechó que se habían quedado solos para preguntar a Matienzo:

—¿Creéis que ese fuego ha sido provocado?

El canónigo resopló.

—Podría serlo. Hay muchos intereses en juego. Quienes se oponen a la expedición intentarán todo lo que esté en su mano para impedirlo.

—¿Pensáis en agentes de Lisboa?

—Es una posibilidad. Pero hay muchos aquí que llevan a mal que su majestad os haya encomendado la expedición a vos.

La lucha contra el fuego continuó durante toda la mañana. A mediodía las llamas habían consumido las dos naves, sobre cuyos rescoldos y últimas lenguas de fuego se arrojaba arena. El cortafuego había evitado el mayor temor: que se propagara. Las campanas, que hacía rato habían enmudecido, repicaron al dar las doce para anunciar a los sevillanos que era la hora del ángelus.

Entre la muchedumbre se impuso el silencio. Muchos cayeron de hinojos y elevaron sus plegarias dando gracias al cielo porque lo que podía haber sido una catástrofe se había limitado a la pérdida de aquellas dos naves. Una hora después, una llovizna que poco a poco fue ganando en intensidad empezó a caer sobre Sevilla. Terminaría de apagar los rescoldos.

Tres días más tarde, cuando se retiraban los escombros de las naves destruidas, aparecieron los restos calcinados de dos cuerpos. Todo apuntaba a que eran los guardias de las atarazanas, de quienes no se tenía noticia desde la noche del incendio. El alguacil mayor encontró junto a uno de los cadáveres una extraña daga con una hoja como jamás había visto. Sospechó que pudo ser utilizada para asesinarlos. Esa posibilidad abría numerosos interrogantes.

En las tabernas y figones cercanos al Arenal circularon extraños comentarios acerca de las causas del incendio y la forma en que se había producido. Ninguno de ellos apuntaba a lo que el alguacil mayor había observado y era objeto de discretas pesquisas. Poco a poco, las aguas se fueron remansando y en los ambientes marineros de la ciudad se hablaba cada vez más de las tripulaciones que iban a necesitar los cinco barcos que se estaban aprestando en el muelle de las Mulas y cuya partida se retrasaría al haber ardido parte del nuevo velamen que se había tejido y mucha de la jarcia trenzada, que se guardaba en las naves incendiadas.

Los rumores seguían presentes en los ambientes marineros del Arenal.

—Pasada la línea del ecuador las aguas se vuelven mortales si el piloto no encuentra la corriente —afirmaba un individuo apurando el vino de su jarrilla.

—¿Qué pasa si no encuentra la corriente? —preguntó un mozalbete de los que, en pie, alrededor de la mesa, prestaban atención a todo lo que decían los curtidos hombres de mar, andaluces y portugueses, que se sentaban en torno a ella.

—Esas corrientes pueden ser tan peligrosas como las calmas —contestó uno con marcado acento portugués—. Arrastran el barco con tanta fuerza que no puede ser controlado. Pocas veces logra salvarse.

Otro, que se pasó la mano por las rasposas mejillas, añadió algo más:

—Si no se encuentra la corriente, el barco queda varado en el mar.

—Si falta el viento, no hay forma de salir de allí —apuntó otro sujeto con aspecto de viejo lobo de mar—. Dar con la corriente adecuada no es fácil. Sé de lo que hablo.

—¿Conocéis esas aguas? —preguntó un hombre fornido, de mediana edad y aspecto de haber navegado mucho.

—Formé parte de la expedición de don Pedro Alvares Cabral...

—Sospechaba, por el acento, que voacé era portugués.

—¿Os supone algún problema?

—Ninguno, aparte de que sois un pueblo de bandidos y ladrones.

El portugués pareció no inmutarse. Dio un trago a su vino, se levantó despacio y se encaró al sujeto que lo había ofendido.

—Para bandida y ladrona, vuestra puta madre.

En sus manos aparecieron unas dagas de hoja corta y ancha.

—¡Teneos, teneos! —gritó el posadero, un sujeto corpulento con la cabeza rapada, que había acudido presuroso—. ¡Esta es una casa decente! ¡No quiero problemas! —Se interpuso entre ambos—. ¡Si vuesas mercedes quieren destriparse, váyanse a otro sitio! ¡Vamos, vamos! —dijo batiendo palmas. Miró a las mozas que atendían a la parroquia y les gritó—: ¡Servid vino a todos! ¡Corre de mi cuenta!

Hubo gritos de júbilo y vivas al posadero. La tensión pareció rebajarse. Los contendientes cruzaron miradas desafiantes, pero dieron por resuelta la trifulca.

—Lo que estáis diciendo supone un grave peligro —retomó la conversación el joven que parecía tan interesado.

—Si sólo fuera uno… —respondió uno de los portugueses de mala gana.

—¿Qué queréis decir?

—Que son muchos más. Pasado el ecuador la temperatura cambia. Se pasa del calor al frío o al revés, según la temporada, rápidamente.

—¡Venga ya! He oído decir a quienes han navegado por esas latitudes que el tiempo cambia, pero de forma gradual. Eso, además, no es un peligro.

Se hizo un silencio momentáneo.

—Eso es cierto —afirmó otro—, pero esos cambios son peligrosos para la salud. El aire se espesa y cuesta trabajo respirar. He visto a hombres sanos morir asfixiados.

—¡A otro chucho con ese hueso!

Parecía que otra vez iba a alterarse la paz, pero alguien desvió la atención con una pregunta.

—¿No se tienen cartas que señalen dónde están las corrientes?

—Se sabe tan poco de esas aguas que ningún cartógrafo ha podido situarlas —respondió uno de los que estaban sentados a la mesa—. Además, si esas cartas existen, serán pocos quienes tengan acceso a ellas.

—¡Es posible que vuestro compatriota tenga una de ellas! —exclamó una voz, en tono desafiante, que surgió del coro de curiosos que se arracimaba alrededor de la mesa.

—¿Quién es ese compatriota?

—Ese portugués al que su majestad, que le tiene demasiada afición a los extranjeros, ha entregado el mando de la escuadra.

—Creo que será mejor acabar esta conversación.

Apuró el vino de su jarrilla y se marchó seguido de otros dos de los que estaban sentados a la mesa. Una vez en la calle, uno de ellos farfulló:

—No ha ido demasiado bien.

—No lo creas. Hemos echado las redes. La pesca llegará.

<h1 style="text-align:center">29</h1>

En las semanas siguientes en la ribera del Guadalquivir se trabajaba sin descanso. En el muelle de las Mulas podía verse una legión de carpinteros de ribera, calafates y pintores afanados en dejar las embarcaciones en condiciones de resistir los graves temporales que habrían de afrontar a lo largo de los dos años en que se había estipulado la duración de la expedición. Bien entrado 1519 fueron concluyendo los trabajos. Aquella primavera las cuatro naos y la carabela ofrecían un aspecto impresionante. Llamaban la atención las dos de mayor envergadura. Magallanes había elegido la *Trinidad* como capitana de la escuadra por la alzada de los castillos. Al tener el velamen recogido podían verse sus poderosos mástiles: mayor, de mesana y trinquete, que los marinos llamaban palos.

Eran muchos los sevillanos que a diario acudían a ver la flota. Todos se daban aire de expertos, opinando sobre su envergadura, cordaje o velamen. Hablaban de obra muerta, de quillas, cañas de timón, amuras… o de la mayor entidad del castillo de popa, que albergaba el camarote del capitán para poder estar cerca del timonel. Los comentarios de tanto experto se desbordaron el día que llegaron al muelle las piezas que los artillarían, que se habían limpiado y puesto a punto en unos talleres de fundición que había en el barrio de San Bernardo. Se trataba de diez lombardas, alguna de ellas pedrera, cuyas duelas y aretes habían sido pulidos a conciencia, y otros tantos falconetes, cuya longitud llamaba la atención y cuyo calibre era de dos pulgadas y media. Pero el armamento que más interés suscitó fueron las doce culebrinas de origen alemán capaces de disparar balas de dieciséis libras. También dieron lugar a muchos comentarios las balas para abastecer aquella artillería. La mayoría de ellas eran bolas de hierro fundido, de diferentes calibres, aunque también había bolardos labrados en piedra. Con las balas llegaron barriles de pólvora, traídos de Córdoba y del reino de Granada. Poco después se embarcaron varios cientos de varas de mecha, así como cuatro docenas de espingardas y otras tantas de arcabuces.

Un día, avanzada la Cuaresma, Matienzo indicó a Magallanes la conveniencia de prestar solemne juramento al rey.

—Es la forma de acallar algunas de las voces que muestran su disconformidad, aunque siempre habrá quienes sigan protestando.

—¿Qué proponéis?

—Hacerlo en la catedral. El acto impresionará y quienes no paran de darle a la lengua tendrán que sujetarla, al menos por unos días. Si no tenéis inconveniente, lo dispondremos todo para el próximo viernes. Trataré de que asistan los dos cabildos, el eclesiástico y el municipal y, si fuera posible, encabezados por el arzobispo y el asistente.

—Picáis muy alto, don Sancho.

—Tiempo habrá de rebajar.

En la fecha fijada por Matienzo la catedral de Sevilla lucía esplendorosa, como en las grandes ocasiones. Centenares de velas iluminaban el templo hasta los más apartados rincones. Las naves estaban abarrotadas de un gentío expectante, ansioso de presenciar una ceremonia que tenía un carácter excepcional. La gente trataba de no perder detalle de lo que ocurría en el presbiterio, donde se habían habilitado sitiales para los canónigos y los caballeros veinticuatros que habían acudido a la ceremonia. Matienzo había conseguido dar al acto la solemnidad que deseaba y, aunque no había logrado la presencia del arzobispo, allí estaba el asistente.

—Podéis sentiros satisfecho —susurró a su oído el prebendado que estaba junto a él.

Matienzo asintió con un leve movimiento de cabeza.

Beatriz de Barbosa, acompañada por sus padres, ocupaba un lugar preferente, junto a su esposo, que lucía en su pecho la venera de Santiago que lo acreditaba como caballero de dicha Orden.

Con cierto retraso sobre la hora fijada, un coro de ministriles entonó unos cánticos que sirvieron para acallar los murmullos que llenaban las bóvedas catedralicias. Terminados los cánticos, el deán, en representación de los canónigos, se acercó a un atril y con voz campanuda llamó a Magallanes. El navegante subió con paso reposado, disimulando su cojera, los peldaños del presbiterio y se situó ante un cojín de terciopelo carmesí que estaba colocado sobre el suelo. Invitó al asistente a acercarse y a Magallanes a que se arrodillase. Una vez que estuvo de hinojos y sosteniendo un ejemplar de la Biblia en sus manos, el deán le pidió juramento:

—Poniendo a Dios por testigo, ¿juráis, por la salvación de vuestra ánima, fidelidad a don Carlos de Habsburgo y Aragón, nuestro rey y señor, en todo momento y en cualquier circunstancia y situación?

—Sí, lo juro por la salvación de mi ánima.

—Poniendo a Dios por testigo, ¿juráis, por la salvación de vuestra ánima, fidelidad a su majestad don Carlos de Habsburgo y Aragón, nuestro rey y señor, en todo lo que atañe a la expedición de la armada de su majestad cuyo mando os ha sido confiado?

—Sí, lo juro, por la salvación de mi alma.

—Si así lo hacéis que Dios Nuestro Señor os lo premie y si no lo hacéis que vuestra alma sea condenada al fuego eterno, por los siglos de los siglos.

—Que así sea —respondió Magallanes alzando la voz.

En vísperas de la Semana Santa llegaron a la Casa de la Contratación las cédulas, emitidas por la cancillería real, con los nombramientos de los capitanes, pilotos y maestres de los barcos.

Concluidas las celebraciones religiosas propias de aquellos días, aparecieron por Sevilla buhoneros con sus carruajes repletos de cajas y fardos con toda clase de abalorios, que se utilizaban para realizar intercambios con los nativos. Vendieron miles de cuentas de vidrio de diferentes colores, tamaños y formas, cientos de collares, docenas de varas de paño y telas tintadas con llamativos colores. Mil espejos de pequeñas dimensiones y un centenar de tamaño mayor, azogados con mercurio procedente de las minas de Almadén. Cuatrocientas docenas de cuchillos, traídos de Sajonia, de muy mala calidad. Gorros de lana de vivos colores. Cintas, lazos, piezas fundidas en hierro… Baratijas de escaso valor que, sin embargo, según decía la experiencia, tenían gran aceptación entre los nativos.

Terminado el apresto de la escuadra, Matienzo dispuso la compra y embarque de los bastimentos. Hasta Sevilla llegaban recuas de acémilas y pesadas carretas cargadas con cajas, fardos, sacos… En el muelle de las Mulas se apilaban esperando ser embarcados. Se trataba, en muchos casos, de alimentos cuya conservación resultaba complicada y su consumo no podía ir más allá de algunos meses. Otros, por el contrario, podían mantenerse en condiciones aceptables algún tiempo más. Por eso se había dispuesto que todo lo relativo a la alimentación para los dos centenares y medio de hombres que conformarían las tripulaciones se dejase para el último momento.

Aquella luminosa mañana de mediados de abril en Sevilla, en que la primavera había estallado esplendorosa y el aroma del azahar en flor lo inundaba todo, el tesorero, sin embargo, estaba abrumado. Las cartas que tenía encima de su mesa eran la causa de sus graves preocupaciones. Todas se referían a quejas de quienes abastecían la flota. Desde antes de la Semana Santa, se acumulaban los recibos pendientes de pago. Su majestad no había conseguido de las Cortes celebradas en Barcelona la aportación económica que esperaba del Principado. La cuantía fue objeto de fuertes deliberaciones y don Carlos sólo consiguió una suma muy inferior a lo que pretendía: trescientas mil libras. A aquel contratiempo se añadía que la llegada de una flota procedente de las Indias, que se esperaba arribase a Sevilla para comienzos de la primavera, en la que solían llegar importantes cantidades de oro y plata, cuyo quinto correspondía al monarca, no había arribado y, lo que era peor, no se tenía noticia de ella. Por otro lado, la muerte del emperador Maximiliano de Habsburgo, abuelo paterno de su majestad, a primeros de aquel año de 1519, había trastocado los planes del rey, que decidió suspender su visita a Valencia para reunir las Cortes de aquel reino y preparar un viaje al Imperio. Todo ello había hecho que escasearan los recursos. Tampoco tenía sobre su mesa los pagarés que Magallanes le había prometido en vísperas de las celebraciones de Semana Santa. Hacía de eso más de tres semanas. El pagador le había dicho que ya no encontraba excusas que dar a quienes acudían a su oficina para cobrar las mercancías entregadas. Alguno había llegado incluso a amenazarlo.

—Si esta situación se prolonga algún tiempo más, tendremos problemas muy serios —dijo el tesorero a Magallanes.

—Cristóbal de Haro me escribió al comienzo de la Cuaresma diciéndome que los pagarés estarían en mi poder en un par de semanas. Deberían de haber llegado antes de la Semana Santa. No sé qué ha podido ocurrir. Mañana hablaré con su factor.

—La situación es muy complicada. Muchos proveedores son forasteros y desean regresar cuanto antes a su tierra. Están muy enfadados, permanecer en Sevilla les cuesta mucho dinero. Si se difunde el rumor de que carecemos de recursos, habremos perdido el crédito y eso es peor que no tener dineros. ¿Podría vuesa merced verlo hoy mismo?

—Tengo un asunto pendiente que no admite demora. Si termino a tiempo, iré a verlo.

—También quería hablar con vuesa merced de las tripulaciones.

Magallanes frunció el ceño y apretó los labios.

—¿Algún problema?

—Se dice que están enrolándose demasiados portugueses.

—Muchos, que pedían a gritos que abriéramos el alistamiento, ahora se han echado atrás, y eso me obliga a enrolar a quienes se presentan. Las supersticiones han aflorado. Se vuelve a creer en monstruos y sierpes.

—Os supongo al tanto de que son compatriotas de vuesa merced quienes se dedican a esos menesteres. La información que poseo apunta a que el cónsul lusitano está detrás de ello.

—No me extraña. Me consideran un traidor. Los hilos de esta urdimbre se mueven en Lisboa y se valen de todo para crearnos dificultades.

—Se están empleando a fondo. El alguacil mayor sostiene que el incendio de las atarazanas fue obra de los portugueses. Encontró una extraña daga entre los restos carbonizados. Cree que es el arma que utilizaron para acabar con la vida de los guardias.

—Lo sé. Me la mostró y le dije que la utilizan los nativos de Malaca. Vi muchas de ellas cuando estuve por aquellas latitudes.

—Por eso vuesa merced ha de poner cuidado en la formación de las tripulaciones. Son muchos quienes recelan de los extranjeros por el hecho de serlo. Unos porque desconfían de quienes no conocen, otros porque ven en ellos a un competidor y algunos porque se consideran superiores. Os diré también que ha llegado el nombramiento de un veedor.

—¿Veedor?

—Un contrapeso a vuestro poder. Se llama Juan de Cartagena.

—¿Un contrapeso a mi poder? ¿Quién es Juan de Cartagena?

—Quien ha sido nombrado veedor de la escuadra mediante una Real Cédula de su majestad. Se deja entrever que su misión es comandar la flota con vuesa merced. Cartagena asume, en cierto modo, el papel que tenía Faleiro en las capitulaciones firmadas en Valladolid.

—El mando de la armada recae sobre mi persona. Eso debe quedar claro. —Magallanes elevó el tono de su voz.

—No se altere vuesa merced. Lea despacio esos papeles y comprobará que la misión del veedor es controlaros. —Matienzo sacó la Real Cédula de un cartapacio.

—¡No admitiré que se recorten mis poderes!

—No se recortan, amigo mío, sólo se establece un control sobre ellos. Pero dejémoslo y hablemos de las tripulaciones. Como os he dicho, preocupa el elevado número de portugueses que hay enrolados. Sé que el asistente ha escrito al rey mostrándole su inquietud.

—Sabéis que los portugueses son buenos marinos.

—No tengo dudas, pero, dadas las circunstancias, creo que vuesa merced debería evitar que su número sea elevado. Provoca habladurías y el horno no está para bollos. Hay quien dice que estáis al servicio de Portugal y que la expedición es un engaño. Que vuestro objetivo es perder tiempo y malgastar recursos.

Magallanes palideció y, tras un breve silencio, farfulló con voz temblorosa:

—¿Hace mucho tiempo que vuestra ilustrísima tiene noticia de esas calumnias?

—Es algo que ha ido generándose poco a poco. Creciendo como ocurre con las bolas de nieve cuando ruedan. Los portugueses no estuvieron mal vistos en esta ciudad y muchos han estado al servicio de nuestros reyes. Pero desde la guerra entre los partidarios de doña Isabel y los de su sobrina, a la que apodaban por mal nombre Beltraneja, que contó con ayuda de Portugal, la cosa cambió. Luego se ha gestado la rivalidad porque tanto castellanos como portugueses nos creemos con mejores derechos que el otro para surcar unas aguas a las que todos teníamos, hasta hace poco, un gran respeto. En fin, son muchas las cosas. La envidia es moneda corriente en estas tierras y no me digáis que en todas partes hay envidiosos. Aquí ese es el peor de todos los pecados. Si oyerais lo que yo escucho en el confesionario… Estoy seguro de que sólo es una pequeña parte de lo que anida en el fondo de sus corazones. Son muchos quienes os envidian porque su majestad ha depositado su confianza en vos… No olvidéis que, por mucha fidelidad que juréis a nuestro rey, no dejáis de ser un extranjero. Sabéis que os aprecio. Si no fuera así no os habría dicho nada de esto. Debéis tener mucho cuidado. Hay demasiada gente interesada en que este proyecto no salga adelante y puedo aseguraros que no son sólo portugueses. Andaos con cuidado y tened mucho tiento. Rebajad las exigencias y entended que, si su majestad ha dispuesto que vuestra autoridad tenga algún contrapeso, es porque así conviene al interés de la empresa.

—¡El mando de una armada ha de ser único! —exclamó un Magallanes alterado, pese a que las palabras del tesorero estaban llenas de prudencia y eran propias de quien conoce, por causa de su ministerio eclesiástico, los recovecos del alma humana.

Magallanes, visiblemente molesto, se puso en pie, recogió su bonete y tomó su capa con gesto desabrido.

—Trataré de enterarme de por qué no han llegado los pagarés de Cristóbal de Haro. Hoy mismo lo haré saber a su paternidad.

—Una cosa que, con tanta disquisición, se me olvidaba. Os llegarán órdenes precisas de que habéis de reducir el número de tripulantes extranjeros.

—¡Eso limita mis competencias como capitán general!

—No lo veo así. Por si os sirve de algo, añadiré que esas órdenes proceden de su majestad. —Estaba a punto de alcanzar la puerta Magallanes cuando el tesorero añadió—: No debería vuesa merced echar en saco roto las cosas que le he dicho.

30

La mañana en que se corrió la voz entre los proveedores, la pagaduría de la Casa de la Contratación fue un hervidero de gentes que cobraban los servicios prestados o las mercancías. El dinero que proporcionaron los pagarés enviados por Cristóbal de Haro fue como agua de mayo que llegaba en abril.

La solución de aquel problema, que tanto preocupaba al tesorero, coincidió con la llegada de una flotilla procedente de La Española, aunque había partido de Tierra Firme, de la zona conocida como Castilla del Oro. Trajeron importantes cantidades de perlas, piedras preciosas, oro y plata, e información reservada para los cartógrafos y pilotos de la Casa de la Contratación. Además vino con ella la noticia de que el gobernador de aquellas tierras, Pedrarias Dávila, había ordenado ejecutar a Núñez de Balboa, el extremeño de Jerez de los Caballeros que, pocos años antes, había descubierto el inmenso mar que se extendía más allá de las Indias. Al nuevo continente empezaba a denominársele América, porque así había sido reseñado en un portulano por el primero de los pilotos mayores de la Casa de la Contratación, un florentino llamado Americo Vespucci, que se había naturalizado castellano y casado con una dama que, según se comentaba en ciertos círculos sevillanos, era hija natural del Gran Capitán.

Don Sancho Matienzo movió voluntades para que en la ceca real se amonedara cuanto antes la suficiente plata para hacer frente a los últimos pagos que permitirían a la flota hacerse a la mar cuanto antes como era el deseo de su majestad. Tuvo que armarse de paciencia ante el muro infranqueable que suponían los oficiales de la Aduana. Se mostraban quisquillosos en extremo con su trabajo, sabedores de que el contrabando era una realidad muy extendida. Mantenían los precintos de las bodegas donde permanecían las mercancías durante días, incluso semanas, sin importarles los perjuicios que se derivaban de ello. Controlaban de forma minuciosa cajas, sacos, fardos y toda clase de bultos antes de ser desembarcados. No permitían la menor actividad hasta que quedaban hechas todas las inspecciones, revisiones y comprobaciones que consideraban necesarias.

Superados aquellos penosos trámites, el tesorero consiguió que los herreros y monederos que, en número cercano al centenar, trabajaban en la ceca cuando llegaban el oro y la plata indianos, se afanaran en su trabajo. Los fundidores establecieron tres turnos para que los crisoles estuvieran en funcionamiento continuo. Tampoco descansaron los punzones de los grabadores hasta dejar preparados los martillos que convertirían las láminas del precioso metal en monedas. Los laminadores no dejaron de suministrar planchas de metal para que los martillos iniciaran su labor de acuñación. Los ensayadores hicieron su trabajo con prontitud y la precisión que se les exigía.

En pocos días las cajas de monedas se apilaban en los almacenes cercanos a la Torre de la Plata y el tesorero pudo disponer del numerario necesario para dar el impulso definitivo al apresto de las embarcaciones.

Los problemas, sin embargo, no habían terminado, ni mucho menos. El trabajo realizado por quienes se habían dedicado a esparcir fábulas acerca de los graves peligros que aguardaban en aguas meridionales a la línea del ecuador había surtido efecto, hasta el punto de que resultó complicado contar con los hombres necesarios para dotar las tripulaciones. La falta de hombres había sido la razón —otros pensaban que era una excusa de Magallanes— para enrolar el mayor número posible de portugueses. En las tabernas del Arenal se decía que se acercaban al medio centenar, dando pábulo a toda clase de comentarios. En los mentideros de Sevilla a aquella armada se la había bautizado con el nombre de la armada de los portugueses. Se añadía a ello el que Magallanes se hacía llamar «capitán general de la armada». Era una forma de conjurar el temor a que se discutiera su preeminencia. Todo aquello generaba numerosas tensiones.

Estaban ultimándose los trabajos para partir cuando, una mañana, a la salida de la misa primera en la catedral, adonde Magallanes solía acudir diariamente, antes de dirigirse al muelle donde estaban atracados los barcos, se le acercó un sujeto a quien el navegante conocía. Era el cónsul de Portugal en Sevilla. Se llamaba Sebastián Álvarez.

—Disculpadme, don Fernando, ¿tendríais unos minutos?

Magallanes receló.

—¿Para qué?

—Tengo algo importante que decir a vuesa merced.

—Está bien, pero sabed que no dispongo de mucho tiempo.

—Sólo serán unos minutos.

Entraron en un mesoncillo cercano, junto al Corral de los Olmos, y se acomodaron en una mesa. A esa hora apenas había parroquianos y, tras unos comentarios sobre el calor que ya había hecho acto de presencia en Sevilla, el cónsul le espetó:

—No necesito decir a vuesa merced los graves peligros que se derivan para Portugal de la expedición que don Carlos os ha encomendado.

—Si lo que queréis es echármelo en cara…

Magallanes iba a levantarse, pero lo detuvieron las palabras del cónsul.

—Tengo una carta de nuestro rey para vos.

—¿Una carta del rey?

—Una carta de la cancillería real, firmada por don Manuel.

—Sabed que he jurado fidelidad a don Carlos. Pero… ¿qué dice esa carta?

Por toda respuesta Álvarez se la entregó. Efectivamente, el sello indicaba que era de la cancillería real de Lisboa. La leyó con detenimiento. El rey le ofrecía su perdón por haber entrado al servicio de Castilla, prometía concederle una encomienda de la Orden de Cristo y volver al favor real. Su lectura le recordó el intento del embajador Da Costa, cuando estaba en Valladolid. Desde entonces habían ocurrido muchas cosas, incluido atentar contra su vida. Era un último intento de evitar que la expedición se hiciera a la mar. Magallanes miró al cónsul a los ojos.

—¿Tenéis conocimiento de su contenido?

—Vagamente.

—Sabed entonces que nada tengo que hacerme perdonar. Son muchos los compatriotas que están al servicio de Castilla y también, aunque en menor número, hay castellanos que sirven a nuestro rey. Respecto a volver al favor real, responded que nunca debí perderlo, después de haber prestado tan importantes servicios.

Guardó la carta en su jubón y se marchó.

En vísperas de la partida, aunque la fecha no había sido fijada, estaban reunidos en una dependencia de la Casa de la Contratación, que empezaba a conocerse como Cuarto del Almirante en recuerdo de Cristóbal Colón, los oficiales de la expedición. Además de Magallanes, se hallaban Juan de Cartagena, veedor de la armada y capitán de la *San Antonio*, y los capitanes Gaspar de Quesada, de la *Concepción*, Luis de Mendoza, de la *Victoria* y Juan Serrano, de la *Santiago*. También los pilotos y maestres, entre los que se encontraba el vasco Juan Sebastián Elcano. La tensión entre Magallanes y Cartagena era patente. La reunión había comenzado tras el rezo de una breve plegaria dirigida por fray Pedro de Valderrama, un ecijano que ejercería como capellán de la *Trinidad*, con una detallada exposición de Matienzo, en la que puso de manifiesto el esfuerzo realizado por la Corona para formar una armada como aquella.

—Los abastos que no han sido aún embarcados, lo serán entre hoy y mañana, y los que ya están en las bodegas son —se caló sus antiparras y fue leyendo con voz enérgica y pausada:

Doscientos cincuenta y tres toneles de vino procedentes de la villa de Montilla, en el reino de Córdoba, y cuatrocientos diecisiete pellejos que se han traído de diferentes lugares de La Mancha. Veintiuna mil libras de galleta elaborada en los hornos de esta ciudad y en la cercana villa de Alcalá de los Panaderos, que suponen, si no se agusanan, raciones para más de un año. Se han embarcado ya ciento sesenta docenas de barrillas de harina que, amasada con agua de mar, darán pan para casi otro medio año, siempre que se racione cuidadosamente. También doscientos quintales de tocino y quinientas arrobas de jamón, traídas de Extremadura. Se están embarcando otras tantas de cecina, que llegaron anteayer procedentes del reino de León. Sesenta orzas medianas con lomos de cerdo adobados en manteca. Doce tinajas grandes de aceitunas en salmuera. Se han traído de Málaga doscientos barriles de anchovas, conservadas en salmuera, compradas a Alonso de Yanes. Ciento veinte arrobas de queso curado que se han adquirido a pastores de las sierras de este reino y del valle de los Pedroches. Cincuenta sacos de arroz procedentes del reino de Valencia y otros tantos de garbanzos comprados a unos comerciantes zamoranos. Cuarenta sacos de habichuelas, de las que llaman amonadas, que han traído unos arrieros desde la villa de Cabra. Quinientas arrobas de pescado seco y otras tantas de salado, procedente de diferentes puertos de este reino. Sesenta docenas de arrobas de mermelada de membrillo. Doce sacos de azúcar y sesenta orzas pequeñas de miel. Veinte barriles grandes de vinagre. Dos docenas de seretes de higos secos y cua renta de pasas y ciruelas secas. Veinte arrobas de almendras. Dieciocho docenas de ristras de ajos que también trajeron los arrieros que venían de la villa de Cabra. Cuarenta sacos grandes de cebollas que se trajeron de la Puente de don Gonzalo.

Se quitó las antiparras y añadió:

—A todo ello se añadirán algunas menudencias más que no reseño. Informo también a vuesas mercedes que la víspera de la partida se embarcarán ocho vacas, veinte carneros, doce jaulas con una docena de capones cada una y otras tantas de conejos, que se encuentran en los corrales de la Cartuja de Santa María de las Cuevas y que se sacrificarán durante la travesía. Una aguada provisional se hará en Sanlúcar de Barrameda y, más adelante, en el puerto de la Santa Cruz, en las Canarias, se llenarán los barriles definitivamente. —Guardó los papeles en un cartapacio y preguntó—: ¿Alguna cuestión?

—Las vacas —señaló Mendoza, el capitán de la *Victoria*— pueden suponer un serio problema para embarcarlas. Lo es para subirlas a una carabela, hacerlo en una nao, cuyas bordas son más altas...

—Se ha preparado una grúa con un sistema de poleas que ayudará a embarcarlas. Asegurarán carne fresca para bastante tiempo. ¿Alguna otra cuestión? —Nadie preguntó y el tesorero prosiguió—: En ese caso, revisemos las instrucciones que su majestad ha tenido a bien enviarnos para el mejor funcionamiento de la armada.

Magallanes torció el gesto. Las consideraba una intromisión a sus competencias como capitán general.

—¿Cuándo han llegado esas instrucciones? —quiso saber Cartagena.

Matienzo se puso las antiparras y consultó la cedulilla que tenía en sus manos.

—Está fechada en Barcelona el 8 de mayo, pero llegó entrado ya junio.

—¿No os parece un tiempo excesivo?

—Lo es, don Juan. El retraso quizá se deba a que el trabajo se acumula en la cancillería real. Se celebran Cortes en aquella ciudad y, como bien sabe vuesa merced, el abuelo de su majestad, el emperador Maximiliano, gloria de Dios haya, falleció a comienzos de año. En la corte están muy pendientes del trono imperial vacante.

—Pero esas instrucciones procederán del Consejo de Indias —insistió Cartagena.

—Las noticias que tenemos son que el Consejo de Indias tiene problemas para encontrar escribanos competentes. Los que ejercen en Barcelona prefieren dedicarse a lucrativas actividades privadas o sólo redactan documentos en la lengua que se habla en aquel Principado —aclaró Juan de Aranda.

—Dad lectura a esas instrucciones —indicó Matienzo al factor—, aunque sólo a lo fundamental porque son muchas. Contiene setenta y cuatro puntos dirigidos a vos. —Miró a Magallanes—. A don Juan de Cartagena se le entregará copia antes de la partida.

—¿Por qué entregar una copia a quien sólo es veedor de la armada? —preguntó Magallanes, visiblemente molesto.

—Porque así lo ha dispuesto su majestad. No olvidéis que don Juan, que pertenece a la primera nobleza del reino, sustituye en la flota a Ruy Faleiro, quien compartía el mando con vuesa merced —replicó Aranda.

—Aranda, proceded a la lectura —indicó Matienzo cortando lo que podía derivar en una agria discusión.

—Son cosa principal los asientos que se efectúen en los lugares de los que se tome posesión en nombre del rey. Se hará con la solemnidad debida y las correspondientes fórmulas. Todo ello será anotado por los escribanos. Ordena su majestad que se tenga plática con los de aquellas tierras y se mantenga conversación con ellos para conocer sus costumbres y formas de vida, así como de la religión que profesan, si tienen reyes y cómo se gobiernan. Ordena, por lo que a los escribanos se refiere, que apunten con gran cuido las medidas de altura y lugar que les señalen los pilotos. Asimismo, habrán de quedar consignados en los libros correspondientes todas las transacciones comerciales que se realicen, anotando cantidades y precios. Señala su majestad que, después de haber dado a los nativos tijeras, peines, cuchillos, anzuelos, botones de colores, espejos, cascabeles, cuentas de vidrio y otras cosas de las que se llevan a bordo para estos menesteres, se obtenga información de si en esas tierras hay metales, de qué calidad son, si hay especias como pimienta, clavo, jengibre, canela, nuez moscada o plantas aromáticas, y qué clase de animales y qué tipo de árboles hay. Igualmente ordena que los escribanos y cualesquiera otros con capacidad para hacerlo podrán escribir con entera libertad todo lo que consideren digno de ser reseñado. —Aranda levantó la vista del papel y reiteró—: Lo harán con entera libertad. Su majestad ha insistido tanto en este asiento que voy a leerlo íntegro:

Todos los que van en esta armada han de tener libertad total para escribir lo que quisieren, sin que por vos ni por persona alguna sea defendido que no escriban. Porque nuestra voluntad es que cada uno tenga libertad de escribir lo que quisiere. Y mandamos que se ejecuten las penas que en derecho se deben ejecutar en quien no lo acatase y que si vos consintieseis tal cosa, nos consideraremos deservidos de vos y tendremos en ello mucho enojo.

—Es deseo de su majestad, y así queda señalado, que las tripulaciones estén formadas, en la medida de lo posible, por naturales de este reino, limitándose el número de extranjeros a una reducida proporción…

La última disposición levantó un murmullo entre los presentes hasta que Juan de Cartagena alzó la voz:

—El número de portugueses enrolados va mucho más allá de esa «reducida proporción» que desea su majestad. Tengo entendido que se aproximan al medio centenar. En Sevilla se habla de la armada de los portugueses.

—¡Os equivocáis! —replicó Magallanes—. Demostrad que los naturales de dicho reino son tantos como decís. Se han revisado con todo cuidado las cédulas de los inscritos.

—¡Vuesa merced sabe tan bien como yo que muchas de esas cédulas son falsas!

—¡Teneos, por el amor de Dios! ¡Teneos! —exclamó el tesorero—. Los oficiales encargados de las inscripciones para la formación de las tripulaciones trabajan con gran rigor. Doy fe de ello. No creo, don Juan, que hayan actuado de forma diferente.

—¡Tengo constancia de que el número de portugueses es muy elevado! Posiblemente me he quedado corto al señalar que se aproximan al medio centenar.

—En ese caso, acreditadlo —lo retó Matienzo—. Proseguid, Aranda, proseguid.

—También ha proveído su majestad que las guardias nocturnas en cada uno de los buques de la armada se llevarán a cabo en tres turnos. La primera guardia estará a cargo del capitán. El segundo turno quedará a las órdenes del piloto. Mientras que el mando del tercero lo tendrá el maestre. ¿Alguna duda respecto de los turnos de guardia?

Matienzo paseó la mirada por los presentes, que guardaron silencio.

—Prosiga, pues, vuesa merced.

—Es también de particular interés lo que se refiere a la navegación nocturna por las dificultades que entraña. Su majestad ha dispuesto que la capitana precederá en todo momento a las demás embarcaciones y llevará encendido durante la noche el fanal para que las demás puedan verlo y seguir su derrota. Si en algún momento en la capitana se encendiera otro fuego diferente al del fanal, las demás embarcaciones deberán hacerlo también, como indicación de que la siguen sin problemas. En caso de que en ella se encendieran dos fuegos, además del del fanal, será indicación de que la capitana cambia el rumbo y los demás barcos deberán hacer lo propio. Si el número de fuegos fuera de tres, será orden de quitar la boneta. Si fuera de cuatro, la orden será arriar las velas, si estuvieran desplegadas, o largarlas si estaban recogidas. Por último, en caso de hacerse un disparo de lombarda, significará la proximidad de tierra o la existencia de peligro debido a la presencia de bajíos. Eso es todo.

Matienzo carraspeó, no tanto para aclararse la voz como porque era su costumbre hacerlo cuando quería poner énfasis en lo que iba a decir.

—Vuesas mercedes entenderán que estas instrucciones son de cumplimiento obligado. ¿Alguna pregunta?

Ninguno de los presentes hizo la menor observación, por lo que el tesorero levantó la reunión. Se sentía satisfecho, pese al conato de enfrentamiento vivido a cuenta de las tripulaciones. Sus temores de que hubiera un incidente desagradable no se habían materializado. Sin embargo, sus recelos estaban lejos de disiparse. Bastaba con ver la actitud de los presentes para saber que había dos bandos, lo que era un mal asunto para la buena marcha de cualquier expedición. Mucho más en aquella, dadas las grandes expectativas que había generado, pese a los graves problemas que había sido necesario afrontar.

—En ese caso podemos dar por concluida la reunión.

Fue entonces cuando Magallanes indicó, con un tono de voz enérgico:

—Como capitán general de la armada y responsable del mando supremo de ella, acato las instrucciones de su majestad dirigidas a mi persona. Señalo que, si no surge ningún inconveniente, y el apresto pendiente ha concluido, el día 10 del presente mes, aprovechando que la marea es favorable, zarparemos del muelle de las Mulas en dirección a Sanlúcar de Barrameda.

Todos enmudecieron. No era necesario manifestar el acatamiento de las instrucciones reales. Era algo que se daba por descontado. Como también que el máximo responsable de una armada solía fijar la fecha en que se largaban velas y se hacían a la mar. Pero generalmente esa era una decisión que se tomaba con los otros responsables de ella. Magallanes había querido dejar patente su autoridad. Por si no había sido suficiente, con aire desafiante, paseó la mirada sobre los presentes.

Juan de Cartagena iba a decir algo, pero el capitán Mendoza lo tomó por el brazo y le recomendó silencio. El tesorero, apesadumbrado, vio cómo salían hacia el patio de la Montería capitanes, pilotos y maestres. No hubo comentarios, pero sí algunas miradas poco amistosas. Los vio alejarse hacia la puerta. Abandonaban los Reales Alcázares divididos en dos grupos.

—Que Dios Nuestro Señor lo remedie, pero me temo que esto no acabará bien.

31

El lunes 10 de agosto amaneció un día luminoso. Conforme avanzase el día aumentaría la temperatura y el calor pegajoso y húmedo de Sevilla en esta época del año, y resultaría insoportable.

Magallanes se había despedido de Beatriz con un abrazo y de su hijo Rodrigo besándolo en la frente. También lo hizo de su suegra, besándole la mano y ambas mejillas. Antes de marcharse, su esposa, sollozando, se echó en sus brazos. Él acarició su sedoso cabello y con la mano le limpió las lágrimas y la besó en los labios. Luego, sin decir palabra, dio media vuelta y se encaminó hacia la ribera del Guadalquivir. Lo acompañaban su suegro —que había hecho una importante contribución a la financiación de la expedición—, su cuñado, Duarte de Barbosa, que también embarcaba, y Enrique, su esclavo, que portaba las pertenencias de su amo. Iban escoltados por cuatro hombres de la guardia de los Reales Alcázares. Beatriz, inmóvil, lo vio alejarse cojeando ligeramente. Era consciente de los graves peligros que suponía aquella expedición, a los que se sumaban los conflictos que generaba la capitanía de su esposo. Tuvo la impresión de que no volvería a verlo y que jamás sabría que quizá estuviera embarazada. Sintió un vahído y perdió el sentido. No dio en el suelo porque acudieron a tiempo de sostenerla. El pequeño Rodrigo dormía plácidamente.

Magallanes, su suegro y su cuñado llegaron a una puerta de la catedral situada al pie de la Giralda, en cuya decoración estaba trabajando un escultor francés que hacía poco había contratado el cabildo catedralicio para este y otros menesteres. Allí los aguardaba Matienzo, en su condición de canónigo del templo mayor de Sevilla. Hicieron una breve visita a la capilla del Sagrario, donde encendieron unos hachones de veinte libras de cera. Salieron de la ciudad por la puerta de la Plata y atravesaron el Arenal, donde los albañiles trabajaban ya en la reconstrucción de las dos naves de las atarazanas dañadas en el incendio, a cuyos autores seguía buscando el alguacil mayor, quien creía poseer una pista valiosa. Cruzaron por el puente de barcas hasta la orilla de Triana y Magallanes dirigió sus pasos hacia el convento de la Victoria, acompañado ya por los capitanes, pilotos, maestres y los tripulantes, salvo los que por sus obligaciones habían de permanecer en los barcos. En el templo estaban el asistente de la ciudad, don Sancho Martínez de Leyva, acompañado por la casi totalidad de los miembros del cabildo municipal, que presidía la ceremonia de partida como representante del rey en Sevilla. También estaba Cristóbal de Haro, que había acudido a Sevilla para despedirse de Magallanes. Había cumplido la promesa que le hiciera en Lisboa de aportar los recursos necesarios para financiar la expedición.

Allí, donde había tenido lugar la bendición de las banderas y estandartes, y el incidente con Sebastián Rosero, oyeron misa, comulgaron y recibieron la bendición del prior de los mínimos, quien en el sermón hizo un panegírico de la empresa que iban a emprender. Se refirió a la búsqueda de nuevos caminos para llegar al *finis terrae*, al descubrimiento de tierras ignotas y al conocimiento de gentes a las que enseñar el evangelio y convertirlas a la verdadera religión, llevándoles el mensaje de Cristo. Terminó invocando la ayuda del Altísimo y pidiendo su protección para aquellos buenos cristianos que por los caminos del mar buscaban nuevas rutas.

El paseo desde el monasterio hasta el muelle fue un espectáculo. Las familias, amigos y conocidos de quienes embarcaban, muchos de ellos presentes en la ceremonia religiosa, se despedían en un ambiente de emoción desbordada. Había lágrimas, llantos, besos, abrazos y risas. Consejos y encargos para el regreso, admoniciones a los jóvenes grumetes. Los capellanes que formaban parte de la expedición impartían bendiciones a diestro y siniestro. Con las tripulaciones formadas en el muelle, el asistente ordenó a una sección de mosqueteros, vistosamente ataviados —grandes plumas en sus bonetes, pulidos y brillantes coseletes, calzas acuchilladas carmesíes y medias del mismo color—, que disparasen una salva de honor. Al estruendo de las descargas, que llenaron de un humo grisáceo aquella zona del muelle, se sumó un repique general de campanas que hacía retumbar toda Sevilla. Sonaban desde los grandes bronces de la Giralda hasta los pequeños campaniles de las iglesias más modestas de la ciudad. Antes de embarcar, las tripulaciones rompieron filas para la última despedida en medio de abrazos, júbilo y algunas lágrimas. En aquel ambiente festivo podía tenerse la impresión de que los problemas, tensiones y enfrentamientos vividos las semanas anteriores eran cosa del pasado. Pero sólo era apariencia.

En el muelle de las Mulas, desde primeras horas de la mañana, había gran actividad. La armada había quedado aprestada dos días antes, pero se había aguardado hasta la fecha fijada por Magallanes para iniciar la bajada del Guadalquivir, con marea favorable, en dirección a Sanlúcar de Barrameda. Allí harían la aguada, antes de salir a mar abierta y poner rumbo a las Canarias.

La muchedumbre que se había dado cita aclamaba a los navegantes. A los familiares se sumaban avezados marinos, auténticos lobos de mar, que no querían perderse el espectáculo que suponía la partida de una escuadra, pese a que Sevilla empezaba a acostumbrarse a que las armadas surcasen con frecuencia el Guadalquivir. Los curiosos eran legión. Allí estaba el personal de la Casa de la Contratación. Había mercaderes y comerciantes que pensaban en las posibilidades de negocio que podía suponer aquella expedición, que tantas expectativas y tantos resquemores había despertado.

También estaba el alguacil mayor, Fernando de Pastrana. Buscaba algún indicio que afianzase la pista que seguía para dar con los incendiarios de las atarazanas. Había atado algunos cabos y, más allá de cerciorarse de la procedencia de la daga encontrada entre los restos del incendio, estaba convencido de que quien estaba detrás de los infundios y fábulas sobre los peligros que acechaban en las aguas del mar Tenebroso y esparcían aquellas fantasías eran los mismos que habían provocado el incendio y los asesinatos.

Como buen sabueso se fijaba en lo que casi nadie reparaba. Llamaron su atención un par de individuos que, desde cierta distancia, lo observaban todo con mucho interés. Estaban apostados en una elevación del terreno, próxima al muelle.

—Diego —indicó a uno de sus ayudantes—, mira hacia aquel altozano, junto a la última de las torres del castillo de San Jorge. ¿Ves a dos sujetos?

—¿Los de los cuellos alzados y los bonetes encasquetados, pese a lo que aprieta el calor?

—No los pierdas de vista. Que te acompañe Gil. Hay que saber dónde viven, a qué se dedican. Cuál es su familia. En qué ambientes se mueven… Todo… lo que podáis averiguar.

—Sí, señor.

—Pero con mucha discreción. No hay que espantarlos.

Una vez que las tripulaciones estaban a bordo de sus respectivos barcos, se retiraron las pasarelas y se soltaron las amarras. Magallanes, desde la toldilla de la *Trinidad*, ordenó izar las banderas y guiones. Fue un momento emocionante. Los mosqueteros realizaron una segunda descarga.

En las cubiertas todo era movimiento. Los contramaestres impartían órdenes y los marineros trepaban por las jarcias para dar trapo y ayudar al despliegue de las velas. El sonido de las campanas enmudeció poco a poco y se oyó, por encima de la algarabía que reinaba en el muelle, el disparo de la artillería de los barcos, luego la orden de Magallanes:

—¡En el nombre de Dios, largad velas!

El piloto de la *Trinidad* ordenó al timonel:

—¡Un cuarto a estribor!

La orden de Magallanes se repetía, como un eco, en un barco tras otro. ¡En el nombre de Dios, largad velas! ¡En el nombre de Dios, largad velas!

—¡Largad el trinquete y que la Santísima Trinidad nos acompañe, nos dé buen viaje y permita que regresemos a casa! —gritó Elcano, maestre de la *Concepción*.

En la mayor de cada barco destacaba una gran cruz roja sobre la blancura de la lona. Impresionaba el aspecto de la armada, con el velamen hinchado por la suave brisa. Cuando se iniciaba la maniobra de desatraque de la capitana, Magallanes ordenó que se disparase la lombarda de estribor. Poco después, la *Trinidad* se desplazaba lentamente buscando el centro del cauce del Guadalquivir. Tras ella la *San Antonio*, la *Concepción*, la *Victoria* y la *Santiago*, formando una columna. Se iniciaba la travesía en medio de los gritos de quienes desde el muelle despedían a la flota, agitando brazos y pañuelos, lanzando bonetes al aire y profiriendo buenos deseos. Algunos se santiguaban; otros, juntando las manos, elevaban una plegaria, preguntándose cuándo volverían a verlos, si es que regresaban.

Diego y Gil, los corchetes, cruzaron el puente de barcas siguiendo los pasos de aquellos dos sujetos. No les resultó complicado pasar desapercibidos en medio de la riada de gente que regresaba al Arenal, haciendo crujir la tablazón del puente. Cruzaron la muralla por la puerta que se abría junto a la Cestería y enfilaron hacia el Compás de la Laguna en dirección de la mancebía. Entraron en el recinto donde aquellas mujeres se ejercitaban en el oficio más viejo del mundo.

32

La flota llegó sin contratiempos a Sanlúcar de Barrameda, junto a la barra que formaban en la desembocadura del Guadalquivir los aluviones arrastrados por el río. Atracó frente al castillo de Santiago, la imponente fortaleza de los duques de Medina Sidonia, señores de la ciudad, que coronaba el recinto amurallado del caserío.

Desde hacía algunas décadas parte importante de su vecindario, principalmente pescadores, se había asentado extramuros para evitar las molestias de pasar todos los días por los controles que los agentes ducales ejercían en las puertas de la muralla, que no abrían hasta el toque de amanecida y cerraban con el de oración. Se instalaban próximos a la ribera del río, formando el barrio de los Pescadores. También se habían asentado extramuros comunidades religiosas como las clarisas de Regina Coeli y las dominicas de Madre de Dios y se alzaban la iglesia de la Santísima Trinidad y la de San Jorge, por los problemas de espacio que había en el interior. Con todo, el principal templo sanluqueño era Nuestra Señora de la O, que ocupaba un extremo de la plaza Mayor, donde se celebraba el mercado y tenían lugar los festejos de la localidad.

El plan era realizar una aguada suficiente para llegar hasta la siguiente escala: el puerto de la Santa Cruz, en la isla de Tenerife. Allí llenarían todos los toneles con vistas a cruzar las aguas oceánicas.

La operación no debía de llevar más de un par de días, a lo sumo tres, porque había también que cargar unos barriles de fruta, sacos con sal y unos fardos de hierbas medicinales que traían unos herboristas moriscos que venían del reino de Granada. La previsión era que todo estuviera listo para la festividad de la Asunción de la Virgen. Después de oír misa, cruzarían la barra y saldrían a mar abierta.

Aquella tarde, establecidos los turnos de guardia, los hombres libres de servicio podrían desembarcar. Deberían estar en sus respectivos barcos antes de la medianoche. Juan de Cartagena marchó a tierra acompañado de Luis de Mendoza y Gaspar de Quesada, los capitanes de la *Victoria* y la *Concepción*. Dieron con una posada pegada al muro exterior de la muralla, junto a las Covachas. La encontraron llena de marineros de la escuadra y, flotando en el ambiente, un olor nauseabundo a manteca y repollo. No era lo que buscaban. Deseaban un lugar tranquilo donde poder conversar, lejos de oídos indiscretos. Preguntaron a unos pescadores que remendaban sus redes aprovechando la última claridad del día, quienes les indicaron que, si tenían una buena bolsa, encontrarían lo que iban buscando en el mesón del Tío Bigotes.

—Está junto al convento de las clarisas, por allí. —Señaló la dirección extendiendo el brazo—. No tiene pérdida.

Siguiendo las indicaciones, llegaron al mesón, cuyo aspecto era muy diferente al que ofrecía la posada de las Covachas, más limpio de lo que era habitual en esta clase de establecimientos y con una concurrencia no tan numerosa. El mesonero, que poseía unos grandes mostachos dejando claro el nombre del establecimiento, supo al verlos entrar que se trataba de caballeros. Se adelantó a la moza que ya les ofrecía acomodo.

—¡A los señores los atiendo yo!

—¿Tenéis sitio donde podamos hablar sin ser molestados?

El mesonero se atusó una de las guías de su negro mostacho.

—¿Lejos de oídos indiscretos? —Cartagena asintió—. Acompáñenme vuesas mercedes.

El Tío Bigotes los condujo, a la pobre luz de un candilillo, por una escalera cuyos mamperlanes crujían a cada paso. Llegaron a una estancia sumida en la oscuridad hasta que prendió un enorme velón de doce candelas que rápidamente disipó las sombras. La estancia no era muy grande, pero estaba limpia y bien amueblada, y tenía sillas con respaldo en lugar de taburetes.

—¿Es del gusto de vuesas mercedes?

—Justo lo que buscábamos.

—¿Qué desean tomar? —preguntó solícito, pensando que buscasen refocilarse con alguna moza, lo que suponía unos buenos dineros adicionales.

—Vino y algo para comer.

—Tengo un vino excelente. Lo traen de un pueblo llamado Manzanilla, que está a pocas leguas, al otro lado del río. Es fresco y gana mucho si permanece algún tiempo en toneles de aquí. Es el que embarcan para las Indias porque dicen que no pierde el aroma. Para comer puedo ponerles estofado de carne, hecho esta mañana, y queso fresco o en aceite.

—Sea, pues, eso que nos ofreces —indicó Cartagena.

—¡No escatimes! —gritó Quesada cuando el Tío Bigotes se perdía escalera abajo.

—¿Qué os parece el panorama? —planteó Cartagena, apenas hubo desaparecido el mesonero.

—No me fío de Magallanes. Casi un quinto de las tripulaciones son compatriotas suyos, incumpliendo las órdenes del rey.

—Pero no podemos probarlo. Muchos de esos portugueses llevan navegando en nuestros barcos tantos años que no es posible distinguirlos por la parla.

—Veremos adónde nos lleva todo esto —reiteró Mendoza.

Quesada alzó las cejas.

—¿Qué queréis decir con eso?

—Que no sería la primera vez que hay enfrentamientos en las tripulaciones y las consecuencias suelen ser graves.

—Tenemos la obligación —señaló Cartagena— de estar pendientes de todo. Como veedor he de controlar al portugués y que no se desvíe de las instrucciones recibidas. Necesito la colaboración de vuesas mercedes. Hay mucho en juego. Si se abre esa ruta, las especias llegarán a Sevilla en tanta o más cantidad en que ahora llegan a Lisboa.

—Mi opinión es que seamos prudentes —señaló Quesada—. Si Magallanes no cumpliera las instrucciones del rey, tendríamos razones para actuar.

—La lealtad a nuestro rey está por encima de la obediencia al portugués. —Cartagena nunca se refería a Magallanes por su nombre—. Si no cumple con sus obligaciones, nosotros no estamos obligados a cumplir sus mandatos.

En aquel momento apareció el Tío Bigotes. Llegaba acompañado de dos mozas que llevaban las escudillas y las jarras con la bebida. Tenían las sayas muy ajustadas a la cintura, lo que resaltaba sus caderas; las camisas, de tejido muy ligero y escotadas, dejaban al descubierto sus hombros. Ambas se recrearon a la hora de colocar la bebida y las escudillas sobre la mesa, inclinándose provocadoramente.

—¡Vino del mejor! —exclamó el Tío Bigotes—. Ahora les traerán el queso y el estofado. ¿Está todo a gusto de vuesas mercedes?

—Todo —respondió Cartagena sin apartar la vista del escote de una de las mozas.

Bajaban la escalera cuando el Tío Bigotes dijo a las mozas:

—Sólo tienen ojos para vuestras tetas. No perdáis la ocasión. Esas bolsas están repletas de maravedíes.

Después de cenar, todo sucedió muy deprisa. Mendoza y Quesada abandonaron el mesón y regresaron a sus barcos antes de la medianoche. Cartagena pagó ocho reales por encamarse con las dos mozas. No regresó hasta después de amanecer. Por veinte maravedíes unos pescadores lo llevaron en su barca hasta el costado de la *San Antonio*.

Diego y Gil no contrataron los servicios de ninguna pupila, pero Onofre, el padre de la mancebía, indicó a dos mozas que los atendieran como se merecían unos representantes de la autoridad. Era conveniente tener contentos a los corchetes.

—Así la espera será menos tediosa. Obsequiadles también con unas jarrillas —ordenó batiendo palmas.

Cuando Onofre les dijo que los sujetos a quienes seguían habían concluido sus desahogos, Diego apuró el vino de su jarrilla e indicó a Gil, que andaba sobándole los pechos a su moza:

—Deja eso que nos vamos.

—Antes de irse, vuesas mercedes deberían hablar con una de las mozas que los han atendido —les dijo Onofre.

—No queremos perderlos de vista.

—Yo me encargo de que no se vayan tan deprisa.

Una de las coimas contó a Diego lo que había oído.

—¿Estás segura?

—Completamente.

—No lo comentes con nadie.

—Con nadie.

Al salir, vio que el padre despedía a los dos sujetos. Los siguieron hasta la iglesia de Omnium Sanctorum y vieron cómo entraban en una casa que había frente al templo.

—Hay que informar al alguacil —dijo Diego a Gil—. Puede que nos lleven a quienes incendiaron las atarazanas.

—¿Seguro?

—Mientras follaban a uno se le ha soltado la lengua.

Horas más tarde, tras la paliza recibida, los dos sujetos presentaban un estado lamentable. Fernando de Pastrana sabía que unos rufianes les habían pagado unos buenos ducados para meter el miedo en el cuerpo con los peligros que acechaban en el mar Tenebroso a posibles tripulantes de la armada de los portugueses. No sabían si esos tipos eran los mismos que habían acabado con la vida de los guardias y provocado el fuego, pero le facilitaron datos importantes. Uno de los rufianes se tapaba con un parche un ojo que tenía sano. Lo hacía para ofrecer un aspecto más fiero. El otro se cubría la cabeza con un pañuelo azul porque estaba obligado a llevarla rapada durante tres años, como pena adicional, después de haber sido galeote. No podía abandonar Sevilla, al tener que presentarse cada dos semanas en la Audiencia para que comprobasen que la tenía rapada.

—Ese es el Malaspulgas, señor —dijo uno de los corchetes al alguacil.

Con aquellos datos, este ordenó a uno de sus hombres ir a la Audiencia para comprobar lo dicho sobre Malaspulgas y, por primera vez, en aquel turbio asunto tuvo la suerte de cara. Al día siguiente era la fecha en que había de comparecer. Solía hacerlo por la mañana, temprano.

Poco después del amanecer, tres corchetes estaban apostados en la puerta del mesón de San Francisco, frente a la Audiencia, aguardando la llegada de aquel sujeto.

33

El semblante de Magallanes se demudó al recibir la noticia. Habían demorado abandonar el Guadalquivir y salir a mar abierta porque, terminada la aguada y el embarque de las últimas provisiones, barriles con fruta y sacos de sal, se habían retrasado los herboristas moriscos que venían con los fardos de hierbas medicinales, reclamados por el médico.

—¿Cuándo os entregaron esta carta?

—Ayer, antes de mediodía, que fue cuando salí de Sevilla. Cabalgué sin descanso hasta Jerez, adonde llegué anocheciendo con el caballo agotado. He reemprendido el camino esta mañana con las primeras luces del amanecer.

Magallanes indicó al escribano Ezpeleta que enviase razón certificada a los capitanes de que quedaba suspendida la salida de la escuadra. Ordenó preparar el bote y desembarcó. Aquella actitud, sin dar explicaciones, produjo gran zozobra entre las tripulaciones. Nadie sabía qué ocurría ni cuál era la causa por la que se ordenaba mantener los barcos anclados. Muy pronto se supo que Magallanes había alquilado un par de caballos y, acompañado de su cuñado, Duarte de Barbosa, había abandonado Sanlúcar saliendo por la puerta de Sevilla.

—¿Sabéis algo sobre el mensaje que habéis entregado a ese portugués?

Quien preguntaba al correo que había traído la noticia era Juan de Cartagena. Apenas le fue comunicada la orden de permanecer anclado, había localizado al mensajero en la posada de las Covachas, adonde había ido a reponer energías.

—Como comprenderá vuesa merced ignoro su contenido. Pero, tal vez, podría darle cierta información.

—Hablad.

El correo, en lugar de responder, se llevó su jarrilla de vino a los labios y le dio un sorbo. Luego se quedó mirando fijamente a Cartagena sin abrir la boca.

—¿Cuánto?

—¿Ocho reales?

—Cuatro —respondió poniendo la moneda encima de la mesa.

El mensajero iba a cogerla, pero la mano del capitán de la *San Antonio* le sujetó la muñeca.

—Antes, hablad. ¿Quién le escribía?

—El tesorero de la Casa de la Contratación.

—¿El canónigo Matienzo?

—Sí, soltadme la mano —Cartagena le liberó la muñeca y con la punta del dedo desplazó la moneda un palmo.

—¿Qué más podéis decirme?

—Creo que el mensaje tiene algo que ver con el incendio de las atarazanas. Al parecer han detenido a unos sujetos, que han cantado.

—¿Qué han dicho?

—No lo sé. Pero lo que se oye en Sevilla es que eran portugueses quienes estaban detrás de los peligros que han acechado a esta expedición.

—¿Los detenidos son portugueses?

—No lo sé.

Cartagena se acarició el mentón.

—¿Cómo ha reaccionado el portugués cuando le habéi entregado el mensaje?

—No hizo comentarios. Debe de ser algo grave por cómo se le

contrajo el semblante al leerlo. Tengo entendido que ha decidido regresar a Sevilla.

—Recoged esa moneda, os la habéis ganado.

Magallanes y su cuñado llegaban a Sevilla al día siguiente con el sol todavía alto. Entraron por la puerta de Jerez, próxima a los Reales Alcázares. Su suegro, avisado por uno de los centinelas del cuerpo de guardia, acudió a recibirlos inmediatamente.

—¿Qué ocurre? —preguntó inquieto—. Os hacía rumbo a las Canarias.

—He tenido noticia de un asunto de mucha gravedad que me ha obligado a regresar. La flota está anclada frente a Sanlúcar de Barrameda.

Diego de Barbosa iba a preguntar algo, cuando un grito a sus espaldas le hizo volverse. Era Beatriz, quien, sin importarle lo inadecuado que suponía para una dama de su posición, se echó en los brazos de su esposo.

—¡Qué alegría! ¡Qué alegría volver a veros!

Una vez en las dependencias privadas de la familia, Magallanes explicó la razón de su inesperado regreso a Sevilla.

—¿… y decís que en esa carta se os ordena no haceros a la mar?

—Vedlo vos mismo.

Barbosa, tras leer la carta, se la devolvió.

—Los términos son imperiosos ¿Qué pensáis hacer?

—Ir a ver a don Sancho Matienzo, sin pérdida de tiempo.

—¡En esas condiciones! —Beatriz lo miró de arriba abajo—. ¡Ni hablar! ¡De esa guisa no se puede ir a ver a nadie! Ordenaré que preparen una tina para que os lavéis antes de poneros ropa limpia.

—Sé que Matienzo está en el Corral de los Olmos —le indicó su suegro— Por lo visto, hay reunión de canónigos. Están enfrentados al arzobispo por unas rentas de las que el prelado quiere disponer y el cabildo se opone. Tendréis tiempo de adecentaros.

Dos horas después, con el sol a punto de ocultarse, Magallanes se dirigió al cercano Corral de los Olmos. Vestía un jubón de paño verde con mangas acuchilladas y calzas negras; se tocaba con un bonete a juego con el jubón.

El portero le confirmó que en la Sala Alta estaban reunidos los canónigos y otros prebendados de la catedral.

—¿Durará mucho la reunión?

El hombre se encogió de hombros y farfulló entre dientes.

—Eso no lo sabe ni Dios.

Magallanes aguardó largo rato. Mucho después de anochecer los canónigos concluyeron su reunión. Bajaban por la escalera con parsimonia, comentando pormenores de lo acordado. Cuando Matienzo lo vio se fue hacia él.

—¡Don Fernando! —exclamó, dándole a besar su mano— ¡Veros me quita un gran peso de encima! Temía que mi carta no llegara a tiempo.

—¡Decidme qué ocurre! Ha de ser asunto de mucha gravedad para…

Matienzo se llevó un dedo a los labios.

—Acompañadme. Hablemos en lugar más a propósito. Lo que he de deciros hemos de tratarlo con la mayor reserva.

—¿Se ha suspendido la expedición?

—En absoluto, en absoluto. Pero no hablemos de eso hasta estar en mi despacho.

Magallanes quedó turbado cuando supo por qué lo conminaba a no hacerse a la mar.

—¿Está confirmado lo que acabáis de decirme?

—Contrastado por tres vías diferentes.

—¿Os importaría darme una información más detallada?

—El primer aviso nos llegó de Sagres. Nosotros también tenemos agentes en Portugal. Ese aviso decía que una escuadra de al menos una docena de buques, naos y carracas, bien artillados y pertrechados, había zarpado de aquel puerto el día 10 de agosto. La fecha llamó nuestra atención, también que esa flota se concentrara en Sagres. Hace tiempo que sólo lo hacen en Lisboa. El segundo aviso llegó desde Ayamonte, junto a la raya con Portugal. La flota era avistada navegando hacia levante. Eso no encajaba. No seguían la ruta de las Indias Orientales. Me pregunté qué buscaban en esas aguas. La certeza nos llegó con las declaraciones de dos sujetos que habían sido arrestados después de que don Fernando de Pastrana, que no ha dejado de indagar el incendio de las atarazanas, se enterara de que esa flota estaba a vuestro acecho.

—¿Quiénes eran los detenidos?

—Unos perdularios a los que obligaron a soltar la lengua. Sus declaraciones llevaron hasta otros sujetos de cuidado. Uno de ellos llamado por mal nombre Malaspulgas, que había cumplido una pena de galeras, pero tenía que estar rapado, como galeote, tres años más. Por eso tenía que acudir cada dos semanas a la Audiencia. Allí lo detuvieron y fue quien llevó al alguacil hasta un portugués llamado Alonso Tavares. Es quien ha estado moviéndolo todo. Rumores… el incendio en las atarazanas. Un sujeto llamado Sebastián de Cáceres, cuyo cadáver encontraron unos pescadores en la ribera del río, fue quien le facilitó una llave para acceder a las atarazanas a cambio de un buen puñado de ducados. Necesitaba dinero para pagar deudas de juego.

—¿Han prendido a ese Tavares?

—No, alguien debió darle un soplo y tuvo tiempo de huir, pero donde vivía fue encontrada cierta documentación referida a la flota que había zarpado de Sagres. Esa escuadra está apostada para abortar la expedición.

—¡Por san Antonio bendito! ¡Esto puede generar un conflicto!

—Podría ser *casus belli*. Si bien, mientras no ataquen…

—Pero es una locura, don Sancho.

El tesorero resopló con fuerza.

—Supongo que sus planes son hundir nuestros barcos. Se perdería noticia de ellos y pensaríamos en un naufragio.

—Pero si se salvaba alguno…

—El asunto es tan grave que escapa a mis competencias. Lo he comunicado al presidente de Indias. Fonseca lo hará saber al rey.

Llamarán al embajador de Portugal para advertirle de que esto puede degenerar en un conflicto. En tanto no sepamos qué se resuelve, la flota permanecerá en Sanlúcar. Armaos de paciencia.

—Habrá que mandar recado a Sanlúcar. Me puse en camino al recibir vuestra carta.

—Si queréis permanecer en Sevilla con vuestra esposa, mañana saldrá un correo con instrucciones de que la flota permanezca anclada hasta nueva orden. Nada se dirá de la causa. Mientras llega la hora de zarpar se pueden hacer trabajos en los barcos. Así, las tripulaciones no estarán haraganeando. El ocio es mala cosa y fuente de toda clase de pecados.

—Algunos de los alimentos embarcados no aguantarán mucho tiempo.

—Esos serán los primeros que se consuman y habrá que buscar la forma de reponerlos. Como esto puede alargarse semanas, estableced turnos para que los capitanes que quieran puedan venir a Sevilla u otros lugares comarcanos, siempre que esté asegurada la vigilancia de la escuadra.

34

Beatriz disfrutó aquellas semanas en que declinaba el verano mucho más que su esposo, que estaba preocupado con el curso que habían tomado los acontecimientos. Una noche, en la intimidad de su alcoba, ella le reveló que estaba otra vez encinta.

Magallanes palpó el vientre de su esposa. No notaba nada.

—¿Seguro?

—Creo que sí. Lo dudaba cuando embarcasteis. Por eso no quise decíroslo, pero han pasado cuatro semanas.

—¿Cuándo nacerá?

—Será, si Dios lo quiere, a primeros de abril.

El marino aprovechó aquellos días para resolver asuntos relacionados con su testamento. Visitaba con su esposa, durante las horas más frescas del día, iglesias y monasterios donde se veneraban imágenes a las que Beatriz tenía especial devoción. Acudió varias veces a Triana, al convento de los mínimos de San Francisco. También pasó algunos días en una quinta que su suegro tenía en el Aljarafe, un lugar ameno donde se soportaba mucho mejor la canícula del tórrido verano sevillano. Viajó en una ocasión a Sanlúcar para apaciguar los ánimos de las tripulaciones. La larga espera intranquilizaba a los hombres y corrían toda clase de bulos y rumores.

El 12 de septiembre, Magallanes fue al despacho del tesorero, quien la víspera le había mandado recado para que acudiera a primera hora de la mañana. Después de hacer el amor con su esposa no pudo dormir placenteramente, como solía ocurrir.

—¿Tenéis alguna novedad?

—Acomodaos, don Fernando —le indicó el tesorero—. Las noticias son excelentes.

—Hablad, don Sancho, que me tenéis sobre ascuas.

—Las tengo desde hace cuatro días.

—¡Por el amor de Dios! ¡Cuatro días!

—Hasta que no las he confirmado, no he querido decíroslo. No quería levantar falsas expectativas. El presidente de Indias me ha informado de que todo está resuelto.

—¿La flota portuguesa ha abandonado el acecho?

—Así es. Podréis haceros a la mar en cuanto se haya repuesto la munición de boca que la demora de estas semanas ha consumido. Calculo que en una semana todo estará listo. Hoy mismo empezaremos a cargar los bastimentos en una urca que hay atracada en el muelle de la Sal. En un par de días, a lo sumo tres, podrá bajar hasta Sanlúcar.

—¿Cómo se ha logrado que la escuadra portuguesa se retire?

—Cuando el rey fue informado, ordenó a Fonseca hablar con el embajador de Portugal, quien, en un primer momento, negó la existencia de la escuadra y comunicó a Lisboa lo que se le planteaba. Pasados algunos días admitió la presencia de una flota de su rey en esas aguas, pero advirtiendo que no suponía una amenaza. Afirmaba que tenían otra misión…

—¿Cuál?

—No lo ha dicho. Ayer por la tarde me llegó noticia de Sagres. Poco después de amanecer la flota entraba en aquel puerto.

—Pero podrían hacerse de nuevo a la mar y aguardarnos en algún punto de la ruta.

—Es posible, pero no lo creo. Si lo que pretendían era haceros desaparecer y que se creyera que la flota había sido tragada por el océano, ya no les será posible. Según me ha escrito Fonseca, el embajador quedó abrumado con la información que habíamos facilitado al Consejo de Indias. Se le comunicó que, si nuestros barcos no llegaban a las Islas Canarias en un plazo razonable, se les responsabilizaría de ello.

—¡Bien hecho!

—Mañana nos pondremos manos a la obra. No hay problemas de dinero.

—Eso es una novedad.

—Hace una semana llegó una nao con una buena cantidad de oro y plata. El quinto de su majestad pasaba de los dos cuentos de maravedíes y en la ceca no han descansado hasta dejarlos amonedados.

Tres días más tarde, a bordo de la urca que llevaba los bastimentos, Magallanes regresaba a Sanlúcar, adonde llegaron al anochecer del día siguiente. Fueron necesarias dos jornadas más para trasladar los alimentos a bordo y hacer la aguada, antes de salir a mar abierta.

La tarde del 19 de septiembre Magallanes reunió en la *Trinidad* a la oficialidad de la flota, los capitanes, los maestres y los pilotos.

—Mañana zarparemos. Se ha sacado copia de las principales instrucciones de su majestad para que las tengan todos los capitanes.

A una seña de Magallanes, Ezpeleta entregó las copias.

—¿Por qué no se nos han dado las instrucciones completas? —preguntó Mendoza.

—Porque no es necesario —respondió Magallanes—. Esas son las que competen a vuesas mercedes.

—No estoy de acuerdo —protestó Cartagena—. En esas instrucciones está la voluntad de nuestro rey y es a él a quien debemos obediencia.

—Su majestad será obedecido a través de su capitán general en esta armada.

—Siempre que se cumplan las instrucciones de nuestro rey.

Magallanes torció el gesto. La forma en que Cartagena se refería a Carlos I buscaba excluirle, al no haberse podido naturalizar. Rozaba la afrenta.

—Vuesa merced es el menos indicado para afirmar tales cosas, disponiendo de una copia de dichas instrucciones. Si desea que los demás las posean en su totalidad, indique al escribano de su nao que saque las copias necesarias. No se hará por mi mano. Es también mi deseo que dispongan de unas cartas de navegación que les serán muy útiles. —A otra indicación suya, Ezpeleta repartió las cartas—. Ahora que cada cual ocupe su puesto. Mañana, después de oír la santa misa y pedir la protección del Altísimo, nos haremos a la mar.

El domingo día 20, después de oír misa en la iglesia de San Jorge, la escuadra se preparó para partir. Eran poco más de las diez cuando fue disparada una bombarda desde la *Trinidad*. Ese disparo anunciaba la partida.

—¡En el nombre de Dios, largad velas! —ordenó Magallanes desde la toldilla.

Las tripulaciones largaron rápidamente el velamen; la suave brisa que corría fue suficiente para henchirlo. La armada iniciaba su marcha en medio de los gritos de una muchedumbre de sanluqueños que, como había ocurrido semanas antes en Sevilla, avisados de la partida de los barcos, acudieron para contemplar su salida. Era un espectáculo verlos —luciendo el velamen donde resaltaban sus rojas cruces— abandonar el Guadalquivir uno tras otro, buscando superar la barra. Les abría paso, a bordo de un pequeño bote, un práctico conocedor de los escollos formados por la concentración de aluviones. Las cuatro naos y la carabela salieron, sin problemas, a mar abierta para surcar las aguas del Atlántico.

La *Trinidad* marcó el rumbo hacia el puerto de la Santa Cruz, destino de la primera etapa del viaje. La preocupación que atenazó a Magallanes, quien no había compartido con nadie la causa de aquel retraso, se mantuvo hasta que llegaron al abrigo del citado puerto. Había temido que los barcos portugueses aparecieran en cualquier momento a lo largo de la semana que duró la travesía.

En el puerto canario, además de la aguada, cargaron tablazón y dos docenas de barriles de brea. Resultaría de mucha utilidad cuando los temporales arreciaran o se toparan con bajíos que no estuvieran señalados en las cartas de navegación y fuera necesario tapar alguna vía de agua. Antes de reiniciar la marcha se celebró reunión en el camarote de Magallanes y lo que debía haber sido un trámite degeneró en una tensa discusión, al considerar Juan de Cartagena que el capitán general no estaba dando el cumplimiento debido a las instrucciones.

—Decidme, ¿cuál es ese incumplimiento al que os referís?

—Leed la tercera de las instrucciones. ¡Leedla y lo comprobaréis! En ella se señala la obligación que teníais de informar a todos los capitanes de cuál es la ruta que ha de seguirse. Eso es algo que no habéis cumplido. Os refrescaré la memoria. —Cartagena sacó un papelillo de la bocamanga de su jubón, donde tenía copiada a la letra dicha instrucción, que leyó con voz grave:

Que una vez salgáis por el río de la dicha ciudad de Sevilla o después que hayáis salido de él, llamaréis a los capitanes, a los pilotos y a los maestres y les daréis las cartas confeccionadas con la ruta correspondiente para hacer el dicho viaje, mostrándoles la primera tierra a la que esperáis llegar.

Magallanes consideró que Cartagena estaba poniendo en cuestión su mando y le respondió sin la menor consideración.

—¡Quién os habéis creído que sois para enmendarme la plana y cuestionar mi autoridad!

—Soy el veedor de esta escuadra por expresa voluntad de nuestro rey, mi señor don Carlos. Encargado, en virtud de ese nombramiento, de que se cumplan sus instrucciones. ¿Lo habéis olvidado? Velar por su cumplimiento no es cuestionar vuestra autoridad.

Magallanes farfulló una protesta, miró de forma iracunda a Cartagena y, alzando la voz más de lo que era conveniente, gritó:

—La reunión ha terminado. ¡Salgan vuesas mercedes de este camarote y estén atentos a las órdenes que les sean dadas!

Aquella tarde los capitanes recibieron una cedulilla firmada por Magallanes y signada por Ezpeleta donde se indicaba la ruta a seguir y también que en todo momento la *Trinidad* marcharía en cabeza, sin que nadie osara sobrepasarla. Ordenaba también que se efectuara, desde cada barco, un disparo de pólvora como saludo al capitán general.

Al amanecer del día siguiente, 3 de octubre, la escuadra abandonaba el abrigo del puerto y se hacía de nuevo a la mar. La *Trinidad* ponía proa al sur, seguida de las demás naves, en dirección a las islas Cabo Verde.

Cada día, poco antes del ocaso, la capitana encendía el fanal y los demás barcos, que seguían su estela, debían responder con un disparo de saludo al capitán general, según disposición establecida por Magallanes al salir del puerto de la Santa Cruz. A los pocos días avistaron el archipiélago controlado por los portugueses. El viento les era favorable y las millas recorridas diariamente, considerables. Las tripulaciones se entretenían jugando a los naipes. Pese a que estaba prohibido, se toleraba siempre que las apuestas no pasaran de pequeñas sumas. Los más jóvenes se distraían oyendo a los veteranos contar historias poco verosímiles, trufadas de mentiras. Sin embargo, poco después de que las Cabo Verde quedaran atrás, el piloto de la *San Antonio*, Andrés de San Martín, advirtió que algo no marchaba como debía. Pasó buena parte de la jornada encerrado en su camarote, comprobando cartas náuticas, haciendo mediciones y observando continuamente la brújula. De vez en cuando salía a cubierta y oteaba el horizonte. Tomaba notas y hacía nuevas comprobaciones. Cuando sus dudas quedaron disipadas y sus sospechas confirmadas, decidió informar al capitán.

El sol apenas levantaba ya un palmo sobre el horizonte cuando acudió al camarote de Cartagena y golpeó la puerta con los nudillos.

—¿Quién va?

—Soy San Martín, el piloto.

—¿Qué ocurre?

—Algo que debéis saber.

Cartagena abrió la puerta y le invitó a pasar. Era un lugar recogido, decentemente acomodado, que poco tenía que ver con el resto de la nao, donde se hacinaba la tripulación.

—Señor, estamos variando el rumbo.

—¿Qué queréis decir?

—Que no estamos siguiendo la ruta indicada en la carta.

San Martín desplegó la carta donde estaba señalada la ruta sobre una mesa de la que Cartagena había apartado algunos objetos para dejarla despejada.

—Esta es la ruta. Según podéis ver, una vez pasadas las Cabo Verde, lo que hicimos hace dos días, deberíamos haber puesto rumbo sudoeste. Todas las mediciones que he hecho con la ballestilla y el cuadrante señalan que continuamos hacia el sur. También ese es el rumbo que indica la brújula. Podría deberse a algún error, pero si vuesa merced sale a cubierta podrá comprobar que tenemos a babor la costa de Guinea y ya deberíamos haberla perdido de vista. Eso significa que la *Trinidad* está variando el rumbo.

—¿Estáis seguro?

—Completamente. Seguimos la ruta de los portugueses. La que lleva al extremo sur del continente. Navegamos hacia el cabo de las Tormentas.

—¡Ese maldito portugués nos lleva al infierno!

En ese momento se oyó la primera salva de respeto en la que sólo se empleaba media libra de pólvora. Cartagena abandonó el camarote.

En cubierta el lombardero tenía ya prendida la mecha y estaba a punto de disparar el cañón cuando lo detuvo el grito del capitán.

—¡No dispares! ¡Apaga la mecha! A partir de hoy no habrá más salvas de respeto.

El artillero se encogió de hombros.

—Como ordene vuesa merced, señor capitán.

Cartagena comprobó que la tripulación se había quedado inmóvil, sorprendida por su actitud. En aquel momento se oyó el disparo hecho desde la *Concepción* y un instante después el estruendo llegó desde la *Santiago* y la *Victoria*.

—¡Vamos! ¡Vamos! ¡Que cada cual continúe con lo que estaba haciendo! No podemos gastar todos los días una buena ración de pólvora. Sepa Dios si nos hará falta. No sabemos con qué podemos encontrarnos más adelante.

35

Cuatro días más tarde la escuadra seguía sin perder de vista la costa, pero la situación había dado un giro radical. La brisa, convertida en algunos momentos en violentos ventarrones que impulsaban con fuerza las velas, había desaparecido. Se había impuesto una calma propia de las latitudes próximas al ecuador. Los barcos, casi inmóviles, sólo se mecían por el suave movimiento del mar. Al tercer día de permanencia en las mismas aguas, con el velamen recogido, Magallanes convocó en la *Trinidad* a los oficiales de la escuadra. La reunión se celebraría en su camarote después del rezo del ángelus.

Los recibió con un semblante que no anunciaba nada bueno. Vestía un jubón negro en el que lucía la cruz de Santiago de forma ostentosa. Era un mensaje sin palabras. Quería dejar patente que el rey lo había distinguido con un hábito de la elitista orden. Sobre todo ante Juan de Cartagena, cuyo linaje tenía mucho lustre al pertenecer a la primera nobleza del reino. La presencia de capitanes, pilotos y maestres los obligaba a permanecer en pie, casi apiñados.

El rostro del capitán de la *San Antonio*, que se había limitado a un mínimo saludo con el portugués, no difería mucho del ofrecido por Magallanes. Sus relaciones, siempre tensas, se habían deteriorado aún más en aquellos días. El veedor no llevaba bien que Magallanes ejerciera su autoridad de una forma que consideraba despótica y el capitán general no admitía la indisciplina del español que, desde hacía días, incumplía ciertas órdenes.

—He de comunicar a vuesas mercedes que he tenido conocimiento de un hecho de la mayor gravedad acaecido en esta nao.

Los murmullos desaparecieron y se impuso un silencio que permitía oír el zumbido de las moscas. Cartagena, que por un momento pensó que se refería al hecho de no efectuar los disparos de respeto desde su nao, reparó en que el portugués había dicho «en esta nao». No sabía a qué podía referirse, pero se puso en guardia, temiendo que fuera una añagaza. Magallanes se mantuvo en silencio hasta que el piloto de la *Victoria* preguntó:

—¿A qué se refiere vuesa merced con «un hecho de la mayor gravedad»?

—A un delito por el que se ejecutará a los delincuentes. Serán ahorcados mañana, al amanecer.

Los presentes se miraron inquietos. Magallanes prolongaba el misterio.

—¡Pardiez! ¡Hablad de una vez! ¿Qué ha ocurrido? ¿Qué delito es al que se refiere vuesa merced? —preguntó el capitán Mendoza.

—El despensero ha sido sorprendido fornicando.

—¿Hay mujeres a bordo de la *Trinidad*?

—Sodomizaba a un grumete. ¡Un acto contra natura! Las ordenanzas establecen pena de muerte para los sodomitas. Serán ahorcados, una vez que se hayan puesto a bien con Dios. Será una vez que despunte el sol por el horizonte.

—¿Fueron sorprendidos in fraganti? —preguntó Mendoza.

—Lo fueron —respondió Magallanes, tajante.

—Como saben vuesas mercedes —indicó el padre Valderrama, que había sido convocado a la reunión—, esa pena sólo se aplica si los fornicadores son sorprendidos en el ejercicio de tan abominable pecado.

—Don Luis lo pregunta porque las circunstancias han de ser tenidas en cuenta en los actos contra natura —intervino Cartagena—. ¿Ha sido dictada la sentencia por un tribunal constituido al efecto, como está establecido?

—Basta con mi autoridad —replicó Magallanes—. Son sodomitas y, como tales, han de pagar por su culpa.

—¡No es suficiente! —Cartagena elevó la voz—. La sentencia ha de ser emitida por un tribunal. Si mandáis ejecutarlos, será vuesa merced quien estará delinquiendo.

—Como capitán general —Magallanes puso énfasis al referirse a su cargo—, tengo autoridad para castigar, sin necesidad de tribunales. Os recuerdo que así consta en el poder que me otorgó el rey en mi condición de responsable máximo de la escuadra.

—Para casos como el que nos ocupa es un tribunal quien ha de sentenciar, después de haberse tenido en cuenta las circunstancias. El padre Valderrama podría ilustrarnos al respecto. ¿Considera vuestra paternidad necesaria una sentencia dictada por un tribunal?

—¡Basta con mi autoridad! —insistió Magallanes, visiblemente alterado.

—¡No es suficiente! —A Cartagena le importaba poco la suerte del despensero y el grumete. Buscaba cuestionar la autoridad de Magallanes.

—¡Que hable, pues, su paternidad! —concedió Magallanes de mala gana. Aceptar la explicación suponía poner en cuestión su autoridad, pero la normativa estaba de parte de Cartagena.

—Lo que se ha podido averiguar de este lamentable caso —señaló el fraile— es que el grumete pasaba demasiado tiempo en la despensa, sin ser ayudante del despensero. Eso fue lo que despertó sospechas. El despensero, cuyo nombre es Antón Salomón, le facilitaba raciones de comida extra y alguna golosina. A cambio de ello el grumete se dejaba realizar ciertos tocamientos. Esa relación comenzó estando en Sanlúcar de Barrameda. Con el paso de los días al despensero no le bastó con los tocamientos. Su desenfrenada lujuria exigía más y la relación pasó a mayores hasta llegar a un fornicio contra natura en el que el despensero ejercía de dante y el grumete de tomante.

—Abrevie vuestra paternidad. Son innecesarios tantos detalles —lo apremió Magallanes—. En las relaciones contra natura no se establecen diferencias a la hora del castigo entre quien sodomiza y quien es sodomizado.

—Salvo que el sodomizado lo sea contra su voluntad —señaló Cartagena.

—No es el caso —protestó Magallanes, que utilizaba el suceso como un ejercicio de autoridad.

—Eso debe decidirlo un tribunal. El papel pasivo, en determinadas circunstancias, puede suponer un atenuante a la hora de impartir el castigo, ¿no es así, padre?

El fraile miró a Magallanes y el capellán respondió afirmativamente.

—Ha de ser un tribunal quien lo determine —señaló Cartagena—. La pena para el grumete es un exceso. Sería suficiente aplicarle un severo castigo. Un centenar de azotes y tenerlo a pan y agua una temporada.

—Veo que ya os habéis convertido en juez —ironizó Magallanes—. Hay que imponer disciplina y no puede ponerse en cuestión mi autoridad.

—No estoy en contra de la disciplina. Sólo defiendo lo que es justo. Tampoco cuestiono vuestra autoridad.

—¿Que no cuestionáis mi autoridad? Explicadme, entonces, por qué, desde hace algunos días, la *San Antonio* no dispara la salva de respeto establecida.

—Por la misma razón que vuesa merced ha variado el rumbo predeterminado sin dar explicaciones.

—¡No os consiento que pongáis en cuestión mis decisiones!

—Si vuesa merced no incumpliera sus obligaciones...

—¡Cómo os atrevéis!

—¿Olvidáis que soy veedor de esta escuadra? He de velar porque sean respetadas las órdenes de nuestro rey, que vos estáis incumpliendo.

—¡No puedo consentir que hagáis afirmaciones que menoscaban mi autoridad! ¡Eso es desacato! ¡Os relevo de vuestros cargos! ¡Prendedle!

En aquel momento salieron de detrás de un mamparo cuatro hombres. Uno de ellos llevaba unos grilletes para aherrojarlo.

—¡Esto era una encerrona! ¡Lo teníais todo dispuesto! ¡Sólo era un pretexto para atraernos a vuestro barco! ¡En realidad, habéis urdido una trampa! ¡Maldito seáis!

—¡Encadenadlo! ¡Quien comparecerá ante un tribunal, para juzgar vuestro desacato, seréis vos!

Los presentes no daban crédito a lo que estaba ocurriendo. Juan de Cartagena era el representante del rey en la escuadra y, dada su pertenencia a la nobleza, encadenarlo con grilletes era una ofensa a su dignidad.

—Señor, tened vuestra cólera —imploró Valderrama con las manos juntas, en actitud de súplica.

—¡Es una justa cólera!

—Ved, señor, que de todo esto puede derivarse un daño gravísimo a los intereses de su majestad.

Sin hacer caso a los requerimientos del capellán, Magallanes se dirigió al capitán de la *Victoria*:

—Os entrego la custodia del prisionero. Lo mantendréis en vuestro barco, encerrado y aislado de la tripulación. Jurad que me lo entregaréis en el momento en que os lo pida.

Mendoza estaba perplejo con la encomienda de aquella misión.

—No suelo poner a Dios por testigo en asuntos que sólo conciernen a los hombres.

—Entonces responderéis con vuestro honor.

—¿Quién se hará cargo ahora de la *San Antonio*? —preguntó Quesada.

Magallanes no dudó, dejando claro que todo estaba previsto de antemano.

—El contador, Antonio de Coca, asumirá el mando hasta que este asunto quede resuelto. Ahora, retiraos todos.

Los reunidos abandonaron en silencio el camarote. Acababa

de ocurrir algo inaudito. El arresto de Cartagena podía tener consecuencias funestas. Cuando estaban a punto de salir, Magallanes alzó la voz para que todos pudieran oírlo:

—Mi autoridad no se discute. Sabed que el despensero y el grumete serán colgados de una cuerda, mañana al alba.

Cartagena lo desafió con la mirada y, después de soltar un escupitajo en el suelo, le espetó:

—Pagaréis un precio muy caro por vuestra felonía.

36

Al día siguiente, con Cartagena relevado del mando y custodiado en la *Victoria* por Mendoza, Antón Salomón y el grumete fueron ahorcados en medio de un silencio sepulcral, no tanto por respeto a los reos, que solían ser objeto de burlas y rechifla, sino porque ya era del dominio público lo ocurrido la víspera. Mucha gente estaba mohína.

A diferencia de lo que solía ser habitual, que era dejar los cuerpos sin vida colgados algunas horas para escarmiento y recordatorio, fueron bajados una vez que la vida los hubo abandonado. Los dos cadáveres, introducidos en un mismo saco, fuertemente atado, fueron arrojados al mar.

Uno de los marineros que se encargaba de este menester, un sujeto de mala catadura, no se privó de hacer una chanza macabra:

—Juntos. Así podréis fornicar a gusto.

Nadie rio la gracia.

La calma se prolongó durante ocho días, lo que enervó aún más los ánimos. Los hombres pasaban el día haraganeando. Se protegían de un sol inclemente colocando unas toldillas que sujetaban con el cordaje del velamen y permanecían hacinados sobre la cubierta para no gastar energías al haber sido reducidas las raciones. Los pocos que sabían leer disfrutaban de ese placer. En ocasiones, lo hacían en voz alta para que los demás se distrajeran oyéndolos. Solía tratarse de novelas de caballerías, aunque también había obras de otro tenor.

Un viejo marino de la *Concepción* fue reprendido por el capellán al leer en voz alta pasajes procaces de una obra titulada *Tragicomedia de Calisto y Melibea*.

—Esa lectura es poco recomendable —le increpó el clérigo—, aparecen las pasiones humanas demasiado al descubierto y no es edificante la vida de alguno de los personajes. Esa alcahueta… ¿Cómo se llama?

—Celestina, páter.

—¡Esa Celestina, dedicada a remendar virgos para hacer doncellas y facilitar filtros y brebajes para inducir al pecado, es un personaje abominable!

—¿Cuál es ese pecado, páter? —preguntó, con sorna, uno de los que se regodeaban, disfrutando con tanta picardía como contenía aquella obra.

—La fornicación, hijo, la fornicación. El fornicio es la peor de las pestes de nuestro tiempo y esos que escriben rindiéndole pleitesía están inspirados por Satanás.

—Páter, este libro se refiere a cosas de la vida. Es algo que ocurre cada día. No como esas novelas donde todo es fantasía, invenciones y mentiras. Los pastores de mi pueblo son gentes rudas e iletradas que no se dedican a componer poemas ni a suspirar por nobles damas. Algunos se alivian sobándoles las tetas a las cabras y hasta fornicando con ellas.

Sus últimas palabras fueron recibidas con carcajadas y expresiones soeces. El capellán se santiguó hasta tres veces.

—Por eso he dicho que la fornicación es la peor peste de nuestro tiempo y no quiero referirme a la que se practica contra natura. ¿Quién ha escrito ese engendro?

—No lo sé.

—¿Cómo que no lo sabes? ¡Busca el nombre del autor! Debe de estar en la portadilla.

—No aparece por ninguna parte, páter.

—¡Déjame, déjame ver! —El fraile examinó el libro con mucho detenimiento y sólo pudo comprobar que estaba impreso en Zaragoza, en la imprenta de un tal Jorge Coci, en el año de 1507—. El muy bellaco oculta su nombre. ¡No se atreve a ponerlo para que no se sepa quién escribe esta inmundicia!

Diciendo esto arrojó el libro por la borda. El dueño se llevó la mano a la faja, donde asomaba la empuñadura de una daga, pero en el último momento se contuvo. El contramaestre se había acercado y había demasiados testigos. Se limitó a acercarse al clérigo y susurrarle al oído:

—Vuestra paternidad no tenía derecho a hacer eso. Dad gracias a Dios de que esos hábitos os protegen —le espetó escupiendo a los pies del clérigo.

—¿Así me agradeces que vele por la salvación de tu alma, que con esas lecturas irá a parar a las calderas del infierno?

En aquellas aguas donde, a veces, soplaba una ligera brisilla que no era suficiente para henchir las velas, la disciplina se relajó. Cobraron vida los rumores sobre los terribles peligros que acechaban a los barcos en aquellas latitudes. Sólo quienes tenían cierta experiencia eran conscientes de que las calmas eran algo a lo que había que enfrentarse, antes o después, en los viajes por los océanos. Para matar el tiempo se jugaba a los naipes y, en algún momento, hasta aparecieron los dados, juego sobre el que pesaban mayores castigos que sobre las cartas. Pero se disimulaba para no crear mayores problemas de los que ya habían. Algunos, que tenían cierta habilidad con la navaja, se entretenían tallando figurillas en madera. Otros, sentados en las amuras, dedicaban largas horas a la pesca, lo que suponía, caso de tener suerte, disponer de algún pescado fresco que añadir a su ración. Había quien se dedicaba a despiojar al vecino a cambio de recibir después el mismo tratamiento. También se mataban chinches y pulgas, cuyas picaduras eran un verdadero tormento. Los pocos que sabían nadar aprovechaban para darse remojones que les permitían sobrellevar mejor la dureza de las temperaturas.

Para mantener alguna actividad y que el ocio no causase más estragos, se había llamado dos veces a zafarrancho y se había limpiado la cubierta con grandes cantidades de agua jabonosa a la que se añadían hojas de romero para combatir los malos olores.

Los hombres aprovechaban las nubes que traían lluvia para lavarse. Aquella agua era dulce y no dejaba restos de sal en el cuerpo. Era la forma de eliminar algo de suciedad y reducir el hedor.

Mendoza, que compartía camarote con Juan de Cartagena, le permitía salir a cubierta dos veces al día, pese a las órdenes de Magallanes de que permaneciera encerrado. A esas dos veces se añadía el rezo del ángelus y cada vez que el depuesto veedor indicaba que había de satisfacer una necesidad. Podía ir hasta el beque, una tabla que sobresalía un par de varas de una de las amuras con un agujero circular por donde se defecaba.

Una de aquellas tardes, en que el preso y su custodio mataban el tiempo tumbados en sus catres, Mendoza preguntó a Cartagena:

—¿Pensáis hacer algo?

—Sólo espero tener la oportunidad. Supongo que vuesa merced me acompañará en ese intento.

—Contad con ello. Ese portugués es insufrible y vuestra detención propia de un villano.

—Tened paciencia. Mientras se prolongue esta calma hemos de permanecer quietos. Tomará alguna iniciativa cuando podamos navegar y entonces será el momento de pasar a la acción. ¿Contáis con hombres de confianza entre vuestra tripulación?

—La mayor parte obedecerá mis órdenes. Hay varios portugueses que crearán problemas, pero cuento con el maestre, el contramaestre y el piloto. ¿Estáis pensando en un motín?

—Es posible.

—Para ello necesitaréis contar con más ayudas.

—Creo que, llegado el caso, podríamos hacernos con el control de la *San Antonio* y de la *Concepción*. Descarto la *Santiago*, Serrano es uña y carne de Magallanes. Pero con esas tres naos podemos intentar apoderarnos de la *Trinidad*.

Dos días más tarde, cuando los hombres dormían, si los piojos, las chinches y las pulgas les daban tregua, y acababa de hacerse el relevo entre el segundo y el tercer turno de guardia, el centinela de popa notó cómo una ráfaga de viento le refrescaba el rostro. Aguardó unos segundos y comprobó que tenía continuidad. Volvió a soplar agitando levemente la vela de mesana. Fue hasta la proa, donde estaba el otro centinela. Lo encontró acurrucado, protegiéndose del frío con un mantelete que cubría su cabeza.

—¿Lo has notado?

—¿Qué? —respondió de mala gana.

—El viento, ¿no lo notas?

Se incorporó, se llevó un dedo a la boca y lo chupó, alzándolo por encima de su cabeza.

—¡En cierto! ¡Sopla levante! —exclamó espabilándose—. Pero me temo que con esto no vamos a ninguna parte.

Una ráfaga hizo cabecear a la nao.

—Deberíamos dar la alarma.

El centinela de proa, que se había desprendido del mantelete dejando al descubierto una cabeza rapada, algo que hacían muchos marineros como forma de enfrentarse a los piojos, se acarició el mentón.

—Aguardemos un poco más. Despertar a la tripulación si no tiene continuidad nos supondrá un castigo.

La espera fue breve. El viento seguía soplando y en pocos minutos había arreciado lo suficiente como para que las cuadernas de la *Victoria* crujieran. El movimiento del buque espabiló a algunos y en la cubierta se produjo cierto movimiento. Podían oírse ciertos murmullos.

—No espero más. ¡Mira las olas! La mar empieza a rizarse. El castigo podrían aplicárnoslo por no dar la alarma y desaprovechar el viento. Tiene fuerza para henchir las velas.

Agarró la cuerda del badajo de la campana y empezó a tocar, mientras el otro, haciendo bocina con las manos y poniéndose de espaldas a lo que empezaba a ser un vendaval, gritó:

—¡Viento de levante! ¡Fuerza creciente! ¡Viento de levante! ¡Fuerza creciente!

En cuestión de segundos los movimientos que se habían producido en cubierta se transformaron en una barahúnda. La mayoría de los hombres, que dormían tendidos sobre la tablazón de la cubierta y para combatir el frío de la noche se protegían con mantas, se incorporaban somnolientos, preguntando qué pasaba. También los que preferían dormir en la bodega, pese a los fétidos olores que subían de la sentina y la compañía de molestos roedores, se despertaron. El maestre y contramaestre abandonaron sus yacijas en el camarote de proa, que compartían con el piloto, y aparecieron en cubierta dando órdenes.

La alerta de viento dada en la *Victoria* se repetía, como un eco en medio de la noche, en los demás barcos de la escuadra. Por suerte para todos en el firmamento, libre de nubes, titilaban las estrellas y una luna a punto de llegar a su plenitud proyectaba una luminosidad lechosa que permitía ver sin problemas. Podía largarse el velamen, no había duda.

—El viento arrecia y hay que aprovecharlo —indicó el contramaestre—. Si se mantiene unas horas nos sacará de esta maldita zona de calmas.

Se dirigió a la toldilla y desde allí, una vez que el timonel estuvo en su puesto, comenzó a impartir órdenes:

—¡Largad velas! ¡Rápido, rápido! ¡Hay que aprovecharlo! ¡Rápido!

No necesitó repetir las órdenes. Los hombres eran conscientes de la importancia de ganar los segundos si querían salir del atolladero en que llevaban tantos días metidos. Una docena de marineros tiraba de las drizas.

—¡Arriba! ¡Arriba! ¡Arriba!

Poco a poco, la mayor se izaba. Al llegar a media altura, otro grupo de hombres se sumó a los que la desplegaban porque el viento ya hinchaba la lona y dificultaba la maniobra. Cuando lograron que la verga alcanzara su altura, estaban extenuados. Eso importaba poco al contramaestre que, de forma inmediata, ordenó:

—¡Tensad, tensad la boneta! ¡Vamos, vamos! ¡Tenemos que aprovechar todo este viento!

Los hombres hicieron un último esfuerzo. Pero se equivocaban si pensaban que el trabajo había terminado.

La pequeña vela, que acompaña a la mayor en su parte inferior, recogía el viento que soplaba bajo y podía utilizarse mientras las olas no barrieran la cubierta.

La escuadra, a todo trapo, retomaba su singladura. La *Victoria*, que era la más marinera, navegaba tan deprisa que adelantó a la *Trinidad*, dejando atrás toda la escuadra. Mendoza, a quien acompañaba Cartagena, se había situado en la toldilla.

—Hemos dejado atrás a la *Trinidad*.

—Eso es pecado mortal —ironizó el maestre.

—Tendremos problemas si seguimos a esta velocidad. Hay que recoger algo de trapo y, si no es suficiente, habrá también que arriar la mesana.

—Tenéis razón. Ese portugués tiene malas pulgas.

El maestre hizo altavoz con las manos y gritó:

—¡Bajad la verga! ¡Cuatro varas!

No fue necesario recoger la de mesana para que la *Trinidad* los pasase.

El viento sopló con fuerza durante toda la noche y a lo largo del día siguiente. La escuadra volaba ahora sobre las olas y se desplazaba a ocho nudos. La *Victoria* plegaba, de vez en cuando, parte del velamen porque la *Concepción* y la *Santiago* tenían dificultades para navegar a aquella velocidad.

37

Abandonada la zona de calmas, la escuadra viró al sudoeste buscando la costa de las Indias. Pese a que el ambiente había mejorado se respiraba tensión. Tras la detención de Cartagena, se habían agrandado las diferencias entre castellanos y portugueses. En la *Concepción* la situación era particularmente tensa. Las bromas, que habían sido moneda corriente hasta entonces, no se admitían y el maestre Juan Sebastián Elcano, hombre de natural afable, ejercía desde entonces su autoridad con rigor. La tolerancia que había tenido con los juegos de naipes y dados para matar el tiempo los días de las calmas se había terminado. No estaba dispuesto a que se repitieran las dos reyertas entre naturales de ambos reinos a las que había tenido que enfrentarse y que le obligaron a aplicar algunos castigos para mantener la disciplina.

Elcano se encontraba en su camarote, ante una jofaina —todo un lujo sólo al alcance de la oficialidad—, echándose puñadas de agua en la cara cuando llamaron a la puerta.

—¿Quién va?

—Soy Argote, el lombardero.

—¿Qué ocurre?

—Vuesa merced debería ver lo que tenemos por delante. Vamos a tener problemas serios.

—Salgo enseguida.

Se secó la cara y los sobacos, y echó mano de la camisa. Sabía que Argote no era hombre que se alarmara por una nimiedad. Había navegado bajo su mando cuando era capitán de la *Nuestra Señora de la Aurora*, la carraca con la que prestó servició en Italia a las órdenes de don Gonzalo Fernández de Córdoba, la que habían incautado los genoveses y tantos problemas le había creado.

Al salir a cubierta le pareció que todo estaba en orden. Los hombres mataban el tiempo como mejor podían. El despensero discutía por las raciones de vino con el maestro de cocina, que tenía a un grumete que ejercía de pinche vigilando el fuego donde se cocinaba un guiso de nabos con tocino, que era la comida caliente del día. El fuego no siempre podía encenderse, sólo cuando las condiciones lo permitían. Era cosa con la que no se admitían incumplimientos por el peligro de incendio.

—Mirad allí. —El lombardero señaló hacia la proa.

A Elcano se le mudó el semblante. En silencio, contempló la enorme masa de nubes que aparecía por el horizonte. Argote no había exagerado. Iban a tener problemas y muy serios. Aquellos nubarrones no anunciaban nada bueno. Hizo entonces algo inaudito. Muchos hombres que estaban tumbados, despiojándose o repasándose las uñas con su navaja, se incorporaron al verlo trepar por la jarcia del palo mayor hasta la cofa. Desde allí observó mejor la masa nubosa que venía hacia ellos y farfulló entre dientes:

—¡Santa Madre de Dios!

Los nubarrones, densos, oscuros, ocupaban toda la línea del horizonte. Descendió con tanta agilidad como había trepado y, sin decir palabra, se dirigió al camarote que compartía con el piloto y el contramaestre.

—Acurio, despertad.

El contramaestre se dio la vuelta y entreabrió los ojos.

—¿No podéis dejarme un rato tranquilo?… ¿Qué demonios ocurre?

—Tenemos problemas.

Bostezó varias veces, somnoliento.

—¿Qué clase de problemas? —preguntó desperezándose

—¡Salid de la cama de una vez! Tenemos por delante una tormenta como jamás habéis visto. —Saltó de la yacija y con el agua de la misma jofaina que había utilizado Elcano se echó unas puñadas en el rostro. Remetió la camisa por la cinturilla de sus calzonetas y se acordonó el cierre. Luego se puso un coleto de cuero de búfalo, tan manchado que resultaba imposible determinar su color—. Disponed a los hombres para hacer frente a lo que se nos viene encima.

Acurio no contestó. Salió a cubierta y desde la amura observó las nubes. En su semblante se dibujó la preocupación.

—La tendremos encima en menos de una hora y el viento no tardará en rolar a poniente.

—Va a darnos mucho trabajo —señaló Elcano.

—Si sólo fuera trabajo…

En la *Trinidad* se vivía igual preocupación. Esteban Gómez, el piloto, que había sido el primero en avistar la tormenta, cuando hacía cálculos para fijar la latitud, advirtió al contramaestre.

—Albo, creo que habría que avisar al capitán.

—Para qué, si pasa los días encerrado en su camarote.

Albo no exageraba. Desde que mandó prender a Cartagena, Magallanes estaba retraído.

—Tenemos por delante una tormenta que debería ver y vos también. Hay que tomar medidas y a toda prisa.

El contramaestre salió a cubierta.

—¡Por los clavos de Cristo! ¡Nunca he visto cosa igual!

Albo advirtió a Magallanes del peligro que se les echaba encima. Rápidamente, se impartieron instrucciones a toda la escuadra. Se amarró lo mejor que se pudo todo lo que al moverse se convertía en un peligro y se recogieron las velas antes de que el vendaval se abatiera sobre los barcos. El mar estaba ya agitado y empezaban a levantarse olas de varias varas. Hasta aquel momento ninguna había barrido la cubierta.

En la *Concepción*, Acurio desperezaba a sus hombres e impartía órdenes.

—¡Arriba, bergantes! ¡Se acabó estar ahí tumbados! ¡Todo el mundo a sus puestos! ¡Atad fardos! ¡Recoged cabos y drizas! ¡Vosotros, a la bodega, fijad bien los toneles y las barricas!

Los hombres, después de haber visto al maestre Elcano trepar hasta la cofa, se afanaban en las tareas. Los más experimentados ya se habían percatado de la magnitud del peligro que se acercaba.

—¿Qué ocurre, señor? —preguntó a Elcano un asustado grumete de nombre Cristóbal Vilarreal, al que llamaban Cristobalillo el Portugués.

—Se nos echa encima una tormenta, hijo, y es de las gordas. Anda, ve a tu puesto.

—¡Cargad por alto! ¡Recoged la mayor! ¡Sólo cuatro varas! ¡Vamos, deprisa, deprisa! —Acurio gritaba como un poseso—. ¡Vamos, hay que reducir velocidad! Echad estachas por la popa, nos ayudarán a frenar. ¡El trinquete a media altura! ¡Hay que reducir la velocidad! ¡Timonel, mantén popa a la mar!

—¿Con la proa hacia la tormenta, señor? —preguntó un grumete con el miedo crispando su rostro.

—Con las velas a medio recoger y navegando hacia la tormenta es como mejor se la afronta. Aunque, eso, hijo, sólo Dios y su Santa Madre lo saben.

Conforme se acercaban a la tormenta, el vendaval empezaba a desatarse y ya generaba grandes olas. Se encendió el fanal. Esa candelilla, mientras permaneciera encendida, sería la única referencia que tendrían unos de otros. Con los negros nubarrones llegaron las ráfagas de lluvia que, en segundos, ganó en intensidad. El mar también se embravecía y cuando las primeras olas barrieron las cubiertas, el grueso de las tripulaciones ya se había refugiado en las bodegas.

En la *Concepción*, el capitán Quesada permanecía en su camarote, acompañado por el piloto, un portugués llamado Carvalho. Elcano y Acurio bajaron a la bodega. En la cubierta, ya libre de obstáculos, sólo quedaron los hombres imprescindibles, bien sujetos a cabos. Los timoneles, atados a las cañas, tratarían de mantener el rumbo mientras les fuera posible. Tal y como pintaba la cosa no sería durante mucho tiempo.

Cada vez con más frecuencia las olas barrían las cubiertas, arrastrando todo lo que no había sido bien sujetado. En las bodegas el olor era insoportable. Al hedor propio del lugar, se sumaba el de los vómitos que aquejaron pronto a muchos hombres. Hasta los más experimentados sufrían los efectos de los embates del agua golpeando el casco. Se añadía a ello el estar sumidos en la oscuridad, lo que provocó varios ataques de pánico que se resolvieron dejando inconscientes a los afectados. Algún grumete lloraba desconsoladamente. A primera hora de la noche se había desatado tal temporal que el ulular del viento huracanado acobardaba incluso a los más arrojados. Atemorizaba a todos el sonido de las cuadernas, que crujían como si fueran a ceder. Los hombres se encomendaban a los santos de su devoción, alguno hizo confesión pública de sus pecados y los capellanes, cuando no estaban vomitando, invitaban a todos a rezar y hacer actos de contrición. La mayor parte de los hombres pensó que había llegado su última hora.

En la *Concepción* se vivieron momentos que anunciaban la tragedia. Se había abierto una vía de agua en el costado de babor y la nao se escoraba rápidamente. La tormenta arreciaba. La fugaz claridad que proporcionaba la luz de los relámpagos alumbraba una estampa desoladora en la bodega. Elcano se hizo cargo de la situación, tratando de que no cundiera el pánico. A la pobre luz de unas candelillas que decidió encender, al considerarlo un riesgo asumible, pese a los fardos, cajas y sacos llenos de mercancías inflamables, los dos carpinteros que iban a bordo trataron de cerrar la vía de agua con la que no podía la bomba de achique. Colocaron duelas y tablas, ayudados por algunos marineros experimentados, que presionaban sobre las tablas haciendo fuerza para contrarrestar la presión del agua.

—¡Démonos prisa! ¡Démonos prisa! ¡Tenemos que fijarlas antes de que la próxima ola golpee de nuevo! ¡Clavos! ¡Necesitamos clavos! —pedía a gritos un carpintero con voz angustiada.

—¡Que alguien prepare la estopa! —gritó el otro—. ¡Nos hará falta, si antes no nos vamos a pique!

—¡No seas pájaro de mal agüero!

El siguiente golpe llegó cuando habían logrado fijar la tablazón que, a duras penas, cerraba el paso al agua. Trabajaban a toda prisa intercalando cuñas en las rendijas que separaban las tablas y por las que seguía entrando agua en cantidad todavía mayor a la que achicaba la bomba. Sólo si conseguían cerrar el paso al agua, que ya había inundado la sentina y de la que huían las ratas buscando la salvación entrando en la bodega, quizá podrían mantener la nave a flote. Lograron ajustar las tablas a golpe de martillo, pese a que la tormenta zarandeaba a la *Concepción* como si fuera la cáscara de una nuez.

—Traed la estopa —ordenó Elcano, que observaba con atención el buen trabajo que realizaban sus hombres.

Para ganar tiempo rompieron uno de los fardos que llevaban con esparto y varios marineros lo deshilacharon en poco rato. Aquellas bolas permitían ajustar la tablazón y cerrar las ranuras que quedaban entre las tablas. Se oyó alguna exclamación de alivio cuando la estopa, hábilmente colocada, cumplió su función. Apenas entraba agua y la bomba era ya capaz de achicarla. Uno de los carpinteros empapado en agua se dirigió a Elcano:

—Lo conveniente sería calentar un poco de alquitrán y calafatear esas tablas. La estopa puede hincharse al empaparse de agua y ajustarse mejor, pero, si el costado recibe un golpe demasiado fuerte, la desencajará.

—Ya nos hemos arriesgado con estas candelillas —indicó Elcano—. Encender un fuego para calentar la brea sólo puede autorizarlo el capitán y con este balanceo… Confiemos en que la estopa aguante.

—Saltará si esto continúa mucho más.

—Entonces, iré a pedir la autorización del capitán.

—No salgáis a cubierta. Os arrastrará una ola —le advirtió Acurio.

—Buscaré donde agarrarme.

Al abrir la escotilla penetró por ella el diluvio. El agua entraba como si estuvieran vaciando un tonel por aquel agujero. Fue entonces cuando, por encima del rugido del temporal, llegó un grito que erizó el vello de quienes lo oyeron.

—¡Fuego, fuego!

En la bodega se hizo un silencio sepulcral. Muchos pensaron que, con aquel aguacero, era algo imposible. Quien gritaba se había vuelto loco.

38

—¿Dónde? ¿Dónde está ese fuego? —preguntaba Elcano asomando la cabeza para mirar la cubierta. Justo en ese momento un relámpago iluminó la oscura noche durante un par de segundos.

—¡Allí, allí!

Pudo ver al marinero que, atado por la cintura al palo del trinquete, gritaba descompuesto señalando hacia el cielo, donde el trueno que acompañaba al relámpago producía un ruido infernal que llegaba hasta las entrañas.

—¿Dónde? ¿Dónde? ¡Maldita sea! —insistía Elcano.

Un nuevo relámpago le permitió atisbar un resplandor en la punta del mástil, por encima de la cofa del palo mayor. No podía ver bien porque a la cortina de agua se sumaba que el trinquete se había soltado y drapeaba con furia, agitado por el viento.

Aguardó a que la ola barriera la cubierta y, sin perder un instante, tomó impulso para salir a ella. Sabía que disponía de poco tiempo antes de que se abatiera otra. Si no llegaba antes a un lugar donde asirse con fuerza, era hombre muerto.

—¡Fuego! ¡Fuego a bordo! —gritaba una y otra vez el aterrorizado marinero.

En la bodega el miedo había inmovilizado a los hombres. Nadie se movía. La mayoría, superado el mal trago de la vía de agua, pensaba otra vez que había llegado su última hora. Unos, con acento gallego, invocaban a san Pedro. Otros lo hacían a santa María. La bodega se llenó de rezos y letanías. Pensaban que un rayo había alcanzado la nao. Los rezos dieron paso a una gran confusión. Alguien había gritado el «sálvese quien pueda» y todos querían llegar a la escalera buscando la escotilla. Se formó un tapón y sólo unos cuantos lograron alcanzar la cubierta. Salieron cuando una nueva ola la barría. Fueron arrastrados al agua como muñecos de trapo.

El capitán Quesada, que había aparecido en la puerta de su camarote, pudo oír los gritos de aquellos desgraciados al ser engullidos por el mar. El golpe de agua, que entró por la escotilla, empujó hacia abajo a quienes pretendían salir, aumentando la confusión en la bodega, donde todo eran empujones, gritos, denuestos y maldiciones.

Cuando Elcano pudo ver el extremo del palo mayor comprobó que no había incendio. Sólo entonces se percató de que Juan de Córdoba, a quien le había tocado en suertes atarse a la caña del timón y era un viejo lobo de mar, que sumaba a su experiencia su habilidad para confeccionar y reparar toneles, pedía calma, al tiempo que gritaba:

—¡Es el fuego de san Telmo! ¡Es el fuego de san Telmo! ¡El fuego santo!

Poco a poco, el vendaval que azotaba a la escuadra fue amainando. La tormenta se alejaba por levante. Los relámpagos perdían intensidad y los truenos se oían cada vez más lejanos. El viento fue calmándose y las olas dejaron de barrer las cubiertas. El cielo fue aclarándose y con la desaparición de las nubes la luz de las estrellas en el firmamento fue el anuncio de que, tras la tempestad, el mar empezaba a serenarse, pero pasarían horas hasta que quedase en calma. En medio del silencio podía oírse cómo el oleaje golpeaba, aún con fuerza, en el casco de los barcos.

Los hombres abandonaban las bodegas con el miedo reflejado en el rostro. Estaban exhaustos después de tantas horas de tensión y pánico. Miraban, extasiados, el mástil, que parecía una antorcha resplandeciente en medio de la noche. La mayoría había caído de hinojos y daba gracias a Dios. No pocos hacían esfuerzos por evitar las lágrimas y algunos lloraban sin poder contener la emoción.

Quienes habían visto en alguna otra ocasión el extraño fenómeno, lo explicaban a su modo.

—Es la señal de que san Telmo nos protege —afirmaba un gallego de Tuy—. Es tanto su poder que es capaz de acabar con las tormentas.

—No creerás en esas patrañas —le replicó un sujeto desdentado que tenía un chirlo en la frente.

—¡Cómo te atreves a decir eso! ¡Has sido testigo de lo que acaba de ocurrir! ¡Lo has visto con tus propios ojiños! ¡San Telmo ha acabado con la tormenta! ¡Páter, explicad a este ignorante qué es el fuego de san Telmo!

—¡A mí nadie me llama ignorante!

—¿Acaso has estudiado en Salamanca? —ironizó uno provocando muchas carcajadas. El del chirlo buscó la daga que llevaba en la faja.

La intervención del capellán dio la razón al gallego y consiguió que todo quedara en risas. Un grumete, que había cursado un par de años en la flamante Universidad de Sevilla y se había enrolado para huir de los acreedores por deudas de juego, poco conforme con la explicación, se dirigió al maestre.

—¿Qué es eso del fuego de san Telmo, señor?

—Algo que no tiene explicación. Suele ser anuncio de que la tormenta amaina. Lo que puedo asegurar es que altera las brújulas.

—¿Cómo que altera las brújulas?

—Dejan de señalar el norte. No tengo mejor explicación. Hay quien lo achaca a la intervención de san Telmo y lo llaman el fuego santo. Para otros ese fuego es signo de malos augurios

—¿Malos augurios? Ha coincidido con el final de la tormenta.

—Quienes sostienen lo del mal augurio afirman que los males son para el futuro. Veremos qué nos aguarda más adelante. Lo importante es que hemos salido de esta, que no es poca cosa. Además

—Elcano posó su mano en el hombro del joven—, no creas todo lo que se dice.

El contramaestre, después de encender una candelilla en el fanal, que había resistido los embates de la tormenta, empezó a impartir órdenes:

—¡Vamos, vamos! ¡Todo el mundo a sus puestos! ¡Hay que ver si falta alguien!

Muy pronto se supo que el mar se había tragado a tres hombres. Los daños eran importantes, pero no demasiado graves, salvo la vía de agua, reparada con urgencia como mejor se había podido.

—Tres bajas, señor —indicó al capitán, antes de impartir nuevas órdenes.

—¡Todavía queda noche, así que cada mochuelo a su olivo! ¡Todo el mundo a descansar que mañana nos espera una dura jornada con las cosas que será necesario recomponer!

Los hombres buscaron el mejor acomodo posible, pero fueron pocos los que conciliaron el sueño. Pese a que el mar había quedado en calma y los barcos se mecían suavemente, les resultó difícil pegar ojo el resto de la noche. Unos, pendientes del fuego de san Telmo, que seguía ardiendo en la punta del mástil de la *Concepción*. Otros escrutaban en la oscuridad buscando la luz de los fanales de los otros barcos. El piloto pudo fijar la posición. Las estrellas que brillaban en el firmamento le permitieron calcularla utilizando la ballestilla.

En medio del silencio de la noche los gritos de rigor de los centinelas se oían con claridad.

—¡La *Concepción*, las tres! ¡Centinela alerta!

Quien daba la alerta giró una ampolleta que le permitía calcular la hora y segundos después, como si fuera una réplica, otras voces surgieron en la noche, indicando que había otros dos barcos en las cercanías, aunque no se veía la luz de sus fanales.

—¡La *Victoria*, las tres! ¡Centinela alerta!

—¡La *Santiago*, las tres! ¡Centinela alerta!

Se había suprimido, según lo establecido en las instrucciones de navegación después de una tormenta, indicar que no había novedad.

La realidad era que había muchas. Pero nadie podía dar cuenta de ellas en aquellos momentos. Había destrozos y pérdidas, y no se sabía el número de hombres que habían sido engullidos por las aguas.

Mendoza, que había departido con el piloto que, desde la toldilla, realizaba cálculos a la luz de un farolillo que le sostenía un grumete, regresó a su camarote. Buscaba un capote forrado de piel para protegerse del frío. Encontró a Cartagena tendido en el catre con las manos entrelazadas detrás de la nuca.

—¿Se ha oído la alerta de la *San Antonio*?

—No hay señales de ella ni de la *Trinidad*. La *Santiago* y la *Victoria* han dado la alerta.

—Ese inútil de Coca… —refunfuñó Cartagena, dándose media vuelta.

El resplandor de san Telmo no desapareció hasta poco antes del amanecer, cuando la claridad que se percibía por levante empezaba a romper los velos de la noche. Con las primeras luces del día se pudo comprobar que cuatro de los barcos quedaban a la vista, alejados unos de otros, pero a la vista. No había rastro de la *San Antonio*. Durante algunas horas se temió lo peor. Se pensó que no había soportado la tormenta y se había ido a pique. Cada diez minutos, medidos con una ampolleta, se efectuaban dos disparos de bombarda por si la nao desaparecida no era visible pero se encontraba a algunas millas. Después de tres horas de angustia, el vigía de la *Victoria* dio el grito que todos esperaban:

—¡Barco a la vista! ¡A estribor, barco a la vista!

La *San Antonio* se acercaba lentamente. La habilidad del maestre Elorriaga permitía aprovechar la escasa brisa para impulsar su velamen.

La llegada de la nao, celebrada con gritos de júbilo, interrumpió la actividad en la flota. Magallanes ordenó que se celebrase nueva misa —se había oído una poco después del amanecer— en acción de gracias por haber salido con bien toda la escuadra y por el alma de los catorce hombres que habían desaparecido con la tormenta.

A la hora del almuerzo hubo una alegría más. Se repartieron

raciones de vino extra y doble número de galletas. Los despenseros fueron más generosos con el aceite y se añadió al queso y al rancho diario de nabos y tocino una medida de frutos secos.

Por la tarde continuó la reparación de los desperfectos. Se cerraron pequeñas vías de agua y se limpiaron las bombas de achique. Se avanzó en la reposición de tablas y se aseguraron algunas que habían quedado desvencijadas. Se taparon rendijas con estopa y se calafatearon las partes de los cascos que estaban dañadas, gastándose buena parte del cáñamo y esparto que se llevaba en restañar grietas, rajas y hendiduras. Los calafates utilizaron brea, hasta donde podían en altamar, para dejar los buques en las mejores condiciones posibles. Se hizo recuento de aparejos, comprobándose que muchos habían desaparecido con la tormenta. Lo más laborioso fue llevar a la *Victoria* media docena de barriles de agua, al haberse deshecho tres de los toneles grandes donde se guardaba el preciado líquido, que se racionaba de forma estricta desde el primer día. Para alivio de los pilotos, las brújulas se normalizaron y antes de anochecer se recibió la orden de que al día siguiente todos los oficiales estarían a bordo de la *Trinidad* una hora después de que apuntara el sol. En su cubierta, presidido por Magallanes, se celebraría un responso por el ánima de los catorce hombres —un lombardero, un calafate, siete marineros, cuatro grumetes y un sobresaliente— que habían perdido la vida en el transcurso de la tormenta. El mar los había engullido. Ninguno de los barcos se había librado de alguna pérdida. La que peor parada había salido era la *Santiago* que, al ser una carabela, tenía las bordas más bajas y sufría con más intensidad los embates del oleaje. Eran cinco los hombres desaparecidos de su tripulación y entre ellos estaba el timonel, lo que suponía una grave pérdida. La *Concepción* contaba cuatro bajas entre sus hombres.

Al día siguiente, a la hora fijada, todos los oficiales salvo Juan de Cartagena, que permaneció encerrado en el camarote de la *Victoria* por orden expresa de Magallanes, se encontraban en la cubierta de la *Trinidad*. El capitán general se mostró distante, frío, dejando patente que sus recelos no habían desaparecido. Apenas cruzó unas palabras de saludo con los capitanes, salvo con Serrano, el último en llegar, al que dispensó una acogida más cálida. No preguntó por Cartagena.

Fue una ceremonia breve en la que, en su condición de capitán general, después del responso del capellán Valderrama, pronunció unas palabras de recuerdo para los difuntos. No parecieron sentidas.

—Han ofrendado su vida en aras de un objetivo que va más allá de la vida de un hombre. Rindámosles homenaje de admiración y respeto. Su muerte no ha sido gloriosa, pero formaban parte de una empresa que sí lo es. Nadie podrá privarles del honor de haber formado parte de esta escuadra. El mar, que siempre está presto a cobrar su tributo, nos ha arrebatado sus vidas. Que su sacrificio no resulte inútil y sirva de estímulo para los nuevos caminos que estamos llamados a abrir y por los que se navegará en el tiempo venidero. Caminos que ensancharán los dominios de su majestad.

—A quién se referirá con «su majestad» —susurró Mendoza al oído de Elcano.

No hubo respuesta del maestre de la *Concepción*. En aquel momento abrieron fuego las bombardas de la nao, como homenaje póstumo a los desaparecidos. Así concluía aquel acto al que faltó calor humano y en el que los saludos de despedida estuvieron dictados por la mínima cortesía. Mendoza, que había tenido la tentación de abogar en favor de Cartagena para que le fuera devuelto su cargo de veedor y el mando de la *San Antonio*, no lo consideró prudente.

La bonanza del tiempo se convirtió en aliada de la escuadra, y con el mar en calma pudieron realizarse todos los trabajos necesarios para dejarla en buenas condiciones. Al cuarto día, conforme avanzaba la mañana, como si los hados lo hubieran dispuesto, una brisa de levante soplaba cada vez más fuerte. Era lo que necesitaban para reemprender la travesía.

39

Al haber entrado en una zona de vientos que les eran favorables, pudieron navegar durante muchas jornadas rumbo a poniente cayendo siempre hacia el sur. En algunas ocasiones lo hicieron a todo trapo, gracias a la fuerza del viento. Como ya había ocurrido, la *Victoria* tuvo que arriar su trinquete para no sobrepasar su posición en la escuadra y sobre todo no adelantarse a la *Trinidad* y despertar las iras del capitán general.

Magallanes seguía mostrándose puntilloso en extremo con respecto a las consideraciones que, según él, eran debidas a su persona. Cada atardecer, desde los diferentes barcos, se disparaba una salva de respeto. Se seguían las instrucciones que desde la *Trinidad*, sin mayores explicaciones, se impartían con la luz de sus fanales, si era de noche, y con avisos y señales durante el día. Mientras tanto, en el camarote que compartía con Mendoza, Juan de Cartagena rumiaba los pasos que estaba dispuesto a dar, considerando que el portugués incumplía las instrucciones del rey. Se sentía ultrajado por haber sido relevado del mando y mantenido como prisionero, aunque Mendoza no se portaba como un carcelero.

Cartagena tenía parte de razón cuando consideraba que Magallanes no daba cumplimiento a las instrucciones reales, pues no estaba en contacto con los otros capitanes. Disponía como si la expedición fuera cosa particular suya y actuaba, en muchos momentos, como un déspota. Se limitaba a impartir órdenes sin compartir datos o decisiones que afectaban al conjunto de la escuadra, que era una de sus obligaciones. Desde la *Trinidad,* a veces, se marcaba un rumbo diferente, sin dar explicaciones.

Conforme pasaban los días crecían los deseos de ver tierra. No quedaban alimentos frescos de los que llenaban las despensas al embarcar y habían sido sacrificados los animales vivos. Sólo la pesca que conseguían aliviaba la monotonía de las galletas, el queso y el tocino, que eran la comida de cada día. El vino estaba estrictamente racionado y lo mismo ocurría con el vinagre y el aceite. Pero lo peor era la escasez de agua. Había sido drásticamente restringida a media ración. La sed apretaba y se convertía en un tormento con las crecientes temperaturas a las que se enfrentaban. Ya sabían que el calor en aquellas latitudes era elevado.

—A estas alturas del año el invierno ya habrá asomado en Sevilla —comentó un marinero que enrollaba unos cabos.

—Pasado el veranillo de San Miguel hay que abrigarse y para el día de Todos los Santos arrimarse a la lumbre.

—Aquí parece, sin embargo, que estemos por el Corpus. Recuerdo que por ganarme unos maravedíes estuve un año debajo de una tarasca. ¡Madre de Dios, cómo sudábamos!

—He oído decir al piloto que aquí el invierno es verano y al revés.

—Es muy extraño. ¡Dios sabrá a qué tendremos que enfrentarnos!

Durante los días siguientes, en más de una ocasión, los vigías, que oteaban el horizonte desde las cofas de los buques, dieron falsas alarmas al haber creído ver tierra. Era una ilusión y un deseo. Todos estaban alerta porque los pilotos señalaban que, según sus cálculos, ya debían haber encontrado tierra. En la *Victoria* los nervios hacían presa en la tripulación.

—¿No os parece que se retrasa el avistamiento de tierra? —preguntaba Cartagena al piloto, un gallego llamado Vasco y que algunos decían que era medio portugués.

—Así es. La razón puede estar en que hace tres días la *Trinidad* torció el rumbo.

Cartagena lo miró a los ojos, como si pudiera leer en ellos.

—¿Qué quiere decir vuesa merced con eso de que «torció el rumbo»?

—Que llevábamos muchas jornadas, prácticamente desde que nos recompusimos tras la tormenta, con rumbo sur sudoeste. Ahora navegamos hacia el sur.

—¿Hay algunas instrucciones al respecto?

—No, señor. Más allá de que estamos obligados a seguir la derrota que marca la capitana, no sabemos por qué este cambio de rumbo.

Cartagena entró en el camarote donde estaba Mendoza.

—El piloto acaba de decirme que hace varios días que llevamos rumbo sur. Así no encontraremos tierra. Mirad. —Se acercó a una mesilla donde estaba desplegada una carta de marear—. Estamos navegando en paralelo a la costa. Cerca de ella, como señalan los pájaros, pero así no la encontraremos. ¿Habéis recibido alguna instrucción?

—Ninguna. Solo la consabida de no perder de vista a la *Trinidad*.

—¡Por los clavos de Cristo! ¿Adónde nos llevará este maldito portugués? Creo que no podemos seguir más tiempo cruzados de brazos.

—¿Proponéis algo?

Cartagena se acarició el mentón con gesto caviloso.

—Quizá, pedir una reunión de oficiales. Tiene que dar explicaciones. ¡No es el dueño de la escuadra! Estos barcos son de nuestro rey. ¡Actúa como si fuera el amo!

En ese momento un grito jubiloso llegó hasta el camarote.

—¡Tierra! ¡Tierra a la vista! ¡Tierra a la vista!

Abandonaron el camarote a toda prisa. Podría tratarse de otra falsa alarma, como ya había ocurrido, pero al ver la alegría desbordada supieron que no era una ilusión. Los hombres se abrazaban y señalaban la línea de costa que aparecía en el horizonte.

—¿A qué día estamos?

—Si no llevo mal las cuentas, hoy es 29 de noviembre, víspera de San Andrés.

No fue necesario que Mendoza buscase argumento para solicitar una reunión de oficiales. La orden de ir a la *Trinidad* no se hizo esperar. Dos horas más tarde, capitanes, pilotos y maestres se apiñaban en el camarote de Magallanes. En la nave capitana, como en toda la escuadra, la alegría era la nota dominante.

Tras un saludo protocolario del capitán general, Mendoza tomó la palabra.

—El veedor de la escuadra y capitán de la *San Antonio* debería haber sido convocado a esta reunión.

Magallanes lo miró con animadversión, al tiempo que sus palabras provocaban un coro de murmullos. Había tensión. Rostros serios, algunos crispados.

—Cartagena no es veedor de esta escuadra ni capitán de barco alguno. Ha sido desposeído de sus cargos.

—¿Tenéis autoridad para ello? —Mendoza lo retó con la mirada—. Esos cargos son de nombramiento real.

—Lo he desposeído ejerciendo la autoridad que me dio su majestad.

—Esa autoridad la teníais que compartir con don Juan.

—¡Soy el capitán general! Mis órdenes no se ponen en tela de juicio. Han sido convocados los oficiales de la escuadra. Él ya no lo es.

Mendoza miró a Ezpeleta, que se afanaba en tomar nota de lo que ocurría para levantar acta de la reunión.

—Señor escribano, es mi deseo que recojáis este desacuerdo con las mismas palabras que ha sido manifestado por don Fernando y por mí.

—Teneos —ordenó Magallanes—. Lo hablado no es asunto de esta convocatoria. He reunido a vuesas mercedes para comunicarles que la tierra a la que hemos llegado es la costa que se conoce como cabo de San Agustín. Algo más al sur está el de Santo Tomé, a unos veintidós grados de latitud, según los informes que tengo. —Magallanes miró a Esteban Gómez, que asintió con un ligero movimiento de cabeza—. Esta tierra pertenece, según lo acordado en Tordesillas, a la Corona de Portugal.

—Si los portugueses tienen conocimiento de que estamos aquí, tendremos problemas —observó el capitán de la *Concepción*.

—Por eso he convocado esta reunión. Aunque no es probable que nos encuentren, permaneceremos aquí sólo el tiempo imprescindible para hacernos con agua dulce suficiente para aliviar las restricciones y conseguir algún fruto fresco. Seguiremos bordeando la costa hacia el sur, donde llegaremos a tierras que, según el dicho tratado, corresponden a la Corona de Castilla.

—Señor, el cansancio de las tripulaciones es grande. No vendrían mal unos días de descanso.

—El descanso llegará pronto. No habrá desembarco. Que los capitanes tomen las disposiciones necesarias para el aprovisionamiento de agua y, si es posible, sólo si ello es posible, que se hagan con alimentos frescos. Esas son mis órdenes. Una vez iniciada la marcha hacia el sur, la cabecera de la escuadra será la *Santiago*.

—¿Hay alguna razón para ello? —preguntó Mendoza.

—La razón es que esas son mis órdenes y vuestra obligación es acatarlas. —Otra vez se levantó un murmullo entre los presentes que acalló la recia voz de Magallanes—. He tomado otras dos disposiciones. El preso que está en la *Victoria*, bajo vigilancia de don Luis de Mendoza, pasará a la *Concepción* y quedará bajo la custodia de don Gaspar de Quesada. También he dispuesto que don Antonio de Coca sea relevado en la capitanía de la *San Antonio* por don Álvaro de Mesquita.

Las órdenes de Magallanes se cumplieron a rajatabla. Antes de ser trasladado a la *Concepción*, Mendoza informó a Cartagena de los pormenores de la reunión.

—¿Decís que ha relevado a Coca del mando de la *San Antonio*?

—Así es. Ha encomendado esa responsabilidad a Álvaro de Mesquita.

—¡Ese portugués es un redomado bellaco! Mesquita, además de compatriota suyo, es su pariente. ¡Está configurando la flota según sus particulares intereses! —Cartagena puso su mano en el hombro del capitán—. No debemos perder el contacto. Habrá que actuar antes mejor que después. ¿Sigo contando con vuesa merced?

—Para lo que sea necesario. Sabed que podéis contar con Elcano, el maestre de la *Concepción*, y también que debéis guardaros del piloto. Ese Carvalho es portugués, uña y carne con Magallanes.

Permanecieron frente a la costa el tiempo imprescindible para hacer la aguada y, con la *Santiago* en cabeza de la escuadra, pusieron proa al sur. La decisión de Magallanes de que la carabela fuera al frente de la expedición tenía una explicación lógica al navegar de cabotaje, sin perder de vista la costa. Era posible que se encontrasen con bajíos y fondos poco profundos y no poseían cartas de navegación de aquella zona. El menor calado de la carabela le permitiría sortearlos mucho mejor que con las naos.

40

La escuadra navegó durante dos semanas manteniendo el rumbo hacia latitudes más meridionales hasta que cruzaron el ecuador. El 13 de diciembre, festividad de Santa Lucía, dieron vista a una gran ensenada.

El día había amanecido luminoso, pero a las pocas horas se cubrió con una espesa capa de densas y grises nubes que amenazaban lluvia. Era un lugar ideal para anclar la flota, dar a la tripulación el descanso que necesitaba y hacer algunos trabajos que requerían los barcos, sobre todo la *San Antonio*, que había sufrido daños en su casco. Se aproximaron todo lo que pudieron a la línea de la costa, hasta que desde la *Santiago* hicieron señales para echar el ancla y no encallar en los fondos.

La bahía suponía un magnífico resguardo y las naves quedaban protegidas de los vientos. Mientras se inmovilizaban los buques, la lluvia hizo acto de presencia obligando a posponer el anhelado desembarco. Cuando cayó la noche la lluvia no había cesado. Muchos marineros optaron por dormitar en las bodegas, pese al hedor que allí imperaba. Los menos se cobijaron, como pudieron, bajo toldos y aguantaron la noche en cubierta.

El 14 de diciembre amaneció con el cielo despejado y muy temprano se procedió a desembarcar. Lo hicieron dos docenas de hombres en tres botes que llegaron hasta donde morían las suaves olas, una arenosa playa. Encontraron agua sin problemas y, poco después, se pusieron en guardia porque, a cierta distancia, junto a la linde de un frondoso bosque, aparecieron algunos indígenas.

—No parecen peligrosos.

—No hay que fiarse —comentó uno de los hombres, que portaba un arcabuz.

—Ni olvidar lo que le ocurrió a Díaz de Solís y a los suyos —recordó el contramaestre Acurio, que estaba al frente del desembarco—. Que todo el mundo permanezca agrupado. Hay que ser precavidos. No descuidarse y mantener alta la guardia.

Escogió a tres hombres, dos ellos armados, y se acercaron hasta los indígenas, que permanecían atentos a lo que hacían los recién llegados.

—No os fieis. Puede tratarse de una trampa y que quienes nos vayan a atacar permanezcan ocultos en el bosque.

—¡Fijaos, fijaos, hay mujeres y están como sus madres las trajeron al mundo!

—¡Mirad qué tetas! ¡Sólo llevan un taparrabos! ¡Santa Madre de Dios!

—Puede ser un señuelo —les previno Acurio—. En estas tierras las mujeres no tienen reparo en mostrar sus pechos y, si les regalas algo de su agrado, suelen mostrarse generosas. Sé de lo que hablo.

Cuando estaban cerca, a menos de un tiro de ballesta, los indígenas, que tenían el cuerpo muy tatuado, se postraron hasta tocar con la frente la arena del suelo, y comenzaron a salmodiar palabras que recordaban vagamente una oración. Consideraban a los recién llegados seres divinos. Luego, por señas, les dijeron que habían traído la lluvia que llevaban muchos días esperando.

Establecido este primer contacto, Magallanes dispuso un desembarco masivo, pero no autorizó a hacerlo a Juan de Cartagena, ordenando que permaneciera encerrado. Conforme llegaban a tierra, los hombres se postraban dando gracias a Dios, se llevaban puñados de arena a la boca y la besaban o los lanzaban al aire. Todo un espectáculo ante los ojos admirados de los indígenas.

El capellán Valderrama celebró una misa de acción de gracias y Magallanes tomó posesión de aquella tierra, a la que bautizó como Santa Lucía, en nombre del rey de Castilla, cuyo pendón, después de tremolarlo, hincó en tierra. Los indígenas los observaban desde la distancia.

Concluido el ritual del que el escribano Ezpeleta levantó testimonio, Magallanes invitó a los indígenas a acercarse, haciéndoles gestos amistosos.

Tenían la piel atezada y muy lisa. Eran barbilampiños y el único pelo que se les veía era el de sus cabelleras. Parecían ingenuos y mostraban una gran curiosidad. Tocaban el rostro de algunos y, admirados, palpaban sus barbas. Las mujeres se mantenían más a distancia, cuchicheaban en su lengua y se reían, mostrándose con mucho descaro.

Magallanes recibió al que parecía ser el jefe, según denotaba el rico tocado de plumas con que ceñía su frente, junto a una cruz de madera que se había clavado en la arena y al estandarte de Castilla que había empleado en la toma de posesión. Pronto descubrió que conocía algunas palabras en portugués. Expedicionarios lusos habían estado allí. Esas palabras, los gestos y las señas sirvieron para establecer una elemental comunicación con él porque el intento de que Enrique, el esclavo de Magallanes, hablase con ellos no dio resultado.

El jefe ordenó traer unos presentes en unas bandejas confeccionadas con ramas y hojas trenzadas. Se trataba de unas frutas amarillas con forma de pequeña vasija, rematada por un penacho de hojas que era como un adorno y que a algunos recordó, aunque de mayor tamaño, a las piñas de los pinos. Les mostraron cómo se separaba la cáscara. Su pulpa interior era amarillenta y de sabor muy agradable. También les ofrecieron unas raíces, gruesas y de formas retorcidas, que recordaban a los nabos, pero más grandes y alargadas, y de color mucho más oscuro. Había que quitarles la piel y su carne anaranjada era muy sabrosa. Asimismo les obsequiaron con gallinas, huevos y trozos de carne.

Durante aquellos días alternó la lluvia con los días luminosos. Magallanes consintió, sólo después de hacerse mucho de rogar, que Cartagena desembarcase. Su prisión resultaba excesiva y no pocos se preguntaban qué decisión iba a tomar el capitán general en aquel asunto que incomodaba a muchos. La bahía era un lugar paradisíaco del que no resultaba fácil marcharse. Incluso hubo que aplicar algunos castigos a quienes pasaban la noche en tierra, incumpliendo las órdenes de que las tripulaciones pernoctaran a bordo.

Se celebró con mucha ceremonia y recogimiento la festividad de la Natividad de Nuestro Señor Jesucristo y ese día se bautizó al jefe, al que se le puso de nombre Fernando, y también lo hicieron varias docenas de sus hombres. A lo largo de aquellos días se produjeron numerosos intercambios. Algunos de los objetos embarcados para las transacciones fueron utilizados por primera vez. Cambiaron a los indígenas cuentas de vidrio, algunos cuchillos y pequeños espejos por grandes cantidades de piñas dulces y batatas —ese era el nombre de las extrañas raíces—, pero sobre todo por pepitas de oro. Muchos de los tripulantes vieron cómo les desaparecían las llagas que tenían en las encías y mejoraban de otras dolencias. Disfrutaban al ser despiojados echados en el regazo de las nativas, que se daban gran maña para localizar y acabar con los molestos inquilinos de cabelleras, barbas y sobacos.

Magallanes regaló al cacique uno de los grandes espejos que llevaban y le sorprendió que este, en señal de agradecimiento, le entregara para su deleite a tres jóvenes de piel tostada, ojos muy rasgados, unos jugosos pechos y cabello sedoso, muy negro y liso. Magallanes estuvo a punto de rechazar el ofrecimiento, pero Bartolomé Prior, el contramaestre de la *Santiago*, le hizo una advertencia:

—No rechacéis su ofrecimiento, señor. Sería considerado una grave injuria y podría ocasionarnos un serio problema, pese a que nos consideran seres divinos que hemos traído con nosotros la ansiada lluvia que esperaban hace muchas semanas.

—¿Cómo sabéis todo eso?

Prior titubeó un momento.

—Lo sé, señor, porque ayer ofrecí a uno de sus principales un collar buscando obtener algunas pepitas de oro como había conseguido don Juan de Elorriaga, pero lo que me ofreció fue a su esposa. Una mujer muy hermosa, de amplias caderas y voluminosas tetas. Cuando negué con las manos, me miró muy serio y comenzó a gritar de forma airada. Por la manera en que se comportaba y cómo me invitaba a holgar con ella, haciendo gestos harto significativos, comprendí que rechazarla era un agravio.

—¿Fornicasteis con ella?

—Así fue, señor, y puedo aseguraros que nunca gocé tanto con mujer alguna. Tienen una desvergüenza natural que es capaz de hacer las delicias del más exigente.

Magallanes, convencido por estas razones, aceptó el regalo. A partir de aquel día muchos buscaron ese intercambio y holgar con las indígenas se convirtió en cosa frecuente. Todo el que pudo se dejó llevar por tan gustosos placeres. Era cuestión de confesar el pecado, porque resultaba penoso desaprovechar aquella oportunidad que les llegaba después de los duros meses de travesía. Hubo nativos que entregaron a su esposa a cambio de un naipe, si estaba ilustrado con la figura del rey, el caballo o la sota.

Los capellanes disimularon. Eran preferibles aquellos desahogos con hembra a practicar la sodomía o que la emprendieran con algún animal buscando placer. Eso era contra natura y una gravísima ofensa a Dios.

La abundancia de agua y comida, y de mujeres cuya desnudez y disposición maravillaban a los adustos castellanos, acostumbrados a las restricciones que imponían gruesos camisones, ajustados refajos y apretados corpiños, había convertido aquella prolongada estancia en un tiempo delicioso. El único inconveniente era un calor húmedo y pegajoso que agobiaba en extremo. En medio de aquel edén, estaba gestándose una tormenta como consecuencia de las tensiones entre castellanos y portugueses y de la situación generada por lo ocurrido entre Magallanes y Cartagena. El comportamiento del capitán general con el preso le había procurado la animadversión de algunos de los hombres más influyentes de la escuadra. Antes o después, tendría consecuencias.

El 27 de diciembre, poco después del amanecer, Magallanes, a bordo de una chalupa, desembarcó para despedirse del cacique. El portugués prometió volver lo antes posible. Apenas hubo subido a la chalupa que lo llevaría de nuevo a bordo de la *Trinidad,* comentó al contramaestre de la *Santiago*, al que había permitido desembarcar la víspera para pasar la noche en tierra y gozar por última vez de los encantos de la hermosa mujer con la que había cohabitado aquellas semanas:

—He de daros la razón. Holgar con estas mujeres es algo diferente a todo lo que había vivido hasta ahora en asuntos de carnalidad. Esperemos que Dios se muestre misericordioso con nuestros pecados.

Fue una jornada triste para los expedicionarios, que lamentaban dejar atrás aquel paraíso. La escuadra levó anclas ante la mirada de varios cientos de nativos, la práctica totalidad de la tribu, concentrados en la playa para despedirlos. Las bodegas volvían a estar repletas de carnes, pescados y alimentos frescos con que comer durante una larga temporada.

Ante ellos se abría un panorama de incertidumbres. Eran muy pocos quienes se habían aventurado a navegar por aquellas aguas y los datos que se poseían eran escasos y poco halagüeños. En la mente de muchos estaba presente el trágico final de la expedición de Díaz de Solís, quien, según los indicios que se poseían, había navegado pocos grados más.

41

La escuadra navegó sin perder de vista la costa. Conforme avanzaban hacia el sur las altas temperaturas se moderaban. Poco a poco, el calor pasado en la bahía de Santa Lucía pasó a ser un recuerdo. El día de la Epifanía, encontraron un nuevo entrante en la costa, al que bautizaron como bahía de los Reyes, en conmemoración a la celebración de la festividad religiosa de aquel día. A finales de mes llegaron a una enorme ensenada.

El piloto de la *San Antonio*, que por su mayor calado era la nao que navegaba más alejada de la costa, observó atentamente la bahía, anotó mentalmente algunos datos y se retiró a su camarote. Allí consultó varios documentos y una carta de marear, comprobando que estaban cerca de los treinta y cuatro grados de latitud. Salió a la cubierta y buscó al maestre Elorriaga.

—Don Juan, ese que tenemos a estribor es el río de Solís.

—¿Estáis seguro de que se trata de un río?

—He leído con detenimiento la narración de los supervivientes de aquella tragedia…

—Pssss —Elorriaga miró a derecha e izquierda—, hablad más quedo. No es bueno que se recuerde aquella tragedia. A nadie le apetece que los caníbales se lo coman.

—No comparto vuestra opinión. Ante una amenaza lo mejor

es andar prevenido. Pero esa no es mi labor. Lo que no me ofrece dudas es que a esta bahía es a la que llegó Solís. Es la desembocadura de un río. He leído atentamente lo que dejaron escrito.

—Resulta difícil de creer. ¿Una bahía tan grande que la vista no alcanza a abarcarla es la desembocadura de un río?

—Díaz de Solís dejó consignado que, con un pequeño error, su anchura estaría en torno a las diecisiete leguas.

—¡Eso no puede ser la desembocadura de un río! ¡Diecisiete leguas! ¡Por el amor de Dios, San Martín!

—Puede ser un estuario. ¿Ha visto vuesa merced la desembocadura del Tajo en Lisboa?

—No.

—Os aseguro que, sin ser tan grande como esto que tenemos delante, es de una amplitud extraordinaria.

La flota, siguiendo órdenes de la *Trinidad,* había echado el ancla. En el camarote de la capitana, Magallanes también consultaba cartas y papeles. Decidió reunir a la oficialidad, como en ocasiones anteriores.

—No desembarcaremos —anunció a los reunidos—. Aquí tuvo lugar la tragedia que acabó con la vida de Díaz de Solís y de una parte de sus hombres. Estos indígenas tienen poco que ver con los que hemos dejado en la bahía de Santa Lucía. Exploraremos el canal con la *Santiago*. Los demás navegarán por las costas próximas.

—Señor, me parece que explorar lo que vuesa merced considera un canal es una pérdida de tiempo —dijo San Martín.

Magallanes sospechaba que el piloto tenía razón. Recordó que cuando Faleiro fue a su casa para ponerlo al tanto del fracaso de la expedición de Díaz de Solís, consideró una estupidez pensar que aquello era un posible paso si, conforme se penetraba al interior, las aguas eran dulces. Pero no soportaba que se le contradijera.

—¡Explicaos, San Martín!

—Ese supuesto canal es un río.

—¿Estáis seguro? En la información de la expedición de Díaz de Solís no se dice con claridad.

—Es cierto, pero los fondos marinos están demasiado cerca de la superficie.

—Esa no es una razón de peso. Exploraremos ese canal y de ello se encargará la *Santiago*.

Las órdenes de Magallanes se cumplieron de forma estricta. La carabela penetró en la bahía y navegó por aquel amplio mar, mientras las naos de mayor porte bordeaban las costas cercanas. La *Trinidad* se aproximó todo lo que pudo a la ribera y localizó a algunos nativos que trataban de no ser vistos, ocultándose entre el follaje.

—Serán los mismos que dieron cuenta de Díaz de Solís y sus hombres. No estaría de más capturar a alguno y poder interrogarlo. Podríamos obtener información valiosa.

Quien así hablaba era un italiano, embarcado como sobresaliente. Su nombre era Antonio Pigafetta. Desde que salieron de Sanlúcar de Barrameda anotaba en un cuadernillo lo más destacable, según su opinión, de lo que ocurría en la escuadra. Desde el primer día se había mostrado devoto del capitán general, al que halagaba continuamente por las disposiciones que tomaba.

—¿Creéis que sería de interés, micer Pigafetta?

—Mucho, señor. Pensad en la información que podrían facilitarnos. Tal vez tengan noticias de adónde conduce ese canal.

—Tenéis razón. Ordenaré que mañana desembarque un grupo, convenientemente armado, para intentar la captura de alguno.

Al día siguiente, cerca de medio centenar de hombres desembarcaron con aquel propósito. Todos los esfuerzos, que no fueron pocos, resultaron infructuosos. Aquellas gentes conocían mucho mejor el terreno y se movían con gran agilidad entre la maleza.

La *Santiago* regresó cinco días después.

Las noticias que traía pusieron a Magallanes de un humor insufrible. No sólo la navegación se había hecho imposible después de recorrer cerca de veinticinco leguas, sino que las aguas, muy mansas al principio, se convirtieron en una corriente que para la carabela resultaba imposible de remontar. El piloto de la *San Antonio* estaba en lo cierto.

—Señor, sin duda se trata de un río cuya corriente crece conforme se remonta —admitió un compungido Serrano—. Las márgenes se estrechan y si bien hasta donde hemos llegado siguen siendo amplias, la corriente dificulta mucho avanzar, aunque ayude la marea cuando es favorable.

—Es posible que se trate de un desaguadero del mar del Sur, cuyas aguas están a un nivel superior que las del Atlántico —apuntó Magallanes en un intento poco razonable de no dar su brazo a torcer.

—Eso no es posible, señor —le respondió el maestre de la carabela.

—¿Por qué no es posible?

—Porque conforme se remonta esa corriente el agua es dulce. Aquí en el estuario no se percibe porque se mezcla con la del mar, pero conforme nos adentramos…

Las noticias traídas por la *Santiago* se difundieron rápidamente por toda la flota. Eran muchos los que murmuraban protestas y no se recataban en decir que Magallanes no sabía adónde los llevaba.

Lo cierto era que nadie, de quien al menos se tuviera noticia, había sobrepasado aquella latitud. Estaban en tierras ignotas y lo que les esperaba a partir de ahora era un mundo cuyos peligros desconocían. Afloraron las dudas y algunos se planteaban si la mejor decisión no sería regresar. Magallanes tuvo que hacer uso de toda su autoridad para cortar aquellos comentarios.

—Mañana seguiremos bordeando la costa, hacia el sur.

Era un aviso para dejar claro que la expedición continuaba su camino. Jamás regresaría a Sevilla como un fracasado. Era mucho lo que había en juego. Además de su prestigio como navegante, parte del patrimonio de su suegro. Si no encontraba el paso que los condujera al mar del Sur y a la Especiería, podía dar por concluida su vida como marino.

—Señor, la *Santiago* está muy maltratada. Sería conveniente que dispusiéramos de unos días para repararla. Los fondos del cauce de ese… de esa corriente —rectificó Serrano para no referirse al río— eran poco profundos en algunas zonas y han dañado la quilla.

—¿Tiene alguna vía de agua?

—No, señor.

—Entonces, partiremos mañana al amanecer. Ese maldito canal aparecerá. Las aguas han de tener alguna vía de comunicación.

Al alba la escuadra reinició la marcha. Pronto se empezó a echar de menos el calor de la bahía de Santa Lucía. Se sucedían los días nubosos, con abundancia de brumas y un sol que apenas asomaba. Aunque en aquel hemisferio era verano, por las noches el frío era intenso.

El 24 de febrero, anotó el italiano Pigafetta en su diario que la escuadra encontraba una nueva bahía. La bautizaron con el nombre de San Matías, que era el santo del día. El optimismo inicial de quienes pensaron que podía tratarse del ansiado estrecho se disipó rápidamente. Eso hizo crecer el desánimo y otra vez arreciaron los comentarios cargados de pesimismo. Habían sobrepasado los cuarenta y un grados de latitud. El viento soplaba en contra con fuerza y dificultaba mucho el avance, al tiempo que aumentaban los peligros porque en muchos momentos se navegaba a ciegas, dadas las densas brumas que apenas levantaban unas pocas horas, lo que se sumaba a que los días acortaban sus horas de luz.

En esas condiciones navegaron durante un mes. Magallanes echaba mucho de menos a su esposa y la recordaba estos días continuamente. Estaría a punto de dar a luz. Lo entristecía el no saber de ella ni de la criatura que debía llevar en su vientre. El último día de marzo, en vísperas del Domingo de Ramos, con los navíos muy dañados por los temporales que, hasta el momento, no habían derivado en tormenta, avistaron una nueva bahía. Le dieron por nombre San Julián. Apenas era entrado el otoño en aquel hemisferio, pero Magallanes, sin consultar, según era su costumbre, tomó la decisión de que en aquella ensenada, que por sus dimensiones permitía el resguardo de la escuadra, harían la invernada. Estaban cerca de los cincuenta grados de latitud. Ningún europeo había navegado tan al sur ni había estado en aquellos parajes, donde imperaba un intenso frío y la vegetación era mucho más escasa. Allí las condiciones de vida no serían fáciles. Magallanes tenía el convencimiento de que el estrecho, que convertiría su expedición en un gran éxito, estaba ya al alcance de sus navíos.

Una vez anclada la flota, decidió desembarcar y tomar posesión de aquella tierra en nombre de Carlos I. Tras los formulismos y rituales de costumbre, se celebró una misa. Una vez concluida, hizo un aparte con los capitanes, salvo Cartagena, que permanecía preso en la *Concepción*, los pilotos y maestres. Quería explicarles que allí invernarían y cómo distribuirían el tiempo para evitar que las tripulaciones quedaran ociosas.

—Ese es uno de los peores males que pueden aquejar a los hombres. La holganza genera toda clase de vicios. Aprovecharemos este tiempo para reparar a fondo las naves.

—¿No parece a vuesa merced demasiado pronto para invernar? Estamos a final de marzo. Este tiempo equivale al final de septiembre en nuestro hemisferio. Podríamos inspeccionar la costa, al menos un mes más.

—Nadie ha pedido vuestra opinión, Mendoza —le espetó Magallanes.

—Pero tengo derecho a exponer mi punto de vista. Iniciar ya la invernada me parece una pérdida de tiempo. Sobre todo, si tenemos en cuenta que hace más de siete meses que partimos y, según dice vuesa merced, estamos cerca de ese estrecho…

—Esa es mi decisión y vuestra obligación es acatarla.

Mendoza guardó silencio, pero negó con un movimiento de cabeza.

—¿Alguna pregunta?

—Sí, señor. —Gaspar de Quesada hacía surcos con una varilla en la arena—. Creo que vuesa merced debería prestar más interés a las opiniones de los demás. Es lo conveniente y también porque las instrucciones dadas por su majestad así lo señalan. Invernar es una decisión muy importante. Tanto que deberíais habernos consultado. Por lo que a mí respecta soy de la misma opinión que Mendoza. Me parece que vuestra decisión ha sido precipitada.

—¡Esa decisión corresponde al capitán general!

—Es cierto, pero debe tomarla después de las correspondientes consultas —insistió Mendoza—. Es probable que pasemos aquí semanas sin saber cómo vamos a resistir la crudeza de este clima, y ese estrecho, de cuya existencia está vuesa merced tan convencido, quizá se encuentre a pocas leguas.

—La situación en que se encuentra la flota y las condiciones de navegabilidad de estas aguas aconsejan una decisión como la que he tomado —replicó Magallanes, cada vez más molesto.

—Lo que no es obstáculo para que nos hubierais consultado. Es lo que se observa comúnmente en las armadas de Castilla y esta, aunque bajo vuestro mando, lo es.

Magallanes frunció el ceño. Mendoza estaba yendo demasiado lejos.

—¿Deduzco de vuestras palabras que ponéis en duda mi lealtad a don Carlos?

—En absoluto, señor. Pero me parece conveniente recordar a vuesa merced que sus formas no son propias de las armadas castellanas.

Entre los presentes se levantó un murmullo.

—No os consiento que pongáis en cuestión mi autoridad.

—No lo he hecho, señor. He obedecido vuestras órdenes en todo momento. Sólo hago uso del derecho que me asiste de expresar mi disconformidad con algunas de vuestras decisiones. Es mi obligación y la de todos los presentes hacéroslo saber, dado que a quien competen esas actuaciones, que es al veedor nombrado por su majestad, lo habéis desposeído de su cargo y permanece preso y aislado desde hace muchas semanas.

—¡Cuestionó mi autoridad! —Magallanes había elevado el tono.

—En mi opinión, no lo hizo. Pero, en cualquier caso, vuesa merced debe buscar una salida a su situación, que no debería prolongarse.

Magallanes lo miró receloso.

—No alcanzo… no alcanzo a comprender el significado de vuestras palabras.

—Vamos a permanecer mucho tiempo en esta bahía. No se puede mantener encerrado en un camarote a un hombre de la calidad de don Juan de Cartagena.

El capitán de la *Santiago* salió en defensa de Magallanes.

—El capitán general ejerce la autoridad de que está investido y corresponde a su persona la decisión de la invernada. Igualmente tiene autoridad para mantener en prisión a quien lo ha desobedecido.

Con aquellas palabras los ánimos se alteraron más de lo que estaban. Magallanes impuso silencio e impartió una serie de órdenes. Se aprovecharía aquel tiempo para reparar los navíos. No sólo la *Santiago* tenía graves problemas, también la *San Antonio* estaba seriamente dañada y, después de tantos meses de navegación, las restantes naos necesitaban ser reparadas. Se daría prioridad a la *Santiago* porque realizaría exploraciones de reconocimiento de la costa. Emplearían parte del tiempo en hacer incursiones por el territorio para tratar de establecer contacto con los indígenas con vistas a realizar algunos intercambios tan favorables como los que habían hecho en Santa Lucía y, sobre todo, para obtener información acerca de un posible paso para llegar al mar del Sur.

42

El capitán Quesada leyó la nota que acababan de entregarle. La había llevado a la *Concepción* un marinero de la *Trinidad,* poco después de regresar de la reunión. Magallanes lo invitaba a almorzar al día siguiente en la capitana. Quería celebrar la festividad del Domingo de Ramos.

—Esto también incumbe a vuesa merced —indicó a Cartagena.

—¿Qué es?

—Magallanes nos invita a un almuerzo a bordo de su nao para celebrar el Domingo de Ramos.

—¿Queréis repetirlo?

—Nos invita a almorzar. También a vos. No sé si es sólo a nosotros o también están invitados los demás capitanes.

—Ahí hay gato encerrado. ¡Ese portugués está tendiéndonos una trampa! La ha urdido después de lo que me habéis contado que ha ocurrido en tierra. El Domingo de Ramos no se celebra con comidas. ¡Estamos en Cuaresma, Quesada! Quiere que vayamos a su barco con algún propósito que nos oculta.

—¿Eso creéis?

—Es sólo un señuelo. Además, a cuento de qué me invita cuando me tiene preso desde hace meses.

—Me enteraré si los demás han recibido la misma invitación.

Una hora después Quesada sabía que estaban invitados los demás capitanes.

—¡Es una encerrona! —insistió Cartagena—. No tiene otro sentido. ¿Por qué no os ha hecho la invitación al finalizar la reunión? Ha urdido algo, en vista de cómo se están poniendo las cosas. Ha llegado el momento de pasar a la acción. ¿Qué pensáis vos de todo esto?

—Que se ha cometido una grave injusticia con vuesa merced. No se puede tener en las condiciones en que os encontráis a una persona de vuestra calidad.

—¿Pensáis acudir a ese almuerzo?

Quesada miró el papel y luego a Cartagena.

—¿Irá vuesa merced?

—Ni loco.

—Tampoco iré. Me excusaré.

El veedor creyó llegado el momento de poner en práctica el plan que había urdido. Contaba con Mendoza. Si Quesada se sumaba, no lo dudaría.

—Habría que advertir a Mendoza.

—¿Preguntamos a Mesquita y a Serrano?

—Ni se os ocurra. Son portugueses. Lo que tengamos que hacer, lo haremos los castellanos.

El Domingo de Ramos sólo asistieron al almuerzo Mesquita y Serrano, los demás presentaron alguna excusa. Magallanes sospechó que estaba a punto de estallar una tormenta. Pero ignoraba que fuera a ser tan rápido.

Aquella misma noche, después de poner bajo arresto a Carvalho, piloto de la *Concepción* del que Quesada y Cartagena no se fiaban por su condición de portugués, botaron con gran sigilo unos botes en los que iban a bordo una veintena de hombres. Abordaron, poco antes de que se relevara la primera guardia, la *San Antonio*. Sorprendieron a los centinelas y se hicieron con el control de la nao apresando a Mesquita, que apenas ofreció resistencia. Quien se enfrentó a ellos fue el maestre Elorriaga. Salió de su camarote alertado por los gritos y ruidos de cubierta y, cuando se percató de lo que ocurría, se dirigió a Cartagena.

—¡Lo que estáis haciendo es una locura! ¡Esto es un motín!

Cartagena, con el acero desnudo en la mano, le replicó:

—Si no estáis con nosotros, haceos a un lado. Pero sabed que las cosas no pueden continuar así. Ese portugués incumple las órdenes de nuestro rey, que también es el vuestro.

— ¡No puedo consentir la barbaridad que estáis perpetrando!

Elorriaga fue a desenvainar su espada, pero Quesada se adelantó dándole un tajo en la cabeza. El maestre de la *San Antonio* cayó sobre la cubierta, sangrando.

—¡Por el amor de Dios! ¡Esto es una locura! —quien ahora gritaba era el capellán Valderrama, que había salido en camisa de la camareta que le habían habilitado junto al castillo de proa, con unos mamparos, para que tuviera un cobijo donde dormir.

—¿Con quién está vuestra paternidad? —le preguntó Cartagena.

—En contra de la violencia que acabáis de protagonizar. ¡Sabed que habéis malherido, si es que no está muerto, a un cristiano!

—Encerradlo con Mesquita —ordenó Quesada—. ¡Que alguien busque al barbero para que atienda al maestre!

Más de la mitad de la tripulación se sumó al motín y Cartagena ordenó al despensero que les repartiera una ración extra de vino. Pusieron grilletes a aquellos que no se sumaron a la iniciativa, lo que incluía a los portugueses, de quienes no se fiaba. Una vez controlada la nao, Cartagena entregó el mando a uno de los hombres que gozaba de su confianza.

—Haceos provisionalmente cargo de la nao. Desde este momento actuad como si fuerais su capitán. Vigilad a Mesquita y tened prevenida la artillería. Esperemos que no sea necesario emplearla.

Luego pasaron a la *Victoria* donde Mendoza, que estaba advertido, controlaba su nao. La mayor parte de la tripulación obedecía sus órdenes. Por influencia del tiempo que Cartagena pasó a bordo, había un mayor número de hombres dispuestos a secundar el movimiento sedicioso.

Al amanecer tres de las cuatro naos, la *San Antonio*, la *Concepción* y la *Victoria*, estaban en manos de los amotinados. Juan de Cartagena envió recado a Magallanes, requiriéndole para que diera cumplimiento a las instrucciones de su majestad.

—Principalmente —señalaba el capellán Pedro Sánchez de Reina, defensor de las posiciones del veedor y que había aceptado el encargo de actuar como mensajero— en lo referente al conocimiento de la ruta y a participar en cualquier cambio que se produzca en ella, así como que compartáis la toma de decisiones y que vuesa merced ha de quedar en todo momento dispuesto a dar cuenta de sus actos al veedor de la escuadra.

Magallanes trató de ganar tiempo para buscar la forma de hacer frente a la situación. Era hombre astuto, como había demostrado al descabalgar a Ruy Faleiro de la expedición.

—Decid a don Juan que le aguardo esta tarde, una hora antes de la puesta de sol, para discutir los términos del acuerdo que me propone.

—¿Estáis diciéndome que don Juan suba a bordo de la *Trinidad*?

—¿Qué mejor sitio que la nave capitana para cerrar ese acuerdo?

—Permitidme que os diga que en estos momentos la capitana de esta armada es la *San Antonio*, a cuyo mando se encuentra don Juan —respondió el clérigo con mucha altivez—. En estos momentos no tenéis más que el control de este barco. La *Santiago* cuenta poco.

—Vuestra obligación es transmitir a don Juan mis palabras.

—Así lo haré. Pero sabed que os puedo anticipar la respuesta. Don Juan no se dejará atrapar en vuestras redes, ¿acaso lo tomáis por lerdo?

—¡Cumplid vuestro cometido y no os deis ínfulas! ¡Sois un simple recadero!

—No olvidéis que estáis hablando con un hombre de Dios. Nuestro Señor puede castigaros por vuestra soberbia.

Algo más tarde el padre Sánchez, muy poseído de su papel, regresaba a la *Trinidad*.

—Don Juan os conmina, bajo juramento, a asumir la propuesta que os presenté antes. En caso de no aceptar, habéis de saber que una vez neutralizada la *Santiago* tendréis que hacer frente al ataque de toda la escuadra.

—¡No me amenacéis!

—No es amenaza, es situaros en la realidad.

—Aguardad un momento.

Magallanes, acompañado del escribano Ezpeleta, entró en su camarote y al cabo de pocos minutos salió con una carta. Iba a entregarla al capellán, pero este la rechazó:

—Nada de papeles.

Magallanes le dirigió una mirada aviesa.

—Como su paternidad guste.

—¿Cuál es vuestra respuesta?

—Decid a don Juan que la tendrá antes de veinticuatro horas.

El clérigo regresó a la *San Antonio*.

—Le daremos ese plazo. ¿Qué hora es?

—Falta poco para el mediodía.

—Bien, si mañana a la hora del ángelus no tenemos una respuesta satisfactoria, atacaremos.

Mediada la tarde, un esquife botado desde la *Trinidad*, en el que viajaba una docena de hombres mandados por el alguacil Gómez de Espinosa, se acercó a la *Victoria*.

—¡Alto! ¿Quién va? —gritaron desde la cubierta.

—¡Traigo la respuesta de don Fernando! —Gómez de Espinosa omitió referirse a Magallanes como el capitán general.

—Esa respuesta ha de entregarse en la *San Antonio* a don Juan de Cartagena —replicó Mendoza desde la borda.

El alguacil iba a ordenar a los remeros que bogasen, cuando la voz de Mendoza lo detuvo.

—Está bien, subid a bordo.

El alguacil le entregó la carta y, cuando la leía con una sonrisa de satisfacción en los labios, al comprobar que Magallanes aceptaba la totalidad de la propuesta que se le había hecho, Gómez de

Espinosa se abalanzó sobre él y le propinó una cuchillada que lo dejó malherido. Al intentar Mendoza sacar su daga, acabó de rematarlo el hombre que acompañaba al alguacil. Así, el principal apoyo de Cartagena cayó exánime sobre la cubierta. Antes de que los suyos reaccionaran, se vieron sorprendidos por la llegada a bordo de una quincena de hombres que mandaba Duarte de Barbosa y que se hicieron con el control de la nao. Habían aprovechado la posición del buque para subir por la otra amura sin ser vistos. Aquella acción, ideada por Magallanes, modificaba la situación por completo. Ya no sería tan fácil atacar a la *Santiago* y las fuerzas estaban más equilibradas.

Cuando Cartagena supo que Mendoza había muerto, se desanimó. En la *Concepción*, los hombres que habían protagonizado el motín dudaban de seguir adelante porque el capellán Valderrama, al que habían puesto grilletes, sin consideración a su dignidad, los recriminaba y amenazaba con penas terribles:

—¡Vuestras almas arderán en los infiernos! Lo harán por los siglos de los siglos. ¡Habéis tomado el nombre de Dios en vano al faltar al juramento de fidelidad que, al embarcar, hicisteis al capitán general!

Carvalho tampoco permanecía callado. El piloto añadía leña al fuego.

—¿Adónde navegaremos? ¿Cómo continuaremos el viaje? Don Fernando de Magallanes tiene las cartas y conoce los secretos de esta ruta.

—Arderéis en los infiernos, por los siglos de los siglos —insistía el capellán Valderrama.

Cuando en la *Concepción* se supo que Magallanes se había hecho con el control de la *Victoria*, Carvalho aprovechó que entre los hombres surgían dudas. Sabían que si el motín fracasaba los castigos serían severos.

—Vuestros compañeros de la *Victoria* han actuado con sensatez. Se lo habrán pensado mejor. ¿Sabéis cómo se castiga un motín a bordo? ¿Lo sabéis? ¿Alguno ignora lo que va a ocurrirle?

—Afrontaréis la pena de muerte —añadió el capellán, consciente de que si aprovechaban las dudas de aquel momento…

—¡Colgaréis de una de las vergas o en el patíbulo que alzarán en tierra firme cuando regresemos!

—¿Qué nos ocurriría si volvemos a la obediencia del capitán general? —preguntó un marinero con unas luengas barbas canas.

Carvalho supo que con esa pregunta tenía una oportunidad.

—Vuestra acción sería perdonada. El páter y yo hablaríamos en vuestro favor. Sólo pagarían los responsables de esta locura.

—¡Vuestro pecado podría tener perdón! —añadió el capellán.

—Si reducís al capitán… —apostilló Carvalho.

El marinero que había preguntado negó con la cabeza.

—Enfrentarse al capitán es tan grave como lo que hemos hecho. También le hemos jurado lealtad.

—Esa lealtad no es debida a quien no cumple con la ley —respondió el piloto.

—No… —el marinero negó con la cabeza— no me enfrentaré al capitán.

—Si no os atrevéis, liberadme. Yo lo haré.

—¿Qué pasa con el maestre? Es hombre de muchas agallas.

—¿No sabéis que en Castilla dejó pendientes cuentas con la justicia, por haber vendido su barco a unos extranjeros?

Valderrama recriminó con la mirada al piloto. Había cometido un error. Se había dejado llevar por su mala relación con Elcano, en un momento en que había que actuar con mucho tacto.

—¡Tened vuestra lengua, portugués! —le espetó un marinero—. Conozco bien al maestre. He servido con él antes de enrolarme aquí. Sus problemas con la justicia venían de que la Corona no cumplió con los pagos que había de hacerle por los servicios prestados con su barco y no pudo hacer frente a unos créditos. No hagáis insinuaciones para manchar su nombre.

—Elcano se ha limitado a obedecer las órdenes de su capitán —indicó Valderrama, conocedor de su ascendiente sobre los marineros.

La conversación se vio interrumpida por un grito. Llegaba desde una chalupa que se había acercado por estribor.

—¡Aaaah de a bordo! ¡Echad una escala, traemos un mensaje para el capitán!

—¿Otra treta como la de la *Victoria*? —preguntó el lombardero de esa amura.

—Nada de tretas. Somos de la *San Antonio*. Este mensaje lo envía don Juan de Cartagena.

Elcano, que había salido a cubierta dejando a Quesada en el camarote donde habían estado analizando la situación, autorizó la subida.

—Solamente un hombre —ordenó el maestre—. El que trae el mensaje.

Quesada, después de leerlo, se lo entregó a Elcano.

—¿Qué piensa vuesa merced?

El maestre se pasó la mano por el mentón, donde le crecía una barba de varios días. Los sucesos no le habían permitido ponerse en manos del barbero.

—Podría negociarse un acuerdo.

—¿Os fiais del portugués?

—Su actuación deja mucho que desear, pero es el capitán general. Si estoy en esta aventura es porque tengo una deuda con Mendoza. Me sacó de los apuros por los que pasaba cuando estábamos en Sevilla.

—Si entregamos las naos, temo que la venganza de ese malnacido sea terrible. Mi relación con él es pésima… desde que embarcamos.

—Don Gaspar… supongo que vuesa merced, al igual que yo, sabía a lo que nos arriesgábamos.

43

Al día siguiente el motín había concluido. Juan de Cartagena decidió deponer su actitud y Magallanes volvió a hacerse con el control de la escuadra. Más poseído de su poder que antes de la conjura, constituyó un tribunal presidido por Álvaro Mesquita para entender de lo acaecido y administrar justicia.

El juicio se sustanció con rapidez y las sentencias fueron expeditivas.

Se condenaba a don Gaspar de Quesada, por el delito de traición y sedición y por haber matado a don Juan de Elorriaga, a la pena de muerte. Por su condición de noble sería degollado. Una vez decapitado su cuerpo sería descuartizado. También sería descuartizado el cadáver de don Luis de Mendoza. En cuanto a don Juan de Cartagena y don Pedro Sánchez de Reina, su capellán, se les perdonaba la vida y se les condenaba a pena de destierro que se ejecutaría en la fecha en que dispusiera el capitán general. Mientras tanto permanecerían incomunicados. Por lo que se refería a los demás encausados, se les aplicarían penas menores en atención a que su participación no fue tan activa, aunque en algunos casos, como el del piloto de la *San Antonio*, Andrés de San Martín, y de Juan Sebastián Elcano, maestre de la *Concepción*, no ejercieran su autoridad para oponerse a la conjura.

No valieron los ruegos del capellán Valderrama, que había ido al camarote de Magallanes para que imperase la piedad, pese a que desde el primer momento se había opuesto al motín y por ello gozaba de cierto predicamento. Alegaba que todo había quedado en un intento y que los amotinados se habían avenido a entregar las dos naos que estaban en su poder.

—Imaginaos, don Fernando, que hubieran decidido enfrentarse. Habría sido una tragedia. La expedición se habría ido al traste y con ella los intereses de su majestad y vuestros sueños.

—¡Son un hatajo de sediciosos! Han acabado con la vida de don Juan de Elorriaga. ¡Eso no puede quedar sin un severo castigo!

—También ellos han sufrido una baja. El capitán de la *Victoria* ha muerto.

—Ese Mendoza ha pagado su felonía. ¡Era un mal sujeto! ¡Cartagena, mientras estuvo bajo su custodia, hizo lo que le vino en gana! ¡Por eso he premiado a quienes le dieron muerte!

—No olvidéis, don Fernando, que la piedad y la misericordia son virtudes que hacen grandes a los hombres. Sea misericordioso vuesa merced —le suplicó con las manos entrelazadas

—La misericordia es asunto de clérigos, páter. Mandar una escuadra que ha de enfrentarse a peligros extremos requiere mucha autoridad. Don Gaspar de Quesada será decapitado y después descuartizado.

—Podría ahorrarse lo segundo y desde luego hacerlo con el cadáver de don Luis me parece…

—No insistáis. El castigo ha de ser ejemplar —Magallanes cogió un cuadernillo que había sobre la mesa—. Voy a leeros lo que se señala en el punto cuarenta y tres de las instrucciones que nos fueron dadas por su majestad:

Os damos poder para que a cualquier persona que en la dicha Armada fuere, que no obedezca lo que le ordenaseis, que sea de nuestro servicio, la podáis castigar a vuestro albedrío con las penas que os parecieran adecuadas.

—Eso no está reñido con la piedad. Don Gaspar de Quesada es un buen cristiano.

—¡Es un traidor, además de un asesino! Las heridas que infligió al maestre de la *San Antonio* han sido la causa de su fallecimiento. El médico y los barberos no han podido hacer nada por su vida. No modificaré la sentencia dictada por don Álvaro de Mesquita. Ha de pagar con su vida. Espero que su muerte sirva de escarmiento para cualquiera que pretenda desobedecer mis órdenes.

Cuando se hizo pública la sentencia el silencio acompañó las palabras de Magallanes. El castigo impuesto al veedor y al clérigo era una pena de muerte encubierta. Y retrasarla, dejándola a discreción de Magallanes, era una forma de mantener en vilo a los hombres. El perdón que aplicaba a algunos de los encausados no fue considerado un acto de misericordia, sino una necesidad impuesta por las circunstancias. Elcano y San Martín eran dos hombres muy necesarios en la escuadra por sus conocimientos y experiencia.

Magallanes aprovechó el momento para anunciar cambios en los responsables de los barcos. Mesquita fue repuesto al frente de la *San Antonio*. Serrano seguía como capitán de la *Santiago* y nombraba capitán de la *Victoria* a Cristóbal de Rabelo, un portugués embarcado como sobresaliente en la *Trinidad*. Quedaba pendiente asignar el mando de la *Concepción*. La escuadra quedaba en manos de hombres afines a Magallanes.

La mañana del 7 de abril, Gaspar de Quesada fue degollado en la cubierta de la *Concepción* en presencia de toda la tripulación, que asistió horrorizada al descuartizamiento de quien había sido su capitán. Fue obligado a llevar acabo esa terrible operación quien había sido su criado. Luego se descuartizó a Mendoza. Muchos pensaron que era una crueldad innecesaria.

Nada volvió a ser igual en la escuadra después de lo acontecido aquel día, víspera del Domingo de Resurrección. La Pascua no fue festejada con la alegría con que los cristianos conmemoraban la resurrección de Cristo, pese a que Magallanes había ordenado para celebrar el final de la Semana Santa que se repartieran raciones de vino extra y algunas de las golosinas que se guardaban en las bodegas.

Al día siguiente se iniciaron los trabajos de reparación en los barcos, aprovechando las fuertes mareas que se producían en aquellas aguas —en los momentos de máxima bajamar los barcos quedaban varados en tierra— para realizarlas. Se acometió la revisión a fondo de los cascos, se empezó a sustituir la tablazón que estaba en malas condiciones y se pasó revista a toda la clavazón. También se decidió efectuar un calafateado completo, que supondría quedarse sin apenas brea. Era un riesgo, pero el capitán general estaba convencido de que el paso para llegar al mar del Sur estaba muy cerca y la Especiería no quedaba lejos. El propósito era que los buques estuvieran en las mejores condiciones para soportar los temporales que podían aguardarlos en latitudes no recorridas nunca con anterioridad y hacer frente a las tormentas que podían darse en aquellas aguas.

Magallanes ordenó colocar una gran cruz en el cerro más alto de los que dominaban la bahía y la construcción de un pequeño refugio en tierra en el que se instaló una fragua y unos depósitos para proteger los alimentos de las humedades. La comida que quedaba había de conservarse en las mejores condiciones posibles. Era muy estricto en lo que se refería a las raciones y no se pasaba hambre porque la pesca era abundante en aquellas aguas.

Avanzado abril, con la *Santiago* saneada —a ella se dedicaron los primeros trabajos de reparación—, ordenó a Serrano hacer una descubierta hacia el sur, pegado a la costa todo lo que permitiera el pequeño calado de la carabela. Magallanes quería aprovechar que el tiempo estaba en calma y los temporales de invierno no habían hecho todavía acto de presencia.

—No os arriesguéis. Si la costa ofrece acantilados parecidos a los que hemos dejado más atrás, alejaos de ella, aunque sin perderla de vista.

—Así se hará. ¿Cuánto hemos de navegar?

—Eso lo dejo a vuestro buen criterio. Si es posible avanzar cuarenta leguas, navegadlas. Si puede ser algo más, hacedlo.

Dos días más tarde la *Santiago*, despedida con dos disparos de bombarda, se hizo a la mar aprovechando que el viento era favorable. Ese mismo día y poco después de que la carabela se perdiera de vista, se produjo una novedad que alteró la rutina en San Julián. Fue uno de los que trabajaba en la fragua, forjando clavos y otras piezas metálicas necesarias para la reparación de las naos, quien se percató de ello.

—¡Mirad, Mirad!

Había aparecido en la playa un verdadero gigante que se aproximaba a donde ellos estaban. Permanecieron inmóviles, viéndolo avanzar. Llevaba atadas sus partes a uno de los muslos. Portaba en una mano un arco, no muy grande, y en la otra empuñaba varias flechas. Se movía con gran agilidad para su gran tamaño. Los hombres permanecían quietos, en silencio, mirándose unos a otros, sin saber qué hacer. A una distancia prudente el gigante se detuvo. Depositó en el suelo el arco y las flechas y comenzó una danza, al tiempo que se echaba puñados de arena sobre la cabeza. Tenía el pelo espolvoreado con un polvillo blanco y el rostro teñido de un rojo intenso. Iba completamente desnudo.

—Creo que alguien debería dar aviso. Puede que detrás de este vengan más y no sabemos cuáles son sus intenciones.

Al cabo de una hora, en que el gigante sólo dejaba de danzar cuando se arrodillaba y parecía dirigirse a alguna divinidad de un modo que recordaba la forma en que lo hacían los moros cuando invocaban a su dios, Magallanes, acompañado de una nutrida escolta de hombres fuertemente armados, desembarcó y pudo ver al gigante. Le acompañaba Pigafetta.

—¡Mide, al menos, tres varas! —exclamó el italiano— ¡Fijaos, sus pies son enormes!

Magallanes ordenó a su esclavo que intentase hablar con él, pensando que Enrique podía identificar algunas palabras. Pero fue inútil, la lengua que conocía el esclavo, la de las gentes de Malaca, nada tenía que ver con la que hablaba el gigante. Entonces ordenó a uno de sus hombres que se acercase a él e imitase sus movimientos.

—¿Quiere vuesa merced que dance de esa forma tan ridícula?

—Y que te eches arena por encima de la cabeza. Como hace él.

El hombre se acercó con cautela y se puso a imitarlo, quedando ambos muy cerca. Pasados unos minutos, otro de los hombres de Magallanes se acercó y le ofreció unos abalorios que el gigantón aceptó. Con gestos mostraba su satisfacción, al tiempo que daba chillidos estridentes que provocaban cierta desazón.

El propio Magallanes, que llevaba un espejillo, se acercó y se lo mostró, buscando establecer algún tipo de comunicación, pensando en que podía facilitarles información. Pero el efecto que causó en el indígena ver su imagen reflejada en el espejuelo provocó una inesperada reacción. Lanzó un alarido y huyó dando grandes saltos que le permitieron desaparecer rápidamente. En la arena quedaron marcadas las huellas de sus enormes pies.

—¿Qué clase de gente será esta tribu? —preguntó el italiano—. No hay noticia alguna de que alguien haya visto antes a estos gigantes.

—En una novela titulada *Primaleón* —comentó el contramaestre de la *Trinidad*—, que leí poco antes de embarcar, aparece un gigante al que, por sus grandes pies, llamaban Patagón.

Magallanes miró a Albo, que era hombre instruido, ajeno a las trifulcas que se habían vivido y muy competente en el desempeño de sus funciones.

—¿Lo llamaríais patagón?

—Por qué no hacerlo. ¿Se os ocurre otro nombre mejor?

—Sea, llamaremos patagones a estas gentes y a esta tierra la bautizaremos como Patagonia.

En los días siguientes no volvió a verse al patagón. Se prosiguió con los trabajos de reparación y carenado y se aguardaban noticias de la *Santiago*. Si eran las que Magallanes esperaba, se harían a la mar sin pérdida de tiempo. Aunque aquellos planes no los compartía con nadie.

Seis días más tarde apareció en la playa otro indígena. Era tan grande como el primero. También danzaba y se echaba puñados de arena sobre la cabeza. Sus saltos eran descomunales. Mayores, incluso, de los que daba el primero y las huellas que dejaba en la arena, aún más grandes. No se acercó lo suficiente como para poder intercambiar gestos y señas o hacerle algún presente que permitiera ganar su voluntad.

44

Unas cuarenta leguas más al sur la *Santiago* navegaba pegada a la costa. Serrano se encontraba en su camarote, estudiando unas cartas náuticas y un gran portulano, cuando el contramaestre lo interrumpió. Lo miró con cara de pocos amigos. No le gustaba que lo molestaran.

—Vuesa merced debería salir.

Serrano no respondió. Soltó el compás, se caló el bonete y salió a cubierta. A estribor se abría una amplia ensenada. Contuvo el aliento un momento, antes de impartir órdenes. Se abría en dirección oeste y se perdía la vista.

—¡Todos los hombres a sus puestos!

—¿Creéis que puede ser…? —le preguntó el contramaestre, sin atreverse a completar la frase.

—No lo sé. Pero si ese maldito paso existe no puede estar muy lejos. Estamos a casi cincuenta y dos grados de latitud. ¿Qué día es hoy?

—Es 3 de mayo, señor, festividad de la Santa Cruz.

—Llamaremos Santa Cruz a esta tierra.

La carabela penetró en las aguas de la bahía y pudo adentrarse algunas millas gracias al escaso calado de su quilla. Pero poco después las esperanzas de Serrano se esfumaron. Era, como había ocurrido en ocasiones anteriores, el curso de un río y la fuerza de su corriente aumentaba conforme penetraban en él.

—¡La riberas se estrechan! —gritó el grumete que vigilaba desde la cofa.

—Es el cauce de un río —confirmó Serrano, decepcionado.

—¿Qué hacemos? —preguntó el contramaestre.

—Viramos en redondo. Volvemos.

—¿A reunirnos con el resto de la escuadra?

—Lo primero es abandonar este cauce. Luego ya veremos. Avisadme cuando salgamos a mar abierto.

Serrano se encerró otra vez en su camarote. Estaba de mal humor.

A la caída de la tarde habían regresado a las aguas abiertas del océano. El maestre ordenó que se encendiera el fanal. Las posibilidades de que por allí apareciera otra embarcación eran prácticamente nulas, pero había que cumplir el reglamento. También ordenó que se asegurasen los anclajes del buque. El capitán había decidido que al día siguiente seguirían navegando rumbo al sur, sin perder la línea de la costa.

Con las primeras luces del alba, ordenó recoger anclas y largar velas rumbo al sur. Al cabo de un día de navegación se encontraron con una densa masa de negras nubes.

—¿Os habéis fijado en aquellas nubes?

—Anuncian tormenta. Habrá que avisar al capitán, antes de que se nos echen encima.

Serrano salió a cubierta y oteó el horizonte.

—El viento está rolando —señaló el maestre—. En poco rato lo tendremos en contra y no podremos mantener el rumbo.

—Intentemos llegar hasta aquel saliente. Quiero ver qué hay tras ese cabo —ordenó Serrano.

—No creo que lleguemos. La tormenta se nos echa encima.

—No sería la primera a la que hacemos frente. Mantened el rumbo.

Algo decía a Serrano, que unía a su condición de capitán de la carabela ser un excelente piloto, que el objetivo de aquella expedición estaba al alcance de la *Santiago.*

Poco antes de mediodía, después de grandes esfuerzos, lograron llegar al cabo y comprobar, en medio de un vendaval, que la línea costera se desviaba hacia poniente. Pero los temores del maestre se materializaron. Un temporal de viento y agua se abatió sobre la *Santiago.* Era allí donde descargaba la tormenta y resultó imposible doblarlo. Con el viento de cara, Serrano, desde la toldilla, no dejó de impartir órdenes:

—¡Maniobrad para ir virando redondo! —gritó al timonel—. ¡Arriad la mayor! ¡Vamos, vamos!

La lluvia arreciaba cada vez más, dificultando a los hombres la maniobra. Algunas olas lamieron la cubierta. El timonel, una vez logrado que la carabela virase, procuraba que el oleaje, cada vez más intenso, no los llevara hacia los arrecifes. Conforme crecía la fuerza del viento, aumentaba el peligro. La única posibilidad que tenían de que aquello no acabara en una catástrofe era llegar al abrigo de la bahía que habían bautizado como Santa Cruz.

El contramaestre animaba a los hombres a no desfallecer, alentándolos sin cesar.

—¡Vamos, mis leones! ¡Que no se diga!

El mar, embravecido, ofrecía un aspecto algo más que amenazador. Las olas barrían una y otra vez la cubierta y la *Santiago* se había convertido en una cáscara de nuez zarandeada por el temporal. Con grandes esfuerzos el timonel mantenía la derrota. Tras más de veinticuatro horas de esfuerzos denodados y cerca ya de la bahía que suponía su salvación, una gigantesca ola se abatió sobre el buque con tal fuerza que rompió la caña del timón, dejándolo a merced del temporal.

—¡Capitán, el timón no responde! ¡Hemos perdido el control! ¡Estamos a merced de las olas!

El maestre soltó un juramento, abominando de que el capricho de Serrano de llegar a aquel cabo, cuando todo indicaba que lo mejor era haber navegado hacia la tormenta con medio velamen, iba a costarles la vida a los cuarenta hombres de la tripulación. Si otro golpe de mar se abatía sobre ellos los estrellaría contra los acantilados y no habría supervivientes.

La buena suerte llegó, precisamente, con un de golpe de mar que, al chocar contra la popa del buque, los llevó a encallar en los bancales de arena de la bahía, aunque los bajíos destrozaron la quilla. El buque estaba irremediablemente perdido, pero la tripulación, menos tres hombres que arrastrados por el oleaje habían sido engullidos por el mar, estaba a salvo.

El temporal se prolongó toda la noche y a lo largo del día siguiente. Fueron horas de infierno durante las que los hombres lucharon denodadamente por sus vidas. Cuando al amanecer del segundo día el mar quedó en calma y el cielo ofrecía un azul, aunque apagado, limpio de nubes, estaban agotados pero vivos.

Lo primero que hicieron, tras abandonar los restos de la carabela que les había servido de refugio y que por suerte había quedado escorada junto a la ribera norte, fue dar gracias a Dios y, tras un reparador descanso, Serrano ordenó salvar todo lo que fuera posible del barco siniestrado. Durante una semana acarrearon cuanto pudieron a tierra firme. Alguna comida, clavos y herrajes, maromas, maderas, trozos del velamen… Luego, tras un día de descanso, ordenó a dos hombres que marchasen siguiendo la línea de la costa para hacer una descubierta e inspeccionar el terreno que tenían por delante. Habían sobrevivido al temporal, pero si querían seguir con vida habrían de afrontar dos problemas para los que las soluciones eran escasas. El primero, las bajas temperaturas y la escasez de ropa —la mayor parte estaban en camisa, que en algunos casos era poco más que unos jirones andrajosos—. El segundo era el hambre, ya que la comida que habían podido salvar resultaba insuficiente para alimentarlos y en aquel paraje desértico la vegetación era escasa y pobre.

—Nuestras posibilidades de sobrevivir son pocas. Nuestra única esperanza está en que seamos capaces de llegar hasta el fondeadero donde quedó la escuadra.

—Estamos, según mis cálculos, a unas cuarenta leguas, quizá a cuarenta y cinco de donde está la flota —indicó el piloto.

Serrano asintió con un leve movimiento de cabeza. Sus cálculos eran los mismos.

Los dos hombres mandados de descubierta habían regresado con una mala noticia. A poco más de una legua se encontraba el cauce de un pequeño río, pero tendrían serios problemas para cruzarlo.

—Al habernos quedado sin brújula, tendremos que buscar la forma de hacerlo sin adentrarnos en el territorio buscando un vado —señaló el maestre—. No podemos perder la línea de costa. Es nuestra única referencia.

—Eso significa que si en circunstancias normales podríamos tardar una semana en llegar a nuestro destino, tal y como nos encontramos y con las pocas horas de sol que tenemos, serán necesarios bastantes días más.

—Apenas tenemos comida. Es muy poco lo que hemos podido salvar.

—Algo podremos pescar.

—Aun así, pasaremos mucha hambre —insistió el contramaestre.

—Nadie ha dicho que regresar a la escuadra vaya a ser fácil. Pero permanecer aquí sería afrontar una muerte segura. ¿Alguien quiere quedarse? —preguntó Serrano, alzando la voz. Nadie respondió—. Entonces que cada cual busque el mejor abrigo para pasar la noche. Partimos al amanecer.

45

En la bahía de San Julián la rutina de la invernada apenas se veía interrumpida, salvo por los comentarios que provocaba la suerte que podían correr el veedor y el capellán, que pasaban los días encerrados en la bodega de la *Trinidad*. Se les permitía salir a cubierta una hora al día, vigilados y encadenados. Muchos se preguntaban cómo se aplicaría la pena de destierro en aquellas circunstancias. Quienes tenían acceso a Magallanes tampoco tenían noticia de ello.

La reparación de la escuadra ocupaba la mayor parte de las pocas horas de luz que tenían aquellos días tan cortos y sólo aliviaban el tedio las informaciones que traían las pequeñas expediciones que Magallanes disponía para conocer algo de aquel inhóspito territorio.

La gran novedad la protagonizaron cuatro gigantes que aparecieron en la playa y que se comportaron como sus compañeros. Realizaban extrañas danzas, gesticulaban mucho y se sentían muy contentos cuando les entregaban algunos abalorios.

—Deberíamos intentar prender a alguno de ellos —propuso Pigafetta.

—¿Quién será el valiente que se atreva a enfrentarse a un gigante de esos? —planteó el contramaestre de la *Trinidad*.

—Los españoles buscáis resolver los asuntos por las bravas.

—¿Qué quiere decir vuesa merced? —Albo lo miró desafiante.

No estaba dispuesto a consentir ninguna insolencia a aquel italiano, cuyo cometido nadie conocía más allá de no apartarse del lado de Magallanes y llevar un diario.

—No pretendo ofenderos. Lo que quiero decir es que podemos buscar la forma de atraparlo, sin necesidad de enfrentarnos a él.

Una treta urdida por el italiano dio resultado.

Mostraron, con mucha parafernalia, a uno de aquellos gigantones unos grillos y, por señas, le invitaron a ponérselos. Se los ofrecieron como si fuera un regalo más de los que le hacían. Cuando el patagón cerró los grilletes sobre sus tobillos y se vio limitado en sus movimientos, gesticuló y gritó para que lo librasen. Los otros, al ver cómo lo apresaban, huyeron despavoridos. El indígena, que gritaba primero furioso y después desconsoladamente, fue conducido a la bodega de la *Trinidad*.

El ambiente estaba enrarecido porque a muchos les parecía que la estancia en aquella bahía se prolongaba demasiado. Aunque los trabajos de reparación seguían siendo necesarios, no encontraban explicación para una parada tan larga. La falta de noticias de la *Santiago*, que había zarpado hacía cuatro semanas y que muchos daban por perdida, tampoco ayudaba a sosegar los ánimos. Otra vez se contaban historias sobre los grandes peligros que acechaban en aquellas latitudes. Muchos no dudaban en afirmar que estaban pobladas de seres misteriosos y temibles monstruos. Eran patentes las diferencias que separaban al conjunto de los portugueses, alineados en torno a Magallanes y que tenían en sus manos el control de la escuadra, y los españoles, cuyo núcleo había sido descabezado, tras la muerte de Mendoza, el ajusticiamiento de Quesada y la prisión de Cartagena. Las referencias para los españoles eran ahora Andrés de San Martín, el piloto de la *San Antonio* y Juan Sebastián Elcano, maestre de la *Concepción*, que no habían salido mal parados tras el fracaso de la conjura.

Los supervivientes de la *Santiago* tuvieron que construir una pequeña balsa con restos de la carabela y, a base de tesón y esfuerzo, lograron salvar el obstáculo que suponía atravesar el cauce del río que les impedía el paso. Fueron muchos los viajes que hubieron de hacer de una a otra orilla. La balsa no tenía capacidad para trasportar más de cuatro o cinco hombres en cada viaje y dos de ellos tenían que regresar. También hubo que llevar a la otra orilla los aparejos de la carabela y los pocos alimentos que llevaban con ellos. La operación les llevó más de cinco días poder completarla.

Una vez situados en la otra orilla, Serrano tomó la decisión de enviar a dos de los hombres que se encontraban en mejores condiciones para dar aviso de lo ocurrido. El grueso se desplazaría más lentamente por un territorio desconocido y en el que la vegetación aumentaba conforme se desplazaban hacia el norte. Eso les proporcionaba algunas raíces y hojas comestibles. Los dos adelantados, después de sufrir toda clase de penalidades, avistaron la bahía de San Julián once días después.

Los herreros que trabajaban en la fragua los vieron llegar desde lejos, cuando todavía eran dos siluetas que se recortaban en el horizonte. Les llamó la atención su escasa estatura y que llegaran desde el sur.

—¿Quiénes serán?

—¡Mira, nos han visto! ¡Hacen señas con el brazo!

Poco después, los dos hombres, sedientos, hambrientos, llagados y agotados, comparecían ante Magallanes y lo ponían al tanto de lo ocurrido con la *Santiago*.

—¿Está perdida?

—Sí, señor. Se recogió todo lo que se pudo y pareció aprovechable. Puede que el capitán Serrano y los demás estén en apuros.

—Se les prestará ayuda de inmediato. ¡Que atiendan a estos hombres!

El contramaestre Albo se hizo cargo de ellos, mientras a Elcano se le encomendaba la misión de acudir en auxilio de Serrano y sus hombres. Como anochecería en menos de una hora, prepararon lo necesario para salir al amanecer. El marino vasco abandonó la bahía al día siguiente, al frente de una docena de hombres bien pertrechados.

Encontraron a los náufragos de la Santiago dos días más tarde, diez leguas más al sur. Estaban muy castigados después de haber sufrido toda clase de penalidades. Aunque padecieron menos hambre de la que imaginaron, gracias a la comida que habían salvado del naufragio, la pesca y algunos vegetales que recogían a su paso, habían tenido que salvar numerosos obstáculos que la impedimenta —todo lo aprovechable de la *Santiago*— que llevaban a sus espaldas convertía en dificultades casi insalvables.

Cuando llegaron a la bahía de San Julián fueron recibidos con muestras de alborozo y los reconfortaron con vino caliente y especiado. Se les suministró calzado y ropa porque con la que cubrían su desnudez eran andrajos. Los barberos curaron heridas, limpiaron llagas y aplicaron ungüentos y cataplasmas a las picaduras, heridas e hinchazones que tenían en pies, brazos y piernas.

Magallanes, después de recibirlos y mostrarse satisfecho porque sólo tres hombres hubieran perdido la vida, aunque no dejó de lamentar la pérdida de la carabela que, pese a tratarse de un barco menor, había mostrado su utilidad en todo momento, se encerró con Serrano en su camarote, donde obtuvo puntual información de lo acaecido.

—¿Estáis seguro de haber viajado cerca de cincuenta leguas?

—Quizá alguna más.

—¿Cómo se perdió la *Santiago?*

Serrano lo contó a su modo.

—… Pero al doblar aquel cabo se desató un fuerte vendaval que nos impidió mantener el rumbo. No quedó más remedio que virar en redondo y tratar de no estrellarnos contra los acantilados. La costa es muy rocosa.

—¿Estáis seguro de que esa bahía es la desembocadura de un río?

—Sin la menor duda, señor. Si como sospecháis el estrecho está a nuestro alcance, ha de ser algo más al sur. Hemos sobrepasado los cincuenta y dos grados. Las aguas son en aquella zona muy profundas, el frío es mucho mayor que aquí y la vida muy escasa. No hemos encontrado rastros de vida humana en todo ese litoral.

—Tiene que haber gente. Aquí hemos establecido contacto con indígenas, cuya altura supera todo lo conocido. Hemos apresado a uno de ellos y ha medido algo más de dos varas y media.

—¿Más de dos varas y media?

—Un gigante.

—No hemos visto ninguno.

—Ahora retiraos y descansad. He dispuesto que os den acomodo en la *Concepción*.

En los días siguientes, Magallanes, con la información que le había facilitado Serrano, después de acomodar a la tripulación de la *Santiago* en las otras naos, le entregó el mando de la *Concepción*, que era la nao que necesitaba mayores cuidados. Serrano se hizo cargo de su reparación.

A lo largo de muchas semanas los días transcurrieron tediosos. Los patagones, después de que hubieran prendido a uno de ellos, habían desaparecido y nada rompía la monotonía de jornadas cortas, si bien, poco a poco, las horas de luz iban aumentando. La reparación de los barcos quedó concluida entrada la segunda quincena de agosto, cuando en aquel hemisferio el invierno concluía y se aproximaba la primavera.

Llevaban cinco meses en la bahía de San Julián cuando Magallanes se planteó reiniciar la marcha en busca del paso al mar del Sur. Aquellos días se prodigaba poco. Permanecía casi todo el tiempo encerrado en su camarote y cuando aparecía por cubierta se le veía taciturno. Fue entonces cuando tomó dos decisiones y para hacerlas públicas dio orden de que todas las tripulaciones desembarcasen.

Como gustaba de formalismos, ordenó levantar una enorme cruz en la playa. Junto a ella, la enseña de Castilla y los estandartes de cada una de las naos. Mandó a los carpinteros que configurasen un altar para celebrar una misa solemne, que encargó al padre Valderrama.

Tras la celebración religiosa, que estuvo acompañada de una comunión general, se dirigió a los hombres desde una tarimilla que también se había confeccionado para la ocasión. A su lado estaban Álvaro Mesquita, Cristóbal Rabelo y Juan Serrano, en su condición de capitanes de la *San Antonio,* la *Victoria* y la *Concepción.* Era la plana mayor de la armada, que ahora estaba integrada únicamente por portugueses. Carraspeó para aclararse la garganta y timbrar la voz:

—En virtud de las facultades que me fueron conferidas por su majestad, he decidido, en mi condición de capitán general de la armada, que se ejecute la sentencia dictada contra el veedor de la escuadra, don Juan de Cartagena, y el capellán don Pedro Sánchez de Reina. La pena de destierro… —El silencio sólo era roto por el piar de los pájaros que sobrevolaban la playa y el ruido de fondo que ponía el suave movimiento de las olas— la cumplirán quedando abandonados a su suerte en aquella isla. —Señaló un islote que emergía en medio de la había.

Aquella decisión era una crueldad. Abandonarlos en aquel paraje era peor que condenarlos a muerte. El anuncio levantó un coro de murmullos. Se alzó incluso alguna voz de protesta. El padre Valderrama, que estaba cerca del portugués, lo miró y, en actitud suplicante, le pidió:

—Mostrad algo de piedad.

Magallanes no se molestó en responderle. Se mantuvo impasible hasta que otra vez se hizo el silencio.

—Lo segundo que he de comunicar es que, en la festividad de San Bartolomé, que se contarán veinticuatro días de este mes de agosto, nos haremos a la mar.

El anuncio de que la escuadra zarpaba en pocos días alivió en algo la tensión que la sentencia había provocado.

<h1 style="text-align:center">46</h1>

La víspera de la partida, dos horas antes de que se pusiera el sol, después de que fueran confesados por el padre Valderrama, que también les dio la comunión, el veedor y el capellán fueron llevados en un bote a la isla que Magallanes había bautizado con el nombre de isla de la Justicia, aunque algunos hombres le habían dado el de la Venganza.

Allí los dejaron a su suerte, sin más ropa que la que tenían puesta, un pellejillo de vino y un barrilito de agua, amén de comida para un par de días. En el traslado en barca al islote, el capellán no paró de gemir; por el contrario, Juan de Cartagena se mostró sereno y con un punto de altivez. En el momento en que Carvalho, que había mandado a los hombres del bote, le libró de los grillos, le escupió en el rostro.

—Sois un esbirro de ese malnacido. Juro por la salvación de mi alma que ese portugués comparecerá ante el tribunal de Dios antes de que transcurra un año y vos no le sobreviviréis mucho tiempo.

—¡Tened por seguro que ambos arderéis en los infiernos! —apostilló el capellán sorbiéndose las lágrimas—: ¡Los dos arderéis en los infiernos!

Carvalho palideció. Era hombre instruido, pero muy supersticioso. No le gustó aquella maldición. A toda prisa, ordenó alejarse de aquel lugar que le parecía siniestro. Cuando regresó a la *Trinidad* a Magallanes le llamó la atención la palidez de su rostro:

—¿Os ocurre algo, Carvalho?

—No ha sido agradable dejarlos abandonados.

—¡Son unos traidores! ¡Han recibido su merecido!

—Nos han despedido de forma terrible.

Magallanes se quedó mirándolo.

—¿Qué queréis decir?

—Cartagena os ha emplazado a comparecer ante Dios antes de un año.

—No iréis a prestar atención a esas bobadas…

—No, pero… —El piloto movió la cabeza con aire dubitativo.

Aquella noche en la bahía de San Julián fueron pocos los que consiguieron conciliar el sueño. Pensaban que no era de cristianos dejar abandonados a dos hombres en la soledad de aquellos parajes, por muy grave que hubiera sido su delito. El amanecer supuso un alivio para muchos. Con los timoneles en las cañas y los contramaestres dando una orden tras de otra, el arranque de la armada no hizo más llevadero ver la silueta de los dos hombres que quedaban abandonados en aquella isla, lo que suponía una muerte segura.

A los pocos días de haber reanudado la navegación, se desató una fuerte tormenta que causó honda preocupación. Por la escuadra se había difundido el rumor de que don Juan de Cartagena, al quedar abandonado, había lanzado una maldición. Muchos estaban convencidos de que el temporal era consecuencia de ella.

—No es ninguna tontería —decía uno de los marineros de la *Trinidad*, sujetando una driza de la vela mayor—. ¿Has visto la cara del capitán? Estaba blanco como la cera del sagrario.

—Me han dicho que Carvalho, el piloto de la *Concepción*, estaba descompuesto después de abandonarlos en el islote —comentó otro—. Don Juan de Cartagena y también el capellán lo maldijeron. Veremos si esta tormenta no nos lleva a todos por delante. Lo que han hecho no es de cristianos.

—¡Timonel, cuarta a babor! ¡Tenemos que alejarnos de los acantilados!

La tormenta arreciaba y el mar se encrespaba cada vez más. Otra vez la bodega, donde ahora estaba preso el patagón y con el que Pigafetta trataba de conversar, se convirtió en refugio de todos los que no eran imprescindibles en la cubierta. En las demás naos se seguía la misma pauta que en la capitana.

Por suerte, la bahía de Santa Cruz, donde había encallado la *Santiago*, estaba cerca. En ella buscaron refugio y allí aguardaron los tres días durante los que se prolongó el temporal.

Magallanes reunió a los oficiales. Los sorprendió al revelarles cuáles eran sus planes inmediatos y pedirles opinión. Era toda una novedad. Alguno pensó que lo ocurrido al abandonar al veedor y al capellán lo había marcado. No encontraban otra explicación.

—Mi opinión es seguir navegando hacia el sur, bordeando la costa. No creo que sea necesario llegar a los cincuenta y cinco grados.

—¿Encontraríamos antes el estrecho?

—Estoy convencido.

—Parece que esta es zona de tormentas —comentó el piloto Esteban Gómez, que había sido trasladado de la *Trinidad* a la *San Antonio*, con los cambios efectuados en el mando de las naos—. ¿No es así? —Miró a Serrano.

—Poco más al sur nos sorprendió la que acabó con la *Santiago*.

—Creo que sería más acertado decir que estamos en temporada de tormentas. Aún no hemos salido del invierno en este hemisferio —corrigió Carvalho, cuyas diferencias con Gómez eran conocidas.

—¿Cuál es vuestra opinión? —preguntó Magallanes a Elcano.

—Creo que es una combinación de ambas cosas. En estas latitudes parece ser que las tormentas son frecuentes y es posible que aumenten conforme sea mayor la latitud. Pero es probable que no sean tantas en otra estación del año.

—¿Estáis proponiendo permanecer aquí algunas semanas, hasta que concluya el invierno? —preguntó Carvalho.

—No lo he propuesto. Sin embargo, en mi opinión, no sería una mala idea.

—Puede que Elcano tenga razón —dijo Magallanes—. Si es tiempo de tormentas, podríamos aguardar algunos días y comprobar qué ocurre. Aquí estamos a resguardo. Bastaría con observar.

En el capitán general se había operado un cambio sustancial. Compartía opiniones y parecía menos seguro.

Elcano no se había equivocado. Las tormentas en la zona se producían con una frecuencia preocupante. Se sucedían tres o cuatro días de calma seguidos por otros tantos de fuerte temporal. Así transcurrió un mes. Sin embargo, no hubo protestas por una nueva detención que se sumaba a los casi cinco meses de estancia en San Julián. Todos estaban de acuerdo en que era una locura hacerse a la mar en aquellas condiciones.

Aprovecharon el tiempo para llenar las bodegas de pescado, que era muy abundante. El problema era la escasez de sal para conservarlo. También recuperaron algunos restos de la *Santiago* que, con los limitados medios de que habían dispuesto Serrano y sus hombres, no pudieron llevarse cuando la desmantelaron por primera vez.

El 19 de octubre, tras diez días con la mar en calma, Magallanes dio orden de reemprender la marcha. Las cuatro naos, con el velamen desplegado, pusieron rumbo al sur y dos días más tarde, con viento favorable, alcanzaban el cabo que hizo retroceder a Serrano. Magallanes decidió bautizarlo con el nombre de las Once Mil Vírgenes en recuerdo a la festividad que la Iglesia celebraba en esa fecha. Poco más adelante se abría una amplia bahía en la que echaron el ancla.

—Estoy convencido de que el estrecho lo tenemos delante de nosotros —confesó Magallanes al contramaestre Albo.

—Veo a vuesa merced muy seguro. Yo no las tengo todas conmigo.

—La *San Antonio* y la *Concepción* van a hacer una descubierta. Nosotros y la *Victoria* aguardaremos aquí.

Al día siguiente las naos que mandaban Mesquita y Serrano abandonaron la ensenada. Cuatro días después de haberlas perdido de vista, se desencadenó una tormenta que rompió los anclajes de la *Trinidad* y la *Victoria*. Las dos naos, zarandeadas por el vendaval, soportaron la borrasca durante treinta y seis horas. Estuvieron a punto de tener un final parecido a la *Santiago*. Cuando el temporal amainó, Magallanes estaba descompuesto. Era como si las amenazas a las que se había referido Carvalho se estuvieran cumpliendo. Cada vez más desazonado, esperaba noticia de la descubierta, aunque, secretamente, temía que hubiera ocurrido lo peor y que la tormenta que habían soportado las hubiera mandado a pique.

No había sido así. Las dos naos, que navegaban en columna, se vieron afectadas por el temporal. La situación fue muy complicada y muchos creyeron que había llegado su última hora. Pero cuando era más angustiosa, se abrió ante ellos un rayo de esperanza. Una amplia escotadura rompía la línea de costa y les sirvió de refugio. Pensaron que aquello era el paso que estaban buscando. Pasada la tormenta, con el mar en calma, pudieron comprobar que se ensanchaba aguas adentro, pero más adelante la tierra volvía a estrecharse, dejando otro portillo por donde las dos naos podían pasar, sin mayores problemas, y apareció ante sus ojos una bahía mucho mayor que la anterior.

Mesquita y Serrano, reunidos en la *Concepción*, discutieron la situación. El segundo, cuya experiencia era muy superior a la de su compatriota, estaba convencido de estar muy cerca del ansiado paso que los llevaría al mar del Sur.

—Es posible que tengamos que superar alguna angostura más. Pero esto es diferente a todas las ensenadas que hemos encontrado. Tampoco es el cauce de un río. Estamos en un entrante de mar que debe tener salida.

—¡Estrecho a proa! —El grito del vigía desde la cofa sonó con fuerza.

Los dos capitanes acudieron a verlo.

—La existencia de ese estrecho…

Mesquita miró fijamente a Serrano.

—¿Creéis que hemos dado con el paso?

—No podría asegurarlo, pero todo apunta a que así es.

—Tenemos que dar noticia de esto —propuso Mesquita—. Es hora de volver.

—Pero antes hemos de marcar la ruta. Esto es un laberinto de canales, islas y estrechos. Perderse sería mucho más fácil que encontrar la salida.

—¿Qué proponéis?

—Colocar cruces en sitios visibles y marcar con alquitrán algunas rocas. Mañana nos pondremos manos a la obra.

Ordenaron a los despenseros repartir doble ración de vino y obsequiar a los hombres con una comida algo más decente que la habitual. El vino hizo que la celebración se prolongase hasta bien entrada la noche. Entonces les llamó la atención algo que no habían visto hasta entonces.

—Mirad —gritó un marinero—. ¡Es fuego! ¡Es una hoguera!

—¡Allí, allí se ve otra!

—¡Mirad aquel resplandor!

—¡Otra, otra, allí!

—Eso sólo puede significar que hay gente en esas tierras.

—Se han cuidado mucho de aparecer durante el día.

Emplearon dos días, aprovechando las horas de luz que tenían, para dejar las marcas que les permitieran orientarse cuando regresaran. Concluido el trabajo retrocedieron por aquella complicada ruta. Los parajes aparecían desérticos, pero por la noche se divisaba el resplandor de aquellas misteriosas hogueras.

47

En la *Trinidad* y en la *Victoria*, donde la espera se había hecho eterna, hubo gritos de alegría cuando vieron aparecer por el sur las dos naos exploradoras. Se acercaban con las velas al viento y, cuando estaban a menos de una milla, el disparo de las bombardas de los dos barcos fue el anuncio de que traían buenas noticias. Cuando se supo que habían encontrado un estrecho que podía conducir al ansiado paso para llegar al mar del Sur y a las islas de las Especias, aunque no habían navegado hasta aguas abiertas, la armada se convirtió en una fiesta. Todo apuntaba a que habían logrado el primero de los grandes objetivos de la expedición.

Magallanes, siempre circunspecto, ordenó que se distribuyera vino entre los hombres, aunque no se excedió en lo referente a la comida. No estaban sobrados de provisiones y si bien, según sus cálculos, no tendrían que recorrer grandes distancias antes de llegar al Moluco, era mejor ser previsores. En realidad, no sabía con qué iban a encontrarse una vez superado el estrecho, de cuya complicación geográfica le habían hablado Serrano y Mesquita.

—Es un verdadero laberinto —comentó este último.

—Hemos tenido la prevención de dejar señalizado el recorrido para tener las menos complicaciones posibles.

—¿Qué más podéis decirme? —Magallanes estaba ansioso por conocer los detalles.

—Es una tierra inhóspita. No hemos encontrado gente, aunque hemos visto unos llamativos resplandores, procedentes, sin duda, de fuegos que se encienden por la noche.

—¿Unos fuegos que se encienden por la noche?

—Tienen que ser los nativos. Pero no se dejan ver durante el día.

Magallanes decidió que la armada partiría al día siguiente. Aquella noche, solo en su camarote, repasó una vez más las instrucciones reales. Leyó con detenimiento la última de ellas, en la que se le indicaba que, en caso de realizar un descubrimiento de gran importancia, debería, de común acuerdo con los demás capitanes, disponer que algún navío de la armada, el que a él mejor le pareciera, regresara para dar noticia, cuenta y razón del dicho descubrimiento. Decidió que no había llegado ese momento. Las noticias recibidas eran excelentes, pero el descubrimiento no se había producido. No era necesario dar cumplimiento a aquella instrucción. En realidad, había tomado la decisión de ignorar las disposiciones reales que le obligaban a cumplir determinadas obligaciones, como había hecho en ocasiones anteriores.

Al alba, después de los saludos de rigor, la escuadra abandonó la bahía y puso rumbo hacia el estrecho. El tiempo se mostró favorable y cruzaron sin mayores dificultades las primeras escotaduras hasta llegar a la bahía interior. Aquella noche Magallanes pudo comprobar los resplandores que podían verse desde los barcos.

—Bautizaremos esta tierra con un nombre que recuerde esa práctica. Esta será la Tierra de Fuego, así quedará memoria de lo que estamos siendo testigos —comentó Magallanes.

Emplearon el día siguiente en recorrer las riberas de aquella gran bahía y descubrieron que las escotaduras eran dos. Magallanes convocó reunión de capitanes a bordo de la *Trinidad*.

—¿Cuál es vuestra opinión? —preguntó a Serrano, que era en quien tenía más confianza.

—Es difícil dar una respuesta, señor. Con tanto canal no sabemos qué podemos encontrar en cada uno. Yo apostaría por el portillo que se abre más al norte. Los datos que tenemos señalan que la Especiería se encuentra a mucha menos latitud de la que ahora nos encontramos.

A Magallanes el razonamiento le pareció correcto.

—Soy de la misma opinión. Vos y Mesquita partiréis por esa embocadura. Yo exploraré el canal que se abre más al sur y me acompañará la *Victoria*. Esas son las órdenes. Mañana nos ponemos en marcha.

Al día siguiente la escuadra se dividió. La *Concepción* y la *San Antonio* penetraron en las aguas del canal que se abría más al norte y navegaron sin parar aprovechando que ahora los días habían alargado mucho y la oscuridad nocturna, por el contrario, quedaba reducida a muy pocas horas. Pronto comprobaron que aquel canal volvía a dividirse en dos ramales. La *San Antonio* navegó por el más estrecho, que ofrecía las aguas más profundas y tomaba dirección sudoeste, mientras la *Concepci*ón entraba en el de mayor amplitud, que se dirigía hacia el noroeste. Los capitanes acordaron dejar una serie de señales convenidas. La *Concepción* navegó más de veinte leguas para llegar a una nueva bahía donde no había salida. Habían perdido cinco días para hacer un recorrido que resultó inútil. Descorazonados regresaron al punto donde se habían separado de la *San Antonio*, pero no la encontraron. Allí aguardaron veinticuatro horas sin que apareciera.

—Quizá ellos han tenido más suerte y han encontrado la salida al mar del Sur —comentó Serrano al piloto.

—Es posible.

—Regresamos a la bahía Grande —ordenó un tanto abatido por el fracaso.

En la bahía no encontraron ni a la *Trinidad* ni a la *Victoria*. Entonces ordenó hacer una descubierta por donde había navegado Magallanes.

—¡Una cruz! ¡Una cruz corona aquella loma! —gritó uno de los hombres señalando a estribor.

—Es posible que allí encontremos alguna pista.

Desembarcaron cuatro hombres, fuertemente armados, y encontraron que al pie de ella habían dejado una olla, con la boca bien cerrada, en cuyo interior había unos pliegos. Cuando Serrano los leyó supo dónde localizar a la *Trinidad* y la *Victoria*. Las encontró cuando regresaban de su descubierta. Aquel canal tampoco tenía salida.

—Nos reuniremos en la bahía Grande —ordenó Magallanes—. Tal vez la *San Antonio* tenga mejores noticias que nosotros.

Dos días después arribaron a la bahía cuyas bajas playas, que distaban casi veinte leguas de un extremo a otro, habían hecho albergar grandes esperanzas. Aguardaron tres días sin que la *San Antonio* diera señales de vida. A Magallanes se le veía abatido. Apenas aparecía por la cubierta y, cuando se le veía, se mostraba taciturno. Tampoco hablaba y, según comentaba su esclavo, casi no comía. Las cosas no habían ido como esperaba. Después del júbilo despertado por el descubrimiento de aquella enorme bahía y las escotaduras que se abrían a poniente, parecía que estaban a punto de alcanzar el primero de sus objetivos. Pero habían vendido la piel del oso demasiado pronto.

Al tercer día, envió recado a Serrano para que acudiese a la *Trinidad*.

—Explicadme otra vez, ¿que hicisteis antes de separaros?

—Navegamos dos días sin incidentes y, al dividirse el canal, nosotros tomamos el ramal que apuntaba al noroeste, mientras que la *San Antonio* fue a explorar las aguas del ramal que se dirigía hacia el sudoeste. Eso ocurrió… —hizo cálculos— hace ya más de diez días.

—Demasiado tiempo.

—Habrán tenido algún percance —aventuró Serrano.

—No lo creo.

—¿Por qué decís eso, señor?

—Hemos disfrutado de mucha bonanza. No ha habido ninguna tormenta en la zona. Llevamos días en que todo está en calma.

—Han podido encallar.

—Es posible, aunque lo dudo. Su piloto tiene mucha experiencia.

—Eso no lo libra de cometer algún error. Desconocemos estas aguas y un bajío… Supongo que, en ese caso, habrían desembarcado y tratado de llegar a pie hasta aquí.

Aquel comentario hizo que Magallanes rememorara lo ocurrido a Díaz de Solís y sus hombres. Se preguntó si quienes encendían aquellos fuegos serían caníbales.

—Echar pie en esta tierra inhóspita supone asumir graves riesgos. Mesquita es hombre prudente.

—Cabe la posibilidad de que haya encontrado el camino para llegar al mar del Sur —aventuró Serrano.

La inquietud apareció en el rostro de Magallanes.

—Habría regresado para darnos la noticia.

Al día siguiente, Magallanes ordenó navegar por el canal que siguieron la *Concepción* y la *San Antonio* y, al llegar a la bifurcación, tomar la ruta que siguió esta última cuando se separaron.

Navegaron pendientes de cualquier señal que pudiera darles noticias de la nao desaparecida No la encontraron. Tampoco una salida a las aguas del mar del Sur. Aquello era un dédalo de canales, estrechamientos peligrosos y pasos tan angostos que cruzarlos suponía un grave riesgo

El 20 de noviembre, un Magallanes cada vez más desilusionado ante la desaparición de la *San Antonio*, convocó reunión a bordo de la *Trinidad*.

—Seguiremos tres días más. Si no encontramos una salida, regresamos.

Sus palabras sorprendieron a los reunidos.

—Solo estamos a cincuenta y cuatro grados, quizá algo más —le recordó San Martín, el piloto con más sólidos fundamentos científicos de la escuadra—. Permitidme señalar que llevamos días obligados a seguir una derrota muy marcada hacia el noroeste, lo que nos permite albergar esperanzas de poder encontrar una salida a aguas abiertas.

Magallanes encajó mal la fundamentada réplica del piloto.

—Esto es un laberinto. Es muy difícil saber adónde nos llevará. Vos sabéis que cambiamos la derrota cada pocas millas.

—Es cierto. A ello nos obliga el navegar por canales cuyas riberas tienen formas caprichosas. Pero no es menos cierto que, con ligeras variaciones, se mantiene el rumbo hacia poniente.

—No estoy dispuesto a continuar navegando por este laberinto. Sólo seguiremos tres días más.

En el camarote se impuso el silencio. Alguno consideraba el regreso una buena opción. Habían transcurrido más de quince meses desde que partieron de Sevilla. Pero otros pensaban que era una mala decisión.

—¿Vamos a regresar vencidos? —preguntó San Martín.

—Eso es mejor que muertos —indicó Serrao.

—Permitidme deciros que no estoy de acuerdo con vuesa merced. Si regresamos, la muerte será más que una posibilidad.

—La muerte puede ser una liberación —dijo Magallanes.

La respuesta causó estupor entre los presentes. Magallanes, que parecía haber envejecido años en muy pocos días, era otro hombre. El piloto clavó fijamente sus ojos en el portugués. Estaba casi desafiándolo con la mirada.

—En que la muerte puede ser una liberación, estoy de acuerdo. Pero no en que la mejor opción sea regresar.

—Lo vuestro sólo son opiniones, mis decisiones son órdenes. ¡Os recuerdo que tengo el mando de la escuadra… o de lo que queda de ella!

Elcano temió que la reunión terminara en un altercado. Era hombre de pocas palabras, pero ante el cariz que tomaba la reunión, se dirigió a Magallanes con mucha humildad:

—Señor, estamos en noviembre. Eso significa en este hemisferio que tenemos el verano a las puertas. En estas latitudes, tendremos días de dieciocho horas de luz. Deberíamos aprovechar la bonanza del tiempo para realizar un último esfuerzo. Regresar en las condiciones en que se encuentran los barcos nos daría graves problemas que se añadirían a la falta de comida. Gran parte de la que teníamos estaba en la bodega de la *San Antonio*.

Magallanes se acarició el mentón, dubitativo.

—Está bien. Recorreremos estas aguas durante una semana. Una semana —recalcó—. Si no encontramos la salida, pondremos rumbo a España.

Justo una semana más tarde, el 27 de noviembre, día en que expiraba el plazo concedido por Magallanes, gracias a la insistencia de San Martín y Elcano, llegaron a una salida en la que al costado de estribor se alzaba un promontorio que suponía el último obstáculo para salir a mar abierto. Fue el vigía de la *Concepción* el que gritó desde la cofa:

—¡Mar abierto! ¡Mar abierto!

Los hombres abandonaron sus tareas y se amontonaron en las proas de los barcos. Apenas veían nada, pero los gritos desde las cofas de los otros buques señalaban que el vigía de la *Concepción* no alucinaba. Aquel promontorio penetraba en la inmensidad de las aguas que se abrían ante ellos. En la cubierta de las naos se vivieron escenas de júbilo. Los hombres se abrazaban. A muchos se les saltaron las lágrimas y algunos rompieron a llorar. Atrás quedaban penalidades sin cuento. Más de una vez habían estado a punto de irse a pique. Habían superado temperaturas durísimas y soportado peligrosas calmas. Sobrevivido a fuertes temporales y salvado las consecuencias de un motín que pudo haber dado al traste con la expedición. Todo lo daban por bien empleado porque eran los primeros que encontraban el estrecho que podía comunicar dos grandes mares y abría una ruta para las especias, desconocida hasta entonces. Quienes pensaban que sobre la armada pesaba una maldición, se olvidaron de ella.

San Martín, siempre atento a sus obligaciones, comprobó que la latitud a que se encontraban era muy parecida a la que había fijado en el cabo bautizado como de las Once Mil Vírgenes. Habían encontrado el estrecho que permitía llegar al mar del Sur desde las aguas del Atlántico.

La vista se perdía en la inmensidad de unas aguas completamente en calma. El movimiento de las olas era tan suave que apenas se notaba.

Magallanes, emocionado, impartió una serie de órdenes. Unos hombres treparon hasta la cumbre de aquel promontorio y colocaron una gran cruz. Luego hizo bajar el esquife de la *Trinidad* y, acompañado por una docena de hombres fuertemente armados, entre los que iba el capellán, Pedro de Valderrama, desembarcó enarbolando el estandarte de Castilla y, con los ojos arrasados en lágrimas, tomó posesión de aquellas tierras en nombre de don Carlos. A continuación Valderrama recitó unas preces que los hombres oyeron postrados de hinojos o con una rodilla en tierra.

Una vez terminada la oración, sin soltar la enseña, Magallanes penetró en el mar hasta que el agua lo cubrió por la cintura y tomó posesión del mismo, aunque ya lo había hecho, algunos años antes, Núñez de Balboa en el hemisferio norte. Las aguas estaban tan calmadas que bautizó aquel mar como Pacífico.

48

Dos semanas antes, la *San Antonio* había hecho aquel recorrido. No llegó a mar abierto, pero bastó a su piloto, Esteban Gómez —cuyo nombre original, antes de naturalizarse castellano, era Estêvão Gomes—, para despejar cualquier duda acerca de que estaba abierta una nueva ruta para llegar a las islas de las Especias. Su relación con Magallanes ya era mala al haberse rechazado su proyecto para organizar una expedición y darse prioridad a la empresa de Magallanes. Había empeorado cuando decidió trasladarlo de la *Trinidad* a la *San Antonio*, siendo esto interpretado por el piloto como una degradación. Gómez, conocedor de que el rey había dispuesto que se le diera aviso de todo descubrimiento importante y, sin duda, aquel lo era, urdió un plan al que, con mucha discreción, fue sumando apoyos entre la tripulación y al que estaba ajeno el capitán Mesquita. Lo puso en marcha, una vez superadas las dudas de que por aquel laberinto de canales se llegaba a las aguas del mar del Sur.

—Estamos muy cerca del mar abierto —indicó el piloto a Mesquita.

—¿En qué os basáis?

—Ese movimiento de las aguas sólo puede provocarlo una masa de agua mucho mayor. Estamos en puertas de un gran descubrimiento. Habrá que tomar algunas decisiones.

Mesquita lo miró con desconfianza

—¿A qué os referís?

—A que estamos obligados a dar aviso al rey de que hemos hallado el paso para llegar al mar del Sur y que la ruta a la Especiería está abierta. Me temo que eso no entra en los planes del capitán general.

Mesquita se puso en guardia.

—¿No pretenderéis desobedecer su mandato?

—Si su mandato incumple las órdenes de mi rey…

—Parece ser que no ha sido suficiente con el escarmiento dado a don Juan de Cartagena.

—¡No os atreváis a pronunciar su nombre, después de lo que habéis hecho con él y con el capellán!

—¡Prendedle! —gritó Mesquita.

Comprobó que la tripulación permanecía cruzada de brazos y que quienes hicieron amago de obedecerlo fueron rápidamente reducidos.

—¡Esto es un motín!

—Os equivocáis. Esto es dar cumplimiento al mandato de nuestro rey. ¡Encerradlo en su camarote y prended a quienes no estén con nosotros!

—¡Pagaréis muy caro lo que estáis haciendo! —gritó antes de ser encerrado.

Rápidamente el piloto se hizo con el control de la nao.

—¡Timonel, viramos en redondo! ¡Salimos de este laberinto!

—¡A la orden!

—¡Regresamos a Castilla!

Un gritó de alegría brotó de las gargantas de aquellos hombres que, después de tantos meses de navegación, regresaban a Sevilla. Algo que en muchos momentos les había parecido una quimera. Tardaron seis días en salir de los complicados pasos del estrecho y volver a las aguas del Atlántico. El piloto, consciente de que lo que acababan de hacer podía tener cierta justificación, pero supondría serios problemas, reunió a los hombres más significados de la tripulación para que eligieran un nuevo capitán y sustituir al depuesto Mesquita. El elegido resultó ser Jerónimo Guerra, un experimentado hombre de mar.

La travesía hasta Sevilla no sería fácil. Aunque la despensa de la *San Antonio* estaba bien abastecida, al llevar parte importante de los bastimentos de la escuadra en su bodega, el viaje sería largo y la tripulación estaba formada por algo más de medio centenar de hombres. Tenían que aprovechar la pesca que se ofrecía en los abundantes bancos de las zonas próximas a la costa, aunque la falta de sal no les permitía conservar toda la que hubieran deseado.

—Nos dirigiremos hacia la bahía de San Julián —ordenó el flamante capitán, hechura del piloto, al timonel—. Si don Juan de Cartagena y el capellán estuvieran con vida, los rescataríamos.

El inicio del viaje no resultó fácil. Al navegar de cabotaje, las corrientes dominantes no favorecían el retorno y varias tormentas obligaron a la *San Antonio* a permanecer al abrigo de una ensenada, a resguardo.

—Estas aguas no resultan fáciles de navegar rumbo norte —señaló Guerra—. Supone ir contra corriente. Deberíamos alejarnos de la costa. Torcer el rumbo hacia el este sería lo adecuado.

—Pero eso nos impediría llegar a San Julián —respondió el piloto—. Si don Juan de Cartagena y el capellán estuvieran con vida, sería para nosotros una bendición. ¿Os imagináis lo que supondría su declaración? Sería una garantía extraordinaria para avalar la decisión que hemos tomado.

Las dificultades de la navegación hicieron que no llegaran a la bahía de San Julián hasta bien entrado el mes de enero. Era difícil que, después de tantas semanas, pudieran hallar a los desterrados. Los buscaron durante varios días sin encontrar el menor rastro. Inspeccionaron detenidamente el islote donde los habían abandonado y la construcción de la playa donde estaba la fragua, pensando que podía haberles servido de refugio, pero no hallaron evidencias de su presencia. Encendieron hogueras por si veían el humo o el resplandor nocturno. Dispararon las bombardas en varias ocasiones. Recorrieron algunas leguas por los alrededores y gritaron a los cuatro vientos sus nombres, pero todo fue en vano. Tampoco vieron a ningún patagón.

Aprovecharon la estancia en San Julián para aprovisionarse de agua, pescar y conseguir algunos vegetales pensando en mejorar las raciones. No pasarían grandes calamidades durante el tiempo que les llevase regresar a Sevilla porque la bodega de la *San Antonio* era la principal despensa de la flota.

Al hacerse a la mar, el piloto no ocultó su frustración.

—¡Ojalá los hubiéramos encontrado! Amén de salvar a dos cristianos, sus testimonios nos habrían sido de mucha utilidad.

Gómez temía que la decisión de regresar pudiera ser interpretada en su contra. Contaba a su favor la actitud de Magallanes y podría esgrimir que haber dado con el estrecho era razón más que suficiente para justificar su actuación, aunque fuera contra las órdenes de Magallanes. Podría justificarlo indicando que el portugués incumplía las instrucciones dadas por el rey. La palabra de los dos desterrados habría sido demoledora para Magallanes.

El piloto indicó a Guerra que ahora podían alejarse de la costa y evitar la dificultad que suponían las corrientes.

—¡Rumbo nordeste! —ordenó al timonel.

Alejados de la costa, navegaron con buen viento hasta alcanzar la zona de las calmas ecuatoriales. El día que cruzaron la línea del ecuador, el piloto indicó a Guerra la conveniencia de reunir a la tripulación para comunicárselo.

—Ayer por la noche superamos los cero grados de latitud —indicó Gómez encaramado a la toldilla ante una tripulación que lo escuchaba expectante—. Eso significa que hemos entrado en aguas del hemisferio norte.

—¿Cuántos días de navegación nos quedan? —preguntó otro.

—Eso es difícil de precisar —respondió Guerra, que estaba junto al piloto—. No sabemos cómo nos afectarán las calmas y si tendremos buenos vientos.

—Puedo deciros —añadió el piloto— que hemos hecho un recorrido mayor del que tenemos por delante.

—Pero la galleta es polvo y hay en ella más gusanos que sustancia.

—Nos queda vino y aceite en cantidades suficientes, y el despensero dice que, ajustando las raciones de queso y tocino, podríamos...

—¡Si se ajustan moriremos de hambre! —exclamó un grumete.

—¡Morir de hambre! —le dijo un viejo marinero—. ¿Qué sabrás tú lo que es hambre? ¡Cuando lleves seis días sin probar bocado, me lo dices! ¡Hasta entonces mantén la boca cerrada!

—Si racionamos la comida, no tendremos problemas hasta bien entrado marzo en que, con un poco de suerte, podríamos llegar a la costa de Guinea. Allí podríamos abastecernos para emprender el tramo final del viaje.

—¡Esa costa está controlada por los portugueses!

—Nuestra principal tarea será evitarlos.

—¿A qué día estamos?

—Hoy es 20 de febrero.

—¡Eso significa casi un mes más de navegación!

—En efecto... —admitió el capitán.

—¿Hay comida para un mes? —La pregunta iba dirigida al despensero.

—Bien ajustada, habrá algo que echarse a la boca.

Avistaron la costa africana a mediados de marzo, pese a que estuvieron casi una semana atrapados en una de las terribles calmas ecuatoriales, uno de los grandes temores de los viajes a través del océano. Pese a ello hubo comida todos los días y no faltaron el vino, el aceite y el tocino, aunque este último estaba enranciado.

Desembarcaron cerca del golfo de Guinea y pudieron reabastecerse. Lograron cazar algunos cerdos salvajes. Atraparon varias docenas de unas palmípedas parecidas a los patos y se hicieron con unas gruesas raíces que los nativos comían. Efectuaron la aguada y lograron algo de sal. También se abastecieron con importantes cantidades de pescado, que pudieron salar. Aguardaron allí hasta que los alisios soplaron y pudieron poner rumbo al norte. Con el buen viento, después de veinte días de navegación, mediado el mes de abril, llegaron a Canarias.

Fondearon en una cala de la isla de la Palma. Desde la ensenada donde echaron el ancla podía verse una gran extensión de caña de azúcar, entre la que destacaban pequeñas construcciones de un blanco reluciente.

El capitán, que había desembarcado en el primer viaje del esquife, comprobó que en la rada, que servía de puerto, había varias carracas y una carabela. Estaban cargando vino y caña de azúcar. Guerra fue recibido por el dueño de la principal hacienda, un flamenco al que llamaban Monteverde, que los acogió con muestras de amabilidad cuando supo que la *San Antonio* formaba parte de la expedición que buscaba la nueva ruta de las especias. A cambio de acogerlos, exigió un comportamiento propio de buenos cristianos. Guerra, temeroso de que una vez en tierra sus hombres protagonizasen algún escándalo después de tantos meses sin ver a una mujer, estableció normas muy severas en lo referente al trato con las isleñas y antes de desembarcar aleccionó a sus hombres:

—Son súbditos de su majestad. Estas tierras pertenecen a la Corona de Castilla y están protegidas por las leyes del reino. Sólo admitiré las relaciones con mujeres si son consentidas por ellas o hay por estos pagos, cosa que dudo, alguna mancebía. No quiero ningún problema en el trato con las gentes de este lugar que se llama Tazacorte. Podremos comprar pan, vino, caña de azúcar, queso, verduras y algunos animales.

—¿Significa eso que se acabó la galleta agusanada?

—No habrá más galleta. Una vez que tengamos en la bodega esos alimentos, daré orden para que si queda alguna sea arrojada al mar.

Permanecieron en la isla cerca de dos semanas. Repusieron fuerzas e hicieron acopio de alimentos y agua. Los hombres vieron cómo mejoraban sus dolencias. La que les atacaba las encías, que algunos tenían tan hinchadas que les tapaban los dientes, mejoró notablemente.

Al amanecer del 25 de abril, festividad del evangelista san Marcos, se hicieron a la mar, aprovechando un viento del sudoeste para poner proa a Sanlúcar de Barrameda, adonde llegaron el 3 de mayo, día de la Santa Cruz. Tres días después, la *San Antonio* fondeaba en el muelle de las Mulas, donde ya aguardaban representantes de la Casa de la Contratación, ansiosos por tener noticias de lo ocurrido con la escuadra que había partido de aquel puerto hacía veintiún meses. La hazaña de la *San Antonio* era que no había tenido una sola baja en la travesía. La tripulación que llegaba al muelle de las Mulas estaba formada por los mismos cincuenta y cinco hombres que emprendieron en las tierras australes el viaje de regreso.

A Sevilla había llegado, pocos días antes, la noticia de la derrota del ejército comunero en los campos de Villalar. Las tropas leales a Carlos I, que estaba fuera del reino desde hacía casi un año al haber tenido que viajar para hacerse con la herencia de su abuelo Maximiliano, que incluía su elección como emperador del Sacro Imperio Romano Germánico, habían acabado con la sublevación de numerosas ciudades de Castilla. Sus principales jefes habían sido ejecutados en el mismo campo de batalla, acusados de sedición y rebelión.

Jerónimo Guerra y Esteban Gómez fueron los únicos que desembarcaron, quedando la nave precintada hasta que se cumplieran las formalidades establecidas para los barcos que regresaban de las Indias. Ambos fueron conducidos a presencia de Juan López de Recalde, contador de la Casa de la Contratación.

—¿Han regresado sin conocimiento ni autorización del capitán general de la armada?

—Hemos cumplido con el mandato del rey —le respondió Guerra, a quien las palabras del contador le sonaron a acusación—. El descubrimiento de un paso para llegar al mar del Sur es de la suficiente importancia como para venir a dar a su majestad noticia de ello...

—Tal y como se ordena en las instrucciones —añadió el piloto.

—Pero esas…—el contador buscó entre los papeles que había sobre su mesa— esas instrucciones dicen… —Se caló unas antiparras y leyó:

Cuando a Dios pluguiere que tengáis descubiertas algunas islas o tierras que vos pareciere cosa que se deba hacer mucho caso; si con el parecer de vuestros capitanes e oficiales, vos pareciere que debéis ir más adelante, en tal caso enviaréis uno o dos navíos, de los cinco que van en la armada para darnos razón de lo que hasta entonces habéis descubierto…

Se quitó las antiparras y comentó:

—Aquí está muy claro que es Magallanes quien, oído el parecer de los demás capitanes, ha de tomar esa decisión.

—Ha de saber vuesa merced que Magallanes ha incumplido reiteradamente las instrucciones de su majestad —respondió Guerra—. Eso obligó a don Juan de Cartagena a intentar hacerse con el mando de la escuadra, pero fracasó.

El contador no disimuló su sorpresa.

—¿Me estáis hablando de un motín?

—No llamaría motín al intento de dar cumplimiento al mandato del rey.

—Lo que estáis diciéndome es muy grave. —Agitó una campanilla y al instante apareció el portero—. ¡Avisa a don Sancho Matienzo! ¡Es urgente!

El tesorero apareció poco después. Miró a los dos hombres y le costó trabajo identificar al piloto. Estaba muy desmejorado.

—¿Sois… sois…?

—Esteban Gómez, paternidad.

—¡Claro… claro!

Cuando López de Recalde le dijo que se trataba del capitán y el piloto de la *San Antonio,* alzó las cejas, sorprendido.

—¿No estaba al mando de esa nao don Juan de Cartagena y su piloto era San Martín?

—Oíd, don Sancho, oíd lo que acaban de decirme.

El tesorero, acomodado en un sillón frailuno, oyó en silencio el relato. Ni Guerra ni Gómez ahorraron detalles. A Matienzo, uno de los valedores de Magallanes cuando apareció por Sevilla, le costaba admitir algunas cosas que escuchaba. No creía que hubiera incumplido de forma tan flagrante las instrucciones del rey o que hubiera dejado abandonados en una isla desierta a dos cristianos.

—Al sospechar que no estaba dispuesto a dar conocimiento a su majestad de ese gran descubrimiento, tomamos la decisión de hacernos con el control de la *San Antonio* y regresar para traer la noticia.

—¿Haceros con el control de la nao significaba pasar por encima de su capitán?

—Así es. Magallanes había entregado a su paisano Mesquita el mando de la *San Antonio*, después de abandonar a don Juan de Cartagena en esa isla.

—¡Santo Dios! —exclamó López de Recalde— ¿Dónde está ahora Mesquita?

—A bordo de la *San Antonio*.

—Tendrá que prestar declaración. Todo esto resulta muy confuso.

—Muy confuso… —ratificó Matienzo, que no salía de su asombro—. Habrá que abrir una sumaria y tomar declaración a ese Mesquita y a todos los tripulantes.

—Por lo pronto vuesas mercedes regresarán al barco —indicó López de Recalde— y permanecerán allí hasta nueva orden.

Los siguientes días varios escribanos tomaron declaración a los cincuenta y cinco hombres. Una vez recogidos los testimonios, muchas cosas quedaban sin aclarar. De lo único que no había dudas era de que don Juan de Cartagena y el capellán habían sido abandonados en una bahía bautizada con el nombre de San Julián. Parte de los testimonios afirmaban que Magallanes ejercía un poder despótico e incumplía las instrucciones reales. Otros, los menos, decían que había tenido que ejercer su autoridad con don Juan de Cartagena y consideraban un motín haberse hecho con el control de la *San Antonio*. Álvaro de Mesquita declaró en favor de Magallanes y acusó de traidores a Gómez y Guerra e indicó que don Juan de Cartagena había sido relevado del mando por amotinarse.

—Habrá que dar conocimiento de todo al presidente de Indias para que disponga lo que ha de hacerse —señaló López de Recalde—. Tanto Mesquita como Gómez y Guerra, permanecerán bajo custodia hasta que se tengan noticias que confirmen o modifiquen lo que ahora sabemos, ¿no lo cree así vuestra paternidad?

—Soy de esa misma opinión. Escribamos hoy mismo al presidente de Indias.

La respuesta de Fonseca, semanas después, daba por buenas las diligencias realizadas y las disposiciones tomadas. Ordenaba que los detenidos se trasladaran a Burgos, para mayor seguridad. También disponía que se sometiera a vigilancia a la esposa y los deudos de Magallanes y que si pretendían marcharse a Portugal se les impidiera.

<h1 style="text-align:center">49</h1>

La salida al mar del Sur cambió el pesimismo que embargaba a los hombres por expectación. El propio Magallanes, siempre tan circunspecto, parecía ahora entusiasmado. La maldición de Cartagena, que había llegado a preocuparlo seriamente, quedaba atrás. Encontrado aquel paso, llegar a la Especiería parecía tarea sencilla. Estaba convencido de que la encontrarían muy pronto, pese a que se desconocía la medida de la Tierra y, por tanto, el número de leguas que habían de recorrerse. Sabía que la latitud de la Especiería estaba próxima al ecuador, sólo un par de grados al sur de la línea que separaba los hemisferios boreal y austral. No albergaba dudas del rumbo que había de seguir. Navegaría hacia el noroeste. Sus inquietudes las provocaba el desconocimiento de aquellas aguas, de las que no se tenía noticia que hubieran sido navegadas hasta entonces. También suponía un serio contratiempo la pérdida de la *San Antonio*: significaba una grave disminución de las provisiones porque, siendo su bodega la más grande, era la principal despensa.

Después de más de tres semanas de navegación, con buen viento, sin tener que enfrentarse a tormentas ni padecer calmas, crecieron las preocupaciones de Magallanes. Según sus cálculos y los realizados por Faleiro, ya tenían que haber encontrado tierra. Pero ni la habían encontrado ni había el menor indicio de que estuviera cerca. Lo único que tenía por delante era la inmensidad de un océano. Aquella ruta se le antojaba infinita.

—Mañana será Nochebuena —comentó a San Martín—. Eso significa que hace veintiséis días que vimos tierra por última vez.

El piloto, que no dejaba de otear el horizonte, asintió con un movimiento de cabeza.

—El pesimismo vuelve a hacer mella en los hombres.

—Ya teníamos que haber encontrado tierra —dijo Magallanes en voz baja.

—Deberíais ordenar al despensero que regalase a los hombres con alguna golosina. Sería una forma de levantar el ánimo y celebrar el nacimiento de Nuestro Señor. Están inquietos. Saben que navegamos con buen viento y, aunque desconocen la distancia que hemos recorrido, empiezan a circular rumores…

—¿Qué dicen?

—Que estamos perdidos.

Magallanes miró al piloto. Conocía la distancia recorrida, pero le preguntó.

—¿Cuánto hemos navegado en estas aguas?

—Unas dos mil leguas. Quizá algo más.

Magallanes dejó escapar un suspiro. Coincidía con sus cifras.

—¿Lo habéis comentado con alguien?

—Sólo con el contramaestre Albo. Lleva un cuaderno donde realiza anotaciones y está al tanto de cuánto hemos navegado. Es posible que también sepa algo el italiano.

—Se llama Pigafetta, Antonio Pigafetta.

—Tampoco deja de tomar notas. No sé si sabe medir las distancias.

—No comentéis esto con nadie, San Martín. Con esa distancia, según las cuentas de Faleiro, deberíamos haber encontrado tierra.

—¿Quiere decir vuesa merced que estamos perdidos?

—Tenemos que encontrar tierra navegando hacia el noroeste, pero la distancia es mucho mayor de la que esperaba encontrar.

En aquel momento se acercó el despensero. Era el único que ofrecía todavía un aspecto orondo, pese a que había perdido bastantes libras y tenía la papada flácida.

—Señor… —No dejaba de estrujar entre sus manos el gorro de lana que se había quitado al acercarse.

—¿Ocurre algo, Matías?

—Vuesa merced debe saber que… que la despensa está cada vez más vacía.

—¿Qué quieres decir?

—Que estrujando las raciones, apenas queda comida para tres semanas. Quizá algunos días más con la pesca que podamos obtener.

Magallanes miró a San Martín. El piloto acababa de proponerle celebrar la Nochebuena con una ración extra. No era posible en aquellas circunstancias. La prudencia apuntaba a reducir las raciones. Pero eso significaría un duro golpe para los decaídos ánimos de los hombres.

—Antes de que transcurran dos semanas habremos encontrado tierra. Dadlo por seguro —respondió para tranquilizar al preocupado despensero.

La celebración de la Navidad no supuso una mejora de las raciones. Se celebró una misa solemne en la cubierta de la *Trinidad*, con sermón del padre Valderrama, y se entonaron canciones alusivas al nacimiento de Nuestro Señor que rompieron la rutina. Pigafetta, que tomaba nota de los aconteceres más sobresalientes, escribió en su diario:

> *La galleta que comemos no es ya pan, sino un polvo mezclado con gusanos que han devorado toda la sustancia y que tienen un hedor insoportable por estar empapada en orines de rata. El agua que bebemos está corrompida y es igualmente hedionda.*

Los días transcurrían tediosos en medio de una creciente inquietud. Las aguas de aquel mar parecían no tener fin. El pronóstico de Magallanes de que antes de dos semanas a partir de Nochebuena encontrarían tierra, que se había difundido entre los hombres, había aumentado los rumores.

Con las medias raciones, desde que comenzó el año, habían logrado alargar las existencias, pero conforme avanzaba enero la despensa se vaciaba. La mayor parte de los tripulantes tenían tan hinchadas las encías —cubrían la dentadura de quienes no la habían perdido—, que apenas podían masticar el poco tocino rancio que entraba en las raciones y los últimos restos de queso, tan duro que resultaba difícil roerlo. Trataban de combatir aquella hinchazón lavándose las encías con sus propios orines, a los que atribuían propiedades curativas, mezclados con agua del mar. La enfermedad empezó a cobrarse víctimas.

Una tarde, desde la cofa de la *Trinidad,* se oyó el grito que todos ansiaban:

—¡Tierra! ¡Tierra a la vista!

Los hombres se abalanzaron sobre las bordas. Efectivamente, en el horizonte se recortaba una isla sobre la que destacaba una frondosa arboleda.

—Es el fin de nuestras penalidades —dijo Magallanes a San Martín.

Como las aguas eran profundas, las naos, en medio de una expectación contenida, pudieron acercarse hasta pocas brazas de la costa. Se trataba de una pequeña isla, poco más que un islote, pero su abundante vegetación hacía concebir esperanzas. Debía ser la avanzadilla de un archipiélago.

Magallanes actuó con prudencia. No sabía lo que podían encontrar. Durante un par de horas observaron la playa, sin ver movimiento. Sólo entonces se botó el esquife de la *Concepción* y una docena de hombres desembarcó en misión exploratoria. Al cabo de tres horas habían recorrido hasta el último rincón del islote. Estaba deshabitado y no habían encontrado un solo animal. La noticia supuso una gran decepción. Raíces y algunas hierbas comestibles fue lo único que consiguieron. Con la escasa comida que quedaba, algo de pesca y lo poco obtenido en aquel islote se alivió algo el hambre.

Hacía días que los hombres, en sus ratos libres, se dedicaban a la caza de ratas que, en aquellas circunstancias, se habían convertido en un exquisito manjar.

—¡Quiero medio ducado!

—¿Medio ducado? ¡Eso es un robo!

—Es lo que hay. ¡Lo tomas o lo dejas!

Era el precio que un viejo lobo de mar pedía por una de las dos ratas caídas en un cepo que había colocado en la sentina.

—¡Está bien! Aquí tienes cinco reales.

—¡Falta medio real!

—Toma, toma… —replicó malhumorado el comprador, soltando los maravedíes que faltaban—. Esto es usura. Arderás en los infiernos.

Los testigos miraban con ansia al nuevo dueño de la rata. Envidiaban el festín que iba a darse.

En aquellas jornadas, terribles, se jugaban a los dados las medias raciones de vino que, aunque estaba picado, era lo único que no escaseaba.

Unos días más tarde se oyó otra vez un grito. Esta vez desde la *Victoria*.

—¡Tierra! ¡Tierra a poniente!

Cuando la menguada escuadra se acercó, comprobaron que se trataba de otro islote que, aparte de la arboleda y los pájaros que lo sobrevolaban, no ofrecía otra cosa. Sin embargo, en las aguas que lo rodeaban había tiburones, que pescaron en grandes cantidades, lo cual alivió mucho el hambre que padecían. Permanecieron en aquellas aguas dos días para hacerse con el mayor número posible de escualos, aunque carecían de sal para conservarlos.

—Si todo lo que vamos a encontrar son islotes como estos… —protestó uno de los marineros, mientras daba cuenta de un buen trozo de pescado que el cocinero había asado, después de adobarlo con algunas hierbas.

Para algunos tripulantes de la *Victoria* fue un festín comer la carne de dos grandes pájaros que habían logrado abatir, asaeteándolos. Aquel respiro no levantaba el ánimo de unas tripulaciones presas de un pesimismo cada vez mayor.

Las semanas siguientes fueron las peores de la larga travesía. Agotada la carne de los tiburones, dieron cuenta de los últimos restos de comida, podrida y hedionda. Las escasas raciones, reducidas al mínimo, se habían cobrado una docena de muertos y el trabajo en las naos empezaba a ser un problema, dada la debilidad de los que sobrevivían. El aspecto de los hombres era lamentable: bocas hinchadas, labios agrietados, ojos hundidos, rostros ajados, manos sarmentosas y cuerpos escuálidos y encorvados, como si tuvieran que soportar un peso excesivo. Estaban enfebrecidos, enfermos y, lo que era peor, habían perdido el ánimo. Magallanes pasaba los días recluido en su camarote. La comida se la preparaba y servía su esclavo, el único, además de Pigafetta, con quien cruzaba alguna palabra.

—No sé lo que ese esclavo le preparará, pero nosotros viviremos el ayuno más duro de nuestra vida. Aunque… bien pensado, no hay mal que por bien no venga —ironizó un viejo marino que se hacía ilusiones hurgando, entre los pocos dientes que le quedaban, con un palito, como si necesitara limpiarlos tras una opípara comida.

—¿Por qué demonios decís que no hay mal que por bien no venga?

—¡Porque vamos a ganar muchas indulgencias con tanta vigilia y tanto ayuno!

—¿Estamos ya en Cuaresma?

—El capellán dice que empieza mañana.

El 11 de febrero, Miércoles de Ceniza, se celebró con una misa sin imposición de ceniza. Los días siguientes fueron de grandes ayunos. Febrero se hizo interminable. Raro fue el día en que el padre Valderrama no administraba la última unción a algún enfermo, antes de fallecer. Uno de los muertos fue el patagón que habían apresado. Sólo la decisión de algunos hombres permitía a la escuadra mantener el rumbo. Francisco Albo, el contramaestre de la *Trinidad*, que había asumido el ejercicio de funciones muy superiores a las que por su cargo le correspondían, o el arrojo de Elcano, que alentaba continuamente a la tripulación de la *Concepción*, mantenían un hilo de esperanza. Este último comentaba al barbero, Hernando de Bustamante, con quien le unía una vieja amistad:

—Hemos sobrepasado el ecuador. Si, según Magallanes, las islas de las Especias se encuentran un par de grados al sur de esa línea, ¿por qué mantiene el rumbo noroeste?

—¿Quizá busque una zona con buenos vientos?

—Es posible. En otras zonas a esas latitudes soplan vientos del este, que ayudan mucho a navegar. Pero con la distancia que llevamos recorrida...

—¿Cuánto, desde que navegamos por este mar infinito?

—No llevo la cuenta, pero apostaría a que llevamos unas tres mil leguas.

—¿No le parece mucho a vuesa merced?

—Sólo es una suposición. Quien ha de tener ese dato es Carvalho. Pero no tengo buena relación con ese portugués engreído.

Finalizó febrero y los primeros días de marzo comenzaron con las mismas perspectivas: sólo se veía agua y la comida estaba reducida a un puñado de garbanzos tostados y medio cubilete de vino. Entre los hombres se había dejado de dar al naipe y echar los dados porque no había nada que jugarse. Si alguien cazaba una rata no la vendía ni aunque le pagasen su peso en oro. Ante el insoportable calor, los hombres descansaban acurrucados junto a las amuras buscando la sombra la mayor parte del tiempo, para gastar las menos energías posibles. A veces podía oírse alguna disputa acerca de la distancia recorrida. La realidad la conocían sólo algunos oficiales, pero guardaban el dato como un valioso secreto.

Agotados ya los garbanzos y las ratas, se habían cocido las maromas y hasta el cuero de los mástiles para sacarle «sustancia». Los hombres estaban exánimes y todo apuntaba a que había llegado el fin. La expedición iba a acabar de una de las peores formas posibles.

El día 6 de marzo, poco después del amanecer, un grumete, que de mala gana cumplía la orden de encaramarse a la cofa de la *Concepción*, dio la alarma. Sus gritos despabilaron a los que estaban en cubierta:

—¡Tierra, a babor! ¡Tierra! ¡Tierra a babor!

Unos toques de campana alertaron a las otras naos y muy pronto desde la *Trinidad* surgió otro grito:

—¡Tierra a estribor! ¡Tierra a estribor!

Esta vez no se trataba de un islote. Ante ellos tenían un archipiélago. Se acercaron cuanto pudieron a la costa y estaban fijando las anclas cuando vieron aparecer en la playa algunos individuos. Aquellas islas estaban pobladas y eso significaba que había comida. Muchos hombres cayeron de rodillas con los ojos arrasados en lágrimas, al tiempo que daban gracias a Dios. Aquellas islas, cuyos habitantes y su frondoso verdor eran un anuncio de que las penalidades tocaban a su fin, fueron tenidas como un milagro. Habrían bastado algunas jornadas más para que la expedición terminara en un desastre completo. Magallanes, perdido durante días, subió al castillo de proa de la *Trinidad*.

—¿Qué día es hoy? —preguntó a Pigafetta, convertido en su confidente.

—Estamos a 6 de marzo.

—No olvidaré esta fecha mientras viva. Los nativos, que estaban completamente desnudos —algunos se tocaban con unas plumas sujetas a su cabeza con una cinta de palma trenzada— subieron a unas canoas, estrechas, largas y pintadas de rojo. Sus velas, de palma trenzada, aprovechaban la menor ráfaga de viento y eran tan ligeras que parecían volar sobre las aguas. Se acercaron a las naos haciendo gestos y señas difíciles de interpretar y profiriendo gritos.

Se mostraron atrevidos, hasta el punto de que trataron de robar el esquife de la *Trinidad*. Caída la noche aprovecharon la oscuridad para trepar sigilosamente por las maromas de las anclas y llegar hasta la cubierta de la *Concepción*, donde robaron todo lo que encontraron a mano hasta que, al descubrirlos uno de los centinelas, dio la voz de alarma.

Los ahuyentó el disparo de un arcabuz.

Los nativos eran descarados ladrones que se apoderaban de todo lo que estuviera a su alcance. No se trataba de gentes pacíficas.

Magallanes ordenó que tres docenas de hombres, los que estaban en mejores condiciones, desembarcaran. Cuando los expedicionarios de la *Victoria* iban a subir al bote, uno de los hombres, al que llamaban el Napolitano, que estaba muy enfermo y permanecía a bordo, les dijo:

—Si matáis a alguno, traeros sus intestinos.

—¿Para qué demonios queréis esa porquería?

—El curandero de mi pueblo, que tiene grande ciencia, dice que quitan muchos males si se colocan sobre el vientre del enfermo.

Al poner pie en tierra, los isleños les hicieron frente.

—Nos mantendremos en cuadro —ordenó Elcano, a quien Magallanes había puesto al frente de la expedición—. Los piqueros evitarán que se acerquen demasiado y, cuando estén a tiro, los arcabuceros abrirán fuego.

Los nativos atacaron lanzando flechas y arrojando sus lanzas y azagayas sobre la formación, sin causar graves daños. Cuando, envalentonados, estuvieron más cerca, Elcano ordenó disparar:

—¡Abrid fuego, ahora!

La descarga los puso en fuga. Sus armas eran poco efectivas frente a los coseletes y los coletos con que se protegían los españoles, mientras que las armas de fuego, aunque provocaban más estruendo que daño, habían acabado con la vida de algunos.

—¡Incendiad aquellas casas! —ordenó Elcano, señalando unas chozas de paredes de madera y cubierta de hojas de palma—. ¡Hay que darles un buen escarmiento!

El fuego prendió rápidamente y ardieron con facilidad. Una docena de chozas fue pasto de las llamas en pocos minutos. Entonces vieron a las mujeres.

—¡Mirad, mirad! ¡Están en cueros!

—¡Fijaos, llevan las tetas al aire!

—¡Lo enseñan todo! ¡Mirad más abajo!

—¡Santa Madre de Dios!

Por suerte, los nativos ya habían huido. Los españoles estaban extasiados contemplando los cuerpos de aquellas mujeres desnudas, después de tantos meses sin haber visto a ninguna.

50

En poco rato acopiaron gran cantidad de alimentos. Se apoderaron de las gallinas, que los nativos tenían en corraletas, y se hicieron con media docena de cerdos. Cortaron mucha caña de azúcar y recogieron todas las raíces, grandes y gordas, que los indígenas tenían apiladas, lo que indicaba que eran comestibles. También se llevaron varios racimos —estaban tan débiles que habían de cargarlos entre dos— de unos extraños frutos de piel verde amarillenta y forma curva, que a alguno le parecía asemejarse al miembro viril del hombre. Igualmente hicieron provisión de agua.

Magallanes decidió que aquel no era un buen lugar donde permanecer. Tres días más tarde, con las bodegas de las naos abastecidas, aprovechó la brisa favorable para reemprender la navegación.

—Rumbo suroeste —ordenó al timonel.

—¡Señor, mirad! ¡Mirad a babor! —lo alertó San Martín.

Vio, sorprendido, cómo los nativos se acercaban en sus ligeras canoas. Mostraban grandes trozos de pescado, como si se los ofrecieran.

—Tal vez hayan cambiado de actitud y ahora, después de haber visto nuestro poder, se muestren obsequiosos —apuntó Pigafetta.

—¡Mirad, mirad allí! —Albo señalaba unas canoas donde iban mujeres, que gritaban desconsoladamente, se tiraban de los cabellos y se daban grandes puñadas en las tetas—. No creo que busquen comerciar.

—El pescado es una añagaza. Buscan vengar a sus muertos —aventuró San Martín.

No se equivocó el piloto. Cuando estuvieron cerca de las naos la emprendieron a pedradas y se alejaron tan rápidamente como habían llegado.

—Son mala gente —comentó Pigafetta.

—Y ladrones —añadió Albo.

—No sería mal nombre llamar a estas islas las de los Ladrones.

Pasada una semana, algunos de los que tenían las encías hinchadas y purulentas mejoraron. El médico no tenía explicación para aquello. Con el ánimo algo recuperado, avistaron una semana más tarde, quinto domingo de Cuaresma, otro grupo de islas.

—¿A qué latitud estamos? —preguntó Magallanes a San Martín.

—Hemos vuelto a acercarnos al ecuador. Si vuestros datos indican que la latitud de la Especiería ronda los dos grados, las islas que buscamos quedan algo más al sur. Pero no parece que nuestro destino esté mucho más al oeste. Hemos recorrido unas tres mil trescientas leguas.

—¿Estáis de broma?

—En absoluto, señor. —San Martín consultó un cuadernillo que siempre llevaba consigo en una bolsa que colgaba de su cinturón—. Desde que entramos en las aguas de este inmenso mar hasta que despuntó el sol esta mañana hemos navegado unas tres mil trescientas ochenta leguas, según mis cálculos.

Magallanes se acarició el mentón con expresión cavilosa.

—La Tierra es mucho más grande de lo que hemos creído hasta ahora.

—Desde luego —aseveró el piloto.

—¡Es enorme! —Magallanes hizo cálculos mentalmente—. Si vuestra cifra es cierta, el perímetro de Tierra en la zona ecuatorial puede acercarse a las ocho mil leguas.

—Es posible que sea aún mayor.

Otro grito anunció tierra. Magallanes no ocultó una sonrisa.

—Veamos qué clase de gente nos encontramos ahora.

La costa que tenían ante ellos era un abrupto acantilado. Las aguas eran profundas y no había peligro de encallar. Buscaron una playa que les permitiera tomar tierra. Magallanes, que consultaba en su camarote una carta de navegación, oyó unos golpecitos en la puerta.

—¿Quién va?

—Soy San Martín, señor.

—¿Ocurre algo? —Magallanes no acudió a abrir la puerta.

—Esta isla está cortada a pico. Pero hemos avistado otra, que ofrece un perfil más suave. No queda lejos. Es posible que en ella podamos tomar tierra.

Magallanes salió a cubierta y comprobó lo que el piloto decía.

—Decid a Albo que dé orden de acercarnos a ella.

Dos horas después encontraron una playa baja y arenosa, pero la profundidad de las aguas era mucho menor y las naves anclaron a cierta distancia. Magallanes no quería encallar ni tener sorpresas como la vivida en la isla que habían bautizado como de los Ladrones.

—Sabríamos si hay gente en ella disparando una bombarda —indicó Albo.

Poco después tronaron dos disparos y, en menos de una hora, la playa se había llenado de gente que miraba con curiosidad las naos. Magallanes decidió desembarcar al frente de una docena de hombres fuertemente armados. Los recibieron con muestras de acatamiento. Los disparos de las bombardas los habían impresionado. Estaban casi desnudos. Hombres y mujeres sólo tenían una estrecha cinta alrededor de la cintura de la que pendía un pañuelillo que, malamente, cubría sus partes pudendas.

Comprobaron que los abalorios, de los que las bodegas estaban repletas —se conservaban casi todas las baratijas embarcadas—, eran muy apreciados por los nativos. Lo que más llamó su atención fueron los espejuelos. A cambio les ofrecieron comida y piezas labradas en oro que despertaron más interés que la comida porque, después de abastecerse en la isla de los Ladrones, el hambre empezaba a ser un mal recuerdo.

Permanecieron allí algunos días. El esclavo de Magallanes actuó como truchimán, ya que hablaban una lengua parecida a la suya y entendía muchas palabras. Se les dijo que el rey de España era un monarca muy poderoso y debían prestarle vasallaje. El padre Valderrama les habló de Jesucristo y su religión. Se hicieron con una especie de vino que los nativos obtenían de la fermentación de unos frutos redondos de cáscara muy dura, pero cuya blanca pulpa era exquisita y muy agradable el agua que contenía en su interior.

Magallanes indicó a su esclavo que tratara de obtener información sobre las islas de las Especias preguntando a Hurum, que así se llamaba el rey.

—Dice que navegando cuatro días a poniente hay más islas y que las gobiernan poderosos reyes.

—¿Le has preguntado por las islas de las Especias?

—Sí, mi amo, pero no ha dado una respuesta clara.

—¿Qué quieres decir con eso?

—Que no ha oído hablar de árboles de clavo ni de la pimienta. Pero me da la impresión de que miente o que no sabe muy bien qué le estaba preguntando. Lo que me ha dicho es que en esas islas, las que están a cuatro días, abunda el oro.

Unos días después se hicieron a la mar con el convencimiento de que estaban a punto de alcanzar el segundo objetivo de la expedición. El tercero era un secreto.

Magallanes llevaba días haciendo cálculos y emborronando papeles. Las dimensiones de aquel mar eran mucho mayores de lo que él y Faleiro habían pensado. Lo inquietaba el número de leguas recorridas que San Martín le había dicho. El mar era tan grande que dudaba de lo que había dicho a Carlos I sobre la posición de la Especiería.

Las islas a las que se había referido Hurum eran un archipiélago formado por gran número de ellas. Las bautizaron con el nombre de San Lázaro, cuya festividad celebraba la Iglesia por aquellos días. La orientación de los canales entre las islas, por los que era posible navegar, los obligaba a marcar un rumbo suroeste, aunque los datos que poseían señalaban la conveniencia de hacerlo hacia el oeste. Buscaban una isla llamada Cebú por los nativos que, según la información obtenida por Enrique de Malaca, tenía un lugar muy a propósito para resguardar las naos, muy maltratadas después de tanto tiempo en alta mar.

—Creo que Magallanes está desconcertado —comentó Elcano a Bustamante.

—¿Por qué lo decís? Llegar al Moluco sólo es cuestión de tiempo.

—Porque vacila en sus decisiones. No sabe qué rumbo tomar.

—Quizá tema encontrarse con sus compatriotas, que estarán cerca. En Lisboa lo consideran un traidor. Si se abre una nueva ruta para las especias que ellos no controlan… ¿Teméis que nos traicione?

—No creo. Prestó juramento de fidelidad al rey.

—Eso no garantiza nada —objetó el barbero.

—Es cierto. Pero un juramento de fidelidad para muchos hombres es cosa muy seria. Magallanes es uno de ellos. Tiene otros defectos, pero es un caballero.

Sin dejar de navegar, vivieron con devoción el comienzo de la Semana Santa. Muchos recordaron los sucesos vividos por aquellas fechas en la bahía de San Julián. El Domingo de Resurrección se celebró una misa solemne en una playa a la que asistieron las tripulaciones. Hubo una comunión general para cumplir con el precepto de comulgar por Pascua Florida. Al día siguiente, Lunes de Pascua, la *Trinidad*, la *Concepción* y la *Victoria* entraban en el puerto de Cebú.

Como los habían informado, era una ensenada natural cuyas aguas tenían la profundidad adecuada para asegurar las naves y efectuar las reparaciones que necesitaban, sobre todo la *Concepción*, la más castigada y la de construcción más antigua. Desde la rada podía verse una población costera cuyo tamaño nada tenía que ver con las aldeas encontradas hasta entonces. La presencia de las naos fue un acontecimiento para los nativos. Su rey ya tenía información de la presencia de aquellos extranjeros que navegaban en grandes monstruos marinos y que venían de lejanas tierras situadas más allá de donde nacía el Sol. Siguieron, como hipnotizados, la bajada del esquife de la *Trinidad*, donde iba San Martín, acompañado del esclavo de Magallanes para que le sirviera de intérprete, y una docena de hombres fuertemente armados. Llegó a tierra en medio de gran expectación. Entre los indígenas había un comerciante musulmán.

—El rey no ha venido. Este es su chambelán.

El esclavo señaló a un individuo con la cara muy arrugada. A diferencia de los demás, que vestían faldillas blancas que les cubrían hasta la mitad de los muslos, lucía una túnica de muchos colores. También las mujeres vestían faldilla blanca y mostraban sus pechos sin el menor pudor, como en las otras islas.

—Pregúntale cuándo podemos visitarlo.

La conversación le pareció al piloto demasiado larga.

—Dice que os recibirá mañana. Me ha dicho que los barcos han de pagar un impuesto por entrar en el puerto y otro si quieren comerciar.

San Martín meditó su respuesta.

—Dile que mi rey es muy poderoso y no paga ninguna clase de impuestos.

Mientras Enrique hablaba al chambelán, San Martín ordenó a los hombres que cebaran sus arcabuces. Cuando el chambelán, que por sus gestos y el tono de su voz parecía muy enojado, terminó de hablar, ordenó apuntar al cielo y abrir fuego.

El estruendo de los arcabuzazos provocó pánico. Muchos huyeron despavoridos. El chambelán, que había retrocedido unos pasos, miraba los arcabuces con miedo y sorpresa dibujados en su arrugado rostro. Dijo algo al esclavo.

—El chambelán pregunta qué son esos tubos de trueno.

—Dile que es una muestra del poder de mi rey.

Aquella misma tarde una comisión, encabezada por Pigafetta, ofrecía al rey una serie de presentes en nombre del rey de España. Magallanes enviaba una túnica de seda tejida en vivos colores, un bonete encarnado, varios hilos de cuentas de cristal y dos tazas de vidrio dorado de origen veneciano. Sabía la importancia que daban a los abalorios. El esclavo de Magallanes le dijo que eran una muestra del deseo del rey de su amo de tener relaciones amistosas.

Al día siguiente, Magallanes dio un golpe de efecto. Cuando los dos esquifes en que desembarcaban estaban llegando a la orilla, tronaron, una tras otra, las bombardas de las tres naos. El estruendo fue ensordecedor. El capitán general vestía sus mejores ropas y los hombres que le acompañaban, que habían duplicado el número de los del día anterior, iban ataviados de la mejor forma que les fue posible: unos protegidos con coseletes, otros con coletos de piel y algunos llevaban morriones adornados con vistosas plumas. Junto a Magallanes, iban un portaestandarte con las armas de Castilla y el capellán Valderrama, que no dejaba de impartir bendiciones a diestro y siniestro sobre la muchedumbre.

Aquella comitiva era un espectáculo.

El rey se llamaba Humabón. Era de pequeña estatura y muy gordo. Los recibió sentado en el suelo, sobre una estera de palma. Estaba desnudo, salvo por un paño que le cubría sus partes pudendas, y estaba rodeado de mujeres, unas gordas como él y otras más esbeltas, desnudas de cintura para arriba. Adornaban sus orejas con unos aretes que también colgaban de los pezones de alguna de ellas. Todos de oro.

Enrique de Malaca cumplió con su papel de truchimán. El temor a los tubos de trueno, los disparos de las bombardas y los presentes que le habían ofrecido hicieron que Humabón se mostrara en la mejor disposición. Se firmó un tratado de alianza y amistad, y un acuerdo por el que los españoles tendrían el monopolio comercial en su reino.

En los días siguientes los intercambios comerciales alcanzaron tal volumen que Humabón autorizó la construcción de un almacén donde podían guardarse los productos con los que se comerciaba. También consintió en construir un pequeño cementerio en el que dar sepultura a los muertos. Cualquier menudencia, incluidos los naipes de las barajas, eran objeto de intercambio por piezas de oro o comida de la que las bodegas de las naos quedaron abastecidas, como si fueran a comenzar una larga travesía. Las mujeres, deseosas de obtener abalorios, se mostraban lisonjeras y algunas se ofrecían impúdicamente para recibir alguna cuenta de vidrio o un espejuelo. Ese fue el procedimiento por el que muchos hombres saciaron sus apetencias carnales, después de tantos meses de abstinencia, que habían satisfecho practicando el llamado vicio solitario o incluso la sodomía, pese a poner en riesgo su vida si eran descubiertos.

Valderrama buscó hacer proselitismo y convertir el mayor número posible de almas a la religión de Nuestro Señor Jesucristo. El rey, a cambio de uno de los espejos grandes, aceptó las aguas del bautismo y tras él fueron bautizadas todas sus mujeres e hijos. Después lo hizo la práctica totalidad de los habitantes de la isla. Era tal la muchedumbre que el capellán no daba abasto administrando el sacramento. Los bautizados recibían una cuenta de vidrio, un cuchillo o alguna otra fruslería.

En la colina más alta de la isla quedó plantada una gran cruz, confeccionada con dos enormes troncos de palmera.

51

Avanzado el mes de abril, una vez que las naos habían sido reparadas, la escuadra abandonó la ensenada de Cebú. Fue despedida por multitud de nativos desde la playa. Por un estrecho canal llegaron a una gran isla que los nativos llamaban Mactán. Las naos, con el velamen al viento, entraron en el puerto el 25 de abril. Al día siguiente, Magallanes envió una embajada al rey Zula, quien se mostró solícito. El esclavo Enrique actuó otra vez de truchimán. Como respuesta a los presentes que le enviaban, regaló dos cabras a Magallanes, acompañándolas de un mensaje.

—Dice —señaló Pigafetta, que había formado parte de la embajada, cuando regresó con aquel obsequio— que lamenta no enviaros un presente más digno porque Cilapulapu está en rebeldía.

—¿Qué tiene que ver eso con el regalo? ¿Quién es ese Cila...?

—Cilapulapu. La situación en la isla es complicada, amo.

—¿Por qué dices eso?

—Porque dos caciques se disputan el poder. Uno se llama Zula y el otro Cilapulapu.

—¿Estás seguro?

—Seguro, mi amo —respondió el esclavo.

—Quizá sea su forma de pedir ayuda —indicó el italiano.

—Si estáis en lo cierto, le ayudaremos a someter a ese rebelde.

La decisión tenía sentido. Era una forma de asentar su poder en la isla.

—¿Cómo piensa actuar vuesa merced? —le preguntó San Martín.

—Prepararemos una fuerza para someter a ese Cilapulapu y, a cambio, exigiremos a Zula que rinda pleitesía a don Carlos.

Aquel mismo día tomó las disposiciones necesarias y, antes de la partida, reunió a los oficiales en su camarote.

—Iré al frente de la tropa.

—Señor, no deberíais hacer eso —le previno Serrano—. Aunque nuestra superioridad es grande, también lo es el riesgo.

—Soy de la misma opinión —señaló Pigafetta.

—Aunque desconocemos su número, serán muchos, señor, y nosotros podemos armar sólo a poco más de medio centenar de hombres. Añadid que nuestros cañones poco pueden hacer. No pueden acercarse tanto como sería necesario para hacerles daño —señaló Elcano.

Magallanes lo miró de arriba abajo.

—¿Pretendéis darme lecciones de estrategia? —Elcano negó con la cabeza—. He participado en muchas campañas y tengo sobrada experiencia.

—En ningún momento lo he puesto en duda.

—Entonces dejad los consejos. No me privaré del placer de escarmentar a esos salvajes.

Elcano guardó silencio. Pese a las armas de fuego, consideraba mucho el riesgo, dado que el número de indígenas sería elevado.

Mucho antes del amanecer fueron botados los tres esquifes y subieron a ellos sesenta hombres, casi la mitad de las tripulaciones, fuertemente pertrechados y convenientemente equipados con corazas, coseletes y coletos; los que tenían morriones protegían también sus cabezas y quienes llevaban armas blancas empuñaban rodelas. Apiñados en los botes, se dirigieron hacia la playa. Tenían que salvar una distancia importante, al estar las naos ancladas lejos de la costa para evitar la escasa profundidad de los fondos marinos. Esa circunstancia permitió a los hombres del cacique Cilapulapu situarse convenientemente. Extrañó que el rey Zula no obstaculizara a su enemigo. Al llegar cerca de la playa con las primeras luces del alba, fueron recibidos con una lluvia de flechas que, gracias a las protecciones que llevaban, tuvo pocas consecuencias.

—Pasa algo raro. Esos nos estaban esperando —comentó Pigafetta.

—¡Protegeos! ¡Protegeos! —gritaba Magallanes.

En la playa comenzó un duro combate. Continuamente aparecían contingentes de indígenas que, tras arrojar sus lanzas, se replegaban con rapidez. En esas condiciones los disparos de los arcabuces provocaban más ruido que daño, aunque alcanzaban a algunos enemigos.

—Disparad por turnos —ordenó Magallanes— para evitar que se nos acerquen. El fuego los mantendrá a raya.

La orden era la adecuada. Cargar un arcabuz llevaba su tiempo y no había que permitirles llegar al cuerpo a cuerpo porque, pese a que las armas de los indígenas se encontrarían con los coseletes y coletos, su abrumadora superioridad numérica suponía un grave problema.

Después de dos horas de lucha, las bajas entre los indígenas se aproximaban al medio centenar y las españolas eran escasas. Había algunos heridos y sólo un muerto. Pero en ese tiempo sus enemigos se habían percatado de que su torso era inmune a sus lanzas y flechas, pero sus piernas no. Concentraron sus dardos sobre ellas. A partir de ese momento recibieron muchas heridas. Estaba claro que Zula los había engañado con la historia de que Cilapulapu era un rebelde. El combate, que en otras circunstancias no habría resultado complicado para los españoles, se estaba convirtiendo en un serio problema. En esas condiciones, Magallanes ordenó una retirada ordenada hacia los botes. Pero los indígenas, al darse cuenta de la maniobra y de que era el jefe, concentraron sus ataques en él. Algunos hombres acudieron para protegerlo y defenderle, al comprobar que trataban de rodearlo. Se libró una refriega muy dura, que se prolongó durante cerca de una hora, hasta que uno de los indígenas logró alcanzarlo con su lanza, atravesándole una pierna.

—¡Han herido al capitán! ¡Necesitamos ayuda! —gritó uno de los que combatía próximo a él.

A su llamada acudieron algunos más y la lucha se hizo encarnizada. Cayeron dos de los hombres que defendían a Magallanes, dejando al descubierto uno de los flancos, y por allí atacó otro indígena tratando de asestarle un lanzazo en la cabeza, que tenía desprotegida al haber perdido el morrión. Magallanes, pese a que estaba cada vez más debilitado, lo atravesó con su lanza. Lo hizo con tal fuerza, que no pudo recuperarla y cuando trataba de sacar su espada, otro enemigo le propinó un tajo en la pierna con que se sostenía en pie, por lo que cayó sobre el agua. Entonces, varios se abalanzaron sobre su cuerpo y lo cosieron a cuchilladas por donde no podía protegerle su armadura.

La muerte de Magallanes hizo que la retirada se convirtiera en una desbandada hacia los esquifes que aparecían como la salvación. Murieron siete hombres, entre ellos el capitán de la *Victoria*, Cristóbal Rabelo, y hubo cerca de una treintena de heridos de diferente consideración. El médico, que viajaba en la capitana, y los barberos dedicaron largas horas de trabajo tratando de restañar heridas y remendarlas.

—Lo peor de todo es que tienen en su poder el cadáver de don Fernando —señalaba un compungido Duarte de Barbosa, reunido con algunos oficiales en el camarote de la *Trinidad*.

—Trataremos de recuperarlo —señaló Pigafetta, que había recibido una pequeña herida en la cara.

—¿Cómo?

—Podemos ofrecerle a ese Cilapulapu algunos abalorios… Un espejo grande, algunos cuchillos, naipes… qué sé yo. Les encantan todas esas cosas de las que andamos sobrados.

—Es buena idea —señaló Albo—, así le haríamos unas exequias dignas.

—Tendríamos que buscar un intermediario.

—Sólo Enrique, el esclavo, puede entenderse con ellos —apuntó el italiano.

—¿Dónde está? —preguntó Barbosa.

—Tendido en cubierta, tomando el sol. No parece muy afectado con la muerte de su amo ni se molesta en aparentar algún dolor.

Barbosa salió del camarote y lo encontró tendido sobre una estera de palma. Al verlo en aquella actitud, montó en cólera.

—¡Perro sarnoso! ¡Bergante! ¡Levántate ahora mismo! La muerte de tu amo, que parece importarte bien poco, no te libera de tu condición.

El esclavo, sabedor de la necesidad que tenían de él, se levantó lentamente con cierta displicencia.

—¿Qué deseáis?

—¡Vas a presentarte ante el jefe de esos malnacidos!

—¿Por qué?

—¡Porque te lo ordeno yo! —El esclavo lo miró desafiante y el cuñado de Magallanes le propinó una fuerte bofetada reventándole la boca—. La próxima vez ordenaré que te azoten.

Sólo entonces agachó la cerviz y oyó la orden de ir a negociar con Cilapulapu.

Unas horas más tarde el esclavo regresaba a la *Trinidad*.

—Dice que es un trofeo de guerra y que nada pueden ofrecerle a cambio.

—¿Quieres decir que no hay nada que hacer?

—Nada.

A Barbosa le horrorizó la noticia. El cadáver del esposo de Beatriz sería profanado por aquellos salvajes y no podría dársele una sepultura decente. El capellán Valderrama dedicó un buen rato a aplacar su ira.

Se impuso la dura realidad y una reunión de oficiales determinó los cambios que era necesario realizar en la escuadra, al haber muerto los capitanes de dos de las naos.

Duarte de Barbosa quedó al mando de la *Trinidad* y sería máximo responsable de la escuadra. Serrano se mantenía como capitán de la *Concepción* y el mando de la *Victoria* se entregó a otro de los sobresalientes de la *Trinidad*, llamado Luis Alonso, un portugués afincado desde hacía muchos años en Ayamonte. Los portugueses seguían al mando de los barcos, ante el creciente recelo de los españoles, que aun siendo aquella una expedición impulsada por la corona de Castilla, se veían postergados. Habían acatado la decisión de que Barbosa se convirtiera en el nuevo capitán general porque tenía acceso a todos los papeles del difunto Magallanes, incluso los privados, dada la relación familiar existente entre ambos. Pero muchos no veían con buenos ojos el nombramiento de otro portugués para mandar la *Victoria*.

Barbosa decidió regresar a Cebú para recoger las provisiones y los objetos que habían dejado en el almacén que el rey de aquella isla, bautizado con el nombre de Pablo, les había permitido levantar. Una vez cargadas las bodegas, continuarían rumbo al Moluco que, según las noticias que les había dado el mercader musulmán que se hallaba en Cebú, se encontraba a menos de doscientas leguas al oeste de aquel archipiélago.

52

En Cebú todo iba según el plan previsto por Barbosa. Se cargaba, sin problemas, lo que habían almacenado, aunque percibieron que la actitud de los indígenas no era tan cordial. Tenían noticias de lo ocurrido en Mactán y consideraban que los extranjeros, dueños de aquellos monstruos salidos de las profundidades del mar, no eran tan poderosos como habían creído. Un indicio de la nueva situación era que estaban repuestos en sus pedestales los ídolos a los que rendían culto antes de ser bautizados y que habían sido retirados.

Estaban a punto de dejar estibada la carga en las bodegas, cuando la víspera de la fecha fijada para la partida llegó a la *Trinidad* un mensajero del rey Pablo. El esclavo de Magallanes ejerció, una vez más, de truchimán.

—Su rey quiere hacer un regalo de piedras preciosas al vuestro y, para dároslas, os invita mañana a un almuerzo de despedida.

Barbosa, que no confiaba en el esclavo, no sabía si aquello era verdad o estaba engañándolo. La experiencia que tenían era que los indígenas no entregaban muchas cosas si no se les daba algo a cambio. Sabía el valor que le daban a las piedras preciosas.

—Pregúntale quiénes son los invitados.

Después de una conversación que al desconfiado Barbosa le pareció demasiado larga, el esclavo le dijo:

—Los capitanes pueden ir acompañados del séquito que deseen llevar.

No sólo Barbosa desconfiaba, otros también recelaban.

—Me temo que haya gato encerrado.

—¿Qué puede ocurrirnos? —preguntó Barbosa—. Invita a todo el que quiera ir. Si buscara hacer algún prisionero, limitaría su invitación.

—Este rey se ha mostrado siempre leal —señaló Pigafetta—, incluso después de lo ocurrido se ha mostrado cordial.

—Zula también se mostraba cordial antes de traicionarnos —intervino Elcano—. Su enfrentamiento con el otro cacique era una farsa.

—No creo que sea una trampa. Seríamos muchos —insistió Barbosa.

—Podríamos decirle que nos visitara y trajera consigo el presente —propuso Albo, que era de los más desconfiados.

—Eso sería una gran descortesía —replicó Pigafetta.

Barbosa zanjó la cuestión.

—Iremos y recogeremos ese regalo. Como bien dice micer Antonio, no acudir sería una descortesía. El rey Pablo es muy diferente a esos tramposos caciques de Mactán.

Barbosa se dirigió al esclavo.

—Di al mensajero que nos sentimos honrados y que iremos al almuerzo.

El 1 de mayo, poco después de mediodía, una nutrida representación desembarcó y se dirigió al palacio. El rey, que los aguardaba acompañado de los miembros de su corte, los recibió con afectuosas muestras de amistad y agradeció mucho los regalos que le entregó Barbosa: uno de los espejos grandes y dos docenas de cuentas de colores.

—¿Habéis observado que no hay mujeres? —le dijo Serrano a Barbosa.

—Supongo que, tras su bautismo, el rey ha dejado las concubinas o, cuando menos, no las quiere mostrar.

Comenzó el almuerzo en un ambiente distendido. Se comunicaban con gestos, ademanes y sonrisas. Barbosa, con la ayuda del esclavo Enrique, intercambiaba algunas frases con el rey. La comida y la bebida, que traían en grandes bandejas, eran abundantes. Pero todo cambió un poco después de mediado el banquete. Irrumpió en la estancia un gran número de nativos fuertemente armados. Los invitados, que iban desarmados, como correspondía a la ocasión, apenas tuvieron tiempo de reaccionar.

—¡Traición! —gritó Serrano, tratando de alertar a los demás.

Los gritos de traición se repitieron varias veces, antes de que comenzara la escabechina. Sin apenas posibilidad de defenderse, eran degollados sin piedad. Algunos, que se encontraban cerca de la puerta, consiguieron abrirse paso a costa de recibir algunas cuchilladas, pero sólo lograron retardar el momento de su muerte. El suelo se empapaba con la sangre de los asesinados de aquella forma vil y traicionera. En la estancia se mezclaban los gritos de dolor con las imprecaciones.

Barbosa intentó apoderarse del rey para utilizarlo como rehén, pero una lanzada en la espalda se lo impidió. Lo que vio, antes de desplomarse sin vida, fue la sonrisa que se dibujaba en el rostro de Enrique de Malaca. El esclavo permanecía inmóvil, con los brazos cruzados sobre el pecho y los ojos muy abiertos, como si no quisiera perderse detalle. Estaba disfrutando con aquella matanza.

—¡Maldito traidor! —fueron sus últimas palabras.

Serrano y dos más, que consiguieron salir, corrieron hacia el mar buscando la salvación, pero fueron alcanzados al llegar a la playa. Hasta las naos llegaban sus gritos clamando auxilio. Sin poder socorrerlos en aquel trance, desde las bordas fueron testigos impotentes de cómo caían muertos a lanzazos y cuchilladas.

Sólo Carvalho se libró de la matanza. El piloto de la *Concepción*, al acudir tarde al convite, vio cómo unos individuos se llevaban por la fuerza al capellán Valderrama. Eso le hizo recelar y decidió regresar a la nao junto al marinero que lo acompañaba. Justo cuando acababa de subir a bordo se oyeron los desgarradores gritos de Serrano y sus compañeros, que llegaban en ese momento a la playa.

En la mortal trampa que les había tendido el rey de Cebú perecieron dos docenas de hombres. Entre ellos se encontraban los tres capitanes de flota: Barbosa, Serrano y Alonso. El fracaso de Mactán había tenido graves efectos. El principal, poner al descubierto que los extranjeros, pese a disponer de armas mortíferas, no eran invencibles como habían creído. Sus palabras de amistad y su bautismo habían sido sólo fruto de su temor y una artimaña para no ofenderlos.

La situación de los supervivientes era dramática. A la pérdida de los capitanes y la de San Martín, el piloto de la *Trinidad*, había que añadir una veintena de marineros, lo que dejaba las tripulaciones muy mermadas. Apenas superaban el centenar de hombres. Muy pocos para el manejo de tres embarcaciones.

Pese al dolor que los embargaba y al deseo de dar un escarmiento a aquel malvado, se impuso el criterio de reorganizarse y salir lo antes posible de aquel laberinto de islas. Cuando abandonaban la ensenada de Cebú pudieron ver entre los indígenas, que vociferaban jubilosos al tiempo que mostraban las cabezas cortadas de sus víctimas, a Enrique de Malaca, que blandía una lanza en cuya punta estaba ensartada la cabeza de Duarte de Barbosa.

—¡Maldito traidor! —masculló Elcano escupiendo sobre la cubierta.

Salieron de aquellos estrechos dirigidos por Carvalho hasta que, puesta mucha agua de por medio, anclaron en la playa de una isla situada a unas diez leguas a poniente. Allí se reunieron los pilotos, maestres y contramaestres que habían sobrevivido para tomar las decisiones que requería la nueva situación.

—No podemos continuar con tres barcos. Nos faltan brazos. La pérdida de tanto hombre nos obliga, necesariamente, a abandonar una de las naos —señaló Elcano.

—Estoy de acuerdo —indicó Albo.

—No tengo claro que la mejor opción sea abandonar una nave —replicó Carvalho.

—Mejor quedarnos sin una, que perder toda la escuadra. No será fácil manejar tres barcos con tan pocos hombres.

—Además, después de lo de Mactán muchos están heridos.

—La Especiería no puede estar muy lejos —insistió el portugués—. El tratante moro que había en Cebú dijo que se encuentra a unas doscientas leguas, menos ya. Si tenemos buen viento, pueden ser cuatro o cinco días de navegación. En Malaca podríamos conseguir algunos hombres.

—¿Portugueses? —Albo miró a Carvalho.

—¿Algún problema? Son tan buenos marineros como los que más.

—No lo pongo en duda. Han hecho cosas extraordinarias. Pero no creo que vuestros compatriotas nos reciban con los brazos abiertos. Una nueva ruta para las especias supone una ruina para sus intereses.

—En mi opinión, desprenderse de un barco no es la mejor de las opciones —indicó Pigafetta, alineándose con Carvalho.

—Vuesa merced no tiene vela en este entierro —lo recriminó Albo—. La decisión la tomaremos quienes tenemos responsabilidades. ¿A santo de qué os encontráis en este camarote?

—Yo le he dicho que asista —indicó Carvalho.

—¿Y quién es vuesa merced para hacer esas invitaciones? —le increpó Juan de Roda, contramaestre de la *Victoria*.

—Soy el piloto de la *Concepción*, superior en jerarquía a vos.

—Eso no os da derecho a decir quién puede venir a estos cabildos.

Pigafetta abandonó el camarote, visiblemente ofendido.

La reunión se estaba complicando. Lo peor que podía ocurrir era que las tensiones, presentes desde que partieron de Sevilla, estallaran ahora de la peor forma.

—Sometamos a votación si abandonamos una nao —propuso Elcano.

Carvalho apretó los puños. Era como se tomaban las decisiones en el mar cuando faltaba un capitán. Sabía que una votación podía darla por perdida. Elcano, Albo, Roda y Acurio votarían por abandonar una nao.

—Mejor echémoslo a suertes.

—Es una decisión muy importante para dejarla al azar. Debemos votar —insistió Elcano.

El piloto de la *Concepción* mostró, una vez más, su disconformidad, consciente de que sólo le quedaba el recurso de protestar.

Aprobado que se abandonara una nave, había que decidir cuál de ellas. Rápidamente hubo consenso en descartar la *Trinidad*. Era la capitana. La decisión recaería sobre la *Concepción* o la *Victoria*. El debate fue largo. La *Concepción* tenía a su favor el mayor porte, pero estaba muy castigada, era el buque más viejo y tenía broma en un casco muy remendado. La *Victoria* era más pequeña, pero jugaba a su favor ser la más nueva.

La decisión fue sacrificar la *Concepción*.

—¿Cómo se redistribuirán los hombres? —preguntó Carvalho.

—Mi opinión es organizar dos tripulaciones equilibradas —señaló Elcano—. ¿Estamos de acuerdo?

Hubo un silencio de asentimiento.

—En ese caso, mañana sacaremos lo que merezca la pena de su bodega y desmontaremos todo lo que sea aprovechable antes de prenderle fuego —dijo Albo.

La propuesta contó con el asentimiento de los presentes.

La segunda decisión resolvería el mando de las naos. Hubo división de pareceres y al final se decidió que Carvalho sustituyera a Barbosa al mando de la *Trinidad* y que el alguacil Gómez de Espinosa se hiciera cargo de la *Victoria,* a la que Elcano pasaría como maestre.

El cargo de capitán de la *Trinidad* llevaba implícito el mando supremo de la armada, que quedaba reducida a dos buques.

53

El incendio de la *Concepción* resultó doloroso, pero fue una decisión realista. Era imposible, con poco más de un centenar de hombres, pretender manejar tres embarcaciones de aquel porte. Cuando las aguas engulleron los últimos restos de la nao, algunos no pudieron contener las lágrimas. Había sido su hogar durante casi dos años. En ella habían pasado penalidades sin cuento, pero también vivido momentos cargados de emoción.

Cumplida aquella penosa tarea, se hicieron a la mar.

El nuevo capitán dudaba adónde dirigirse. Tras dos días de navegación, anclaron en una isla y muy pronto sus habitantes aparecieron en la playa. Resultó ser gente peligrosa. Se trataba de desterrados confinados en ella y delincuentes que habían encontrado cobijo allí. Estaban armados y se mostraron hostiles.

—Lo mejor es pasar de largo. Nada bueno podemos sacar de aquí —comentó Albo al escribano de la *Trinidad*.

Carvalho, cuyas dudas eran muchas y, tal vez por eso, no compartía las decisiones con los demás oficiales, siguiendo el ejemplo de Magallanes, consideró, sin tomar parecer a nadie, que podían obtener información sobre la Especiería y ordenó desembarcar a media docena de hombres.

No fue una buena decisión. Fueron recibidos con hostilidad.

Los habitantes, sin cruzar palabra, lanzaron sobre ellos una lluvia de dardos y flechas. Sólo gracias a las protecciones que llevaban, a que iban prevenidos y a que usaron sus armas de fuego, detuvieron a los atacantes. Optaron por reembarcar, sin que ninguno hubiera sufrido daño. Tuvieron suerte porque, después de examinar una flecha que quedó clavada en una rodela, el médico dijo que estaba emponzoñada.

La decisión de Carvalho, sin consultar, había causado gran malestar. Era lo que hacía Magallanes, pero carecía de la capacidad de mando del difunto y no tenía nombramiento regio para ejercer la capitanía. Al haber puesto en grave riesgo la vida de los hombres, muchos no se molestaban en disimular su desazón y hacían comentarios desfavorables sobre su persona.

—No sabe adónde llevarnos. Para salir de este laberinto se necesita mucha más capacidad de la que tiene ese piloto —apuntó un viejo marino que había echado los dientes a bordo de un barco.

—No socorrió a Serrano cuando trataba de escapar de sus perseguidores. Pudo hacerlo, pero prefirió huir —añadió otro que estaba desdentado.

—Tampoco ayudó al padre Valderrama cuando vio que se lo llevaban. Según dijo, fue la causa que le hizo recelar y volverse al barco —indicó un tercero.

Las naos enfilaron un largo estrecho por donde navegaron con grandes dificultades. Los fondos estaban muy cerca de la superficie y había abundantes bancos de arena. El peligro de encallar era grande y se necesitó mucha pericia para esquivar los escollos. Se logró salir de allí al tomar la delantera la *Victoria*, dirigida con habilidad por Elcano.

Salvado ese escollo, navegaron durante días bordeando las costas de aquel laberinto de islas y todo apuntaba a que Carvalho no encontraba el modo de salir. No desembarcaron en ninguna de ellas. En unas, las costas eran escarpados acantilados y, en otras, los arrecifes no lo recomendaban. La sensación de desamparo no dejó de aumentar y con ella el malestar. Además las provisiones mermaban y el fantasma del hambre, que parecía definitivamente desterrado, hizo de nuevo acto de presencia.

Era entrado el mes de julio cuando lograron salir del laberinto donde habían pasado semanas. Habían vuelto a mar abierto, sin saber muy bien dónde se encontraban. Estaban cerca del ecuador, pero desconocían la longitud y algunos temían que hubieran dejado atrás la Especiería. Un día, poco antes de la caída de la tarde, el grito de un vigía rompió la monotonía.

—¡A proa, a proa! ¡Tierra a proa!

Muy pronto se percataron de que no se trataba de un islote. Tenían por delante una gran extensión de tierra. Más de uno pensó si no habrían llegado a las míticas Cipango y Catay. Con la vista no abarcaban su dimensión. Las aguas en que navegaban eran muy profundas, según indicaban las plomadas. Eso les permitió acercarse a la costa, pero lo que tenían por delante eran acantilados, que hacían imposible cualquier intento de desembarco.

—Navegaremos de cabotaje —indicó Carvalho.

—¡Timonel, ceñidos a la costa! —ordenó el maestre.

Durante dos días la recorrieron en paralelo, sin encontrar más que rocosas y elevadas formaciones que penetraban en las aguas impidiendo todo intento de desembarco. Al tercer día, desde la *Victoria*, avistaron una ensenada. Conforme se aproximaron a ella crecía la sorpresa de los expedicionarios. Los hombres apiñados en las bordas de las naos miraban sin pestañear lo que tenían por delante: una inmensa ciudad. No habían visto nada parecido desde que salieron de Sevilla. Tenía forma de arco y se extendía a lo largo de toda la ensenada. Muchas viviendas estaban construidas sobre las aguas, sustentadas en grandes postes y construidas sobre plataformas.

Pigafetta, en la proa de la *Trinidad*, no pudo contener su admiración:

—¡Me recuerda a Venecia! ¡También está construida sobre las aguas!

—¿Será una de las ciudades de las que hablaba Marco Polo? —preguntó Albo.

—¿Pensáis que hemos llegado a Cipango o a Catay?

—No lo sé, pero…

En la *Victoria*, Elcano también admiraba la ciudad a la que calculaba no menos de veinticinco mil habitantes.

—¡Jamás imaginé que fuéramos a encontrar una cosa así! ¡Mirad, tiene una ciudadela!

Efectivamente, más allá de la bahía se extendían las construcciones en tierra protegidas por una muralla y en su centro, sobre un promontorio, una fortaleza.

—¡Hay troneras con cañones! ¡Conocen las armas de fuego! —señaló Bustamante.

El barbero miraba a través de un canuto de caña de bambú, forrado de cuero, al que había colocado dos lentes de las que usaba para examinar mejor las heridas que suturaba. Había confeccionado aquel artilugio para distraer las horas de ocio cuando navegaban por los laberínticos canales de los que tanto costó salir. El curioso instrumento se había convertido en la envidia de los hombres de la *Victoria* de cuya tripulación ahora formaba parte. Cobraba dos maravedíes por prestarlo durante el tiempo en que la arena de una pequeña ampolleta cambiaba de vaso. Permitía ver, como si estuvieran más cerca, cosas que se encontraban a mucha distancia.

—¿Habéis visto los cañones? —Elcano se mostraba incrédulo.

—¿Queréis mirar?

—¿Tendré que pagaros dos maravedíes? —preguntó burlón.

—Tomad y mirad. Veréis cosas que llamarán vuestra atención.

Elcano oteó la bahía con el artilugio que había engordado la bolsa de Bustamante y pudo percibir que las defensas de aquella fortaleza estaban artilladas. En ello estaba cuando, de repente, la brisa que los había acompañado se transformó en un vendaval que lo arrastraba todo.

—¡Recoged media vela! ¡Rápido! ¡Rápido! —ordenó entregando al barbero sus lentes.

La fuerza del viento era tal que los dos buques estuvieron a punto de escorarse. Si la tormenta que se desató los hubiera sorprendido sin el resguardo de la bahía, las consecuencias habrían sido funestas. El cielo se cubrió de negras nubes en pocos minutos y el temporal duró más de tres horas. Cuando amainó y se restableció la calma, se hizo revisión de daños. No había grandes desperfectos y todos tenían fácil componenda.

La noche se les había venido encima y, prudentemente, Carvalho decidió echar las anclas y permanecer, hasta el amanecer, surtos en la bahía, a cierta distancia de la ciudad. Ignoraban qué clase de recibimiento podían dispensarles, aunque Elcano era optimista porque, disponiendo de aquella artillería, no habían abierto fuego contra ellos. La noche transcurrió sin incidentes. Se reforzó la guardia para evitar sorpresas. Poco después de amanecer, Elcano pidió a Bustamante su catalejo y volvió a otear la ciudad.

—¡Sólo Dios sabe qué podemos encontrarnos tras esas murallas!

Una hora después estaba a bordo de la *Trinidad,* donde Carvalho había citado a la oficialidad para comunicarles los pasos a seguir. Fue en ella donde Elcano comentó que disponían de armas de fuego.

—¿Cómo los sabéis?

—Hay cañones artillando las troneras de la muralla.

—No sabía que tuvierais tan buena vista —ironizó Carvalho. Sacó de una bolsa el artilugio de Bustamante y se lo ofreció.

—Mirad a través de este tubo.

—¿Para qué?

—Mirad, os sorprenderá.

Carvalho miró y dio un paso atrás, provocando la risa de los presentes. Azorado, examinó el canuto.

—¡Son lentes de aumento!

—Dispuestas de forma que permiten ver con cierta nitidez cosas a las que la vista no llega.

En aquel momento hubo un estremecimiento general cuando oyeron cómo tronaban unos cañones. Rápidamente salieron a cubierta, temiéndose lo peor. Otra vez sonaron unos disparos.

—¡Son salvas de advertencia!

—¡Sólo es pólvora!

Carvalho resopló.

—No queda claro si son de bienvenida o es una amenaza.

Pasada una hora del estruendo, Carvalho ordenó a Elcano desembarcar en uno de los botes. Era una orden envenenada. No le había gustado que lo dejara en ridículo al informarle de la existencia de artillería en la ciudad, lo que se añadía a que sus relaciones no habían sido buenas cuando compartieron responsabilidades en la *Concepción*.

Elcano acató, disciplinadamente, la orden y, junto a media docena de hombres, se dirigió a tierra, sin saber qué recibimiento les dispensarían. Después de las desgracias vividas, todo eran recelos con los indígenas. A la media docena de hombres, todos de la *Victoria,* se había incorporado Pigafetta, atraído por aquella ciudad que le recordaba a Venecia.

Comprobaron que el reflujo de la marea iba haciendo que descendiera el nivel de las aguas. Cuando llegaron a la playa, podía verse gran parte de los gruesos troncos que servían de soporte a aquellos palafitos. Al desembarcar se encontraron con dos individuos que vestían amplias chilabas, calzaban babuchas de fino tafilete y se cubrían la cabeza con grandes turbantes. Los acompañaba una nutrida escolta de hombres fuertemente armados.

—¡Son moros! —exclamó uno de los hombres de Elcano.

—Eso significa que han llegado navegando hacia levante —comentó Elcano en voz baja—. El Moluco tiene que estar muy cerca, si es que no hemos llegado.

Los recibieron con grandes reverencias y no resultó difícil comunicarse: chapurreaban portugués y uno sabía algunas palabras en castellano.

—*As salamu aláikum!* —Elcano respondió llevándose la mano al pecho y haciendo una leve inclinación de cabeza—. *¿Portuguises?*

—Castellanos.

El musulmán lo miró sorprendido.

—*¿Espanioles?* No *portuguises…*

—Españoles —reiteró Elcano.

—¿Por dónde venir *espanioles*?

—Navegando desde poniente.

El musulmán abrió desmesuradamente los ojos.

—¿Por el gran mar? —Elcano asintió—. ¡Es increíble! ¡Increíble! —exclamó el que hablaba algo de castellano—. Nuestro rey querrá conoceros. Hacednos la merced de acompañarnos.

Elcano receló de la invitación, pero decidió arriesgar. Cruzaron las murallas de aquella ciudad que se llamaba Brunéi y caminaron por calles trazadas a cordel hacia aquella especie de acrópolis, donde se alzaba la ciudadela, rodeada por una muralla de adobe con troneras donde se asentaban los cañones. Eran bombardas y culebrinas.

En el interior estaba el palacio. A la entrada se les exigió entregar las armas. Su negativa dio lugar a una discusión.

—Les *sirán divueltas*. Les *sirán divueltas* a la salida —afirmaba uno de los que los habían acompañado desde la playa.

—¿Prometéis que nos serán devueltas?

—Lo *promito* por Alá.

Las entregaron a regañadientes y los condujeron hasta una estancia ricamente amueblada que tenía el suelo cubierto con mullidas y vistosas alfombras. Daba a unos jardines, con setos trazados primorosamente, adornados con fuentes. Al otro lado, se alzaban unas dependencias cuyas ventanas estaban cubiertas por celosías, custodiadas por soldados de un porte gigantesco.

—Eso debe ser el harén —comentó uno de los hombres.

Pigafetta curioseaba los pequeños detalles de los divanes, los dibujos de las alfombras, el pan de oro de los dorados marcos de los espejos o las llamativas sedas que entelaban las paredes. El lujo no tenía parangón con nada de lo visto hasta entonces.

—Este rey nada en la abundancia —comentó en voz baja.

Poco después, aparecieron, dirigidos por una especie de maestresala, unos criados ataviados con blanquísimos bombachos y unas chaquetillas cortas de color carmesí que dejaban al descubierto el pecho y la cintura. Les sirvieron un refrigerio, pero apenas pudieron disfrutarlo porque llegó otro sujeto, lujosamente ataviado.

—El rey Siripada los recibirá ahora. ¿Me acompañan?

Se recompusieron lo mejor posible. Sus vestiduras desentonaban con el lujo que se respiraba en aquel palacio. Cruzaron el jardín y entraron en una galería hasta una antecámara que daba acceso al salón donde los recibió Siripada. Estaba sentado en un amplio diván sobre un estrado, rodeado por varias mujeres, que cubrían sus cuerpos con vaporosas telas. De unos cuarenta años, tenía la piel oscura, los brazos y la barriga tatuados y una gruesa papada. Un truchimán sirvió de intérprete.

Les dio la bienvenida e hizo muchas preguntas acerca de su viaje, sobre su tierra de procedencia y se interesó por saber quién era su rey. Se mostraba sorprendido de que hubieran llegado navegando desde levante. Una vez satisfecha su curiosidad, se mostró cordial. Les dijo que serían atendidos en aquello que necesitasen y los obsequió con una pieza de seda a cada uno. A Elcano lo distinguió, además, con un manto de fina lana, adornado con diminutas perlas. Era un regalo propio de un rey. Dio por concluida la audiencia batiendo palmas.

A la salida les fueron devueltas las armas y durante el camino hasta la playa los dos hombres que los habían recibido a la llegada les dijeron que la riqueza de Brunéi la generaba el comercio, que era controlado por los administradores del rey.

—Si desean realizar algunas transacciones, deberán obtener las correspondientes licencias por las que habrán de pagar unos impuestos.

Una vez a bordo, Carvalho quedó impresionado con lo que Elcano le contó. No se molestó en disimular su malhumor. Sus recelos le habían privado de aquella recepción y del rico manto que el maestre le había mostrado. Decidió permanecer en aquel puerto y realizar algunas transacciones, pese a que había quien no veía con buenos ojos que se pagase un tributo por aquello. Pero el capitán de la *Trinidad* impuso su criterio.

Carvalho no parecía tener prisa. Con el pretexto de comerciar, permanecieron varias semanas, relajándose mucho la disciplina. Supieron que el rey Siripada sostenía una lucha constante contra quienes llamaba gentiles, que eran los nativos de aquellas islas que, al no abandonar el culto a sus dioses ancestrales, no abrazaban el islam. Se enteraron de que las relaciones entre el rey y los portugueses, cuya factoría más próxima se encontraba a menos de cien leguas, eran tensas y a menudo se producían enfrentamientos por razones comerciales.

Los hombres visitaban con frecuencia los prostíbulos de Brunéi.

54

A finales de julio, aprovechando un buen viento, la *Trinidad* y la *Victoria* abandonaron Brunéi.

—¡Largad velas! ¡Timonel, mantenemos el rumbo! —ordenaban los contramaestres.

Media hora más tarde la rada había quedado atrás y las dos naos, ahora con las velas henchidas por el viento, se alejaban de allí con la proa puesta hacia las islas de las Especias, pero al día siguiente la *Trinidad* tuvo un grave accidente. Unos bajíos abrieron dos vías de agua en la quilla. Si no encontraban pronto un lugar que les permitiera anclar con seguridad y efectuar una complicada reparación, el barco se perdería de forma irremediable, porque la bomba de achique no permitía sacar el agua que entraba en su casco. Les acompañó la suerte, ya que lograron llegar a una pequeña ensenada y pudieron acercarse a la playa, varar la nao y tapar las vías de agua con la arpillera de algunos fardos y unos tablones medio podridos que pudieron colocar. Se trataba de un remiendo provisional porque en aquellas condiciones la *Trinidad* podía mantenerse a flote, pero no navegar de nuevo. Los dos carpinteros de ribera que quedaban en la tripulación indicaron que la reparación era posible, aunque llevaría tiempo. También el calafate dijo que en las bodegas había suficiente estopa y la brea justa para reparar el buque. El mayor problema era que no disponían de madera.

—Sin madera no podemos hacer nada —comentó uno de los carpinteros a Carvalho.

—Y no sirve cualquier madera —añadió el otro—. El daño está en la quilla y hacen falta tablas recias y de cierta longitud. Ahí no valen los remiendos.

—He visto algunos árboles en la isla —señaló Gómez de Espinosa, el alguacil al que se había entregado el mando de la *Victoria*.

—La madera ha de estar seca. Recién cortada sólo dará problemas.

Carvalho tomó una decisión que no dejó de sorprender a los hombres, aunque no estaba exenta de cierta lógica.

—Tomaré el mando de la *Victoria* y buscaré la madera que hace falta. Vos —se dirigió a Gómez de Espinosa—, quedaréis al mando de la *Trinidad*.

La desconfianza hizo pensar a algunos que era una treta. Sólo buscaba marcharse y dejarlos allí abandonados a su suerte. Incluso hubo quien pensó que estando la Especiería tan cercana y los portugueses navegando por aquellas aguas, podría hacerles una jugarreta todavía mayor. Sin embargo, pese a los recelos, se impuso la disciplina. Al día siguiente, la *Victoria* largó velas y poco después desapareció en el horizonte en busca de la madera que necesitaban para que la *Trinidad* pudiera continuar navegando.

Elcano, que también había sido apartado de la *Victoria,* asumió, en su condición de maestre, la dirección de los trabajos que podían ir haciéndose en la *Trinidad*. Transcurrió una semana sin que se tuvieran noticias de la *Victoria* y los trabajos previos habían concluido. Los hombres haraganeaban y aprovechaban para recorrer la pequeña isla, que estaba deshabitada. Descubrieron un manantial de agua dulce, muy buena, y conseguían alguna comida recolectando vegetales y cazando algunas piezas de volatería que no eran suficientes para evitar que la despensa disminuyera. Los días discurrían en medio de una calma tediosa, sin la menor señal de la

Victoria. La inquietud crecía y los rumores acerca de una mala pasada se intensificaban.

Al cabo de medio mes los rumores eran protestas. Estaban convencidos de que la *Victoria* no regresaría, aunque se aferraban a la esperanza de que la tripulación no lo permitiría. Dejar a cristianos perdidos en tierras extrañas y sin posibilidad de sobrevivir era un pecado que, ni siquiera administrándose una dura penitencia, podía lavarse. Finalizaba la tercera semana de una espera que se había convertido en angustiosa, cuando sonó la alarma.

—¡Vela en el horizonte! ¡A babor! ¡Barco a la vista! —gritó el grumete que estaba de vigilancia.

Vieron cómo tomaba cuerpo un punto en el horizonte con una mezcla de inquietud y esperanza. No había duda de que se trataba de un barco, pero ignoraban quién podía ser.

—¡El artilugio del barbero! ¡El artilugio del barbero! —gritó alguien.

—¡Bustamante está en el camarote, afeitando al capitán!

Acudieron presurosos a buscarlo. Con aquel artilugio podían salir rápidamente de dudas.

—¿Puede vuesa merced mirar con el tubo?

—¿Qué he de mirar?

—Una vela que ha aparecido en el horizonte.

Dejando a Gómez de Espinosa a medio rapar, salió a cubierta, donde los hombres oteaban el horizonte. Elcano le indicó dónde se veía el punto que, poco a poco, aumentaba su tamaño. El barbero se tomó su tiempo. Limpió las lentes con un trapo y escrutó la línea del horizonte.

Los hombres, expectantes, aguardaban sus palabras.

—¡Es la *Victoria*! No hay duda. ¡Es la *Victoria*!

En aquel momento sonó un disparo de bombarda.

Los gritos de júbilo llenaron la ensenada. La alegría se desbordó cuando se supo que traían un gran cargamento de madera y que la bodega venía repleta de alimentos y muchas otras cosas. El ambiente de desánimo desapareció como por ensalmo. Pronto empezaron a circular extraños rumores, después de oír lo que contaban algunos tripulantes de la *Victoria*.

Gómez de Espinosa, en su condición de único superviviente que tenía un nombramiento real, hizo algunas preguntas a Carvalho.

—La razón de la tardanza —explicaba el portugués— ha sido hacernos con la madera adecuada para reparar la *Trinidad*. No ha sido fácil.

—¿Cómo la habéis conseguido?

Carvalho dudó, como si necesitara pensar la respuesta.

—Conseguimos información de los… tripulantes de un junco. Nos dijeron que había gran cantidad de troncos secos en un bosquecillo que cubría la mayor parte de una islita que estaba cerca.

—¿Y los alimentos que llenan la bodega?

Carvalho carraspeó, tenía dificultad para responder a algo tan simple.

Fue Albo quien contestó:

—Hemos asaltado algunos juncos.

Gómez de Espinosa lo miró asombrado.

—¿Significa que habéis ejercido la piratería?

—Nos hemos provisto de lo que necesitábamos. —Las palabras de Carvalho sonaron a excusa.

—Pero no es la forma.

—¡A veces no resulta fácil obtener lo que se necesita! —respondió un airado Carvalho.

—¡Estas son naves del rey de Castilla! ¡Es su enseña la que tremola en sus mástiles! ¡No pueden hacerse determinadas cosas! —protestó Gómez de Espinosa—. Vuesa merced tiene obligación de darme cumplida relación de lo acontecido.

—¿Quién sois vos para exigirme cuentas?

—Quien ostenta en esta flota la mayor representación de su majestad.

No pudo ocultar su desazón. Estaba obligado a ello, por lo que invocaba Gómez de Espinosa y porque negarse era una tontería.

Había muchos que podían dar cuenta de lo acontecido durante aquellas semanas.

Carvalho declaró que habían buscado la madera y también que habían ejercido la piratería sobre las pequeñas embarcaciones con que se encontraron. Se habían hecho con valiosas piezas de seda, fardos con clavo, pimienta y canela, cajas con porcelanas, barriles de melaza de caña de azúcar, sacos con pasta de arroz, toneles con aceite de coco… También habían obtenido algunos rescates. A muchos hombres no les parecía mal que hubiera ejercido aquellas actividades, siempre que participaran en el reparto del botín.

—¿Qué hay de cierto en que ocultáis a una mujer en vuestro camarote?

—No lo niego.

—¡Santa Madre de Dios! —exclamó Gómez de Espinosa—. ¿He de recordaros la prohibición de su majestad acerca de que haya mujeres a bordo de sus naves, si no es con un permiso especial y siempre que sean casadas, dispongan de certificado de compromiso matrimonial o tengan familiares en los puertos de destino al que se dirige el barco en que viajan?

—Se trata de una esclava —se defendió Carvalho.

—La prohibición de su majestad no hace excepciones.

El portugués se mostró desafiante.

—Haced lo que os plazca.

55

La mujer era joven y hermosa.

Cuando los hombres la vieron aparecer en cubierta, no daban crédito a lo que tenían delante de sus ojos. La miraban con descaro y a duras penas contenían su lujuria. Consideraban a Carvalho un sujeto detestable. No por haberla tenido en su camarote, sino por no haber compartido con ellos lo que imaginaban que había estado haciendo. Su piel, a diferencia de las nativas que habían visto en ocasiones anteriores, tenía una tonalidad blanca amarillenta, era tersa y se adivinaba suave. Sus ojos eran rasgados y negros, como el color de sus largos cabellos, recogidos con una especie de agujas de hueso.

—¿Habéis… habéis… abusado de ella? —le preguntó Gómez de Espinosa

Carvalho lo miró con gesto displicente.

—¿Qué habríais hecho vos?

El alguacil se agitó incómodo en su asiento.

—Sabed que soy yo quien pregunta. ¿He de interpretar vuestras palabras afirmativamente?

—Interpretarlas como os parezca. No sois mi juez. Sabed que no pienso responder a más preguntas.

A Gómez de Espinosa no le resultó difícil deponerlo del mando. Lo hizo al contar con el apoyo de los hombres de mayor rango en las tripulaciones. Sin embargo, no se le impuso la grave pena que merecía por haber mantenido a aquella mujer en su camarote. En un acto que no estuvo exento de cierta solemnidad, le comunicó su decisión.

—… En consecuencia, por los deservicios cometidos contra su majestad se os priva del mando de la escuadra y no se tendrán en cuenta otros delitos que os hacen acreedor a graves penas. Asimismo, mandamos que la mujer que habéis tenido oculta en vuestra cámara y que dice llamarse Chin sea desembarcada y entregada a las autoridades en el primer puerto en que se recale. También mandamos que, hasta tanto tenga lugar su desembarco, quede bajo la custodia del maestre de la *Victoria,* Juan Sebastián Elcano, quien responderá de su persona y vigilará, muy especialmente, que ninguno atente contra ella.

A Carvalho, de quien ni sus compatriotas salieron fiadores, no le quedó más que resignarse. Gómez de Espinosa pasó a ser capitán de la *Trinidad* y Elcano se hizo cargo de la capitanía de la *Victoria.* Se decidió que el contador Martín Méndez, que también ejercía de escribano, compartiera el mando, configurándose un triunvirato.

Mientras era reparada la *Trinidad* con la madera traída, cuyos trabajos se prolongaron a lo largo de una semana, Gómez de Espinosa encontró una arqueta que había en el camarote del capitán. Estaba cerrada y no tenía señales de haber sido forzada, pero la llave no aparecía por ninguna parte. Posiblemente contuviera documentación perteneciente a Magallanes. Tal vez llevase la llave consigo cuando murió en Mactán. Cabía la posibilidad de que hubiera estado en poder de Duarte de Barbosa cuando este asumió el mando de la nao. Carvalho aseguró no haberla abierto en el tiempo que mandó la *Trinidad.*

—¿Cree vuesa merced que Carvalho dice la verdad? —preguntó a Elcano.

—No lo sé. El comportamiento de ese piloto siempre me ha

parecido muy extraño. Es posible que conozca lo que guarda en su interior y no quiera decírnoslo.

—¿Creéis que deberíamos abrirla?

—Esa decisión corresponde a vos. Vuesa merced es el capitán.

—¿Qué haríais vos en mi caso?

Elcano se acarició el mentón.

—Abrirla. Si contiene papeles y documentos privados, volver a guardarlos y entregárselos a su viuda, si conseguimos regresar a Sevilla. Si se trata de papeles que afectan a la expedición, tomar las decisiones más convenientes.

Gómez de Espinosa no necesitó que Elcano dijera una palabra más. Haciendo palanca con la punta de un cuchillo, hizo saltar la cerradura. Había algunas cartas de marear, un portulano, una copia de las instrucciones reales y un cuadernillo con numerosas anotaciones. Una de ellas dejó a Elcano sorprendido.

—Mirad lo que dice aquí. —El flamante capitán de la *Victoria* señaló con el dedo unas líneas—. No teníamos la menor idea de que esto pudiera ser uno de los objetivos de la expedición. Magallanes se cuidó mucho de mantenerlo en secreto.

Gómez de Espinosa leyó en silencio. Luego miró a Elcano a los ojos y le preguntó:

—¿Creéis que puede ser verdad?

—Es una cuestión de longitud y resulta complicado medirla. Pero si fuera verdad…

—Los portugueses no consentirían que regresásemos. Sería un golpe aún peor que abrir una nueva ruta.

Elcano volvió a acariciarse el mentón con aire meditabundo.

—Creo que nadie más debe saber esto. Si la Especiería está en el hemisferio que corresponde a nuestro rey, los portugueses, como habéis señalado, tratarán de evitar que podamos proseguir el viaje. Ahora me explico ciertos rumores que corrían por Sevilla.

Gómez de Espinosa guardó los papeles y buscó un sitio donde ocultar la arqueta. Aquello no debía saberlo nadie más.

Concluida la reparación de la *Trinidad*, las dos naos se hicieron a la mar en dirección a la Especiería. Elcano pasaba horas encerrado en su camarote haciendo cálculos de las distancias recorridas. No podía asegurarlo, pero cada vez estaba más convencido de que Magallanes estaba en lo cierto. El 26 de octubre afrontaron una fuerte tormenta que puso a prueba la reparación efectuada. El vendaval estuvo a punto de estrellar a la *Victoria* contra unos arrecifes, pero las órdenes precisas de Elcano y la pericia del timonel salvaron a la nao de un desastre que hubiera supuesto poco menos que el final de la expedición. Aquello los retrasó varios días.

Conforme se acercaban adonde debían estar las islas de las Especias, cobraron fuerza algunas historias que se contaban sobre ellas. Se decía que sólo en una crecía el árbol del clavo. En otra isla los delgados arbolillos de la canela, cuyas aromáticas cortezas, según se decía, se enrollaban sobre sí mismas al ser separadas del tronco. En una tercera se obtenía la pimienta. Acercarse a cualquiera de ellas resultaba particularmente peligroso, según habían difundido los portugueses.

—Los bajíos de sus proximidades cortan como cuchillos —indicaba uno de los carpinteros que habían reparado la *Trinidad*.

—También yo oí decirlo en Sevilla. Pero ese no es el mayor de los problemas. Un portugués, que conocí antes de embarcar y trató de convencerme para que no lo hiciera, me aseguraba que las corrientes son tan fuertes que lanzan a los barcos contra los bajíos, sin que el timonel pueda evitarlo —apuntó un grumete con la cara llena de granos lo que, según los clérigos, marcaba a quienes abusaban demasiado del vicio solitario.

—¡Entonces por qué diablos embarcaste! ¡Tal y como lo cuentas llevamos más de dos años navegando hacia el desastre! —le recriminó un marinero entrado en años y que por su edad había oído contar muchas historias.

—Dicen que esas islas están siempre envueltas en una espesa niebla —apuntó otro de los marineros.

—¡Tierra a proa! ¡Tierra a proa y a estribor! —gritó el vigía de la *Victoria,* que era la que marcaba el rumbo.

Elcano, que consultaba unas cartas en su camarote, salió rápidamente a cubierta y vio que ante ellos se encontraba el segundo de los grandes objetivos del viaje que hacía casi veintisiete meses había comenzado en Sevilla. El mar estaba en calma, un sol radiante brillaba en el cielo y soplaba la brisa necesaria para impulsar suavemente las naos. Se acercaban lentamente a la costa. Las nieblas, los bajíos y las peligrosas corrientes que hacían naufragar a los barcos eran una sarta de patrañas difundidas para infundir temor y evitar que alguien se acercara a aquellas islas que generaban los grandes beneficios que producían las especias y cuyo gran centro era, desde hacía algunos años, Lisboa. La presencia de naves castellanas en aquellas aguas era una grave amenaza para Portugal. Alguien no pudo contenerse y gritó:

—¡Es una de las islas de las Especias!

Fue como la señal que esperaban para mostrar su júbilo. Aquella expedición, en la que se habían dado la mano sufrimientos sin cuento y tragedias tan grandes que en más de una ocasión estuvieron a punto de acabar con la misión, culminaba su segundo objetivo. Después de haber encontrado el paso que comunicaba el Atlántico con el mar del Sur, que era ya una hazaña extraordinaria, ahora alcanzaban el sueño de haber encontrado una ruta para llegar a la Especiería. La alegría estalló a bordo como un torrente desbordado.

Elcano, desde la proa de la *Victoria*, oteaba la costa. Estaba muy serio porque no dejaba de dar vueltas en su cabeza a lo que estaba escrito en aquel cuadernillo que Magallanes había guardado celosamente. Si el portugués estaba en lo cierto, todo lo que hasta aquel momento había ocurrido era, con toda su grandiosidad, sólo el preámbulo de algo mucho más importante.

Bustamante se le acercó.

—Estáis muy serio. ¿Algún problema?

El barbero era su amigo y no tenía secretos para él. Llevaban muchos años juntos.

—Hay algo que me produce gran inquietud.

—¿Qué es ello?

Elcano miró al barbero.

—Prometedme guardar secreto de lo que voy a deciros.

El barbero frunció el ceño.

—Me asustáis. Os lo prometo. Mi boca será una tumba.

Elcano volvió a mirar la isla que tenía ante sus ojos.

—Sólo albergo sospechas. Pero es muy probable que el contrameridiano que separa las tierras que pertenecen a Castilla de las que pertenecen a Portugal, según lo acordado en el tratado de Tordesillas, deje a estas islas en la zona castellana. Magallanes estaba convencido de ello.

Bustamante enmudeció. Necesitaba digerir lo que acababa de oír.

—Eso… sería extraordinario.

—Extraordinario y peligroso. Los portugueses, que conocen estas aguas mucho mejor que nosotros, deben albergar esas sospechas. Si es así, y temo que lo sea, nuestra vida no vale un ardite. ¿Creéis que nos dejarán regresar a Sevilla?

El barbero se acarició el mentón. Llevaba varios días sin pasarle la navaja.

—Entiendo vuestra preocupación. No es para menos.

Un grito los sacó de su particular conversación.

—¡Mirad, mirad! ¡Allí, allí! ¡Nos hacen señas!

En la playa había gente que agitaba las manos.

Botaron un esquife y desembarcó una docena de hombres, convenientemente prevenidos, por si la amabilidad de quienes los saludaban ocultaba alguna clase de añagaza y estaban tendiéndoles una trampa.

Era 8 de noviembre cuando los hombres ponían pie en una de las islas de la Especiería. Los nativos la denominaban Tidor y bastaron algunas baratijas para desatar su alegría.

Les llamó la atención que el rey se llamara Almansur. Su nombre evocaba la presencia de musulmanes. Al día siguiente, recibió en su palacio a los capitanes y demás oficiales. Era como de cuarenta y cinco años y vestía una fina camisa bordada con hilos de oro. Llevaba la cabeza cubierta por un velo ajustado con una guirnalda de flores. En su harén había más de doscientas mujeres y las principales familias tenían obligación de abastecerlo con sus hijas. Tenía fama de astrólogo y se mostró particularmente cordial. Aceptó firmar un tratado de amistad con el rey de Castilla, al que ofreció varios presentes. Entre ellos dos aves del paraíso que en Europa eran consideradas animales extraordinarios. Los naturalistas creían que no tenían patas.

La noticia de la llegada de unos extranjeros que no eran portugueses —los únicos que habían surcado aquellas aguas, amén de los comerciantes venecianos y musulmanes— se extendió a las demás islas del Moluco y sus reyes acudieron a cumplimentarlos. Les llevaban toda clase de regalos a los que respondían los españoles con espejos, cuentas de vidrio y otras bagatelas. Gómez de Espinosa decidió que allí se desembarcaría a Chin. La mujer, aunque no hablaba la lengua de las gentes de Tidor, parecía entenderse con ellas. También dispuso que se le entregase una pequeña suma con la que atender sus necesidades más inmediatas.

El tráfico era cada día más intenso. Los nativos acudían con clavo, pimienta, nuez moscada, jengibre… También bananas, cocos y otros alimentos que intercambiaban por baratijas, con ganancia muy grande para los españoles. Se estableció el valor de los intercambios. Diez brazas de paño rojo se trocarían por algo más de cuatro quintales de clavo. Si el paño era de inferior calidad, habría que entregar quince brazas. Esos mismos cuatro quintales de especias se cambiarían por quince hachas o por cincuenta pares de tijeras. Los espejos tuvieron gran aceptación. Fue una lástima que gran parte de ellos se hubieran hecho añicos con los temporales.

Uno de aquellos días se supo que Chin había encontrado la forma de regresar a la isla donde había sido apresada por Carvalho.

Elcano prestaba especial atención a la adquisición de alimentos que pudieran conservarse mucho tiempo en previsión de las necesidades del largo viaje de regreso. Su idea era partir lo antes posible, una vez que hubieran llenado las bodegas de la *Trinidad* y de la *Victoria*. Almansur autorizó a los extranjeros a que construyeran un almacén donde guardar los géneros que iban adquiriendo. La propuesta del sultán levantó el recelo de los expedicionarios, que tenían presente lo ocurrido en Cebú, donde también el rey Humabón les había autorizado a construir un almacén.

56

Después de las numerosas penalidades sufridas, la vida en la isla de Tidor se había convertido para los tripulantes de la *Trinidad* y la *Victoria* en algo paradisiaco. Las atenciones del sultán se multiplicaban cada día y los intercambios comerciales resultaban más lucrativos de lo que hubieran soñado. El valor de las especias era tal que con algunas toneladas de clavo habría suficiente para pagar todos los gastos de la expedición.

Un día llegó al almacén, donde se concentraban los fardos con las especias y los alimentos, un sujeto cuya presencia los sorprendió; era blanco, hablaba portugués y algo de castellano.

—¿Quién es el jefe de esas naos con las enseñas de Castilla? —preguntó, sin presentarse.

Los hombres que había en el almacén intercambiaron miradas de desconfianza. Aquel sujeto no era un nativo y su forma de aparecer despertó recelos. Fue Acurio, que había sido contramaestre de la *Concepción* y ahora ejercía el mismo cargo en la *Trinidad*, y al que se le había encargado el cuidado y almacenamiento de las mercancías, quien se dirigió al desconocido:

—¿Quién sois vos?

—Mi nombre es Afonso de Lorosa. ¿Quién está al mando de esas naos? —insistió.

—¿A cuento de qué viene esa pregunta?

—Necesito hablar con él.

Acurio comprobó que llevaba una espada ropera con taza, de las que empezaban a usarse en España. Quizá también guardara una misericordia oculta en alguna parte.

—¿Qué tenéis que hablar con él?

—No es asunto vuestro. Os aseguro que le interesará lo que he de decirle.

El contramaestre dudaba. Aquel sujeto no le daba buena espina.

—Daré aviso, pero antes entregadme vuestras armas.

El portugués vaciló un momento. Luego sacó la daga que llevaba en la espalda, sujeta en el cinturón, y desenvainó la espada. Al entregárselas a Acurio, le advirtió:

—Tened cuidado, ese acero puede cortar un cabello por la mitad.

Fue conducido a bordo de la *Victoria* —era la nao más cercana a la costa por ser de menor calado—, donde lo recibió Elcano que era, de facto, por su experiencia, la primera autoridad de la armada, aunque compartía el mando con Gómez de Espinosa y el contador Méndez.

Tras un breve intercambio de saludos —Elcano era hombre de pocas palabras—, el portugués le preguntó:

—¿Vos sois el jefe de estas naos?

—Lo soy. ¿Qué es eso que tenéis que decirme?

Lorosa, dubitativo, se quedó mirándolo fijamente.

—Vos no sois don Fernão de Magalhães.

Al referirse a Magallanes por su nombre portugués, Elcano se puso en guardia.

—Magallanes murió. Hace medio año.

—¿Por eso estáis al frente de lo que queda de la escuadra que él mandaba?

—Ese no es asunto de vuestra incumbencia.

—Tenéis razón. Pero la información que poseo se refiere a una escuadra de cinco barcos que salió de Sevilla hace más de dos años, mandada por Magalhães.

El desconocido tenía mucha información.

—En ese tiempo han ocurrido muchas cosas. ¿Por qué deseáis hablar conmigo?

—En realidad, no quería hablar con vos. Esperaba encontrar a don Fernão.

—¿Lo conocíais?

—Estuve con él cuando la expedición a Malaca y lo acompañé en su intento de llegar a estas islas. Por aquí han circulado algunas noticias y muchos rumores acerca de la escuadra que el rey de Castilla puso a su mando. Se la tienen jurada y venía a advertirle de que tome las medidas a su alcance para protegerse. Eso, me temo, también os incumbe a vos.

—¿Vuestros compatriotas saben de nuestra presencia aquí, en Tidor?

—Si lo supieran ya habrían aparecido y os aseguro que no vendrían con las mejores intenciones.

—Pero nosotros hemos llegado navegando desde levante.

—Eso es lo que más los incomoda.

—Cumplimos con lo acordado en Tordesillas.

—Pero habéis abierto un camino que les supone un serio contratiempo.

—¿Por qué hacéis esto? Vuesa merced es portugués.

—Porque Magalhães era mi amigo y quería advertirle. Lo han vituperado y lo han tachado de traidor. No es justo. Hay… además otra razón.

—¿Cuál?

—Como a don Fernão, me trataron injustamente. Me privaron de la recompensa que me correspondía por los servicios prestados. Por eso me retiré aquí hace años. Haceos a la mar cuanto antes y procurad no encontraros con mis compatriotas.

—Agradezco vuestra ayuda. No sé cómo pagárosla.

—No tenéis obligación de hacerlo. He venido por propia voluntad.

—¿Tiene vuesa merced conocimientos de náutica?

—Algunos, ¿por qué lo preguntáis?

—Porque quisiera comentar con vos un par de cuestiones. En privado, si no os molesta. ¿Os importa pasar a mi camarote?

Cuando Lorosa se marchó, Elcano dio aviso a Gómez de Espinosa y a Martín Méndez.

—Lleva años residiendo en otra isla de la Especiería y dice que los portugueses tratarán de impedir que regresemos a España. Nos aconseja levar anclas lo antes posible y evitar las rutas por las que ellos navegan.

—¿No os parece todo esto muy sospechoso? ¿Cómo tenía información de que esta era la escuadra de Magallanes?

—No lo sabía, lo sospechó al saber que aquí había dos naos castellanas. El capitán de un barco portugués que llegó hace algunos meses le dijo que de Sevilla había zarpado una escuadra y que estaba mandada por Magallanes.

—Puede ser una trampa —advirtió Méndez—. ¿Por qué iba a venir para advertirnos? ¿Por qué iba a hacerlo, siendo portugués?

—Me ha dicho que era amigo de Magallanes y me ha confesado que en Lisboa no le dieron el trato que se merecía. Estuvieron juntos en Malaca. No sabía que había muerto. En mi opinión, nos ha advertido de un peligro real. Me ha dicho que una armada portuguesa nos buscó en aguas del Atlántico y llegó hasta la desembocadura del río donde murió Díaz de Solís. Al no dar con nosotros, regresaron a Portugal.

—Convendréis conmigo que todo esto es muy extraño. ¿Cómo es posible que después de más de dos años piensen que seguimos navegando?

—Eso es cierto. Pero la *San Antonio* no naufragó, como pensábamos.

Gómez de Espinosa contuvo la respiración

—¿¡Cómo lo sabéis!?

—Me ha dicho que regresó a Sevilla. Los portugueses saben que hemos encontrado el paso para llegar al mar del Sur.

—Si eso es así —señaló Méndez—, llegar a España va a ser punto menos que imposible.

Tras un breve silencio, Gómez Espinosa preguntó a Elcano:

—¿Cuál es vuestra opinión de todo esto?

—Que terminemos de abastecernos, carguemos las mercancías y nos hagamos a la mar lo antes posible.

—Soy de la misma opinión. Los portugueses han buscado la forma de hacer fracasar esta expedición. Atentaron contra la vida de Magallanes. En Sevilla todo apuntaba a que estaban tras el incendio que hubo en las atarazanas. Magallanes, en uno de los papeles que había en su arqueta, señala que el retraso de la partida de Sanlúcar de Barrameda fue causado porque había una escuadra lusa al acecho, dispuesta a echarnos a pique antes de que llegáramos a las Canarias. No es de extrañar que traten de evitar nuestro regreso. Lo mejor será levar anclas cuanto antes.

—En ese caso, no perdamos tiempo —corroboró Méndez, quien se había mostrado menos receptivo a lo contado por Lorosa—. Nuestra presencia aquí no tardará en ser conocida por los portugueses, si no es que tienen ya noticia.

—Creo que, además de proceder al avituallamiento y la carga, deberíamos dejar algún contingente de hombres en esta isla —señaló Elcano—. Serán la prueba de nuestra presencia aquí y del tratado de amistad que hemos firmado con el sultán Almansur.

—No podemos imponer a nadie que se quede aquí —señaló Gómez de Espinosa—. ¿Cree vuesa merced que alguien querría asumir esa misión con los portugueses al acecho?

—La vida en estas islas es plácida y el viaje de regreso está lleno de incertidumbres y peligros. Mayores incluso que el que representan los portugueses.

Elcano no se equivocaba. Hubo cuatro voluntarios para quedarse en Tidor bajo la protección del sultán.

Los días siguientes fueron de frenética actividad. Se cargaron los fardos de especias, se dispusieron los toneles con agua y se aprestaron todas las vituallas que fue posible almacenar, conscientes de que, además de dura, la travesía iba a ser muy larga. Llegar a Sanlúcar se presentaba como una proeza. Con la ayuda de los nativos se carenaron los cascos y se renovó el velamen. Se cosieron cruces nuevas en las velas y se dispuso todo para la partida. Elcano se aplicó a calcular la longitud de aquellas tierras. Hasta donde pudo, confirmó las sospechas de Magallanes. La Especiería quedaba, por lo menos una parte de ella, en el hemisferio de Castilla. Así se lo hizo saber a Gómez de Espinosa y a Méndez.

Pese a que algunos querían celebrar la Navidad antes de partir, se impuso la decisión de Elcano, cuyo ascendiente sobre los hombres era muy grande, de levar anclas sin perder un solo día.

—Permanecer aquí supone un peligro, aunque los portugueses no pueden alegar que hemos incumplido el tratado de Tordesillas. Hemos navegado hasta ahora por aguas de nuestro hemisferio y volveremos a hacerlo para regresar. Pero no están dispuestos a aceptarlo.

—¿Cuánto calcula vuesa merced que necesitaremos para llegar a la que Magallanes bautizó como Tierra de Fuego? —preguntó Méndez.

Elcano echó cuentas.

—Unos tres meses, quizá algo más. Llegaremos cuando sea comienzos del otoño en esas latitudes, si no tenemos contratiempos. Ahora estamos mejor preparados porque sabemos lo que nos espera.

—Allí podremos abastecernos de pescado, agua y, con la ayuda de Dios, de algo más.

—Luego ganaremos la bahía de San Julián y después la de Santa Lucía. Repondremos fuerzas y afrontaremos la travesía atlántica.

El 18 de diciembre, la *Victoria,* bien provista y llevando una fortuna en especias guardada en su bodega, salía del puerto con las velas desplegadas.

Entonces surgió lo imprevisto.

57

La *Trinidad,* que también había desplegado el velamen, tenía dificultades. Un marinero descubrió la causa.

—¡Vía de agua! ¡Vía de agua!

Los hombres corrieron a la bodega, que era de donde provenían los gritos.

Efectivamente, una vía de agua estaba inundando la bodega. No era posible conocer por dónde penetraba ni su importancia porque los fardos impedían reconocer el casco de la nao. Hubo que descargar una parte de los bultos hasta localizarla. Penetraba tal cantidad de agua que la bomba de achique no podía echarla fuera con la misma velocidad con que entraba. Si no se actuaba con rapidez, en pocas horas, la *Trinidad* se iría a pique.

La *Victoria* se vio obligada a regresar a puerto y volver a echar el ancla. Después de dos días, en los que contaron con la colaboración de los nativos para descargar por completo la nao, los carpinteros informaron de que, con sólo una reparación de emergencia, el riesgo de que la *Trinidad* se hiciera a la mar era muy grande.

—Esta nao está muy castigada. La tablazón no ha soportado el peso de la carga —dijo uno de ellos a Elcano—. En estas condiciones no puede hacerse a la mar. Lo adecuado sería conseguir madera, aprovechar la que todavía pueda utilizarse y renovar su casco.

Lamento decíroslo, pero sólo con una reparación la *Trinidad* no soportaría el viaje de retorno. Ha sido una suerte que la vía de agua se haya abierto cuando todavía estaba en puerto. Si esto hubiera ocurrido en alta mar…

Elcano, Gómez de Espinosa y Méndez se reunieron para tomar una decisión.

—Si la *Trinidad* no puede navegar, la *Victoria* debería partir en solitario —señaló Gómez de Espinosa.

Méndez se mostró de acuerdo, mientras Elcano no dejaba de acariciarse el mentón.

—¿Qué piensa vuesa merced?

—Me parece acertado. Pero la *Victoria* no haría el retorno por el mar del Sur.

—¡Cómo decís! ¿Por dónde navegaríais?

—Por la ruta de los portugueses —respondió Elcano sin dudar.

—¡Eso es una locura! ¡Si los portugueses os encuentran, os hundirán!

—Hemos cubierto, con creces, los objetivos de este viaje: encontrado el paso para salir al mar del Sur, llegado a la Especiería e incluso tenemos datos para señalar que, al menos en parte, estaría en el hemisferio hispano.

—Así es, ¿por qué entonces arrostrar los peligros de navegar por aguas del hemisferio portugués?

Elcano lo miró fijamente.

—Porque los vientos nos favorecen y porque podríamos dar la vuelta a la Tierra. Sería la primera vez que se daría la vuelta al mundo. Salimos navegando hacia poniente y regresaríamos por levante.

—Es mucho riesgo.

—¡Es la Primera Vuelta al Mundo!

—El riesgo es muy grande —insistió Gómez de Espinosa.

—Seré yo quien lo afronte.

—Vuesa merced… y la tripulación.

—Es cierto. Por eso, quienes quieran formar parte de esa tripulación lo harán voluntariamente.

—No conseguiréis gente suficiente.

Elcano reunió a los hombres. Eran poco más de un centenar y les explicó lo que estaba dispuesto a llevar a cabo.

—No se obligará a nadie a formar parte de la tripulación de la *Victoria*. Quienes afronten ese peligro lo harán por propia voluntad. —Paseó la vista por los hombres y preguntó—: ¿Quién me acompaña?

No hubo respuesta. Se había impuesto un silencio total, absoluto. El silencio impresionaba y… se prolongaba.

—¡Yo iré con vuesa merced! —gritó Bustamante.

El barbero salió del grupo y se hizo a un lado.

—¡También iré yo! —dijo Albo colocándose a su lado.

—¡Y yo! —Era el contramaestre Acurio.

—¡Qué demonios, de algo hay que morir! ¡Yo iré con vos!

—¡También yo!

—¡Vuesa merced necesitará un timonel! ¡Ese soy yo!

Uno tras otro fueron saliendo hombres del grupo, hasta un total de cuarenta y cinco. Eran casi la mitad. Con aquellos hombres podía manejarse sin problemas la *Victoria*.

Gómez de Espinosa susurró al oído de Méndez:

—No sabía que hubiera tanto loco.

—Añadid uno más.

—¿¡Cómo!?

—Yo también navegaré en la *Victoria*.

—¡Y yo! —dijo Pigafetta.

Decidieron que la tripulación que se quedaba en la *Trinidad* permanecería en Tidor, donde se repararía a fondo la nao. Luego emprendería, aprovechando los vientos de levante, viaje a las costas occidentales de las Indias.

—Navegando hacia levante, ayudado por los vientos, buscad los ocho grados de latitud norte —indicó Elcano a Gómez de Espinosa—. Llegaréis a Tierra Firme, a la gobernación de Castilla del Oro. Allí fue donde Núñez de Balboa descubrió las aguas de ese océano. Sé que se ha transportado a hombro algún bergantín, aprovechando que aquellas tierras se estrechan y la anchura que separa el Atlántico del mar del Sur no supera en aquella zona las diez leguas.

Elcano ordenó reducir la carga de la *Victoria*. Se desembarcaron unos sesenta quintales de clavo para evitar que durante la travesía pudiera ocurrirle algo parecido a lo sucedido con la *Trinidad*, pese a que su casco estaba en mejores condiciones. Gómez de Espinosa le entregó la arqueta con los papeles de Magallanes.

—Navegando por esas aguas, las cartas y algunos papeles os serán a vuesa merced de más utilidad. Hay información sobre cómo afrontar algunos de los peligros a los que habréis de enfrentaros.

El 21 de diciembre, la nao que mandaba Juan Sebastián Elcano se hizo a la mar. En la playa quedaba algo más de medio centenar de hombres, dispuestos a acometer la reparación de la *Trinidad* y emprender viaje hacia las costas occidentales del continente descubierto por Cristóbal Colón hacía casi treinta años.

—¡Largad velas, en el nombre de Dios!

Poco a poco, la *Victoria* se perdió en el horizonte. Llevaba a bordo cuarenta y siete hombres, a los que se habían añadido trece nativos para ayudar al manejo de la nave. Era lo que quedaba de la flota que había partido de Sevilla hacía casi dos años y medio. Entre los nativos iban dos prácticos para sacarlos del laberinto que formaban las islas. Uno de ellos, que hablaba portugués, era muy fantasioso y contaba a los marineros historias increíbles.

—Hay una isla, que llaman Aruche, que está poblada por enanos. No miden más de un codo.

—¿Sólo un codo?

—Sólo uno, y tienen las orejas más largas que el cuerpo.

—¡Eso no es posible!

—Lo es. Las orejas son tan grandes que, cuando se acuestan, una les sirve de colchón y otra de manta.

Los hombres lo escuchaban embobados.

La salida de las aguas de la Especiería resultó relativamente fácil, gracias a la habilidad de los prácticos, que se habían comprometido a hacerlo a cambio de una recompensa. Pocos días después la *Victoria* dejaba atrás la última isla de aquel archipiélago, donde se aprovisionaron de leña y algunos animales. Al menos, las primeras semanas de la travesía dispondrían de alimentos frescos.

El año 1522 se estrenó con una fuerte tormenta que estuvo a punto de hacer zozobrar la nave porque el vendaval la arrastraba hacia una costa acantilada llena de arrecifes.

—¡Cargamos por alto, presto! —gritaba Elcano desde la toldilla, junto al timonel, al que ayudaban dos hombres a sujetar la caña porque el oleaje tendía a llevar la nao hacia los arrecifes.

Justo a tiempo, porque la fuerza del viento hacía pensar que la *Victoria* acabaría en el fondo del mar. El vozarrón de Bustamante, que era uno de los que ayudaban a fijar el rumbo, resonó por encima del rugido de las olas y del ulular del viento.

—¡Prometo dos libras de cera a Nuestra Señora si nos saca con bien de esta!

—¡Yo también prometo! —gritó otra voz a la que rápidamente se sumó un coro.

—¡Y yo!

—¡Y yo!

—¡Y yo!

La promesa del barbero se había convertido en colectiva.

Lo extraordinario fue que, unos minutos después, uno de los hombres lanzó un grito que los animó a enfrentarse a la tormenta.

—¡El fuego de san Telmo! ¡Mirad el palo mayor!

—¡Estamos salvados! —exclamó con los dedos de las manos entrelazados un viejo marinero.

Un resplandor, milagroso para aquellos hombres —otros lo consideraban de mal agüero—, iluminaba la cofa del barco como un faro en medio de la tempestad. Después de varias horas, el temporal amainó y los hombres, exhaustos, decidieron dar forma al compromiso que habían adquirido en medio de la tormenta.

Todos prometieron solemnemente ofrecer dos libras de cera por cada hombre poniendo una mano sobre la Biblia que sostenía Elcano, a falta de capellán.

—Si con su protección llegamos a puerto, será lo primero que hagamos al desembarcar.

Los días siguientes navegaron con buen tiempo, siempre alerta ante la presencia de barcos portugueses. Tenían que evitar un encuentro con ellos porque la *Victoria* disponía de una artillería escasa y en un enfrentamiento llevaba todas las de perder.

El 26 de enero avistaron la isla de Timor. La idea de Elcano era hacer allí el último abastecimiento, buscando alimentos frescos, pero encontró serias dificultades por los excesivos precios que pedían. Cargaron un poco de sándalo blanco, que era muy apreciado en Europa por el aceite que se extraía de él, y algunas partidas de otras maderas preciosas que sólo se daban en Timor. Era más el espacio que ocupaban porque su peso era muy liviano. A cambio entregaban paños rojos, hachas de hierro y los últimos espejos que quedaban en la bodega.

El 11 de febrero abandonaban Timor. Ante la *Victoria* se abría la inmensidad de las aguas oceánicas, al decidir Elcano alejarse del continente para evitar a los portugueses. Durante días navegaron en aguas al norte del trópico de Capricornio, pese a que la posibilidad de un encuentro con los portugueses era mayor si se mantenían en aquellas latitudes. Pero quería aprovechar que, según los papeles de Magallanes, los vientos soplaban favorables en esas aguas. A finales de febrero, no se había decidido a abandonar esa ruta.

—Hay que poner rumbo al sur. Hemos tentado mucho la suerte, sabiendo que los portugueses merodean por estas aguas —comentó al timonel.

—Marcad la derrota hacia el sur y, en menos que tardéis en ordenarlo, la proa enfilará ese rumbo. Estas aguas son profundas y no tenemos problemas. El contramaestre Acurio me ha dicho que las plomadas caen hasta las cincuenta brazas sin encontrar fondo. ¿Cuánto tiempo necesitaremos para salvar el cabo de las Tormentas?

—Si mis cálculos son correctos, hemos recorrido unos diez, tal vez once grados hacia poniente desde que abandonamos Timor. Los datos que poseo indican que estamos navegando a unos noventa grados al este de la isla del Hierro, en las Canarias, y el cabo de las Tormentas está algunos grados al este del Hierro. Eso significa que tenemos por delante más de ochenta grados de longitud. Será un viaje largo y difícil. No creo que lleguemos antes de ocho semanas.

Después de casi dos meses de navegación por las aguas del océano que los lusitanos habían bautizado como Índico, avistaron la costa africana.

—El despensero dice que los víveres han disminuido mucho. Mi opinión es que desembarquemos —señalaba Acurio—, nos hagamos con algunas provisiones y, sin pérdida de tiempo, prosigamos nuestro camino.

—El riesgo es muy grande. —Elcano no era partidario de desembarcar—. Los portugueses tienen al menos dos factorías en esa costa y en ellas habrá guarniciones y algún navío para proteger a sus mercaderes, que la recorren buscando marfil y oro. No tardarían en tener noticia de nuestra presencia.

—Necesitamos víveres, agua y descansar algunos días. Hemos tenido cuatro bajas y muchos hombres están enfermos. A la mayoría han vuelto a hinchársele las encías —señaló Pigafetta.

—Creo que los hombres tienen derecho a opinar. Son ellos quienes padecerán las consecuencias de la decisión que se tome —indicó Elcano.

Aquel mismo día, poco antes del atardecer, se expuso la situación. Por un lado, el riesgo de caer en manos de los portugueses, si se optaba por desembarcar. Por el otro, no desembarcar suponía que no se podría rellenar la despensa y era posible que el hambre se convirtiera en una dura realidad, si no lograban doblar rápidamente el cabo de las Tormentas.

—¿Tenéis la ruta para doblar ese maldito cabo? —preguntó a Elcano uno de los hombres.

—Jamás he navegado por estas aguas. Sé, porque me lo dijo el portugués que nos visitó en Tidor, que las corrientes cercanas a la costa son traicioneras, aunque amainaban cerca de los bajíos. Nos alejaremos de ella y luego remontaremos, una vez dejado atrás ese accidente. Alejándonos de ese cabo, evitaremos otro peligro.

—¿Cuál?

—Los portugueses. Pueden estar al acecho en esas aguas.

—¿Cómo sabremos que lo hemos dejado atrás? —preguntó otro marinero.

—Su longitud es tres o cuatro grados al este de la isla del Hierro. Aunque no tenemos certeza y medir la longitud en alta mar es poco menos que imposible; si controlamos las horas podremos tener una idea aproximada. No puedo decir más.

—Capitán, ¿vuestra opinión es desembarcar o no hacerlo?

—Soy partidario de no arriesgarnos a un desembarco. Podría ser el final de nuestra expedición. Eso significa que pasaremos estrecheces y hambre, pero tenemos más posibilidades de llegar a nuestro destino.

Después de un debate, la mayoría se inclinó por no desembarcar. La influencia de Elcano sobre sus hombres era grande y preferían el hambre y los problemas derivados de no abastecerse a arriesgarse a no culminar una empresa cuyo final creían estar tocando con la punta de los dedos.

—¡Timonel, rumbo al sur! —ordenó Elcano decidido a abordar, sin pérdida de tiempo, el paso del temible cabo, considerado el más peligroso del mundo.

Lo que no estaba en los papeles de Magallanes, que servían de guía a Elcano, era que conforme se alejaran del extremo sur del continente africano, los vientos, aunque muy irregulares, soplaban de poniente. Ese era un obstáculo insalvable.

58

Rumbo al sur alcanzaron los cuarenta grados de latitud entrado el invierno. El frío hizo que la situación en la *Victoria* fuera cada día más difícil. Murieron dos hombres, cuya tumba, después de un responso rezado por el propio Elcano, fue el mar. Los cadáveres se introducían en unos sacos que se confeccionaban con recia lona de la que se utilizaba para remendar los desperfectos en el velamen. Se ataba con un cabo y se lastraba con uno de los bolardos que se tenían para disparar las bombardas.

Hicieron frente a los vientos de poniente que, a veces, se desataban en forma de vendaval y les impedían avanzar. Lo poco que conseguían progresar, cuando por un corto espacio de tiempo amainaban, quedaba desbaratado en poco rato cuando volvían de nuevo a rugir. La lucha contra los vientos se prolongó durante dos semanas. Los hombres realizaban descomunales esfuerzos para izar y arriar las velas, según la dirección en que soplaba.

Elcano se sentía culpable de haber llevado a sus hombres, para alejarse de los peligros del cabo de las Tormentas, a una situación desesperada. El frío y las raciones de comida, cada vez más escasas, hacían mella en su ánimo. Sin embargo, pese a las penalidades y sufrimientos, los hombres no protestaban.

—Es imposible avanzar —le comunicó un abatido contramaestre, después de haber arriado el velamen una vez más—. No podemos seguir luchando contra una barrera que resulta infranqueable.

—Vuesa merced tenía un punto de razón cuando proponía desembarcar y avituallarnos mejor —le confesó Elcano.

—No es momento de dar o quitar razones, sino de tomar decisiones. ¿Dais alguna orden?

—Ponemos proa al norte. Afrontaremos los peligros de la costa. ¡Que Dios y su Santa Madre nos amparen!

—A la orden, señor.

Con aquella decisión se jugaban el todo por el todo. Iban a navegar por una ruta a la que los navegantes lusitanos se referían con pavor, debido a las grandes tormentas que se desataban. Era por la que transitaban los portugueses y, si habían tenido paciencia para aguardar tantos meses, podían estar esperándolos para impedirles el paso. Doblar el cabo de las Tormentas, en las condiciones en que se encontraban, iba a ser una empresa de titanes. La labor del timonel sería fundamental para evitar que la *Victoria* chocara con los bajíos que llenaban aquellas aguas, los vendavales la zarandearan o una de las corrientes arrastrara la nao. Con todo, lo peor era que les sorprendiera una tormenta de las que habían dado su primer nombre a aquel cabo.

—Las corrientes son muy traidoras —comentó Elcano al timonel—. Al parecer, disminuyen si nos aproximamos mucho a la costa.

—Pero si nos acercamos, el peligro son los bajíos. Puede ser una mala jugada.

—A veces, he tenido que decidir entre una opción mala y otra peor. No sé si me voy a equivocar. Pero nos aproximaremos cuanto podamos.

El timonel apretó los labios. La decisión era del capitán, pero la ejecución de la orden quedaba en sus manos.

—Mediremos la profundidad con tres plomadas. Trataremos de protegernos a proa, a babor y a estribor.

La *Victoria* maniobró para acercarse a la costa. Los hombres, conscientes del peligro, guardaban silencio. Sólo se oían las voces de los encargados de las plomadas:

—¡Treinta brazas a proa! ¡Veintiocho brazas a estribor! ¡Veintiséis a babor! ¡Veintidós brazas a proa! ¡Veinte, veinte a estribor!

—Déjame tus lentes —pidió Elcano a Bustamante.

Oteó el horizonte y comprobó que, al menos, no había rastro de barcos portugueses en la zona.

—¿Veis algo de interés?

—Calculo que estamos a menos de un cuarto de legua de la costa. En el límite de la distancia de peligro que se señala en la carta de Magallanes.

—¡Ocho brazas a proa!

—¿Hay corriente? —preguntó Elcano.

—Muy débil, señor.

—¡Viento de levante, cada vez más fuerte!

Al oír aquello, Elcano no dudó:

—¡Rumbo oeste! ¡A todo trapo! ¡Rápido, rápido!

Los hombres no necesitaron que les repitieran la orden.

A primera hora de la tarde del martes 20 de mayo Elcano dio por terminada la maniobra.

—¡Hemos doblado el cabo de las Tormentas! —gritó con fuerza.

El estallido de alegría no se hizo esperar. Las risas se mezclaban con los llantos y los gritos. Cada cual tenía su particular forma de sacudirse la fuerte tensión que se había vivido durante horas. Muchos, mirando al cielo, bisbiseaban una plegaria. Dios estaba con ellos. Sólo así podía explicarse el milagro de haber ganado las aguas del Atlántico que se ofrecían como su salvación. Elcano quiso celebrar aquel momento, después de tantas jornadas de padecimientos, y no puso reparos a que se doblase la ración de vino y hubiera algo más de comida en la cena, aunque la despensa empezaba a vaciarse.

—¿Pongo rumbo al norte, señor? —preguntó el piloto, pletórico después de haber sacado la nao de aquellas temibles aguas.

—No. —El piloto frunció el ceño—. Mantendremos rumbo

oeste algunas leguas para alejarnos de la costa. En esa ruta los portugueses pueden aparecer en cualquier momento. Si nos descubren, no van a darnos la bienvenida. Sólo cuando nos hayamos alejado lo suficiente cambiaremos el rumbo. Entonces navegaremos hacia el norte, cayendo al oeste.

—¡A la orden, señor!

Navegaron toda la noche, según las instrucciones del capitán, que decidió no encender el fanal cuando anocheció. Las aguas del Atlántico eran mejor conocidas por los españoles, aunque no en aquellas latitudes. Elcano sabía que la última etapa del viaje estaría llena de complicaciones. La primera le llegó poco después del desayuno del día siguiente.

—Disculpadme, señor, pero he de hablar con vuesa merced.

—¿Ocurre algo?

—Deberíais conocer el estado de la despensa.

—¿Cuál es?

—Queda pasta de arroz para unas dos semanas. Estirándola mucho quizá lleguemos a tres. Hay cocos de los que podemos aprovechar la pulpa y darle algún uso al agua. Queda carne salada para unos veinte días. Vino, reduciendo la ración a la mitad, podemos tener para un mes, quizá algo más. Si añadimos el pescado que los hombres puedan conseguir…

—Hay una solución para ello —Pigafetta puso cierto énfasis.

—Si vuesa merced tiene la solución, no debe guardársela.

—La información que poseo —el italiano se mostraba ufano—, señala la abundancia de alimentos en estas costas. Bastará con acercarnos a ellas y desembarcar un par de días. Son ricas en vegetación y puede encontrarse gran variedad de animales.

Elcano lo miró a los ojos y el italiano le sostuvo la mirada. No le gustaba aquel sujeto cuya misión en la expedición nunca había estado clara. Había embarcado como sobresaliente, pero apenas había prestado servicio alguno. Mientras vivió Magallanes siempre anduvo pegado a él. Llevaba puntual relación de todo lo acaecido en el viaje.

—¿No habéis pensado que, además de eso, podemos encontrar portugueses? Sería un mal remedio a nuestras necesidades. No nos acercaremos a la costa. No, al menos, hasta que estemos en aguas del hemisferio norte.

Pigafetta agachó la cabeza y los presentes se preguntaron por qué el capitán habría dicho aquello.

59

Elcano no consintió acercarse a la costa. No quería que, en el último tramo del viaje, pudieran irse a pique los resultados de una expedición que iba a marcar un antes y un después. Los hombres eran conscientes de su hazaña. Habían encontrado un paso para comunicar el Atlántico con el mar del Sur y habían abierto una ruta, hasta entonces desconocida, para llegar a la Especiería. Estaban, además, dándole la vuelta a la Tierra. Cuando iniciaron aquella aventura, a las órdenes de Magallanes, habían puesto proa a poniente y estaban regresando por levante. Nadie había hecho una cosa así. Ellos iban a demostrar al mundo de forma práctica que la Tierra era redonda. Se sabía que era así, pero hasta entonces todo habían sido formulaciones teóricas representadas en cartas de navegación, portulanos y algún globo terráqueo. También dejarían sentado que sus dimensiones eran muchísimo mayores de lo que se había creído hasta entonces. Bien lo sabían ellos, después de navegar por mares que les parecieron infinitos. Llevaban, además, pruebas de que las sospechas de Magallanes tenían fundamento y las islas de las Especias, al menos algunas de ellas, quedaban en el hemisferio de Castilla.

Su mayor temor era que los portugueses pudieran impedir algo que nadie había logrado hasta entonces. Era una hazaña extraordinaria y el capitán de la *Victoria* no estaba dispuesto a arriesgarse a ponerla en peligro por saciar el hambre que venían padeciendo desde hacía semanas y que iba a ser mayor al decidir la reducción de las raciones a la mitad.

—Es la única forma que tenemos de sobrevivir —explicaba a sus hombres, desde la toldilla—. Hay que racionar aún más la poca comida que nos queda. Hasta que hayamos rebasado el ecuador hemos de mantener el rumbo. Sólo entonces podremos acercarnos a la costa.

Otra vez, Elcano se refería, aunque diciéndolo de otra forma, a que sólo entonces dejarían de navegar alejados del continente. Los hombres se preguntaban por qué habría de pasarse el ecuador para aproximarse a la costa. Fue Pigafetta quien formuló la pregunta:

—¿Por qué razón podremos acercarnos entonces?

Elcano dudó si responderle. Decidió que no había problema en desvelar la causa.

—Es muy simple. Una vez que hayamos sobrepasado el ecuador, si tenemos un encuentro con los portugueses, podremos decir que venimos de América y hemos cruzado el Atlántico. Entonces será creíble, pero no lo admitirían si nos sorprenden en estas latitudes. Espero que conforme nos acerquemos al ecuador los vientos del sudeste, que en esas latitudes son dominantes, nos ayuden a salir del golfo de Guinea. Superado ese obstáculo, nos acercaremos al continente. En esa zona navegan barcos castellanos que aprovechan los vientos del oeste para ganar la costa africana.

Los hombres aplaudieron. Elcano inspiraba una confianza que no habían sentido desde que murió Magallanes.

Pasada una semana, las raciones se redujeron aún más. Sólo se tendría una comida al día y consistiría en media jarrilla de vino y un puñado de pasta de arroz tan pequeño que cabía en la palma de la mano. Los días transcurrían tediosos. Los hombres estaban amodorrados y su ánimo se derrumbaba cuando una calma los dejaba alguna jornada varados en medio del mar. Se animaban un tanto cuando el viento del sudeste hinchaba las velas de la *Victoria* y la nao se deslizaba con facilidad sobre las olas.

El hambre había hecho que se llegara a los mismos extremos que en los difíciles días en que en aguas del mar del Sur no avistaban tierra. Las ratas se habían convertido en un manjar por el que se volvieron a pagar buenos ducados, pero hacía días que no se encontraban ni en la bodega ni en la sentina. También había desaparecido el cuero que protegía los palos y algunos habían llegado a cocer lona de la que se guardaba para remendar el velamen. Elcano, a falta de capellán, tuvo que rezar muchos responsos por los hombres que morían.

Era la caída de la tarde del día 24 de junio, festividad de San Juan Bautista, cuando el contramaestre Albo se acercó a Elcano que, en la proa, con los brazos cruzados sobre el pecho, tenía la mirada perdida en el horizonte.

—Posiblemente ayer, si mis cálculos son correctos, cruzamos la línea del ecuador.

—¿Estáis seguro?

Albo iba a encogerse de hombros, pero no lo hizo. En su lugar asintió con la cabeza.

—Podré asegurároslo esta noche, ayer me pareció ver la estrella Polar. Dicen los cosmógrafos que no es visible en el hemisferio sur. Pero será mejor hacer los cálculos.

—Guardad silencio. No quiero que, si todavía no hemos llegado, los hombres se desanimen más de lo que están. Esta noche lo comprobaremos. Pidamos a Dios que el cielo no se cubra con nubes.

Conforme anochecía el brillo de las estrellas ganaba intensidad en un firmamento limpio. Podían verse en número infinito. Albo, cuyos conocimientos de astronomía eran notables, localizó la Polar. Juan de Acurio, que también dominaba el arte de medir la latitud, sacó un astrolabio y ambos calcularon ángulos. Hacían anotaciones a la luz de un farol de mano. Los hombres que no estaban durmiendo, que era casi toda la tripulación, no apartaban su vista de ellos. Se había corrido el rumor de que si no habían cruzado el ecuador estaban a punto de hacerlo. Los resultados obtenidos por Albo y Acurio marcaban una pequeña diferencia: dos minutos, pero coincidían en señalar que, efectivamente, la *Victoria* estaba ya en aguas del hemisferio norte. Habían rebasado la línea ecuatorial en casi un grado.

Fue Elcano quien hizo el anuncio.

—¡Estamos en el hemisferio norte!

Los hombres que se mantenían en vela lanzaron vítores y despertaron a los que estaban dormidos o somnolientos. Una vez más, se repitieron en la cubierta las escenas de júbilo que acompañaban el anuncio de una noticia anhelada. Elcano se encargó de rebajar la desbordada alegría.

—Mantendremos el rumbo dos días más. Sólo entonces nos acercaremos a la costa. No debemos arriesgarnos. Hay que hacer creíble nuestra historia.

—Sólo queda comida para cinco días repartiendo estas miserables raciones —indicó el despensero a Elcano.

—Lo soportaremos, sabiendo que tenemos la solución al alcance de la mano. Cinco días, salvo que nos sorprenda una larga calma, es más que suficiente.

—Debe saber vuesa merced que de agua no andamos mucho mejor. Quizá tengamos para un par de días más.

El 27 de junio, con las velas hinchadas por el viento que soplaba del oeste, Elcano dio la orden que todos esperaban.

—¡Rumbo nordeste, timonel!

En medio de una alegría generalizada, el timonel marcó el rumbo.

Quienes pensaban que era cuestión de horas avistar las costas africanas se equivocaron. La distancia que los separaba era mayor de lo que creían porque Elcano había dado instrucciones precisas de alejarse lo suficiente para evitar cualquier posibilidad de tener un mal encuentro. Colaboró al retraso el que los vientos no les fueron tan favorables. Se encontraron con una calma que los retuvo durante varias horas y por la noche se vieron obligados a recoger el velamen porque el viento soplaba en contra de la dirección en que navegaban.

No fue hasta la caída de la tarde del día siguiente cuando el grito del vigía desde la cofa anunció que había avistado tierra.

—¡Tierra, tierra a la vista!

Los hombres acudieron a toda prisa a la proa, pero en lontananza apenas se distinguía la línea de la costa. Con el sol aproximándose al ocaso, la luz crepuscular no permitía ver con más nitidez. Quien tenía mejores referencias de la tierra a la que se acercaban era Bustamante. Apenas oyó el grito del vigía, había sacado su artilugio y oteaba el horizonte. No fue necesario que Elcano se lo pidiera. El barbero se lo entregó sin decir palabra, pero lo que podía leerse en su semblante no anunciaba nada bueno.

—¿Ocurre algo?

—Vedlo vos mismo.

60

—¡Maldita sea! —exclamó Elcano, visiblemente contrariado—. ¡Tenía que haberlo previsto!

—¿Qué ocurre, señor? —preguntó un viejo marinero, con las encías tan hinchadas que no se le veían los dientes, la cabeza rapada y largas barbas.

—Tenemos enfrente una tierra inhóspita. Lo que veo a través de este artilugio es un desierto. Es difícil que ahí crezca una maldita esparraguera.

Los hombres, que habían soportado estoicamente los padecimientos del hambre y la sed, que se había cobrado en los últimos días otras tres vidas, se derrumbaron. Un silencio cargado de pesimismo cayó sobre la cubierta de la *Victoria*. Estaban frustrados. Tenían el convencimiento de que sus penalidades tocaban a su fin y todo apuntaba a que no iba a ser así. Sin embargo, no se alzó una sola voz de protesta.

Elcano, abrumado por la responsabilidad, trataba de echar cuentas. Tenían comida para un par de días, pasando hambre y miseria. Apenas un par de tragos de vino y un puñado de pasta de arroz. Podían acercarse a la costa y desembarcar con la esperanza de encontrar unas pocas raíces o capturar algún animal. Pero si no encontraban algo, que era lo más probable, las consecuencias serían funestas. La otra opción era poner proa al norte, rogar a Dios que los vientos les fueran favorables y tratar de llegar a las islas Cabo Verde. Había una tercera opción: que los encontrase alguno de los barcos portugueses que recorrían aquella costa y se apiadase de ellos.

Entregó el artilugio a Bustamante, que lo miraba cariacontecido, y pidió a Albo que lo acompañase. Se encerraron en el camarote y Elcano sacó del arca que había sido de Magallanes un portulano donde aparecía cartografiada la costa que tenían frente a ellos. Se apreciaban muchos detalles. Aquellas aguas eran bien conocidas por los marinos lusitanos.

—Aquí están las Cabo Verde. —Elcano señaló un archipiélago a poca distancia de la costa continental.

—¿Pretendéis llegar a ellas?

—Si es posible, ese es nuestro objetivo.

—Nosotros nos encontramos aproximadamente aquí. —Albo señaló con su índice un punto en la costa algunos grados por encima del ecuador.

Elcano tomó un compás de dos puntas, ajustó la distancia en el arco, trazó una línea con una regleta y efectuó el cálculo.

—Estamos a unos diez grados.

Albo echó cuentas.

—Eso significa unas doscientas leguas, poco más o menos.

—Es algo menos de lo que pensaba —comentó Elcano sin soltar el compás y con la mirada fija en la carta que tenían desplegada sobre la mesa.

—Si el tiempo nos fuera favorable, podríamos llegar a ellas en cinco, quizá seis días. Demasiado tiempo con la comida y el agua que nos queda.

—¡Tenemos que intentarlo!

Salió del camarote y miró a los hombres. Tuvo la impresión de que no se habían movido del sitio donde estaban cuando entró en él.

—¡Vamos, vamos! —gritó batiendo palmas—. ¡Todos a sus puestos! ¡Largad velas! ¡Viramos hacia el norte!

Los hombres obedecieron las órdenes sin abrir la boca. Algunos treparon por las jarcias, otros ajustaron las vergas y los más tiraban de las drizas para izar el velamen. Los que estaban en mejores condiciones subieron por los obenques hasta la verga mayor para tensar la gavia. Acurio y Albo animaban a los hombres a realizar el esfuerzo acompasadamente. En pocos minutos la *Victoria*, ayudada por un vientecillo que le era favorable, enfilaba la proa hacia el norte.

Los cinco o seis días que Albo había señalado para salvar aquella distancia fueron dos más porque el viento no fue todo lo propicio que hubiera sido necesario para recorrerla en ese tiempo. Ahora navegaban de noche con el fanal encendido para que fueran bien visibles, por si eran localizados por otra embarcación.

Cuando el 9 de julio, poco después del amanecer, un grito estentóreo avisó de que en el horizonte había tierra, los hombres llevaban cuatro días sin comer y dos sin beber. Permanecieron acurrucados junto a las amuras, apenas si se movieron. Los que conservaban algo de energía se asomaron a la proa. Pero no se produjo la explosión de alegría que un grito como aquel provocaba. El timonel dirigió la *Victoria* hacia aquella isla que los portugueses habían bautizado con el nombre de Santiago. Pero un fuerte viento, que desató en pocos minutos un vendaval, obligó a Elcano a ordenar al timonel que cambiara el rumbo.

—¡Hay que virar! ¡Hay que virar! ¡Este viento nos puede estrellar contra alguno de los arrecifes!

Aquellas órdenes causaron mayor efecto que el avistamiento de tierra. Muchos se incorporaron y vieron cómo la costa se alejaba de nuevo. Parecía que era el fin. Sin embargo, el vendaval que podía haber degenerado en una tormenta, difícil de afrontar en las condiciones en que se encontraban, amainó poco después permitiendo a la *Victoria* entrar, pasada media mañana, en el pequeño puerto de Ribeira Grande con la tripulación exhausta y el sello de la canina dibujado en sus rostros.

—¡Botad el esquife! —ordenó Elcano.

Mientras se realizaba la operación aleccionó a Albo, al que puso al frente de una docena de hombres escogidos a los que indicó que hablasen lo menos posible, respondieran con frases cortas y siempre dijeran que venían de América, del otro lado del Atlántico.

—¡Tened la lengua! ¡Cualquier desliz puede resultarnos fatal! ¿Está claro?

Los hombres asintieron, sin abrir la boca.

Entregó a Albo una bolsa repleta de piezas de oro de las que habían conseguido con los intercambios.

—Comprad toda la comida que os sea posible.

La presencia de un barco con las armas de Castilla, que Elcano había ordenado izar, había hecho que la playa se poblara de gente que aguardaba expectante. Apenas pusieron pie en tierra, el responsable del puerto se les acercó.

—¿Castellanos?

—Así es —respondió Albo.

—¿Qué os trae por estas latitudes? Estas islas son del rey de Portugal.

—Lo sabemos, pero necesitamos ayuda.

—¿Qué os ha ocurrido? ¿Qué clase de ayuda necesitáis? —preguntó, un tanto suspicaz.

—Hemos tenido graves problemas. Formábamos parte de una escuadra de tres barcos que venía de América, pero una tormenta nos separó. Se partió el mástil del trinquete y componerlo fue complicado. Cuando lo tuvimos reparado, habíamos perdido contacto con las otras dos naos. Tratamos de encontrarlas, pero no nos fue posible. No sabemos si han llegado a puerto o se encuentran en el fondo del mar. Estamos sin comida y sin agua. Han muerto algunos hombres y, sólo uno o dos días más, habrían llevado a la muerte a la mayor parte de los que quedamos. Necesitamos comida y podemos pagar un precio justo.

El portugués los miró. Su aspecto no dejaba dudas del hambre que soportaban.

—Habéis tenido suerte. Hoy es día de mercado, como todos

los jueves. Acuden gentes de toda la isla para vender sus productos. Entendeos con ellos.

Albo frunció el ceño, pero guardó silencio. En el mercado compraron cuatro arrobas de arroz, treinta libras de carne fresca, otras tantas de queso, veinte docenas de huevos, varias badanas de tocino y seis arrobas de bacalao, del que los portugueses eran grandes consumidores y verdaderos maestros en al arte de curarlo y ponerlo en salazón. También adquirieron —en medio de la alegría de los vendedores, que estaban entusiasmados con aquellos compradores— unos barrilillos de vinagre y media docena de toneles de vino. Tuvieron que hacer dos viajes. En el segundo cargaron más bacalao y más arroz, además de tres grandes pipas que les autorizaron a llenar de un manantial situado a media milla del puerto.

El despensero rebosaba de satisfacción al ver cómo aquellos alimentos entraban en la bodega, después de los malabarismos que había realizado con los últimos restos de comida. Los hombres, con mucho esfuerzo, introducían fardos, barriles, cajas y costales de comida y se relamían pensando en el banquete que iban a darse, después del hambre que habían tenido que soportar. Aquella comida significaba la salvación.

La farsa dispuesta por Elcano había dado resultado. Los días siguientes, la *Victoria* permaneció anclada frente a la playa. Los aprovecharon para descansar y recuperar fuerzas. Lo único que echaban de menos era poner pie en tierra, pero Elcano había dispuesto que sólo bajaran los que con el esquife traían la comida para embarcarla. Temía que alguno se fuera de la lengua. Sólo el propio Elcano, acompañado por media docena de hombres, desembarcó para cumplimentar a las autoridades y agradecerles las facilidades que estaban dando para el reabastecimiento de la nao.

El hecho de que el resto de los hombres permaneciera a bordo hizo que los portugueses sospecharan. Algo extraño sucedía. Eso no era normal. Sus sospechas se confirmaron el 15 de julio, víspera del día de mercado donde Elcano esperaba completar el aprovisionamiento y hacerse de nuevo a la mar. La situación dio un giro radical cuando el bote, a cuyo frente iba el escribano Martín Méndez, llegó a la playa. La actitud de los portugueses había cambiado. Apenas pusieron pie en tierra fueron detenidos.

—Daos presos, en nombre del rey.

—¿Presos? ¿Por qué? ¿De qué se nos acusa?

—¡Detenedlos! —ordenó el oficial que mandaba la tropa que los había rodeado sin responder a la pregunta.

Los trece hombres, esposados con grilletes, como si se tratara de peligrosos malhechores, fueron conducidos ante el gobernador de la isla.

—¡Nos habéis engañado! ¡Habéis mentido! —les espetó apenas hubieron entrado en la sala donde los aguardaba.

—¡No es cierto! —replicó Méndez.

—¡Ah! ¿No? ¿Podéis explicarme de dónde procede esto? —Tiró de un paño que cubría un pequeño fardo, cuya arpillera había sido rasgada y podía verse el clavo que contenía.

—Es la primera vez que lo veo —respondió Méndez—. Ese fardo no es nuestro.

—¡Procede de la bodega de vuestro barco! —gritó el gobernador muy alterado.

—No es cierto —se defendió Méndez con menos convicción.

—Sí, lo es. —La voz había sonado a espaldas del escribano.

Méndez se volvió y vio a dos tripulantes de la *Victoria*. Supo que estaban perdidos.

—Refrescadle la memoria.

—La bodega está llena de fardos de clavo. Esa nao también lleva pimienta y canela que se cargó en el Moluco. Transporta algún sándalo blanco de la isla de Timor.

—No venís de América, como nos habéis hecho creer. Ese barco es lo que queda de la expedición que hace tres años partió de Sevilla. ¡Llevadlos a las mazmorras! En Lisboa dispondrán qué hacer con vosotros.

El gobernador trazó un plan de ataque para apoderarse de la nao. Pero en la *Victoria,* al ver que no regresaba el esquife, como en las dos ocasiones anteriores, sospecharon que algo no marchaba bien.

—Rodrigues y Batista no aparecen por ninguna parte y no eran de los que iban en el esquife —indicó Acurio a Elcano.

—¡Esos dos nos han traicionado! —gritó Albo.

—¡Todo el mundo a sus puestos! ¡Nos hacemos a la mar! —ordenó Elcano, subiendo a la toldilla.

El contramaestre comenzó a impartir órdenes.

—¡Levad anclas! ¡Largad las velas!

Los hombres se afanaban en sus tareas cuando un grumete gritó:

—¡A estribor, a estribor! ¡Se acercan tres botes!

Efectivamente, tres pequeñas embarcaciones, con medio centenar de hombres convenientemente armados, se acercaban con la intención de abordar la *Victoria*.

—¡Disponed las bombardas! ¡Preparad los bolardos!

Elcano, desde la toldilla, impartía órdenes mientras la *Victoria* buscaba salir del puerto. La brisa, que soplaba a favor de su maniobra, había henchido rápidamente las velas, pero no evitó que los disparos de los arcabuceros portugueses llegaran a la cubierta. Sus disparos no causaron daños importantes ni hubo bajas. Desde la *Victoria* respondieron con dos disparos de bombarda que tampoco alcanzaron los botes, pero disuadieron a los portugueses de porfiar en su empeño.

El peligro tomó otra forma.

Dos carabelas, surtas en el puerto, habían desplegado su velamen e iniciaban la persecución de la nao castellana.

La estancia en las Cabo Verde había durado una semana y se saldaba con la pérdida de quince hombres: a los trece que quedaban presos de los portugueses, dejando reducida la tripulación a menos de una veintena de hombres, se sumaban los dos que habían desertado.

—¡Tenemos detrás a los portugueses!

Las dos carabelas disparaban su artillería. Era una forma de enseñar los dientes porque la *Victoria* no estaba a tiro. La persecución se prolongó toda la jornada. Hubo un momento en que las carabelas acortaron distancias y en la *Victoria* se temió lo peor.

—¡A todo trapo! ¡A todo trapo!

Era una apuesta arriesgada porque el casco de la nao estaba muy maltratado después de tanto navegar. La madera crujía como si fuera a descomponerse. Lograron mantener la distancia y, cuando el sol se ocultó por el horizonte y las primeras sombras anunciaron la noche, los portugueses no habían conseguido darles alcance.

—¡Mantened el fanal apagado! —ordenó Elcano, sabiendo que la oscuridad era su mejor aliada. Cuando la noche se cerró definitivamente sobre el océano, ordenó al timonel—: ¡Rumbo noroeste!

Vivieron horas de inquietud. Eran conscientes de que la amenaza portuguesa podía dar al traste con la culminación de la hazaña que habían protagonizado. Elcano ordenó al despensero que les diera una doble ración de vino y no escatimara, al menos esa noche, la ración de tocino y queso. Se lo habían ganado con creces.

Elcano se mantuvo vigilante durante la primera guardia. No había rastro de las carabelas portuguesas, que también debían de mantener sus fanales apagados. Albo se le acercó y vio la preocupación dibujada en el rostro del capitán.

—¿Os preocupa que nos puedan alcanzar?

—Creo que con la oscuridad lograremos despistarlos. Lo que me preocupa es la suerte que pueden correr los hombres que han quedado atrás.

—No os agobiéis. Vuesa merced tomó la única decisión que podía adoptar. Si no hubierais ordenado levar anclas, estaríamos todos presos y la expedición habría terminado. No os he comentado algo que me tiene desconcertado.

—¿Qué es ello?

—El día que desembarqué, cuando pisamos tierra por primera vez, me dijeron que habíamos llegado en buena hora porque era jueves, día de mercado en la isla. Eso nos facilitó adquirir las viandas que ahora tenemos en la bodega.

—¿Eso os desconcertó?

—No, que fuera jueves.

—¿Estáis de broma? ¿Tiene algo de malo que fuera jueves?

—Estaba convencido de que era miércoles.

—Estabais equivocado.

—Eso pensé, pero he revisado las notas y no he descubierto error alguno. He hablado con Pigafetta, que también lleva un diario, y está tan desconcertado como yo. Sus fechas coinciden con las mías. Según su diario ese día era miércoles. ¿No os parece extraño?

—Si era día de mercado y lo celebran los jueves… —Elcano no tenía ganas de darle vueltas a aquella simpleza—. Me retiro a descansar. Os toca la segunda guardia, no tengáis empacho en avisarme si hay alguna novedad.

61

La noche transcurrió sin incidencias. Al amanecer las carabelas portuguesas habían desaparecido.

—Creo que les hemos dado esquinazo —comentó Acurio cuando el capitán se acercó al responsable de la tercera guardia.

—Es posible, pero no debemos confiarnos. No vayan a darnos un disgusto.

Elcano oteó el horizonte, el mar estaba en calma y soplaba una débil brisa que hacía drapear al velamen. Pensaba que si los portugueses daban aviso de su llegada a Sanlúcar podría tener problemas si seguía la ruta tradicional. Cavilaba sobre cuál sería la mejor derrota cuando Albo y Pigafetta se acercaron a él.

—¡Tenemos una explicación para lo que anoche os comenté! —exclamó eufórico el contramaestre.

Elcano tuvo que hacer memoria.

—¿Qué el jueves era miércoles?

—¡Exacto! Micer Antonio y yo tenemos la explicación.

Acurio los miraba como si hubieran perdido el juicio.

—¡De qué diablos hablan! ¿Qué es eso de que el jueves es miércoles?

—No había error en mi diario —dijo Pigafetta— y tampoco él había equivocado sus anotaciones.

—Entonces, ¿era miércoles y quienes estaban equivocados eran los portugueses? —preguntó Elcano.

—No, era jueves. Pero no habíamos cometido errores.

—Albo… o era miércoles o era jueves. No es posible que fuera miércoles y jueves a la vez.

—¡Qué me aspen si entiendo algo! —Acurio los miraba con estupor.

—Hemos dado la vuelta al mundo —indicó el italiano—. Hemos ganado un día porque hemos navegado en la misma dirección que el Sol. Mi contabilidad y la del contramaestre llevan un día de retraso. Por eso tenemos anotado que es miércoles y es correcto, según nuestros cálculos, pero en esta parte de la Tierra ya es jueves.

Elcano se acarició el mentón.

—¡Es cierto! ¡Eso ocurre si se le da la vuelta a la Tierra!

En ese momento apareció el despensero. Era mañana de noticias.

—Señor, perdonadme, pero sería conveniente conocer el cálculo de días que vuesa merced tiene para lo que nos queda de viaje. He de ajustar las raciones.

—Eso no está en mi mano. Dependerá de los vientos.

—Lo sé, señor, pero ¿no tiene vuesa merced al menos una aproximación? —El despensero juntó las palmas de sus manos, como si elevase una súplica—. He de hacer cálculos.

—Con buen tiempo necesitaremos cuatro semanas, quizá cinco. Si el tiempo no nos es favorable, sólo Dios y su Santísima Madre lo saben.

—Hoy es la festividad de Nuestra Señora del Monte Carmelo —indicó Pigafetta.

—¡Nuestra Señora del Carmen! —exclamó el despensero—. Esperemos que nos proteja y lleguemos con bien a nuestro destino.

Elcano se encerró en su camarote con Albo.

—¿No os parece que habéis exagerado con el despensero? ¿Cuatro o cinco semanas?

—No podemos correr el riesgo de toparnos con los portugueses. Llevaríamos las de perder —Elcano desplegó una carta—. Una ruta menos habitual nos llevará más tiempo.

—En estas latitudes los portugueses no suelen perder de vista la costa africana —señaló Albo—. Cuando navegan hacia el sur dejan las Canarias a poniente.

—En ese caso, nos adentraremos en el Atlántico y las dejaremos a levante.

—Eso significa más días de navegación.

—Pero más seguridad.

—No sé qué pensará de ello el despensero. Está agobiado con lo de darnos de comer.

—Es un buen hombre. Tracemos la derrota.

Los días siguientes fueron tranquilos, con más calmas que viento.

A primeros de agosto el grumete que ayudaba al despensero descubrió una pequeña vía de agua. Podían resolver la situación con la bomba de achique, pero con el paso de los días iría aumentando y, entonces, no sería posible. Para taparla disponían de remedios parciales. No había ningún carpintero experto a bordo. Los que había se quedaron en Tidor para reparar la *Trinidad*. Tampoco poseían madera con la que hacer algún remiendo que disminuyera la entrada de agua. Sólo disponían de la bomba de achique, pero faltaban brazos y el trabajo resultaba agotador. Los hombres útiles se relevaban sin descanso después de estar accionando el pesado mecanismo durante dos horas. En esas condiciones se cumplieron los tres años de la partida del muelle de las Mulas.

Pasada la festividad de la Asunción de Nuestra Señora, que marcaba el comienzo del declive del mes de agosto, a los problemas que creaba la vía de agua, que costaba cada vez más trabajo achicar, se añadió la disminución de las raciones. Hasta entonces la comida no había sido un problema, gracias a las compras en las Cabo Verde y a la drástica disminución de la tripulación, pero la advertencia del despensero obligó a reducir el vino a la mitad y en un tercio el tocino y el queso en manteca. Se mantenía la ración de bacalao, que era lo único que no escaseaba todavía. Esa menor alimentación tuvo su efecto en el duro trabajo al que los hombres estaban sometidos con la bomba de achique. Ahora los relevos se producían cada hora. Sólo hacía concebir esperanzas el hecho de que no había el menor rastro de los portugueses en aquellas aguas.

El 24 de agosto se estuvo al borde de la tragedia cuando navegaban a la altura de la más meridional de las islas Azores. Con una rapidez vertiginosa se desató un vendaval que desencadenó una gran tormenta. No eran frecuentes en aquella época del año. El viento hacía que los mástiles, muy castigados, crujieran de forma siniestra. El trinquete, que no pudo recogerse a tiempo por la falta de hombres, sufrió un desgarro y quedó inutilizado. El fuerte oleaje que barría una y otra vez la cubierta zarandeaba y hacía crujir el casco de la *Victoria* de tal forma que se presagiaba que la tragedia estaba a punto de producirse.

—Me temo que es el fin —comentó Albo al timonel, un gallego de Betanzos, a quien ayudaba a sujetar la caña del timón en un intento de mantener la posición de la nao.

—También lo pienso yo.

—¡La bodega se está inundando! ¡Se ha abierto otra vía! —El que gritaba era un grumete que aparecía por la escotilla de la bodega con el horror dibujado en su rostro.

El timonel soltó una maldición.

—¡Se necesitan más hombres abajo! —gritó Acurio.

El problema estaba en que no los había. En cubierta quedaban un marinero envejecido y un par de grumetes paralizados por el miedo. Incapaces de moverse, se agarraban a unas drizas en un intento de no ser barridos por el agua.

—¡Voy yo! —gritó Elcano.

El gesto del capitán animó a los grumetes, que bajaron con él a la bodega. Allí el panorama era desolador.

Los hombres que habían buscado protegerse del temporal bajo cubierta trataban inútilmente de taponar la nueva vía de agua que iba inundado la bodega.

—¡Santo Dios! —exclamó Elcano al comprobar que el agua le llegaba casi hasta las rodillas.

—Es poco lo que podemos hacer sin utilizar la bomba que está desaguando la otra vía —indicó Albo—. Sin madera tampoco podemos taponar ese agujero.

—¡Utilicemos la de esos toneles! ¡Si no bastan, emplearemos las lonas que nos quedan! ¡Vamos, vamos!

—¡Es inútil, señor! —dijo un marinero con los ojos arrasados en lágrimas—. Dios se ha empeñado en que no lleguemos a Sanlúcar.

—¡Eso sólo será cuando la *Victoria* haya ido a parar al fondo del mar! —respondió Elcano alzando la voz—. ¡Hemos salido de otras peores! ¿Vamos a rendirnos ahora? ¡Adelante!

Los hombres sacaron fuerzas de donde no las había, animados por la energía de su capitán. Con la madera de los toneles y las lonas no lograron cerrar la vía, pero consiguieron que el caudal que entraba en la *Victoria* disminuyera de forma considerable.

Tres horas más tarde la tormenta había amainado y la *Victoria* aún flotaba. Los hombres, derrengados, estaban tendidos sobre la cubierta. La mayoría inmóviles, sin fuerza para mover un dedo.

Habían sobrevivido, pero las consecuencias de la tormenta eran devastadoras: el trinquete había desaparecido y no había repuesto. La vela de respeto que quedaba estaba cerrando la nueva vía de agua. La bodega estaba medio inundada y parte de la comida se había perdido. Estaban empapados algunos de los fardos de especias y el casco no aguantaría otra tormenta. Al menos la bomba de achique seguía funcionando, lo que significaba que haciendo un gran esfuerzo podrían mantenerse a flote.

Cosa diferente era que la *Victoria*, en aquellas condiciones, pudiera navegar.

62

El despensero se acercó al capitán y aguardó, con el ratonado bonete de lana en sus manos, a que este le preguntara.

—¿Algún problema, Diego?

—Lamento comunicaros que sólo disponemos de comida para una semana, siempre que vuesa merced disponga reducir las raciones a la mitad. Apenas queda algo de arroz y de vino, que se acabarán en un par de días. A partir de entonces las raciones consistirían en media libra de bacalao por cada dos hombres. El problema es que hay que desalarlo y el agua está muy tasada.

—¿No tenemos agua?

—Era de lo que mejor estábamos, pero la tormenta destrozó una de las pipas. Si la utilizamos para desalar el bacalao, no quedará para beber. Si la bebemos, no podremos desalarlo y la sed será insoportable. Vuesa merced ha de decidir sobre ese particular.

—En ambos casos moriríamos de sed. O por no disponer de agua o abrasados por el bacalao salado.

—La decisión es difícil. Pero vuesa merced es el capitán.

—Estirad el agua todo lo que sea posible. No la utilizaremos para desalar el bacalao. Cada cual deberá administrar sus ganas de beber.

El despensero se retiró, calándose hasta las cejas su ajado gorro.

Cuatro días después, el 28 de agosto, en que la Iglesia celebraba la festividad de San Agustín, Elcano y Albo estaban en el camarote del capitán para tomar una decisión náutica. Quizá la última. Miraban un portulano donde se veía la parte occidental del Mediterráneo, la costa oeste europea y africana, el océano Atlántico y la costa de lo que aparecía como Tierra Firme de las Indias Occidentales.

—Según mis cálculos nos encontramos aquí. —Elcano señaló un punto de la carta situado al sur de las Azores—. La tierra que avistamos ayer debe corresponder a Santa María.

—No hay duda. Se trata de esa isla —corroboró Albo.

—Eso significa que ya hemos ganado la latitud del cabo de San Vicente. —Elcano señaló el extremo sur de Portugal—. No podemos seguir navegando hacia el norte.

—¿Ordenáis rumbo este?

—No queda otro remedio. Esperemos no tener ahora un mal encuentro.

—Esperemos. —Albo se santiguó de forma desmañada.

—Dad instrucciones al timonel y tomad las demás disposiciones.

Albo salió a cubierta y gritó fuerte.

—¡Timonel, un cuarto a estribor!

Las cuadernas de la *Victoria* crujían, pero poco a poco fue dando un giro de noventa grados. Cuando hubo completado la maniobra, Albo grito:

—¡Largad velas! ¡Vamos, vamos!

Los hombres cumplieron con su trabajo. Aquella maniobra significaba poner proa a la costa andaluza, buscando la desembocadura del Guadalquivir y la localidad de Sanlúcar de Barrameda. Pero el hambre y las dificultades tenían apagados los ánimos. La comida era escasa, la *Victoria* tenía serios problemas para navegar y la posibilidad de topar con algún barco portugués aumentaba mucho. Era posible que estuvieran sobre aviso, después de lo ocurrido en las Cabo Verde.

—¡Qué Dios y su Santa Madre nos protejan! —exclamó un marinero al tiempo que bisbiseaba una oración.

El tiempo y el viento se aliaron con la *Victoria*. Durante cuatro días una suave brisa impulsó la nao hacia su destino. Era lo que necesitaba. Un viento más fuerte habría significado un serio problema, dadas las condiciones en que se encontraba. Lo peor era la escasez de alimentos y la falta de agua. El 4 de septiembre se acabaron las últimas tiras de bacalao y el agua que quedaba. Pero ese día avistaron el cabo de San Vicente. Sabían que su destino estaba al alcance de la mano. En un par de días podían llegar a Sanlúcar de Barrameda.

Así ocurrió.

El 6 de septiembre, hacia mediodía, la *Victoria* aparecía ante la ancha boca de casi una milla por la que el Guadalquivir desaguaba en el Atlántico. Elcano ordenó izar el pendón real. Fue un momento emotivo, con la tripulación guardando un silencio que tenía mucho de solemne. Podía oírse cómo drapeaba la enseña donde se daban la mano los castillos y leones que representaban a los reinos de esos nombres, las cadenas de Navarra y las barras de Aragón, a la que los Reyes Católicos habían añadido una granada. Muchos tenían un nudo en la garganta y a algunos les costaba trabajo contener las lágrimas.

En sus cabezas revivían algunos de los momentos más difíciles por los que habían pasado a lo largo de aquellos treinta y seis meses. Lo ocurrido en la bahía de San Julián. Las dificultades por el estrecho que les permitió salir a las aguas del mar del Sur. Las duras semanas en que, hambrientos y enfermos, recorrieron miles de millas sin encontrar tierra. El combate en que Magallanes perdió la vida junto a algunos hombres más y los terribles momentos vividos en la isla de Cebú, donde murieron vilmente asesinados tantos compañeros. El triste momento de prender fuego y ver arder la *Concepción*. Permanecieron inmóviles, marciales, mientras a la *Victoria*, desde un bote, un práctico le trazaba la derrota para cruzar la barra de aluviones que marcaba la entrada en aguas del Guadalquivir y que era una trampa en la que quedaban encallados muchos buques si no seguían la trazada correcta.

En la ribera hubo minutos de incertidumbre. No se tenía noticia de aquella arribada. La gente, ante el lamentable estado que ofrecía el barco, hacía cábalas; hasta que un viejo marinero que remendaba redes se dio cuenta de que se trataba de la *Victoria*.

—¡Esa es una de las naos de la expedición a la Especiería! ¡La que mandaba aquel portugués tan estirado! Formaba parte de la escuadra que estuvo más de un mes anclada en el río.

—¿Estáis seguro de que ese es uno de aquellos barcos? —le preguntó un rapaz.

—Seguro. Con mi barca les llevé unos sacos de hierbas que trajeron unos moros de Granada.

—¿Unos moros?

—Eran hierbas medicinales o eso decían, porque ¡vete a saber qué metieron esos infieles en los sacos!

—¡Es la *Victoria*! ¡Es la *Victoria*! —gritaba el mozalbete.

La playa se iba llenando de gente deseosa de novedades, mientras la nao, lentamente, remontaba el curso del río impulsada por una brisa que soplaba desde el mar hinchando lo que quedaba de sus maltrechas velas. El timonel aguantaba con pulso firme la caña del timón.

—¿Cuánto hace que partieron? —preguntó un rapaz que rondaría los diez años.

—Me acuerdo como si fuera ayer. ¡Pero hace por lo menos cinco años!

—¡No exageres! ¡Creo que son cuatro!

—El barco da pena verlo —comentó una mujer—. ¡Pobres hombres! ¡Lo que habrán pasado!

Cada vez llegaba más gente a la ribera del Guadalquivir. Eran muchedumbre cuando aparecieron unos miembros del cabildo municipal sanluqueño, acompañados del representante de la Casa de la Contratación, un clérigo y el administrador de rentas del duque de Medina Sidonia. Tomaron un bote, se acercaron al costado de la

Victoria y, después de identificarse, subieron a bordo. Lo que vieron en la cubierta, pese a estar curados de espanto, conocedores de cómo llegaban las tripulaciones después de cruzar el Atlántico, los hizo enmudecer. El aspecto de la tripulación los impresionó tanto que, apenas efectuadas las preguntas de rigor acerca del navío y de la expedición, el clérigo indicó la necesidad de prestarles ayuda inmediata.

—Hay que traer comida y que un médico suba a bordo.

—También necesitamos agua —añadió el despensero.

Durante la espera, que a la tripulación se le hizo interminable, Elcano explicó al representante de la Casa de la Contratación, a un miembro del cabildo y al clérigo, que permanecieron a bordo, algunas vicisitudes por las que habían atravesado. Le oían entre incrédulos y sorprendidos. Hacía tiempo que se habían dado por perdidos hombres y barcos de aquella expedición. Tenían conocimiento del paso para llegar al mar del Sur por la noticia traída, hacía casi dos años, cuando la *San Antonio* llegó a Sanlúcar. Pero ignoraban que habían llegado a la Especiería y que aquellos hombres habían dado la Primera Vuelta al Mundo.

Recibieron con aplausos la llegada de tres grandes cestas rebosantes de comida: perdices escabechadas, carnes adobadas, pescado fresco para ser asado, queso, pan blanco horneado aquel mismo día, manzanas, higos frescos, peras, una vasija con miel, pellejillos del suave vino que se criaba en los toneles de Sanlúcar y dos tonelillos con agua fresca.

El médico quedó impresionado al verlos: macilentos, en los huesos, con las encías hinchadas, la mayoría con llagas que supuraban pus... Les proporcionó algún alivio, pero les echó un jarro de agua fría cuando indicó que, después de las hambres soportadas, había que comer con mucha moderación durante algunos días.

—¡Ya tendrán tiempo vuesas mercedes de saciarse! ¡Hambre que espera remedio es menos penosa!

Se alzaron algunas protestas, pero el galeno se mantuvo inflexible.

—Agua la que quieran, vino con moderación. Miel para las encías, algo de fruta y pan, y poca carne. El estómago de vuesas mercedes se ha achicado y ha de agrandarse poco a poco.

Pese a las restricciones, la comida les pareció un festín. ¡Habían pasado tanto tiempo sin probar un pan como aquel…!

—Supongo que, una vez repuestas las energías, iniciarán la remontada del río para llegar lo antes posible a Sevilla.

—Si podemos, mañana mismo —respondió Elcano, que daba sorbos a un cubilete de vino, al representante de la Casa de la Contratación.

—Os conviene saber que, poco antes del amanecer, subirá la marea.

—Es posible que no sea suficiente. Mirad las velas. ¡Son jirones! —exclamó el clérigo.

—Será difícil que con ellas podáis llegar a Sevilla.

—Mientras el flujo ayude… Pero cuando cese, tendremos problemas. Necesitaré ayuda de alguna embarcación —indicó Elcano.

—Aquí, en Sanlúcar, hay quien os podrá remolcar aguas arriba.

Elcano, Albo y Bustamante desembarcaron. Lo primero que hicieron al poner pie en tierra fue dirigirse al templo donde se veneraba la imagen de Nuestra Señora en la iglesia de la O. Postrados a sus pies dieron gracias a la Virgen. Luego, acompañados por una muchedumbre, volvieron a la ribera. Las mujeres les decían lindezas y muchos hombres se descubrían a su paso en señal de respeto. En Sanlúcar corrían ya toda clase de rumores, la mayoría sin fundamento. A bordo había grandes cantidades de oro y plata. Gran número de extraños seres y plantas exóticas. Alguien dijo que la presencia del médico a bordo se debía a la sospecha de peste.

Encontraron rápidamente quien remolcara la nao. Eran muchos los que estaban dispuestos. Ajustaron el precio con el patrón de una embarcación que les pareció a propósito.

—Tenedlo todo dispuesto para cuando la marea fluya a favor.

—Dadlo por hecho, señor. Será un honor poder servir a vuesa merced.

Estaba anocheciendo cuando regresaron a bordo. Cenaron sin excesos, cumpliendo, a duras penas, con la moderación que había prescrito el médico, aunque el vino corrió en abundancia. Los hombres, calmada el hambre con la poca comida que se podían permitir sus estómagos, saciada la sed y algo aliviadas las llagas con ungüentos y pomadas, durmieron a pierna suelta por primera vez en mucho tiempo. La amenaza portuguesa había desaparecido. Habían regresado, maltrechos, agotados y enfermos, pero acababan de culminar una hazaña de la que, aunque apenas eran conscientes, iba a hablarse mucho durante largo tiempo.

—Este viaje dará mucho que hablar —decía Antón Colmenero, un curtido marinero con muchos viajes a sus espaldas, a Juan de Zubileta, un paje cuando embarcó, convertido ahora en un experimentado hombre de mar.

—¿Por qué lo dice vuesa merced?

—Porque hemos sido los primeros en darle la vuelta al mundo, muchacho. Podrás contar a tus nietos, si algún día los tienes y el mar respeta tu vida, que fuiste uno de los que dieron la primera vuelta completa a la Tierra.

—¿Creéis vos que se guardará memoria de esto pasado algún tiempo?

—Quedará consignado en libros impresos. Aunque... —el marino se acarició el rasposo mentón y se quedó callado.

—¿Iba vuesa merced a decir algo?

Colmenero dudó, y al final habló:

—Iba a decirte que envidiosos y cobardes, que jamás serían capaces de embarcar para bajar por ese río, quitarán importancia a lo que hemos hecho. Dirán que no es para tanto, que sólo nos guiaba el deseo de enriquecernos. No se referirán a los sufrimientos y penalidades soportados estos tres años. Pero tú y yo, y todos esos que ahora duermen y roncan, sabemos que hemos hecho algo grande que dará lustre a nuestra nación.

Poco después Colmenero también roncaba. A Zubileta, con las estrellas de aquella noche del siete de septiembre del año de gracia de mil y quinientos y veintidós, luciendo en un firmamento limpio y sereno, le costó más trabajo dormirse. Lo hizo pensando que Colmenero, hombre de mucha experiencia, llevaba razón: habían hecho algo muy grande. Mucho más importante que descubrir un paso para el mar del Sur o abrir una ruta hacia la Especiería. Acababan de dar la Primera Vuelta al Mundo.

63

Para la tripulación de la *Victoria* la noche pasó muy deprisa. Necesitaban muchas más horas para recomponer sus maltrechos cuerpos. Poco antes de amanecer, el contramaestre los despertó haciendo sonar la campana, cuando el resplandor que anunciaba el nuevo día asomaba por el horizonte. Apenas se desperezaron, acometieron con entusiasmo sus obligaciones.

La *Valerosa,* nombre del barquichuelo de una vela contratado por Elcano, llegó puntual a la cita. En poco rato, gracias a una ligera brisa que soplaba a favor y al flujo de la marea, la proa de la *Victoria* rompía las aguas del Guadalquivir camino de Sevilla.

Elcano sabía que la remontada del río iba a ser lenta. Subido en el castillo de proa, se preguntaba si la *Valerosa* sería suficiente para vencer la corriente del Guadalquivir cuando no contaran con el impulso de la marea. Ignoraba que en Sevilla, donde acababa de tenerse noticia del arribo a Sanlúcar de una nao que formaba parte de la flota que mandara don Fernando de Magallanes, estaban tomando algunas disposiciones. En la Casa de la Contratación se había ordenado que un batel de doce remos fuera a su encuentro para facilitarle la remontada.

Cuando lo avistaron desde la nao, poco antes del anochecer, supieron que, aunque hacía horas que el flujo de la marea había dejado de impulsarlos y la *Valerosa* tenía problemas para continuar la remontada, el arribo a Sevilla estaba asegurado. Al día siguiente, apenas despuntó el sol vieron que era numerosísima la concurrencia de gentes que se agolpaban a ambos lados del río para ver pasar a la *Victoria*. Por todas las poblaciones de la ribera del Guadalquivir se había corrido la voz de la hazaña protagonizada por aquellos hombres. Eran muchos quienes los vitoreaban y aclamaban.

Avistaron el puerto de Sevilla a media mañana del 8 de septiembre. El destino había querido que la Iglesia celebrase ese día Nuestra Señora de la Victoria. Se dirigieron al muelle de las Mulas, el mismo del que habían partido. El Arenal estaba muy concurrido, como era habitual, y conforme se difundió la noticia de que la *Victoria* entraba por el Guadalquivir, se había concentrado mucha más gente. Elcano dispuso cargar con pólvora la artillería de la nao y ordenó al maestro Andrés, el único lombardero que quedaba, disparar las bombardas y falconetes. Hubiera dado un buen puñado de ducados por entrar con el velamen desplegado. Tuvo que conformarse con el tronar de las salvas que anunciaban el regreso de la única nao de la escuadra que había completado la expedición que partiera de aquel mismo puerto tres años atrás.

Una vez asegurada en el muelle, subieron a bordo el factor Juan de Aranda, el contador López de Recalde y el nuevo tesorero Nuño Gumiel, que había sustituido al doctor Matienzo, recientemente fallecido. Iban con ellos varios subalternos. Se quedaron sin palabras al ver el estado de Elcano. Su aspecto superaba todo lo visto hasta entonces.

—Soy el capitán de esta nao y somos dieciocho hombres a bordo —se presentó Elcano—. Hace tres años partimos de este mismo muelle formando parte de una escuadra que mandaba don Fernando de Magallanes.

—¿Sólo dieciocho hombres? —preguntó López de Recalde.

—Dieciocho, incluyéndome a mí. Las bajas han sido numerosas.

—¿Dónde está Magallanes? ¿Qué ha sido de don Fernando?

—Entregó su alma a Dios en un combate con nativos en una isla que llaman Mactán, cerca de la Especiería. Allí murieron muchos hombres.

—¿Vienen vuesas mercedes de las islas de las Especias?

—Zarpamos de Tidor hace casi nueve meses. En la bodega hay un valioso cargamento de clavo, pimienta, canela… Hemos regresado por la ruta portuguesa.

—¡Santo Dios! ¿Os han permitido navegar por esas aguas?

—Las noticias que tenemos es que han estado al acecho para impedir nuestro regreso. El retorno no ha sido fácil.

El contador abrazó a Elcano, y comprobó su extrema delgadez. Roto el protocolo, la cubierta de la *Victoria* fue testigo de abrazos y emocionadas palabras de bienvenida. No fue obstáculo para que los de la Casa de la Contratación acometieran su tarea: inspeccionar la bodega y anotar la carga.

—Las mercancías serán precintadas hasta que se conozca al detalle su peso y valor, y se hagan las partes, una vez descontado lo que corresponde al rey nuestro señor —indicó el contador—. Los hombres pueden desembarcar cuando lo deseen. La custodia de la nao queda, a partir de este momento, en nuestras manos. Podéis dejar un retén a bordo hasta que las mercancías sean descargadas. Vuesa merced deberá comparecer en la Casa de la Contratación para el informe que habéis de realizar. Podéis acudir cuando mejor os convenga, aunque sin retrasarlo en exceso. Vuestra información es muy valiosa para nuestros pilotos, cartógrafos… Si es vuestro deseo, podéis dirigir a su majestad un relato con los pormenores de la expedición.

Elcano asintió con un movimiento de cabeza.

—Necesito un favor de vuesas mercedes.

—Si está en nuestra mano, contad con él —le respondió el contador.

—Quiero cien libras de cera.

—¿Cien libras? —Aranda, Gumiel y López de Recalde se miraron asombrados.

—Cien libras —corroboró Elcano.

—Buscaré la forma de atender vuestra petición. Decidme adónde envío la cera.

—La necesitamos aquí, antes de poner pie en tierra. Mis hombres y yo hemos de cumplir una promesa.

—¡Pardiez que tendréis la cera esta misma tarde!

El contador cumplió su palabra.

Unos cereros llevaron las cien libras a la *Victoria*. Cuando en Sevilla se supo que sus tripulantes tenían que cumplir una promesa, cientos de sevillanos se concentraron en el muelle de las Mulas con el deseo de ver a aquellos hombres de los que se decían cosas que resultaban increíbles.

A media tarde, al ver que colocaban las tablas de la pasarela, la gente se agitó.

—¡Van a bajar a tierra! ¡Ya van a bajar!

Efectivamente, minutos después fueron descendiendo de la *Victoria*, en ordenada fila, unos hombres escuálidos y demacrados, desgreñados, con barbas de muchos días, descalzos, con la ropa hecha jirones y apenas cubiertos por unos andrajos.

Estaban tan consumidos que parecían esqueletos vivientes.

Su presencia impuso un respeto que sólo podía expresarse con el silencio que se implantó entre la muchedumbre. Todos portaban varios cirios. Uno por ellos y otros por quienes no habían sobrevivido. Al pisar tierra se abrió un pasillo. Sólo se escuchaba el suave rumor de las aguas del Guadalquivir que bajaban mansas, buscando el Atlántico, y el graznido de algunas gaviotas. Elcano, que encabezaba el grupo, se acercó a una mujer que lo miraba sin pestañear.

—¿Por dónde queda la iglesia del convento de los mínimos?

—¿Los frailes de la *Victoria*? —preguntó con un hilo de voz.

Elcano asintió.

A la mujer se le había formado un nudo en la garganta y sólo pudo extender el brazo señalando una dirección.

Formando lo que parecían dos filas de penitentes, caminaron los tripulantes de la *Victoria*. La gente se apartaba para cederles el paso. Una muchedumbre los seguía en silencio. Así llegaron al mismo convento donde se había celebrado la misa antes de la partida de la expedición que ahora rendía viaje. Ante el altar de Nuestra Señora, ofrecieron las libras de cera prometidas y oraron por el alma de todos los que habían perdido la vida a lo largo de aquellos tres años.

Al día siguiente se les proveyó de ropa decente y otro médico les alivió la moderación impuesta por el galeno sanluqueño. Elcano, acompañado de Francisco Albo, acudió a los Reales Alcázares y se dirigieron a los aposentos del teniente de alcaide. Pidió ver a doña Beatriz de Barbosa, quien ya sabía que su esposo no venía en la *Victoria*.

Estaba muy desmejorada y no había recuperado la lozanía después de alumbrar a su segundo hijo. Fue un parto muy difícil y el niño, al que bautizaron a toda prisa, apenas vivió unas horas. Cuando los miró a la cara no necesitó palabras para saber que era viuda. Elcano le habló de su esposo, ponderando mucho lo que significó haber conducido la escuadra hasta el final.

—Os aseguro que murió como un héroe. Luchando hasta el último momento.

—Contádmelo todo, por favor. Sin ahorraros detalles —le suplicó, al tiempo que enjugaba las lágrimas con su pañuelo.

Elcano dibujó con tintes heroicos lo ocurrido en Mactán. Satisfecho el deseo de la dama, dio cuenta del fallecimiento de su hermano, Duarte.

—Hoy es un día de mucho luto para la familia Barbosa.

Cumplida esa tarea, que el Elcano consideraba la primera de sus obligaciones, se dirigió a las dependencias de la Casa de la Contratación. Allí dieron, durante varias horas, testimonio de lo ocurrido y explicaron algunos de los avatares vividos. Respondieron también a numerosas preguntas.

—Será necesario que vuesas mercedes presten declaración de

lo ocurrido en la bahía de San Julián y de la muerte de don Fernando de Magallanes —señaló Aranda.

—Cuando dispongáis —respondió Elcano.

—También deberán dar testimonio de lo ocurrido con la *San Antonio*.

—Estuvimos convencidos de que se había hundido —dijo Albo—. Hasta que un portugués, llamado Lorosa, nos dijo, cuando estábamos en Tidor, que es como llaman a una de las islas de las Especias, que había regresado a Sevilla.

—Habrán de hacerlo ante un escribano público —les indicó el factor—. Cuando llegaron aquí, informaron de los graves hechos ocurridos en la bahía de San Julián y de la pérdida de la *Santiago*. Dijeron que, posiblemente, esa había sido la suerte corrida por el resto de la armada. Regresaron, según declararon, para dar cuenta del descubrimiento del paso que comunicaba ambos océanos. Consideraron que debían informar de ello, siguiendo las instrucciones reales.

—Nos abandonaron. Tomaron esa decisión sin conocimiento de Magallanes —indicó Albo.

—¿Podrían vuesas mercedes detallar lo que han contado de la *Trinidad*? —planteó Aranda.

—La dejamos averiada en Tidor. Necesitaba una larga reparación —explicó Elcano—. Allí quedaron con Gómez de Espinosa medio centenar de hombres. Una vez reparada ganaría Castilla del Oro por la costa del mar del Sur. ¿No ha habido noticia de ella?

—Nada se sabe.

Después departieron con pilotos y cartógrafos, respondiendo a las cuestiones que les plantearon. La información que facilitaron les sería de gran ayuda y se guardaría como secreto de Estado. Valía más que el oro. Sin embargo, nada dijeron del secreto que compartían.

Era entrada la tarde cuando regresaron a la *Victoria*. Allí se despidieron los hombres haciendo promesas de volver a verse. Fue un momento de particular emoción cuando Elcano los despidió, uno por uno, agradeciéndoles los sacrificios realizados. Todos recibirían su parte del valor de las especias que ya estaban siendo tasadas por expertos en presencia de los funcionarios reales y del representante en Sevilla de Cristóbal de Haro, como principal inversor.

Elcano se alojó en una posada junto al convento de San Francisco. Hubo de pagar sus buenos maravedíes para disponer de un alojamiento sin tener que compartirlo con otros parroquianos. La posada pertenecía a un emprendedor vecino de Lucena, que vendía los vinos que empezaban a producir las nuevas viñas que ya florecían en las tierras del sur del reino de Córdoba, una vez desaparecida la frontera con los moros. Antes de dar cuenta de una cena demasiado copiosa para lo que hasta el más permisivo de los galenos hubiera recomendado, tomó pluma y papel y redactó una larga carta dirigida a Carlos I. Entre líneas, sin desvelarlo, insinuaba el secreto que había ocultado a los de la Casa de la Contratación, pero señalando la importancia de que su majestad tuviera conocimiento de ello «por el mucho valor que se deriva de ello».

Durmió, después de tantos meses, en una blanda cama y al amanecer, para ganar las horas, buscó un mensajero que llevase su misiva a la corte. En los días siguientes efectuó diversas declaraciones ante un escribano público y compareció varias veces más ante los oficiales de la Casa de la Contratación. Se establecieron las normas para la subasta de los fardos de especias y de la madera de sándalo, que reportarían importantes sumas de dinero. El principal beneficiario sería la Corona y después el armador Cristóbal de Haro. Un buen pellizco iría a manos de la viuda de Magallanes y de don Diego de Barbosa. También recibirían su parte los tripulantes de la *Victoria*, según su importancia. Pero todos habían de armarse de paciencia. La subasta se realizaría después de pregonarla, para que fuera de general conocimiento. Los hombres, que habían de permanecer en Sevilla hasta que todo aquello concluyera, se alojaron en casas de conocidos, amigos o familiares… o buscaron alguna otra forma de acomodo.

Elcano también dejó resuelto el asunto que tenía pendiente con la justicia. Le llenó de satisfacción quedar exonerado por la venta de su barco, pero lo que más ansiaba era la respuesta a la carta enviada a Carlos I. Durante aquellos días, en que visitó varias veces la mancebía para satisfacer las largas abstinencias vividas, tuvo noticia de muchas de las cosas que habían ocurrido a lo largo de aquellos tres años, algunas muy importantes.

El rey había sido elegido emperador y ahora tenía el título de Sacra, Cesárea, Católica y Real Majestad. Supo también que algunas ciudades de Castilla se habían rebelado contra Carlos I y que se desencadenó una guerra que había concluido el año anterior. También habían llegado a Sevilla noticias de que un extremeño, llamado Hernán Cortés, había acometido el mismo año que ellos partieron la conquista de un gran imperio en Tierra Firme para incorporarlo a los dominios del rey. Ese imperio estaba regido por unas gentes que tenían sojuzgadas a otras tribus y practicaban rituales en los que sacrificaban personas a sus dioses, abriéndolas en canal y arrancando el corazón a las víctimas cuando aún palpitaba.

En sus paseos por Sevilla comprobó que la ciudad seguía cambiando. La riqueza que llegaba a bordo de las flotas de Indias podía palparse en los conventos de las órdenes religiosas y en las casas que se labraban de nueva planta. Se hablaba de construir una sede para el cabildo municipal, según las modas que llegaban de Italia, donde habían vuelto a imponerse los cánones estéticos de la antigüedad grecolatina. El edificio tenía que ser digno de la grandeza de la ciudad y se decía que el lugar más a propósito era junto al convento de San Francisco, en la misma plaza donde estaba la posada en que se alojaba.

El 26 de septiembre, pasada la media tarde, el mismo mensajero con que había enviado la carta a Valladolid llegaba a la posada con la respuesta del rey. Elcano subió rápidamente a su aposento. Allí podía leerla tranquilamente. Rompió el rojo lacre de la cancillería real, que garantizaba su confidencialidad, y se acercó a la ventana. Estaba fechada en Valladolid el día 16. Sólo ver la fecha le llenó de alegría. La regia respuesta había sido inmediata y eso era buena señal. El contenido era escueto.

Señor Juan Sebastián Elcano

Informado por vuestra mano de la arribada al puerto de la ciudad de Sevilla de la nao Victoria, *una de las que partió de ese mismo puerto bajo el mando de don Fernando de Magallanes, estando a mi servicio, con la misión de encontrar un paso o estrecho para poder alcanzar las aguas de la mar del Sur por vía marítima, así como las islas de la Especiería y porque es mi deseo que vos me informéis muy particularmente del viaje que habéis hecho, y de lo que en él ha sucedido, os mando que luego que veáis esta nuestra carta, toméis dos personas de las que han venido con vos, las más cuerdas y de mejor razón, y os vengáis con ellas adonde yo estuviere.*

Yo, el Rey

Terminada la lectura, que repitió hasta en tres ocasiones, acudió a ver a Albo, que se había acomodado en casa de una viuda que vivía en una casita a la espalda del castillo de San Jorge, en la ribera de Triana. Llegó en mala hora. Cuando llamó a la puerta estaba refocilándose con la viuda, que era mujer de buen ver y formas rotundas.

—Si lo hubiera sabido… —se excusó Elcano—. Lamento mucho haberos interrumpido…

—Vuesa merced no podía saberlo.

—Podía haberlo imaginado. Después de tan largas abstinencias…

—No os preocupéis, os aseguro que, apenas hayáis salido por esa puerta, retomaré lo interrumpido. ¿Qué os trae por aquí?

—El rey quiere conocer de primera mano detalles de la expedición. He de ir a Valladolid, donde está la corte, y es deseo de su majestad que me acompañen otras dos personas. He pensado que vos…

—Os acompañaré —respondió Albo antes de que Elcano terminara la frase—. ¿Quién será el otro?

—Bustamante, aunque todavía no he hablado con él.

—¿Cuándo partimos?

—Si es posible mañana. Pasado lo más tarde.

Albo asintió y Elcano, bajando la voz, le dijo:

—Aprovechad el tiempo que os queda. Vuestra casera es hermosa hembra. Espero que no me tome mucha inquina por haber interrumpido…

Se marchaba cuando Albo lo detuvo.

—Aguardad un momento.

—¿Sí?

—¿Cómo vamos a presentarnos ante el rey de esta guisa? —Albo extendió los brazos y mostró unas calzas raídas y una camisa remendada—. No poseo un jubón decente, ni un bonete que pueda recibir ese nombre. Lo peor de todo es que los dineros de las especias y la madera no llegarán a nuestras manos hasta pasadas algunas semanas. He de confesaros que estoy sin blanca.

—Yo tengo algunos dinerillos, pero he de pagar la posada y tampoco ando sobrado de equipaje.

Fue Nuño Gumiel quien solucionó la situación. El tesorero libró los dineros para que pudieran vestir con cierta decencia y viajar hasta la corte. Albo consiguió un jubón de segunda mano, que un sastre le arregló a toda prisa, y unas calzas a juego. El jubón que compró Bustamante, que tenía más dinero gracias a lo que había conseguido con su artilugio, tenía bordados en negro sobre terciopelo encarnado y vistosas mangas acuchilladas que dejaban ver un forro amarillo. A Elcano, que vestía de forma más austera —todo de negro, salvo el color blanco de la pluma que adornaba su boina—, le pareció exagerado. Pero el barbero se sentía tan a gusto con aquella ropa que no hubo manera de hacerle cambiar de opinión.

Tuvieron que esperar cuatro días para cruzar el puente de barcas y dejar atrás Triana, buscando el camino que llamaban de la Plata.

64

El encuentro con el rey no se hizo esperar. Dos días después de llegar a Valladolid, tuvieron una audiencia privada. Los recibió el obispo Fonseca, presidente del Consejo de Indias, quien les formuló algunas preguntas mientras llegaba el monarca, que apenas se retrasó unos minutos.

—¡Su majestad imperial! —anunció el chambelán, interrumpiendo la conversación.

Se inclinaron ante don Carlos, que entonces apenas contaba veintidós años.

—Alzaos, alzaos. Sed bienvenidos. ¿Tú eres Elcano? —preguntó a Albo.

—No, majestad, soy el contramaestre Francisco Albo.

—¿Eres tú?

—Así es, majestad —respondió Elcano inclinando levemente la cabeza.

—¿Y tú?

—Soy Hernando de Bustamante, barbero cirujano. Para servir a Dios y a vuestra majestad.

El rey se sentó en una jamuga, con el cuero repujado y pintado de forma primorosa, y pidió a Elcano que le relatase los pormenores del viaje. Ya había aprendido el suficiente castellano para no necesitar de traductor. Elcano le explicaba los hitos principales de la travesía y don Carlos le interrumpía continuamente, pidiéndole aclaraciones o detalles de algunos asuntos. Se interesó mucho por lo ocurrido en la bahía de San Julián y el destino de quienes allí quedaron abandonados a su suerte. Hizo muchas preguntas sobre las causas que llevaron a aquella situación. También quiso conocer detalles de las circunstancias del retorno de la *San Antonio*, aunque fue poco lo que Elcano pudo contarle, más allá de lo que le habían explicado en Sevilla. Se interesó por los detalles del paso del estrecho y la salida a las aguas del mar del Sur. También por lo ocurrido en Mactán y la muerte de Magallanes. Mostró vivo interés por la traición del rey de Cebú y quiso conocer los pormenores de por qué la *Trinidad* había permanecido en Tidor.

—Gómez de Espinosa debería de haber retornado a las Indias navegando hacia levante. Su destino era la costa oeste de Castilla del Oro.

—¿No hay noticias? —preguntó el rey mirando a Fonseca.

—No, majestad.

—En Sevilla tampoco se sabía nada de ella cuando nos pusimos en camino, siguiendo las órdenes de vuestra majestad.

—Háblame de la Especiería.

—Lo que diga a vuestra majestad será poco. Abundan las especias en grandísimas cantidades y todo lo que se cuenta acerca de los graves peligros que supone acercarse a esas islas es falso. No hay espesas nieblas ni cortantes arrecifes, más allá de lo que suele ser normal en las costas. Se han tejido leyendas para ahuyentar a posibles visitantes.

Elcano le explicó las dificultades pasadas para salvar el cabo de las Tormentas y el temor a topar con barcos portugueses.

—La *Victoria* estaba en muy malas condiciones, majestad, y tuvimos un aviso de que estaban al acecho para prendernos.

Cuando el rey supo lo ocurrido en las islas Cabo Verde, no pudo disimular su enfado.

—¿Dices que allí han quedado presos algunos hombres?

—Trece, majestad. Los que habían desembarcado para adquirir las provisiones. Los portugueses, a quienes habíamos dicho que viajábamos desde las Indias, descubrieron el engaño. Hemos sorteado toda clase de dificultades para evitar un encuentro que podía haber dado al traste con la expedición.

A Elcano, Albo y Bustamante les llamaba la atención que un monarca que ya había sido coronado emperador del Sacro Imperio, cuyos dominios eran extensísimos y los problemas a los que se enfrentaban de una magnitud que abrumaba, les dedicara tanto tiempo y quisiera información de detalles concretos que parecían insignificantes. La audiencia se prolongó más de dos horas. Era algo inaudito y en la antecámara, donde se concentraba un nutrido grupo de cortesanos, se hacían cábalas sobre lo que podía estar ocurriendo. Cuando su majestad hubo satisfecho su curiosidad, formuló la pregunta que Elcano estaba esperando desde el principio, aunque no sabía si el rey se hallaba al tanto de lo que Magallanes sospechaba.

—¿Habéis determinado la posición geográfica de la Especiería?

—Sí, majestad.

El rey miró fijamente a Elcano, tratando de leer en sus ojos. Luego bastó una mirada a Fonseca para que el obispo se asomara a una puerta privada, hiciera un gesto y entraran dos criados portando una especie de trípode cubierto con un paño.

—Dejadla ahí —ordenó el obispo.

Los hombres, antes de retirarse, hicieron una reverencia al rey, y Fonseca retiró el paño. Carlos I se levantó y, acercándose al globo terráqueo que Magallanes le mostrara cuando le explicó su proyecto, preguntó:

—¿Dónde queda la Especiería?

Elcano, tras examinar brevemente el globo, señaló un punto con su dedo índice.

—Aquí, majestad.

—¿Esas tierras están el hemisferio de Castilla?

—Majestad, Albo y yo estamos convencidos de que así es. Lo señalan mediciones efectuadas y las distancias recorridas.

Albo sacó un ajado cuaderno de su jubón.

—¿Qué es eso? —preguntó el rey.

—Majestad, en este cuaderno he ido anotando los pormenores del viaje. La latitud de muchos puntos. También, aunque con mayores dificultades, la longitud de otros. He llevado la cuenta de las distancias recorridas. Puede que haya algún error, pero puedo asegurar a vuestra majestad que, de haberlo, se trata de pequeñas desviaciones.

—Majestad, la Tierra es mucho más grande de lo que habíamos creído hasta ahora —añadió Elcano—. Un grado de la esfera terrestre en la línea del ecuador mide unas veintidós leguas.

Fonseca hizo un cálculo mental.

—¿Estáis diciendo que el perímetro de la Tierra son unas ocho mil leguas?

—Así es, ilustrísima. Unas ocho mil leguas. La distancia que separa la Especiería de África es mucho mayor de lo que imaginábamos. Las Indias se estrechan hacia el sur y se prolongan más de lo que creíamos. También este mar —Elcano señaló el mar del Sur— es mucho mayor de lo que pensábamos. Majestad, don Fernando de Magallanes sospechaba, según reflejan sus papeles, que esas islas quedan dentro del hemisferio que, según lo tratado en Tordesillas, corresponde a la Corona de Castilla. Al menos una parte de la Especiaría está en vuestros dominios, majestad. Eso explica que los portugueses atentaran contra la vida de Magallanes y trataran de sabotear la escuadra antes de que partiera de Sevilla. También que estuvieran al acecho, obligándola a permanecer más de un mes en Sanlúcar de Barrameda. El tiempo que vuestra majestad necesitó para hacer las correspondientes advertencias a don Álvaro da Costa.

Carlos I torció el gesto, aunque ninguno de los presentes se percató.

—¿Cómo es que sabéis eso?

—Majestad, estaba en los papeles y documentos que Magallanes guardaba celosamente en su camarote. Tuvimos acceso a ellos después de su muerte. Al hacernos cargo de la escuadra.

Carlos I asintió con un leve movimiento de cabeza.

—Si esto se confirmara supondría un desastre para Portugal. Perdería el control de la ruta de las especias y del territorio de donde proceden.

—Creo, señor, que ellos lo saben. Por eso han querido impedir que llegáramos a Sevilla.

Se impuso un largo silencio. El rey permaneció con la vista clavada en la esfera hasta que, con una entonación solemne, dijo:

—Esta expedición que vos —se dirigió a Elcano con un tratamiento que sólo empleaba con quienes ejercían cargos de mucha autoridad— habéis culminado es la más importante que se ha realizado, después de que Colón llegara a las Indias. Habéis encontrado el ansiado paso en cuya búsqueda tantos habían fracasado. Habéis abierto otra ruta para llegar a la Especiería y establecido que, si no toda ella, al menos una parte queda en nuestros dominios. Habéis dado por primera vez una vuelta completa a la Tierra. Guardad secreto de lo que hemos hablado y no abandonéis Valladolid.

Pocos días después, Elcano era citado a una nueva audiencia real. A diferencia de la anterior, sería pública. También asistirían Albo y Bustamante. El presidente de Indias les había enviado una considerable suma, acompañada de una nota donde decía que era para atender a sus gastos y acudieran a la audiencia «vestidos con decencia».

Había cerca de dos centenares de personas. Muchos eran importantes títulos del reino, que habían colaborado en la lucha contra los comuneros, acompañados de sus esposas. También algunos flamencos, pero bastantes menos de los que rodeaban al rey cuando llegó hacía cinco años. Estaban también los secretarios, los miembros de los Consejos y numerosos clérigos, así como representantes de las órdenes religiosas con convento en Valladolid.

Elcano, Albo y Bustamante, a quienes el rey había concedido una merced de trescientos ducados a cada uno por los servicios prestados, habían mejorado mucho su aspecto al ganar algunas libras y vestir trajes dignos de la ocasión. Entraron al salón con el obispo Fonseca y no pocos de los presentes se acercaron a darles parabienes por su hazaña. El contramaestre y el barbero fueron situados por un mayordomo junto a los miembros de las órdenes religiosas, mientras que Fonseca y Elcano tenían lugar reservado cerca del estrado del trono.

Pocos minutos después de la hora establecida, un chambelán, tras dar tres sonoros golpes en el suelo con su bastón, anunció la presencia del monarca.

—Su Sacra, Cesárea, Católica y Real Majestad, nuestro señor don Carlos.

El rey vestía jubón de terciopelo blanco ceñido, mangas acuchilladas y calzas ajustadas a las piernas. Se dirigió al estrado dedicando sonrisas y saludos a los presentes, quienes se inclinaban a su paso; las damas, sujetando las largas faldas de sus vestidos, hacían ligeras genuflexiones. Sólo se oía el crujir de las sedas. Lo acompañaba el secretario De los Cobos, quien gozaba de toda su confianza.

Una vez sentado el rey en el trono, tapizado en seda carmesí, labrado en madera dorada y coronado por el águila bicéfala de los Austrias, Cobos procedió, tras las preliminares propias de la cancillería real, a dar lectura a las mercedes que don Carlos concedía a…

… don Juan Sebastián de Elcano, capitán de la Victoria, *la nao que ha culminado con éxito la expedición que, mandada por don Fernando de Magallanes, quien gloria de Dios haya, caballero que fue del hábito de Santiago y capitán general de la armada que partió de Sevilla en el año de Nuestro Señor de mil y quinientos y diecinueve. Su Sacra, Cesárea, Católica y Real Majestad ha tenido a bien concederos una renta de quinientos ducados anuales de por vida, así como haceros el honor de que dispongáis, de hoy en delante, de un escudo de armas propio. Será partido y en su primera mitad un castillo de oro en campo de gules. En la segunda mitad, en campo de oro sembrado de*

especiería con dos palos de canela, tres nueces moscadas en plata y dos clavos de especia, colocados en aspa. Encima un yelmo cerrado y por cimera un globo terráqueo.

El secretario cerró el cartapacio y miró a don Carlos.

El rey carraspeó un momento y, dando a su voz un tono de solemnidad, añadió:

—Ese globo llevará una leyenda. —Hizo una pausa y miró a Elcano—. *Primus circumdedisti me.*

Cabra, a 29 días del mes de mayo de 2019

BIBLIOGRAFÍA

ALBO, Francisco: *Derrotero del viaje de Fernando de Magallanes en demanda del Estrecho, desde el paraje del cabo de San Agustín.* Edición de Cristóbal Bernal. Sevilla, 2015.

ARTECHE, José de: *Elcano.* Espasa Calpe. Madrid, 1972.

CARANDE, Ramón: *Carlos V y sus banqueros.* Crítica. Barcelona, 2000.

COMELLAS, José Luis: *La primera vuelta al mundo.* Ediciones RIALP. Madrid, 2012.

FERNÁNDEZ DE NAVARRETE, Martín: *Expediciones al Maluco, viage de Magallanes y Elcano.* Imprenta Nacional. Madrid, 1832.

FERNÁNDEZ DE OVIEDO, Gonzalo: *Historia general y natural de las Indias, Islas y Tierra Firme del mar océano.* IV Volúmenes. Real Academia de la Historia. 1851-1855, Madrid.

HERRERA, Antonio de: *Historia General de los hechos de los castellanos en las islas y Tierra Firme del mar Océano que llaman Indias Occidentales.* Servicio de publicaciones de la Universidad Complutense. Madrid, 1991.

MELÓN RUIZ DE GORDEJUELA, Amando: *Magallanes-Elcano o la primera vuelta al mundo.* Ediciones Luz. Zaragoza, 1940.

PACHECO ISLA, Francisco: *En busca de las especias. La primera vuelta al mundo*. Fundación Puerta de América. Sanlúcar de Barrameda, 2015.

PÉREZ MALLAINA, Pablo Emilio: *La aventura de atravesar los océanos en el siglo XVI. Agua, Territorio y Ciudad. Sevilla. La Primera Vuelta al Mundo, 1519*. Junta de Andalucía. Sevilla, 2015.

PIGAFETTA, Antonio: *Relación del primer viaje alrededor del mundo*. Historia 16. Madrid, 1985.

RODRÍGUEZ GONZÁLEZ, Agustín R.: *La primera vuelta al mundo (1519-1522)*. EDAF. Madrid, 2018.

TORIBIO MEDINA, José: *El descubrimiento del Océano Pacífico. Hernando de Magallanes y sus compañeros. Documentos*. Imprenta Elzelviriana. Santiago de Chile, 1920.

PARODI ÁLVAREZ, M. J. (coord.): *In Medio Orbe. Sanlúcar de Barrameda y la I Vuelta al Mundo. Actas del I Congreso Internacional sobre la Primera Vuelta al Mundo*. Consejería de Cultura de la Junta de Andalucía. Sevilla, 2016.

VV. AA.: *Textos de Juan Sebastián de Elcano, Antonio Pigafetta, Maximiliano Transilvano, Francisco Albo, Ginés de Mafra y otros sobre La Primera Vuelta al Mundo*. Ediciones Miraguano/Ediciones Polifemo. Madrid, 2012.

ZWEIG, Stefan: *Fernando de Magallanes. El hombre y su gesta*. Editorial Juventud. Barcelona, 1945.

NOTA DEL AUTOR

La Ruta Infinita es una novela que cuenta la prodigiosa aventura, iniciada por Fernando de Magallanes y terminada por Juan Sebastián de Elcano, que culminó la Primera Vuelta al Mundo. Fue impulsada por el rey de España, Carlos I. Aquella gesta, protagonizada por doscientos treinta y cinco hombres —otras referencias dan números parecidos y alguna eleva su cifra hasta los doscientos sesenta— se prolongó a lo largo de tres años, los que van entre 1519 y 1522.

Fernando de Magallanes, marino portugués al servicio de Castilla, no pudo nacionalizarse —naturalizarse se decía en la época— al haber prohibido las Cortes que pudieran hacerlo los extranjeros, pero juró fidelidad a Carlos I. Estuvo al frente de una expedición que buscaba encontrar un paso para llegar al mar del Sur, descubierto por Núñez de Balboa pocos años antes, y abrir una nueva ruta que permitiera llegar a las islas de las Especias, también conocidas como la Especiería o el Moluco. Esa nueva ruta abría unas perspectivas económicas extraordinarias para España, en competencia con Portugal. Carlos I le concedió un hábito de la Orden de Santiago y algunos autores señalan que también concedió esa dignidad a Ruy Faleiro, lo que en la novela hemos obviado.

La escuadra, formada por cinco barcos: cuatro naos, la *Trini-*

dad, la *San Antonio*, la *Concepción* y la *Victoria*, y una carabela, la *Santiago* —algunos autores señalan que las carabelas eran dos, incluyendo en esa categoría a la *Concepción*—, zarpó del muelle de las Mulas, del puerto de Sevilla, el 10 de agosto de 1519, llegando a Sanlúcar de Barrameda dos días más tarde. Allí, sin que se conozca la causa, permanecería hasta el 20 de septiembre en que se salió a mar abierta, rumbo a las islas Canarias. Tres años después, el 8 de septiembre de 1522, sólo regresaba la *Victoria* con dieciocho hombres a bordo, tras haber completado la vuelta al mundo.

La actitud de Magallanes, imponiendo con contundencia la autoridad de que estaba investido, sumada a ciertos incumplimientos de las instrucciones reales, ahondaron las diferencias que tenía con el veedor de la escuadra, Juan de Cartagena, y otros capitanes, lo que desembocó en el motín que tuvo lugar en la bahía de San Julián, donde permanecieron sin que haya una explicación razonable durante cinco meses. En aquella tierra desértica quedaron abandonados —desterrados según la sentencia emitida por Álvaro de Mesquita que juzgó la rebelión— Cartagena y el capellán Sánchez de Reina. No se supo de ellos nunca más. Responde asimismo a lo que nos cuenta la historia el regreso de la *San Antonio* a Sevilla para dar cuenta del descubrimiento del paso al mar del Sur, sin que lo supiera ni lo autorizara Magallanes, como capitán general de la escuadra. También son historia el combate librado en Mactán, donde murió Magallanes, la traición del rey de Cebú, donde fue asesinado un buen número de expedicionarios, y el incendio de la *Concepción*, ante la falta de hombres para manejar las naos. Igualmente es histórica la mala relación de Magallanes con Faleiro y algunos de los sabotajes que fueron consecuencia de la fuerte rivalidad desatada entre Portugal y Castilla, así como los reiterados intentos de Portugal por abortar la expedición e impedir que Elcano completase el periplo alrededor del mundo.

Se ha recreado el marco histórico en que tuvieron lugar los prolegómenos y el desarrollo de la expedición. La muerte de Fernando el Católico, la regencia de Cisneros, las complicaciones que se desataron en Castilla con motivo de la venida del príncipe Carlos, que desconocía el castellano, acompañado de un numeroso séquito de flamencos cuya actuación despertó un amplio rechazo y desembocaría en la conocida como guerra de las Comunidades. Igualmente se recrea el ambiente de la Lisboa de la época, con la *Casa da Índia*, la construcción de la *Torre de Belém* y del monasterio de los Jerónimos. Asimismo, el de la Sevilla que se convertía en el gran puerto de las flotas de Indias con referencias a Triana y su iglesia de los mínimos, al papel de los Reales Alcázares como sede de la Casa de la Contratación, al ambiente en el Arenal y el del muelle de las Mulas. También responden a la realidad las referencias a Sanlúcar de Barrameda, aunque el mesón del Tío Bigotes no deja de ser un guiño a tiempos más recientes.

Hemos narrado, según las referencias proporcionadas por la historia, escenas como la de los danzantes patagones, el que uno de ellos fuera apresado, y el recorrido de los supervivientes de la *Santiago*, regresando a la bahía de San Julián cuando la carabela se hundió. También los difíciles momentos en los días interminables —que nos han llevado a titular la novela como *La Ruta Infinita*— de navegación por el océano Pacífico, la pesca de tiburones y lo ocurrido en la isla de los Ladrones. Hemos preferido utilizar elementos de ficción sobre la forma en que los portugueses descubren, en las islas Cabo Verde, que la *Victoria* es una nao de la flota que mandaba Magallanes. Forman también parte de la ficción literaria el incendio de las atarazanas y algunos detalles menores. Es el caso del artilugio construido, para ver a distancia, por el barbero Bustamante, que sí es un personaje real y que tuvo una excelente relación con Elcano. Señalemos que el número de mujeres apresadas y subidas a bordo por Carvalho eran tres y en la novela se han reducido a una y que la ejecución por sodomía de Antón Salomón y el grumete no tuvo lugar en alta mar, sino al llegar a la costa de lo que hoy es Brasil.

Debe saberse que hay versiones diferentes acerca del mando de alguno de los barcos, como consecuencia de los cambios llevados a cabo por Magallanes. Ocurre con el mando de la *Victoria*. Unos señalan a Rabelo y otros indican a Barbosa; en ambos casos se trataba de portugueses. Son históricos los nombres de los pilotos, maestres, contramaestres y marineros que aparecen a lo largo de *La Ruta Infinita*.

La mayor parte de los personajes que desfilan por sus páginas son históricos. Lo son Cristóbal de Haro —a quien hemos presentado como vecino de Lisboa, aunque otras fuentes lo sitúan afincado en Amberes—; el obispo Fonseca, que aparece como presidente del Consejo de Indias, que no quedó perfilado con entidad propia hasta 1524, aunque ya existía dentro del Consejo de Castilla; Diego, Duarte y Beatriz de Barbosa —hay quien sostiene que Duarte de Barbosa era primo de la esposa de Magallanes y en la novela aparece como su cuñado—, Sancho Matienzo, Juan de Aranda, Álvaro da Costa, el esclavo Enrique y reyezuelos como Humabón, Zula y Siripada. Por el contrario, son de ficción Afonso de Acunha, Sebastián de Cáceres y Filipa, la criada de Magallanes.

La fecha dada por Pigafetta para doblar el cabo de Buena Esperanza —en la novela hemos preferido el nombre de cabo de las Tormentas, con que también se le conoció— es incorrecta. Hay que acudir al *Diario* de Albo —la fuente mejor documentada para conocer el viaje— para determinar dicha fecha. El italiano apenas dedica dos páginas a la última parte del viaje, la protagonizada por Elcano, pese a que fueron muchos meses. No lo nombra ni una sola vez, poniendo de manifiesto la mala relación existente entre ambos. Es probable que escribiera esas páginas una vez en tierra, haciéndolo de forma resumida y con errores.

Señalemos, para información del lector, que la *Trinidad*, una vez reparada, se hizo a la mar a las órdenes de Gonzalo Gómez de Espinosa. Intentó llegar a las costas occidentales de Castilla del Oro —hoy Panamá—, pero acabaron regresando a Tidor. Los portugueses se apoderaron de ella y la destruyeron, apresando a lo que quedaba de su tripulación, a la que sometieron a duros trabajos, muriendo muchos de ellos. Los pocos supervivientes fueron liberados años más tarde, tras las gestiones realizadas por Carlos I. También regresaron los apresados en las Cabo Verde.

Para evitar confusiones, señalaremos que los *fidalgos* portugueses eran los principales nobles de aquel país. Muy diferentes a los hidalgos españoles que conformaban la pequeña nobleza. Indicar igualmente que el término «alteza» se utilizó como tratamiento regio hasta los Reyes Católicos. Con la llegada de Carlos I empezó a utilizarse «majestad», si bien existen antecedentes de ese tratamiento. El cambio de «alteza» por «majestad» se produjo en los años en que transcurre la novela. Hemos utilizado «majestad» por ser el que se impuso a partir de entonces.

Resultó muy complicado determinar la longitud de las islas de las Especias. Uno de los problemas era el punto de partida de las trescientas setenta leguas al oeste de las Cabo Verde. Era muy diferente si se tomaba desde la más oriental o la más occidental para situar el meridiano que separaba el hemisferio español y el portugués, según lo acordado en Tordesillas. En cualquier caso, las especias afluyeron a España en los años siguientes hasta el punto de que se instituyó, en La Coruña, una Casa de la Contratación de la Especiería, desde la que se controló este lucrativo comercio. A diferencia de la de Sevilla, su vida fue efímera, de 1522 a 1529. Desapareció tras el tratado de Zaragoza, firmado entre Carlos I y Manuel III, en virtud del cual Portugal compraba, por una elevada suma, el control de la Especiería —suponía un reconocimiento implícito de que quedaba en el hemisferio español—, si bien Carlos I se reservaba el derecho de invalidar el acuerdo si devolvía la suma recibida. Nunca lo hizo.

La expedición de Magallanes-Elcano fue una gesta épica. Dio la Primera Vuelta al Mundo y logró más cosas, que hemos querido contar en las páginas de *La Ruta Infinita*.

José Calvo Poyato

AGRADECIMIENTOS

El trabajo del escritor es, al menos en una parte de su fase de documentación, individual y solitario y, desde luego, lo es en el proceso de redacción. Es el reto que ha de afrontarse ante el papel —hoy ante el ordenador— para plasmar aquello que se lleva dentro, que ha ido cobrando forma durante meses y que desea compartirse. Sin embargo, *La Ruta Infinita*, tal y como el lector la tiene en sus manos, es el resultado de una empresa más colectiva. En ella participan desde quienes, a veces siguiendo preferencias del autor, diseñan la portada, hasta aquellos que dan vida a las guardas o a la forma en que ha de componerse el texto definitivo.

Quiero, por tanto, agradecer al equipo editorial de HarperCollins Ibérica por la forma de acogerme y hacer que me sintiera como en casa desde el primer momento. Muchas gracias a Luis, a María Eugenia, a Elena y a Guillermo. También a Fernando Contreras.

Muchas gracias a mi amigo Rafael Morales por leer el original, con la atención exhaustiva con que siempre lo hace, para detectar errores y hacerme sugerencias, que me permiten afinar ajustes que, en ocasiones, son fundamentales para el resultado final. También a Antonio y Kico Calvillo por ser mis ojos y mis manos en el mundo digital del que tan lego soy. Cómo no, mi agradecimiento a Manuel Lara Cantizani por ser tan preciso en sus lecturas. Gracias, asimismo, a mi admirado Santiago Posteguillo, por sus ideas sobre alguna cuestión y, como siempre, a mi amigo, compañero y maestro José Luis Corral, de quien no dejo de aprender en las largas conversaciones que mantenemos sobre historia y novela histórica. Muchas gracias a Javier Sierra por su amistad y al capitán de navío de la Armada española José García Velo —Pepe Velo para los amigos— por su generosidad a la hora de corregir los aspectos náuticos de *La Ruta Infinita*. Los errores que pueda haber en ella son única y exclusivamente atribuibles a quien firma estas líneas y que, siendo de tierra adentro, pese a su excelente magisterio y atinadas observaciones, se le haya escapado alguna precisión.

Gracias también a Silvia Bastos —van incluidos Gabriela y Pau— por su buen hacer.

Gracias a Antonio Pigafetta y Francisco Albo por sus relatos sobre lo que fue aquel viaje increíble, que duró tres años, un tiempo que a sus protagonistas debió hacérseles interminable. Gracias también a tantos y tantos historiadores y estudiosos, bibliotecarios y archiveros que han desentrañado momentos, situaciones e historias o han custodiado libros y documentos que aportan valiosos detalles que constituyen un verdadero maná para el novelista.

Gracias, finalmente, a Cristina por su paciencia, sus críticas, sus atinados consejos y acertadas correcciones para dar la forma final al libro.

José Calvo Poyato